चिट्ठी पत्री

१

प्रेमचंद

चिट्ठी | पत्री

१

संकलन

अमृतराय

मदन गोपाल

लिप्यंतर-शब्दार्थ

अमृतराय

हंस प्रकाशन

हंस प्रकाशन
प्रयागराज-211 001

एकमात्र वितरक
लोकभारती प्रकाशन
पहली मंजिल, दरबारी बिल्डिंग,
महात्मा गांधी मार्ग, प्रयागराज-211 001
वेबसाइट : www.lokbhartiprakashan.com
ईमेल : info@lokbhartiprakashan.com

पहला संस्करण : 1962
प्रस्तुत संस्करण : 2022
दूसरा संस्करण : 2024

मूल्य : ₹299

मुद्रक : राजकमल प्रेस
नई दिल्ली-110 002

PREMCHAND : CHITHHI PATRI - 1
Compiled by Amrit Rai

ISBN : 978-93-93603-91-3

भूमिका

उर्दू की साहित्यिक दुनिया से जिनका कुछ भी परिचय है, उन्हें 'ज़माना' के बारे में बतलाने की ज़रूरत नहीं। बीसों बरस 'ज़माना' ने उर्दू की और क़ौम की ख़िदमत की और उसकी गिनती चोटी के पत्रों में होती रही।

'ज़माना' और मुंशी प्रेमचंद के साहित्यिक जीवन की शुरुआत लगभग एक साथ हुई। 'ज़माना' १९०३ में निकला और १९०३ में ही मुंशीजी का पहला उपन्यास 'असरारे मआबिद' बनारस के एक गुमनाम उर्दू साप्ताहिक में निकलना शुरू हुआ। लेकिन जब १९०५ में आकर उनका संबंध 'ज़माना' से हुआ, तब से उन्होंने और भी बँधकर लिखना शुरू किया। धीरे-धीरे यह संबंध गहरा से गहरा होता गया। बरसों मुंशी जी ने उसके अनौपचारिक, अवैतनिक संपादक के रूप में काम किया, लेख और कहानियाँ तो लगभग हर महीने लिखीं ही, समालोचनाएँ भी लिखीं और 'रफ़्तारे ज़माना' नाम का एक राजनीतिक स्तंभ भी सँभाले रहे। कितनी ही बार 'ज़माना' का क़लमदान सँभालने की बात भी उनके लिए उठी, जो कि 'ज़माना' की आर्थिक स्थिति को देखते हुए कभी संभव न हुआ, पर इसमें कोई संदेह नहीं कि 'ज़माना' के विकास में मुंशी जी का बहुत बड़ा हाथ रहा है— और उतना ही बड़ा हाथ मुंशी जी के विकास में 'ज़माना' का रहा है।

'ज़माना'-संपादक मुंशी दयानरायन निगम के साथ मुंशी जी की चिट्ठी-पत्री का सिलसिला १९०५ में शुरू हुआ, एक पत्र के सम्पादक और एक नये लेखक के पारस्परिक सम्बन्ध-सूत्र के रूप में। धीरे-धीरे उसने गहरी आत्मीयता का रूप ले लिया, जो मरते दम तक चली।

१९१८ में मुंशी जी ने गोरखपुर से निगम साहब को लिखा था — आप क्या कहते हैं, ज़िन्दगी की उम्मीद यहाँ भी कम है। मगर यह चाहता हूँ कि या तो साथ चलें या ख़फ़ीफ़-सी तक़दीम-ओ-ताखीर हो। मैं आपका पेशरौ बनना चाहता हूँ....

वही हुआ। मुंशी प्रेमचंद पहले गये, १९३६ के अंत में और मुंशी दयानरायन १९४३ के आरम्भ में....

इकतीस बरस की यह दोस्ती खुद एक अनूठी कहानी है।

दोनों के विचार, दोनों का स्वभाव, दोनों की रुचियाँ काफ़ी पृथक् थीं।

निगम साहब शुरू से नरम दल और गोखले की ओर झुके हुए थे, मुंशी जी गरम दल और तिलक की ओर। एक को हिन्दुस्तान की भलाई अंग्रेज़ों के साथ अधिक से अधिक सम्बन्ध-सहयोग बनाये रखने में दिखायी देती थी, दूसरे को पूर्ण सम्बन्ध-विच्छेद में। सामाजिक धरातल पर भी वही बात थी — निगम साहब की अंग्रेज़ हुक्काम से दोस्ती थी, मुंशी जी को उनसे क़तई कोई सरोकार न था। एक ने अपने बच्चों को सिविल सर्विस के लिए तैयार किया, दूसरे ने आज़ाद ज़िन्दगी के लिए। दोनों के स्वभाव का अंतर भी काफ़ी स्पष्ट था। मुंशी जी अपने रहन-सहन, रख-रखाव में जितने ही ढीले-ढाले थे, निगम साहब उतने ही चुस्त-दुरुस्त। निगम साहब जितने ही व्यवहार-कुशल थे, मुंशी जी व्यवहार-कौशल से उतने ही अनभिज्ञ।

दोनों के व्यक्तित्व की यह पृथक्ता ही शायद उन्हें एक दूसरे के पास खींच लायी; लेकिन न ला सकती अगर उनमें कुछ मौलिक समानधर्मिता भी न होती। वह समानधर्मिता थी उनकी पुष्ट मानवीय संवेदनाएँ, उनके मिज़ाज की नेकी, शराफ़त, वज़ादारी, हमदर्दी, दोस्ती को निबाह सकने के लिए आवश्यक आत्म-त्याग।

अपने उसी खत में जिसका ज़िक्र ऊपर हुआ है, मुंशी जी ने लिखा था — यही फ़िक्र है कि मैं आज मर जाऊँ तो इन बाल-बच्चों का पुरसाने हाल कौन होगा....दोस्तों में अगर हैं तो आप और नहीं हैं तो आप। और न होगा तो मेरे बाद साल दो साल इन बेकसों की खबर तो ले सकते हैं।

निगम साहब ने अपने दोस्त के इस विश्वास की वैसे ही रक्षा भी की। दूसरे की क्या कहूँ, खुद अपनी बात मुझे याद है। ३८ से ४२ तक मैं इलाहाबाद यूनिवर्सिटी का छात्र था। निगम साहब हिन्दुस्तानी एकेडेमी की मीटिंगों के सिलसिले में इस बीच दसियों बार इलाहाबाद आये होंगे और शायद एक बार भी ऐसा नहीं हुआ कि मुझसे मिले बग़ैर कानपुर लौट गये हों। कभी मुझे अपने पास बुला लेते और बहुत बार खुद ही होस्टल में आकर मुझसे मिल लेते, चाहे सिर्फ़ पाँच मिनट के लिए, खड़े-खड़े, केवल हालचाल लेने को — मज़े में तो हो? कोई तकलीफ़ तो नहीं है? पढ़ाई कैसी चल रही है?

...मगर आते ज़रूर। यह पुरानी वज़ादारी थी, एक दोस्त जो चला गया, उसकी दोस्ती का निबाह। चिट्ठियाँ भी बराबर लिखा करते और उनमें दूसरी बातों के साथ-साथ एक यह प्रेरणा अकसर रहा करती कि बेटा, सिविल सर्विस के इम्तहान में बैठना, अभी से उसकी तैयारी करो — जो कि वह अपने बेटों से भी कहा करते और जिस पर उन लोगों ने अमल भी किया। मेरी ओर से, इस

मामले में, उन्हें निराशा ही हुई ; लेकिन उनका पितृवत् स्नेह मेरे लिए अंत तक वैसे का वैसा बना रहा।

इकतीस बरस की यह दोस्ती इन दो सौ इक्यासी ख़तों में बिखरी हुई है। मेरा अनुमान है कि यह संग्रह पूरा है, लेकिन हो सकता है कि कुछ ख़त इधर-उधर हो गये हों। जो हो, इनका मिल जाना खुद एक चमत्कार है।

आठ-दस बरस पहले जब मुंशी प्रेमचंद की जीवनी लिखने का ख़याल पहली बार मेरे मन में आया था, तभी जिस बुनियादी सामग्री की ओर मेरा ध्यान गया था वह ये चिट्ठियाँ थीं। मुंशी प्रेमचंद और निगम साहब का सम्बन्ध कितना पुराना और कितना गहरा था, यह कोई छिपी बात न थी। इसलिए यह ख़याल कुछ ग़लत न था कि निगम साहब को लिखी गयी चिट्ठियों से ऐसी बहुत-सी बातें मालूम हो सकेंगी, मुंशी जी के व्यक्तित्व पर ऐसी बहुत-सी रोशनी पड़ सकेगी जो किसी और तरह से मुमकिन नहीं।

यही सोचकर मैंने पहली बार तभी, कोई आठ-दस बरस पहले, निगम साहब के बड़े बेटे श्रीनरायन साहब को, जो वहीं कानपुर में रहते हैं और वकालत करते हैं, इन चिट्ठियों के बारे में लिखा। सेन भाई (यही उनका घर का नाम है) बहुत व्यस्त आदमी हैं, सिर उठाने की मोहलत नहीं मिलती, दादा साहब को परलोक सिधारे भी दस बरस से ऊपर हो गये थे, 'जमाना' कब का बंद हो चुका था, काग़ज़-पत्तर सब इधर उधर हो गये थे, सेन भाई ने दो-चार जगहों पर उन चिट्ठियों को तलाश किया, जहाँ उनके होने की उम्मीद थी, और जब कहीं नज़र न आयीं तो यही बात उन्होंने मुझको लिख दी। मुझे बहुत ज़बर्दस्त धक्का लगा, यों कहिए कि दिल टूट गया। लेकिन तो भी न जाने क्यों मेरे मन में यह बात जमी बैठी थी कि चिट्ठियाँ नष्ट नहीं हुई हैं। निगम साहब इन सब मामलों में कितने पक्के-पोढ़े और मुंशी जी से कितने भिन्न थे, यह मुझे पता था। लिहाज़ा मैंने सेन भाई की बात सुन ली, दुःख भी हुआ लेकिन उम्मीद मरी नहीं, और मैंने उनसे तलाश जारी रखने के लिए कहा।

फिर दो-तीन बरस बीत गये और मैं कुछ दूसरे कामों में फँसा रहा। हाँ, इस बीच मैंने दो-तीन बार सेन भाई को इस चीज के बारे में लिखा ज़रूर, पर कोई नतीजा नहीं निकला। सेन भाई इनकी तरफ़ से मायूस हो चुके थे।

क़रीब पाँच साल पहले जब इस जीवनी के काम को हाथ में लेने की घड़ी आयी तो मैंने निश्चय किया कि एक बार खुद जाकर सारे पुराने काग़ज़ात को टटोलना चाहिए, खँगालना चाहिए।

इसी सिलसिले में मुझे किसी से मिलने मिर्ज़ापुर भी जाना था। सिर्फ़

इस ख़याल से कि वहाँ जाने पर मेरी मुलाक़ात उन लोगों से हो जाय और मुझे बैरंग न लौटना पड़े, मैंने एक ख़त मिर्ज़ापुर डाला और एक कानपुर। संयोग की बात कि मिर्ज़ापुर से कोई जवाब नहीं आया और कानपुर से आ गया।

कानपुर मेरे लिए नयी जगह न थी और न निगम साहब का मकान। कितनी ही बार मैं वहाँ जा चुका था। लेकिन वहाँ पहुँचकर मेरी हालत द्वारका से लौटे हुए सुदामा की-सी हो गयी : वह जाना पहचाना पुराना मकान कहीं न था। पास ही, दाहिने हाथ पर, एक तंबोली था। मैंने आगे बढ़कर उससे पूछा — क्यों भाई, यहीं पर कहीं निगम साहब का मकान था न ? तंबोली ने सामने की तरफ़ उँगली से इशारा करते हुए कहा — वह तो रहा, बाबू जी....

मैंने देखा — एक बड़ा-सा मकान ढहा पड़ा था।

मेरे चेहरे पर अवश्य ही विस्मय रहा होगा क्योंकि उसने कहा था — जी हाँ बाबू जी, वही मकान है। इसको तो गिरे हुए भी महीना भर से ऊपर हो गया। पीछे का हिस्सा बचा है। उसी में वह लोग रहते हैं। गली में पिछवाड़े से रास्ता है।

मैं पहुँचा। मकान के गिर जाने की दास्तान सुनी और साथ ही यह भी कि सेन भाई का नया मकान सिविल लाइंस में बन रहा है, पहली तारीख़ को यानी छः रोज़ बाद गृह प्रवेश है।

अगले दिन सबेरे, सेन भाई के बड़े बेटे सुमन की मदद से, ये चिट्ठियाँ उसी ढहे हुए हिस्से की एक गिरी-पड़ी कोठरी में, दुनिया भर के काठ-कबाड़ और रद्दी-सद्दी काग़ज़ों के बीच खोयी हुई मिलीं — बाक़ायदा तरतीबवार सजी हुई, १६०५ से लेकर १६३६ तक, फ़ाइल के भीतर बंद !

यह है इन चिट्ठियों के मिलने की कहानी। बात अब पुरानी हो गयी है, लेकिन मैं अब तक यह सोचकर काँप जाता हूँ कि अगर मैं उस रोज़ न पहुँचकर केवल सात दिन बाद पहुँचा होता तो क्या होता !

तब मुझे क्या पड़ी थी जो इस ढहे हुए मकान के क़रीब जाता, नये मकान में गया होता, पुरानी इमारत के ढहने का क़िस्सा भर सुना होता — और इन चिट्ठियों को किसी मनचले कबाड़ी या मुहल्ले की बुढ़िया ने हल्दी-नमक बाँधने के भी काम का न समझकर शायद चूल्हे की नज़र कर दिया होता !

यह शुभ संयोग अगर चमत्कार नहीं, तो चमत्कार और फिर क्या है ?

जीवनी लिखने में इन चिट्ठियों से मैंने कितनी मदद ली है, यह मेरे कहने की चीज़ नहीं है, पढ़नेवाले ख़ुद देखेंगे। मैं इतना ही कह सकता हूँ कि इस

खजाने के बग़ैर अब मैं जीवनी की कल्पना भी नहीं कर सकता। लिखी वह शायद तब भी जाती लेकिन लँगड़ी होती, बेजान होती।

जीवन के तथ्य तो जैसे इन चिट्ठियों में हैं ही — क्या लिख रहे हैं, क्या पढ़ रहे हैं, क्या सोच रहे हैं, घर में कब किसका क्या हाल है, कौन जिया कौन मरा, किसकी शादी हुई....

लेकिन उससे भी बड़ी बात यह है कि ये चिट्ठियाँ उस आदमी के दिल-दिमाग़ का आईना हैं, इनमें वह साँस ले रहा है, उसकी खुशी, उसका ग़म, उसका गुस्सा, उसकी झुँझलाहट, सब कुछ इस पिटारी में मौजूद है।

चिट्ठियाँ, किसी की भी, आईना होती हैं उस आदमी की तबीयत का, मुंशी जी की चिट्ठियाँ तो और भी, जिनमें किसी तरह की बनावट या तकल्लुफ़ नहीं है, काग़ज़-क़लम उठाया और लिख मारी एक चिट्ठी, कि जैसे आमने-सामने बैठे बातें कर रहे हों।

ज़बान इन चिट्ठियों की ज़रूर उर्दू है जो बहुत जगह काफी सख्त भी हो गयी है; लेकिन मेरा विश्वास है कि फुटनोट में दिये गये कठिन शब्दों के अर्थों पर नज़र डालते चलने से उनका भरपूर रस पढ़नेवाले को मिल जाता है।

पीला पड़ता हुआ खस्ताहाल काग़ज़; रोशनाई जगह-जगह बहुत कम रोशन, फीकी, उड़ी हुई; शिकस्त की बहुत जल्दी में घसीटी हुई ठेठ मुंशियाना लिखावट — इन चिट्ठियों का लिप्यंतर खासी टेढ़ी खीर रहा है। ख़ासकर वहाँ जहाँ परिस्थितिवश मुझे मूल पत्र के बदले उसकी फ़ोटो-प्रतिलिपि से काम चलाना पड़ा। लेकिन पाठ में कोई अशुद्धि न जाने पाये, इसके लिए एक से अधिक लोगों ने एक से अधिक बार साथ बैठकर, और जहाँ-तहाँ मैग्नीफ़ाइंग शीशे की मदद से मूल उर्दू को हिन्दी पाठ से मिला लिया है। इस काम में मुझे अपने शायर दोस्त 'तालिब' जयपुरी साहब से बहुत मदद मिली है।

अकसर चिट्ठियों पर पूरी-पूरी तारीख़ न डालने की मुंशी जी की आदत हमारे लिए काफ़ी उलझन का कारण बनी — महीना है तो तारीख़ नहीं, तारीख़ है तो महीना नहीं, महीना और तारीख़ हैं तो सन् नहीं, और उन चिट्ठियों का तो ख़ैर ज़िक्र ही फ़िज़ूल है जिनमें यह तीनों ही ग़ायब हैं।

कार्डों में तो यह मुशकिल डाक की मुहर से आसान हो गयी। कोशिश करने पर लगभग सभी डाक की मुहरें पढ़ने में आ गयीं और जहाँ से चिट्ठी चली वहाँ की डाक-मुहर को मैंने चिट्ठी की तारीख़ मान लिया। लेकिन लिफ़ाफ़े की चिट्ठियों में यह सहारा भी न रहा। वहाँ मेरे सामने एक ही रास्ता था; उन चिट्ठियों को वैसे का वैसा, बिल्कुल बिना तारीख का जाने देता। लेकिन वह

शायद पढ़नेवाले की नज़र से और भी बुरा होता, इसलिए मैंने बड़ी-बड़ी मुशकिलों से, चिट्ठी में कही गयी बातों का आगा-पीछा, ताल-मेल मिलाकर अनुमान से उनकी तिथि का संकेत देने का निश्चय किया। इसमें मैंने अपनी ओर से पूरी सावधानी बरतने की कोशिश की है, लेकिन उसमें ग़लती की संभावना बराबर रहती है — जैसे कि इस संग्रह की दसवीं चिट्ठी में। उसको मैंने अनुमान से सन् ११-१२ का बतलाया है, पर वह अप्रैल सन् २९ के आसपास की होनी चाहिए क्योंकि 'ज़माना' का वह 'आतिश नंबर' जिसको लेकर चिट्ठी लिखी गयी है, अप्रैल १९२९ में निकला था, जिसकी जानकारी मुझे बाद को हुई।

मुंशी जी की चिट्ठी-पत्री का एक और खण्ड भी छप रहा है; लेकिन इन चिट्ठियों को मैंने बाक़ी सब चिट्ठियों के साथ देना ठीक नहीं समझा — इसलिए कि इनमें एक ऐसी पूर्णता है, एक ज़िन्दगी की ऐसी पूरी कहानी, जिसे दूसरे पत्रों के साथ गडमड करना इन्हें भीड़ में खो देने के बराबर होता।

अंत में अब केवल कृतज्ञता-ज्ञापन शेष है। सबसे पहले सेन भाई के प्रति, जिन्हीं का सब कुछ है, और फिर श्री मदन गोपाल के प्रति जिनकी कृपा से मुझे इस संग्रह के वे पत्र मिले, जो निगम साहब के यहाँ नहीं थे।

अपने आदरणीय गुरु श्री सतीशचंद्र देब का आभार प्रकट करने के लिए मेरे पास शब्द नहीं हैं, जिन्हीं की प्रेरणा से मैं पत्र-संग्रह में प्रवृत्त हुआ था।

अमृत राय

भाई अमृतराय की भूमिका के पश्चात् मेरे कहने को बहुत कुछ नहीं रह गया है। मुझे केवल इतना ही कहना है कि जब मैंने १९४०-४१ में पत्र-संपादन का कार्य आरंभ किया था, इन पत्रों की आवश्यकता मुझे अपनी परिचयात्मक अंग्रेजी पुस्तक के संबंध में हुई थी। मुझे याद है मुंशी दया नारायण निगम मेरे (अंग्रेजी में पुस्तक लिखने के) संकल्प पर फड़क उठे थे। मुझे प्रोत्साहन भी दिया, मेरी पीठ ठोंकी और उन पत्रों का एक पुलिंदा जो महत्वपूर्ण थे, मुझे दिया। बाक़ी पत्र किसी दूसरी जगह रखे थे, और निगम जी ने मुझसे कहा, 'जब तुम मुझे अपनी प्रकाशित पुस्तक दोगे तो शेष पत्र भी तुम्हें दे दूँगा।' दो-तीन वर्ष बाद वह चल बसे, और मेरी उनसे फिर भेंट न हो सकी। १९५१-५२ में मैंने निगम साहब के सुपुत्र से भेंट की, परंतु उन्होंने पत्रों इत्यादि के बारे में अनभिज्ञता प्रकट की। अमृत राय ने उन पत्रों को ढेर से निकाल कर हिन्दी साहित्य के लिए एक निधि को बचा लिया है।

मदन गोपाल

चिट्ठी पत्री—१

१

परताबगढ़
३० जनवरी १६०५

जनाब मुकर्रम बन्दा,

तसलीम। इनायतनामा पहुँचा। मशकूर हूँ। मैंने यहाँ हरचन्द तलाश किया, तनक़ीदे[१] नाविल कृष्ण कुँवर का कोई सफ़ा नहीं मिलता। मेरा जहाँ तक ख़याल है सफ़ा कोई गुम नहीं हुआ, सफ़ों पर नम्बर लिखने में मैंने ग़लती की है। अगर लेटर पेपर के तीन तख़्ते पूरे-पूरे मौजूद हों, तो तनक़ीद को मुकम्मिल समझ लीजिये। मैंने ग़ालिबन यूँ नम्बर दिये हैं: १-३-५-७-६-११। दीगर इल्तमास[२] यह है कि अगर मुमकिन हो तो जनवरी वर्ना फ़रवरी के नम्बर में ज़रूर इस मज़मून की इशाअत[३] हो जाये। मैं बड़े इश्तियाक़[४] से मुन्तज़िर हूँ कि आप ने मेरा नाविल अभी तक पढ़ा या नहीं। जवाब से सरफ़राज़ फ़रमाइए। ज़्यादा नियाज़।

ख़ाकसार
धनपतराय
स्कूल मास्टर
परताबगढ़।

२

इलाहाबाद
२० फ़रवरी १६०५

प्रिय बाबू दयानरायन साहब,

दो महीने से ज़्यादा हुआ कि मुझे अपने उपन्यास की पाण्डुलिपि आपके पास अवलोकनार्थ भेजने का सौभाग्य हुआ था, इस आशा में कि आप मेरे लिए एक प्रकाशक जुटाने की कृपा करेंगे। मुझे याद है कि वह दिसम्बर की ८ तारीख़ थी जब कि मैंने किताब आपके पास भेजी थी। उसकी प्राप्ति की सूचना आपने १६ दिसम्बर को लिखी थी और वादा किया था कि आप इसके बारे में फिर मुझे लिखेंगे, लेकिन दो महीने से ज़्यादा निकल गये और आपने न तो पुस्तक पर ही दया दिखायी और न उसके लेखक पर। आपकी इस उदासीनता और सहानुभूतिशून्यता के लिए अपने भाग्य को ही दोषी मानता हूँ। यदि आपने मुझ पर वह अनुग्रह किया होता जिसकी मैंने आपसे याचना की थी तो यह निश्चय ही एक कृपा बल्कि

---

१ समालोचना २ प्रार्थना ३ प्रकाशन ४ चाव

दया का कृत्य होता, मुझमें आपको एक ऐसा व्यक्ति मिलता जो कृतघ्न नहीं है।

मेरा तबादला अब इलाहाबाद के लिए हो गया है और मेरी नियुक्ति ट्रेनिंग कालेज इलाहाबाद से सम्बद्ध माडेल स्कूल के हेडमास्टर के पद पर हो गयी है और मैंने अपने आपको नज़ायर क़ानून हिन्द प्रेस इलाहाबाद के प्रोप्राइटर बाबू बाँके बिहारी लाल के रहम-ओ-करम पर डाल दिया है। उन महाशय ने किताब को एक नज़र देख लेने के बाद उसको प्रकाशित करने में रुचि दिखलायी है। इसलिए आप कृपया पाण्डुलिपि जल्दी-से-जल्दी मेरे पास भेज दें और अगर मुनासिब समझें तो उसके साथ अपनी सिफ़ारिश के दो लफ़्ज़ भी। मुझे यक़ीन है कि आपकी सिफ़ारिश का बहुत असर पड़ेगा। मैं आपका हृदय से आभारी हूँगा अगर आप उसको हफ़्ते भर के अन्दर भेज देने की कृपा करेंगे क्योंकि वह महाशय जल्दी ही यहाँ से आगरे चले जाने वाले हैं। मैं चाहता हूँ कि उनके जाने के पहले सारी बातें उनसे तय कर लूं।

आशा करता हूँ कि आप मज़े में होंगे।

मैं हूँ आपका,
धनपत राय

पुनश्च—

मेरे रिव्यू के बारे में आपका क्या ख़याल है? क्या आप बराहे करम उसे अपने रिसाले में देंगे? अगर हाँ तो कब? मेरा खयाल है कि आप शायद एक ही अंक में ऐतिहासिक और साहित्यिक दोनों समीक्षाएँ न दे सकें। क्या आप कोई साहित्यिक समीक्षा लेना चाहेंगे?

अगर चाहते हों तो कृपया सूचित करें। आपने किताब वापस मँगायी है। इससे पता चलता है कि अब और समीक्षा नहीं चाहिए। क्या मैं ग़लत कहता हूँ?

उम्मीद है कि आप जल्द जवाब देंगे।

धनपत राय
ट्रेनिंग कालेज
इलाहाबाद

पत्र अंग्रेजी में है। उसका अनुवाद यहाँ प्रस्तुत है।

३

बनारस

जून, १९०५

बरादरम,

अपनी बीती किस से कहूँ। ज़ब्त किये किये कोफ़्त हो रही है। ज्यों-त्यों करके एक अशरा काटा था कि खानगी तरद्दुदात का ताँता बँधा। औरतों ने एक बूारे को जली-कटी सुनाई। हमारी मखदूमा[१] ने जल-भुन कर गले में फाँसी लगायी। माँ ने आधी रात को भाँपा, दौड़ीं, उसको रिहा किया। सुबह हुई, मैंने खबर पाई, झल्लाया, बिगड़ा, लानत-मलामत की। बीवी साहिबा ने अब ज़िद पकड़ी कि यहाँ न रहूँगी। मैके जाऊँगी। मेरे पास रुपया न था। नाचार खेत का मुनाफ़ा वसूल किया, उनकी रुखसती की तैयारी की। वह रो-धोकर चली गयीं। मैंने पहुँचाना भी पसन्द न किया। आज उनको गये आठ रोज़ हुए, न खत है न पत्तर। मैं उनसे पहले ही खुश न था, अब तो सूरत से बेज़ार हूँ। ग़ालिबन अबकी की जुदाई दायमी[२] साबित हो। खुदा करे ऐसा ही हो। मैं बिला बीवी के रहूँगा। बिल्ली बख्शे, मुर्ग़ा लँडूरा ही रहेगा। उधर ननिहाल से वालिदा की तरफ़ से ज़िद है कि ब्याह रचे और ज़रूर रचे। जब कहता हूँ मैं मुफ़लिस हूँ, कंगाल हूँ, खाने को मयस्सर नहीं, तो वालिदा साहिबा कहती हैं, तुम अपनी रज़ामन्दी ज़ाहिर करो, तुमसे एक कौड़ी न माँगी जायगी। सुनता हूँ बीवी हसीन है, बाशऊर है, जेब से खर्चने बग़ैर मिली जाती है, फिर तबीयत क्यों न भुरभुराये और गुदगुदी क्यों न पैदा हो। ईश्वर जानता है, दो-तीन दिन उसका ख्वाब भी देख चुका हूँ। बहरहाल, अबकी तो गला छुड़ा लूँगा। आइंदा की बात नारायण के हाथ है। जैसी आपकी सलाह होगी वैसा करूँगा। इस बारे में अभी फिर मशवरा करने की ज़रूरत बाक़ी है।

रुपये आपने रवाना किये, पहुँचे। खत से रूह को मसर्रत[३] हासिल हुई। तीन बार से कम न पढ़ा होगा। किताबें और अखबार पहुँचे। उर्दूए मुअल्ला हस्बे मामूल पस्त है।

ज़माना की छपाई अबकी दो एक मज़मून की न बनी। लखनऊ और कानपुर की किताबत में साफ़ फ़र्क़ नज़र आता है। छपाई की सफ़ाई लिखाई के ऐब को नहीं मिटा सकी। मगर वक़्त से पर्चा निकले तो यह सब वागुज़ाश्तें[४] क़ाबिले मुआफ़ी हैं। अगर देर ही में निकलना है तो अपनी खूबियों में क्यों बट्टा लगाये। जून का पर्चा निकलते ही दस जिल्दें मय चार-पाँच अप्रैल की कापी के रवाना कीजिये। उनके पहुँचते ही इंजानिब रवाना होंगे। फ़ेहरिस्त आपके पास पहुँची

---

१ स्वामिनी २ स्थायी ३ खुशी ४ भूल-चूक

होगी। शायद इतमीनान के क़ाबिल भी हो। जी तो चाहता था कि ५० ख़रीदारों के नाम यकबारगी लिखता मगर फ़िलहाल १६ ही पर क़नाअत की। उनके नाम पर्चे भेज दीजिये।

धोती-कुर्ता अपने तोशेख़ाने में रहने दीजिए, यहाँ भेजने की ज़रूरत नहीं, मेरा काम चल रहा है। सफ़र गाज़ीपुर, आज़मगढ़, बलिया, गोरखपुर और बनारस का करूँगा। बनारस ही में पन्द्रह-बीस ख़रीदार हो जावेंगे। ज़रा तबीयत ठिकाने हो जाये, तो काम शुरू करूँ। गर्मी की कुछ कैफ़ियत न पूछिये। कहलाने को तो साहबे मकान[1] हूँ और खुदा के फ़ज़ल से मकान भी सारे गाँव का महसूद[2] है, मगर रहने क़ाबिल एक कमरा भी नहीं। कोठे पर आग बरसती है। बैठा और पसीना चोटी से एड़ी को चला। नीचे के कमरे सब गंदे। परीशान। किसी में बैल बँधता है, किसी में उपले जमा हैं, कहीं अनाज का ढेर है, किसी में जाँत, चक्की, ओखली, मूसली वग़ैरह जुलूसफ़र्मा हैं। कोई बैठे कहाँ, सोए कहाँ। मजबूरन अनाज के घर में एक चारपाई की जगह निकाल ली है। उसी पर दिन-रात पड़ा रहता हूँ। अकेले घूमने कहाँ जाऊँ। बच्चे तीन-चार दिन के लिये आये थे। हमारी मख़दूमा को पहुँचाने के लिए बस्ती गये। वहाँ से अपने वालिद के पास चले जावेंगे। इस गर्मी में वैसा पढ़ना, वैसा लिखना। सुबह के वक़्त घंटा आध घंटा वर्क़गरदानी[3] कर लेता हूँ, बाक़ी रात दिन मैं हूँ और चारपाई। सुलक्कड़ बड़ा हूँ, मगर नींद भी कुछ मेरे घर की लौंडी नहीं। उस पर तरद्दुद अलग। कहाँ हँसी-मज़ाक़ में दिन कटता था, कहाँ चुप की मिठाई या गूँगे का गुड़ खाकर बैठना पड़ता है। अजब ज़ीक़[4] में जान मुबतिला है। भाई जल्दी से छुट्टी कटे और फिर यारों के जलसे और चहचहे-क़हक़हे हों। कोई बीस दिन से ज़्यादा गुज़रे, मगर क़सम ले लो जो ज़बान से प्यारा लफ़्ज़ 'बंबूक़' एक बार भी निकला हो।

अधबीच में छोड़नेवाले और होंगे। यहाँ तो जब एक बार बाँह पकड़ी तो ज़िन्दगी पार लगा दी। नौबत राय न आएं। क्या जहाँ मुर्ग़ा न होगा वहाँ सुबह न होगी। एडिटोरियल मैं सब कर लूंगा। 'ख़तो किताबत जो मुआमले की है वह मैं कर लूंगा। खास एडीटर की तवज्जो के क़ाबिल जो ख़ुतूत होंगे वह ख़िदमते शरीफ़ में पेश होंगे। और काम करने का बन्दोबस्त होना ज़रूरी है। लेबल छपा लेंगे। आने का वक़्त आयेगा तो मशवरा हो रहेगा। जान गाढ़े में न डालो। हिम्मते मर्दां मददे खुदा। हिम्मते एडीटरां, मददे दोस्तां। हाँ, यह एलान करना ज़रूरी होगा कि नवाब राय स्टाफ़ में दाख़िल हो गये। बस। बाबू राम नारायण

१ मकान-वाला २ ईर्ष्या का पात्र ३ पन्ने पलटना ४ मुसीबत

का क्या हश्र हुआ ? मैं उनको छोड़ आया था। कमसिया है या ग़ायब हो गया। बाबू रामसरन'से प्यार और सलाम कहियेगा। यार, गज़ट निकले तो झटपट इत्तला देना।

(अंग्रेज़ी में) कुछ लेटर पेपर और लिफ़ाफ़े भी।

४

नया चौक, कानपूर
१५ फ़रवरी १९०८

हज़रत,

तसलीम। यादआवरी[१] का शुक्रिया। नज़्म गुले फ़िरदौस नहीं पहुँची। आप फ़रमाते हैं मैं भेज चुका। फिर क्या बात है। अगर रवाना न फ़रमाया हो तो बराय इनायत भेज दीजिये। शायद आपके काग़ज़ों में रह गयी हो। मुबल्लिग़ात[२] बहुत जल्द रवाना ख़िदमत होंगे। दिक़्क़त यह है कि अभी मेरी रुख़सत मंजूर नहीं हुई और कोई नंबर नहीं निकला। देखिए क्या होता है।

नियाज़मन्द
नवाब राय

५

तिथि नहीं है।
अनुमानतः सन् १९०८

प्रिय निगम,

अगर आप ख़त ले जाने वाले के हाथ पाँच रुपये भेज सकें तो बड़ी मेहरबानी हो। आपके पुराने क़र्ज़े अब तक अदा नहीं हुए। मैंने कोशिश की और नाकाम रहा। मगर ख़ैर अब अगले महीने से क़िस्तवार देना शुरू करूँगा।[३]

आपका,
धनपतराय

६

तिथि नहीं है।
अनुमानतः सन् १९०८

भाईजान,

आज बाहर से आया हूँ। और यह कापियां देखकर रवाना करता हूँ। 'शायर

---

१ याद करना २ रुपये ३ रुक्क़ा अँग्रेजी में है। उसका तर्जमा दिया जा रहा है।

का अंजाम' मिला। शुक्रिया। अब तीन दिन की तातील है। क़िस्सा साफ़ हो जायगा। बाहर मुतलक़[1] फ़ुर्सत न मिली।

मुंशी नौबत राय चले गये। क्या होली की तक़रीब में? मार्च भर मैं कुछ ख़िदमत नहीं कर सकता। अप्रैल से जो कुछ हुक्म दीजिएगा उसकी तामील होगी।

ज़्यादा नियाज़,

आपका,

धनपतराय

७

हमीरपूर

२० नवंबर १९०९

बरादरम,

ख़त मिला। मशकूर हुआ। आजकल फ़ुर्सत कम है। इसी वजह से 'शादी व ग़म' साफ़ न हो सका। रंजीत सिंह की भी ज़रूरत है। जल्द भेज दीजिए। वीकली के मुताल्लिक़ मेरा ख़याल अब भी है, मगर मेरा ख़याल है कि मैं मआश की फ़िक्र से आज़ाद होकर ज़्यादा काम कर सकता हूँ। मेरे अख़राजात रोज़ ब रोज़ बढ़ते ही जाते हैं। अब कानपूर और महोबा, दो जगह का खर्च संभालना पड़ता है। अगर आप लैला और मजनं की मसनवी मुझे दे दें तो लैला पर एक अच्छा मज़मून लिखूं।

आपके लिखने से मालूम होता है कि नवम्बर और दिसम्बर दोनों नंबर अलक़त कर दिये। ऐसा न कीजिएगा।

वह अंग्रेज़ी नाविल भेज दीजिए। अगर हो सका तो फ़रमाइशे तामील कर दूँगा वर्ना मजबूरी है। तबादला फ़िलहाल ग़ैर-मुमकिन है। दीगर क्या अर्ज़ करूँ।

खाकसार

धनपत राय

८

हमीरपूर

१८ मार्च १९१०

बरादरम,

आज दस रुपये मिले। मशकूर हूँ। मैं दो दिन से यहाँ आया हूँ और बहुत

---

१ बिल्कुल

चाहता था कि एक दिन के लिए कानपूर चला आऊँ क्योंकि अब रेल खुल गयी है मगर १८ और १९-२०, तीन दिनों में मुझे निस्फ़ दर्जन मदरसे देखने हैं और महोबा पहुँचना है। इस वजह से मजबूर हूँ। इन्हीं परीशानियों के बाइस इस हफ़्ते में कुछ न लिख सका। मुआफ़ कीजिएगा। अब महोबा पहुँचकर लिखूँगा। बाक़ी खैरियत है। जी चाहता है कि नये नये वाक़यात पर कुछ नोटिस लिखा करूँ। मगर वाक़यात का इल्म मुझे उस वक़्त होता है जब वह अखबारात में निकल चुकते हैं और उनके देर अज़ वक़्त हो जाने का ख़ौफ़ रहता है। बहरहाल मैंने मुसम्मम इरादा किया है कि जुलाई और अगस्त में रुख़सत लूं और अपनी अख़बारी क़ाबलियत को आज़माऊँ। आइन्दा जैसा ईश्वर चाहे।

आपका,

धनपत राय

६

कुल पहाड़

१३ मई १९१०

भाईजान,

तसलीम। कई दिन हुए, आप का ख़त आया। जैसा आप फ़र्माते हैं वैसा ही होगा। मेरे क़िस्से अब कहीं न जायेंगे। मुआविज़े का ज़िक्र मुझे खुद मकरूह[1] मालूम होता है, मगर बात यह है कि छोटे क़िस्सों के गढ़ने में दिमाग़ी उलझन बहुत ज़्यादा होती है और तावक़्ते कि तबीयत को यह झक न हो कि इस से कुछ मुबलिग़[2] वसूल होंगे, वह इस काम की तरफ़ रुजू[3] नहीं होती। हक़ मानिये, यही बात है।

नवाब राय तो ग़ालिबन कुछ दिनों के लिये जहान से गये। दोबारा याद-देहानी हुई है कि तुम ने मुआहिदे[4] में गो अख़बारी मज़ामीन नहीं लिखे, मगर इसका मंशा हर क़िस्म की तहरीर[5] से था। गोया मैं कोई मज़मून ख्वाह किसी मजमून पर—हाथी दाँत पर ही क्यों न हो—लिखूँ, मुझे पहले वह जनाब फ़ैज़-मआब[6] कलक्टर साहब बहादुर की ख़िदमत में पेश करना पड़ेगा। और मुझे छटे-छमासे लिखना नहीं, यह तो मेरा रोज़ का धन्धा ठहरा। हर माह एक मज़मून साहिबे वाला की ख़िदमत में पहुँचेगा, तो वह समझेंगे मैं अपने फ़राइज़े सरकारी में ख़यानत[7] करता हूँ। और काम मेरे सर थोपा जायगा। इसलिए कुछ दिनों के लिए नवाब राय मरहूम हुए। उनके जाँनशीन कोई और साहब

१ घृणित २ रुपये ३ प्रवृत्त ४ ऐग्रीमेन्ट; अनुबंध ५ लेखन ६ परम प्रतापी ७ सरकारी काम में गड़बड़ी

होंगे। आप मेरा मज़मून किताबत कराने के बाद मुंशी चिराग़ अली को दे दिया करेंगे। मुआवज़े की निस्बत जो आपने फ़रमाया वह मुझे मंज़ूर है। अगर मज़मून इतना बड़ा हो कि एक नम्बर में निकल जाय तो ख़म्स[१] और अगर एक से ज़्यादा नम्बरों में निकले—दो या तीन में—तो इसका अलमुज़ाइफ़[२]। यह मैं अब फिर कहता हूँ और पहले भी कह चुका था मगर किसी वजह से वह रिमार्क आपने नज़रअन्दाज़ कर दिया, कि यह मुबल्लिग़ात मैं अपने तसर्रुफ़[३] में नहीं लाऊँगा। ये एक मरहूम[४] दोस्त के पसमांदगान[५] के नज़्र होंगे। इसलिये आप को भूल कर मुझ पर कमीनेपन, ख़ुदग़र्ज़ी और तमा[६] का इलज़ाम न आयद करना चाहिये। आप के इस ख़त के उखड़े ढंग से मालूम होता है कि आप कुछ कहना चाहते हैं, मगर कहते नहीं। यह सब मज़ामीन जिनका आग़ाज़[७] कुंड से होता है (और ईश्वर ने चाहा तो शायद कुछ दिनों तक यह सिलसिला जारी रहे) जल्द या बदेर क़िस्से की शकल में निकलेंगे। अगर आप निकालेंगे तो चौथाई नफ़ा मेरा, और मैं निकालूंगा तो चौथाई नफ़ा आपका। गोया मेरा और आपका उन पर बराबर का अख़्तियार रहेगा। मेरा नाता उन से 'ज़माना' में निकल चुकने के बाद भी लगा रहेगा।

किताबों की फ़ेहरिस्त भेजी थी। उनकी क़ीमत मैनेजर साहब ने न लिखी। स्वामी रामतीर्थ के लिए मैं क्या फ़िक्र करूँ। अगर आप इसे टेक्स्ट बुक कमेटी में भेज कर इनाम की मद में मंज़ूर करा लें तो अलबत्ता सौ पचास जिल्दें निकलवा सकता हूँ। आप अब कभी-कभी इलाहाबाद की सैर करते नज़र आया करें, और इनामी किताबें शाया करने की फ़िक्र करें। मैं इस काम में आपकी क़लमी मुआवनत[८] करने को आमादा हूँ। किताबों की लिखाई वग़ैरह अच्छी हो और मंज़ूर हो जावें तो कुछ फ़ायदे की सूरत निकल सकती है।

और कहिये, क्या ख़बरें हैं। बन्दा तो कमरए आतशीं[९] में पड़ा भुन रहा है। इमसाल खस की टट्टी बनवाई कि नहीं? वाह क्या ठंडी हवा है और क्या फ़रहतबख़्श[१०]। याद से रूह फड़क गयी। वाए बरहाले आं[११] कि इस टट्टी की बहार ले रहें होंगे।

मैंने मख़ज़न माँगा था, वो आपने न भेजा। कोई नाविल गुदड़ी बाजार से लिया हो तो वह भी बैरंग भेजिये। इलाहाबाद की लाइब्रेरी की निस्बत दर्याफ़्त किया था, मगर वह आउट स्टेशन में किताबें नहीं भेजते। अबकी इलाहाबाद जाऊँगा तो अपने ख़ुस्र-ज़ादे[१२] को अपना क़ायम मुक़ाम बना आऊँगा। वह अपने

१ पाँच रुपये २ दुगना ३ इस्तेमाल ४ दिवंगत ५ पीछे छूट जानेवालों; बाल-बच्चों ६ लालच ७ आरंभ ८ सहयोग ९ आग-जैसे कमरे १० ताज़गी देने वाली ११ क्या कहने हैं उनके जो १२ ससुर के बेटे; साले

नाम से किताबें लेकर मेरे पास भेज दिया करेंगे। जून में इलाहाबाद, बनारस वग़ैरह की गर्म हवा खाऊँगा।

नज़र ने नाविल-वाला मज़मून वापस मांगा था और फ़रमाते थे कि मैंने महज़ तरमीम के लिये भेजा था। अगर आप उसे आसानी से अलहदा कर सकें, यानी रद्दी के टोकरे में पड़ा हुआ हो तो भेज दीजिये। उन्हीं के सर पटक दूँ। अबकी तो शायद हज़रत 'सरूर' एडवर्ड हफ़्तुम[१] का नौहा[२] कह रहे होंगे।

हिन्दी पर्चे का क्या हश्र हुआ? यानी उसकी तजवीज़ खटाई में पड़ गयी या बाक़ी है। निकलने वाला हो तो हिन्दी लिखने की आदत डालूँ।

मिस्टर रामसरन की ख़िदमत में मेरा सलाम कह दीजिएगा।

अबकी 'सरस्वती' ने नारद वग़ैरह पर तीन तसवीरें अच्छी निकालीं, और सूरदास पर मज़मून अच्छा है। आप भी हिन्दी लिटरेचर पर मज़ामीन लिखाने का ढंग निकालिये। सूरज नारायन 'मेहर' शायद लिखें। और नज़दीक व दूर की जो खबर हो, पास-पड़ोस की, उससे मुत्तला कीजिये।

'नज़र' साहब ने अपने रिसाले को बिल्कुल इसलामी ढंग पर चलाने का बीड़ा उठाया है। और क्या लिखूँ।

ख़ादिम
धनपतराय

नाविल वाला मज़मून जरूर भेजिये। आज फिर तक़ाजा है। जब आपके यहाँ उसकी फ़िलहाल ज़रूरत नहीं है तो जाने दीजिये। रुपये मिल रहेंगे। जल्द पहुँचेगा।

१०

**स्थान और तिथि नहीं है।
अनुमानत: सन् ११-१२ में
महोबे से लिखा गया।**

मकर्रमबन्दा जनाब एडीटर साहब ज़माना,

तसलीम। रिसाला ज़माना का माह नवम्बर का पर्चा देखकर मेरे दिल में चन्द ख़यालात पैदा हुए जिन्हें अर्ज़ कर देना मैं अपना फ़र्ज़ समझता हूँ। उम्मीद है कि जनाब को नागवार न होगा। इस ज़माने में जब कि गूनागूं[३] अख़लाक़ी[४], सियासी, मुआशरती[५] और इक़्तसादी[६] मसाइल[७] हमारी तमामतर[८] तवज्जो[९] के मुस्तहक़[१०] हैं, मुझे यह देखकर अफ़सोस हुआ कि रिसाला ज़माना का क़रीब

१ सप्तम २ मृत्यु पर लिखी गयी कविता ३ तरह तरह की ४ नैतिक ५ सामाजिक ६ आर्थिक ७ समस्याएँ ८ समग्र ९ ध्यान १० अधिकारी

क़रीब एक पूरा नम्बर महज़ आतिश के कलाम के तबसरे[1] की नज़र हो गया। मैं आतिश की उस्तादी का क़ायल हूँ। लखनऊ शायरी का मज़्मूम[2] पहलू आतिश की शायरी में मुक़ाबिलतन् कम है। मगर फिर भी इतना ज़्यादा है कि बइस्तसना[3] उन हज़रात के जो लखनवी शायरी के रंग में रँगे हुए हैं और सभी तबाए[4] को मौजूदा मेयार[5] और ज़ौक़े सही[6] से गिरा हुआ नज़र आता है।

लिटरेचर का मौज़ू[7] है तहज़ीब, अख़लाक़, मुशाहिदए जज़बात[8], इन्कशाफ़े हक़ायक़[9] और वारदात-ओ-कैफ़ियाते क़ल्ब[10] का इज़हार। जो शायरी हुस्न व इश्क़ को आइना व शाना[11], ख़ंजर व महशर[12], सब्ज़ा[13] व ख़त, दहन[14]-ओ-कमर के तख़ैयुल[15] से मुलव्वस[16] करती हो, वह हरगिज़ इस क़ाबिल नहीं कि आज हम उसका विर्द[17] करें। जिनकी उफ़्तादे तबीयत[18] उस रंग की है उन्हें अख़्तियार है आतिश या नासिख़, रिन्द और अमानत का वज़ीफ़ा पढ़ें। लेकिन ज़माना के मुख़्तलिफ़ुत्तबाअ[19] नाज़रीन[20] को इस विर्द और वज़ीफ़े में शरीक होने के लिए मजबूर करना कहाँ का इन्साफ़ है। मिर्ज़ा जाफ़रअली ख़ाँ साहब ने अपने तबसरे में आतिश के कलाम का इन्तख़ाब पेश किया है मगर इस इन्तख़ाब में भी बेशतर ऐसे अशआर हैं जिन्हें ज़ौक़े लतीफ़[21] हरगिज़ क़ाबिले सताइश[22] न समझेगा। मुलाहिज़ा हो

भर गया दामने नज़्ज़ारा गुले नरगिस से।
आँख उठाकर जो कभी तुमने इधर देखा॥

आँख की रिआयत से नरगिस को लाकर दामने नज़्ज़ारा को गुले नरगिस से भर देना, इसमें क्या नुदरते[23] ख़याल है? क्या हक़ीक़त है?—समझ में नहीं आता।

क़ासिदों के पाँव तोड़े बदगुमानी ने मेरे।
ख़त दिया लेकिन न बतलाया निशाने कूए दोस्त॥

क्यों नहीं बतलाया? थी आपकी हिमाक़त या नहीं? आपको ख़ौफ़ हुआ कहीं माशूक़ क़ासिद का दम न भरने लगे। वाह रे माशूक़ और वाह रे आशिक़, दोनों ज़िन्दा दरगोर[24]!

ऐसे अशआर एक नहीं सैकड़ों हैं। बहुत छानबीन करने से सौ दो सौ अशआर सारे दीवान में ऐसे निकलेंगे जो पाकीज़ा कहे जा सकें, जिनमें वाक़ई

---

१ चर्चा २ बुरा ३ अलावा ४ तबीयतों ५ समय की कसौटी ६ स्वस्थ रुचि ७ विषय ८ भावों की अभिव्यक्ति ९ सत्य का उद्घाटन १० दिल की हालत का बयान ११ कंघी १२ क़यामत १३मस भीगना १४ मुँह १५ कल्पना १६ लपेट देती १७ माला जपें १८ तबीयत का रुझान १९ अलग-अलग तबीयतों वाले २० पाठकों २१ सुरुचि २२ प्रशंसनीय २३ नयापन २४ क़ब्र में

जज़्बा, सच्चा दर्द, रुलानेवाली हसरत, चौंका देनेवाली जिद्दत, राशा बरअंदाम कर देनेवाली[१] नाज़ुकख़याली, जुनूंअंगेज़[२] मस्ती हो। ज़माना में अगर मेरा अंदाज़ा ग़लती नहीं करता तो, एक दर्जन मर्तबा आतिश की मर्सियाख्वानी[३] की जा चुकी है। यक़ीनन् मशाग़ले अदब[४] में शोअराए सल्फ़[५] की मर्सियाख्वानी के सिवा और भी बहुत से जरूरी काम हैं, और ख़ासकर उन शोअरा का कलाम जिनके दीवान कोह कन्दन और काह बरआनुर्दन के मिस्दाक़[६] हैं। मेरा खयाल है कि रिसाले के एडीटर को ज़ाती रुझानात और दोस्ताना ताल्लुक़ात से बालातर रहना चाहिए। उसका फ़र्ज़ है कि हर रंग और हर मज़ाक़ के नाज़रीन का लिहाज़ रखे। यह नहीं कि :

ग़ैरते मेह्र रश्के माह हो तुम, खूबसूरत हो बादशाह हो तुम।
जिसने देखा तुम्हें वह मर ही गया, हुस्न की तेग़े बेपनाह हो तुम ॥

तेग़ देखकर कौन मर जाता है ?

फ़ौक़ है सारे खुशजमालों पर, वो सितारे जो हैं तो माह हो तुम

जैसे तिफ़लाना[७] जज़्बात के अशआर से पर्चे का पर्चा भर दें।

समाख़राशी के लिए मुआफ़ फ़रमाइएगा।

नियाज़मन्द
प्रेमचन्द

११

स्थान और तिथि नहीं है।
अनुमानत: सन् ११-१२ में
महोबे से लिखा गया।

बरादरम,

'ज़माना' जुलाई मिला। तबीयत खुश हुई। अबकी अच्छा नम्बर है। मेरे ख़याल में दुहरे नम्बर निकालने का मौक़ा नहीं है। ऐसी सरगर्म रक़ाबत[८] के होते हुए मैं यह सलाह न दूँगा। हाँ, मेरी दोस्ताना सलाह यह है कि आप 'माडर्न रिव्यू' की जगह 'अदीब' को लेने दीजिये, खुद 'हिन्दुस्तान रिव्यू' की जगह लीजिये। मज़ामीन की खूबी, लिखाई, छपाई, पालिटिक्स वग़ैरह की तरफ़ ज़्यादा ज़ोर दीजिये और तसवीर की तरफ़ बहुत कम। इस लाग-डांट में

---

१ जिस्म को थर्रा देने वाली २ पागल कर देने वाली ३ मर्सिया पढ़ना ४ साहित्य के धंधे ५ गुज़रे हुए शायरों ६ खोदा पहाड़ और निकली चुहिया के उदाहरण ७ बचकाना ८ प्रतियोगत।

आप ज़ेरबार हो जायेंगे। अपनी हार मान लेने में बुराई नहीं है। आप इंडियन प्रेस के वसाइल[1] कहाँ से लायेंगे। अबकी रंगीन तसवीर आपको फिर ख़राब मिली। इससे तो बेहतर होता कि वर्क़ की तसवीर पहले होती। बहरहाल अब 'ज़माना' की ख़ूबी मज़ामीन पर होनी चाहिये, तसवीर पर नहीं। कभी कभी तसवीरें भी दे दी जायें, मगर उसी वक़्त जब सनअत[2] का कोई अच्छा नमूना हाथ आ जाए। ख़्वामख़्वाह तसवीर देने से कोई फ़ायदा नहीं। मैं इसके सख़्त ख़िलाफ़ हूँ। तसवीर की किफ़ायत काग़ज़ और छपाई की इसलाह[3] में सर्फ़ कीजिये। और मौजूदा मसाइल पर मज़ामीन लिखाने की फ़िक्र कीजिये। बासू के बिल पर कोई मज़मून न निकला, गोखले के बिल ने कहाँ तक तरक़्क़ी की, मुहम्मडन यूनिवर्सिटी का कांस्टिट्यूशन वग़ैरह मसले पर कुछ होना चाहिये था। मतलब यह है कि ज़माना अपटूडेट पोलिटिकल पेपर हो। ज़ौक़ पर आधा पर्चा भरना मैं अच्छा नहीं समझता। हमें ज़ौक़ का रोना रोने से क्या मिला जाता है। ज़ौक़ के नाम पर रोने वाले बहुत हैं। यह काम अदीब को करने दीजिये। और आप इससे बेहतर काम में मसरुफ़ हूजिये। हजम[4] में मुस्तक़िल हो, यह नहीं कि कभी ७० सफ़े दिये, कभी ८०, कभी १००। बड़े साइज़ के ८० या ७२ सफ़े काफ़ी हैं।

हफ़्तेवार का नोटिस आप ने निकाल ही दिया। ज़रा तबीयत तो अच्छी होने देते। देखिये क्या कामयाबी होती है। आप का हफ़्तावार कामरेड के नमूने का होना चाहिये।

ईश्वर का नाम लेकर शुरू कीजिये। मुझसे जो मदद हो सकेगी करता रहूँगा। फ़िलहाल मेरी हालत मुझे इजाज़त नहीं देती कि कुछ ईसार[5] कर सकूं। यक़ीन मानिये, आप से बसिदक़े दिल कहता हूँ कि जब से यहाँ आया हूँ सिर्फ़ दो सौ रुपये मेरे पास जमा हुए हैं। और वह भी सौ रुपये नाविल का मुआवज़ा है। और एक सौ रुपये में कोई तीस रुपये इंडियन प्रेस से मिले। शायद तीस या पैंतीस आप ने दिये। और इसी क़दर एजुकेशनल गजट से मिला। मेरी तनख़्वाह और भत्ते में कौड़ी की बचत नहीं हुई।

हाँ, बचत कहिये तो, कमाई कहिये तो, बीवीजान की बरसों की ज़िद पर रफ़ा शिकायत के लिये एक कड़ा बनवाया, जिसका सदमा अब तक न भूला। इस बिरते पर मैं क्या ईसार करूँ। ६०) तनख़्वाह है। ४०) का औसत और। और ख़र्ज में बुख़्ल[6] से काम लेता हूँ। तब भी कभी फ़राग़त नहीं नसीब होती। नहीं मालूम यहाँ कानपुर के मुक़ाबले में क्या ख़र्च बढ़ गया है। वहाँ ४०) में

१ साधन २ कला ३ सुधार ४ आकार ५ त्याग ६ कंजूसी

गुज़र हो जाता था। यहाँ उसके दुगने में रोना पड़ा हुआ है। और अब बढ़े हुए अख़राजात को तोड़ना मुझ पर तो नहीं दूसरों पर सितम होगा।

नाम हिन्दू बहुत मौज़ूं था, मगर शायद इस नाम का कोई पर्चा पंजाब में निकलने लगा है। रफ़्तारे ज़माना से बेहतर नाम मुझे नहीं सूझता। आप ने भी तो यही नाम पसंद किया था। नाम तो यही रखिये। अब रहे मज़ामीन। आप तनहा एक असिस्टेंट की मदद से हफ़्तावार अख़बार इसी हालत में चला सकेंगे जब क़लम को ज़्यादा रवाँ बनायें। मैं हफ़्तावार एक दो सफ़े बिला नाग़ा आप की खिदमत में भेज दिया करूँगा। कुछ नोट होंगे, बन पड़ा तो कोई एडिटोरियल, कभी किसी मज़मून का तर्जुमा, कभी कुछ। मगर अख़बार का नमूना कामरेड ही हो। पालिसी हिन्दू। अब मेरा हिन्दुस्तानी क़ौम पर एतक़ाद नहीं रहा और उसकी कोशिश फ़िज़ूल है। आप कहते हैं कि ४०००) की फ़िक्र कर लूंगा। जहाँ ४०००) की फ़िक्र कीजिये वहाँ ३६०) की फ़िक्र करनी क्या मुशकिल है। अगर आप मुझे ६०) का समझौता कर देंगे तो मैं इसी पर काम करूँगा।

छः माह अख़बार की हालत देखकर बाद को फ़ैसला कर सकूंगा कि मेरे लिये कौन-सा रास्ता ज़्यादा सीधा है। यहाँ से रुख़सत लेकर चला आऊँगा। क्या अजब है मैं अख़बार को चला सकूं। अगर छः माह के बाद अख़बार कुछ दे निकला तो मैं हाथ पैर फैलाऊँगा। वर्ना अपना सा मुँह लेकर अपने पुराने ढच्चर पर चलूंगा। मगर ६०) से कम पर मेरा गुज़ारा नहीं हो सकता। यह साफ़गोई आपको अपना दोस्त, हमदर्द और भाई समझकर करता हूँ। मैं काम से जी नहीं चुराता। न इस क़दर मुतालबा चाहता हूँ गोया मैं कहीं का बड़ा मुंशी-विक़ार[१] हूँ। नहीं, सिर्फ़ गुज़ारा चाहता हूँ, और गुज़ारा ६०) से कम में नहीं हो सकता।

दूसरी बात, आप ने 'ज़माना' अब तक निज के तौर पर चलाया है। इसका खर्च और आप का जेब ख़र्च दोनों एक ही मद में शुमार होते रहे, जिसकी वजह से आप अक्सर परीशान होते रहे। आप ने अपना ज़ाती खर्च बहुत बढ़ा लिया है। साफ़गोई के लिये मुआफ़ फ़र्माइयेगा। 'रफ़्तारे ज़माना' का मुआमला निज का मुआमला न होगा। इसका हिसाब-किताब और खर्च सब का मद आपके जेब खर्च से बिल्कुल अलग होगा। इन्हीं उसूलों पर काम चल सकता है। मुझे यक़ीन है कि एक हिन्दू पर्चा जो अच्छा काग़ज़, अच्छी छपाई दे सके उसके लिये गुंजाइश काफ़ी है। हमारी यह कोशिश होगी कि उर्दू पर्चों में रफ़्तारे ज़माना एक ताक़त हो जाये। इसकी रायों का दूसरे अख़बार इक़्तबास[२] करें। अख़राजात[३]

१ शान रखनेवाला २ उद्धरण ३ खर्चों

वग़ैरा की तफ़सील जो आपने दी है वह मैं पहले भी देख चुका हूँ। बहरहाल मैं काम करने के लिये तैयार हूँ, ऊपर लिखी हुई शर्तों पर और उस हालत में जब कि माली हालत मुस्तक़िल हो। और मैं किराये का टट्टू बन कर काम न करूँगा, बल्कि सच्चे जोश से। या तो आप अभी मेरी ख़िदमात तलब करें या जब अख़बार की हालत कुछ मालूम हो तब।

अब आप की तबीयत कैसी है।

यहाँ सब ख़ैरियत है। बारिश बकसरत हुई।

आपका

धनपत

१२

स्थान और तिथि नहीं है।
अनुमानतः सन् ११-१२ में
महोबे से लिखा गया।

बरादरम,

मशकूर हूँ। पहले 'अवध अख़बार' वाला मुआमला। क्या जवाब दूँ। माली पहलू यह है कि यहाँ नेट आमदनी ८०) से किसी तरह ज़्यादा नहीं है। दौरे का ख़र्च और मुलाज़िमों की तनख़्वाह इसमें शामिल नहीं है। क़रीब-क़रीब यही हालत वहाँ भी होगी। और मसारिफ़[1] बदस्तूर। मगर काम में बड़ा फ़र्क़ है। यहाँ बहुत आज़ादी है, बावजूद ग़ुलामी के। चूँकि कोई अफ़सर सर पर नहीं रहता और न कोई जवाबदिही है, इसलिये आज़ादी सी मालूम होती है।

१० बजे से ५ बजे की हाज़री, दिमाग़ी काम, रोज़ाना अख़बार, जी कांप जाता है। हिम्मत नहीं पड़ती। यहाँ लिटरेरी काम बमंज़ला तफ़रीह[2] है। वहाँ यह मआश[3] हो जायगा। हालाँकि छोटक की पढ़ाई और आइंदा ज़िन्दगी की रफ़्तार के ख़याल से यह मौक़ा बुरा नहीं है, मगर काम की कसरत इरादे को मुस्तक़िल नहीं होने देती। बहरहाल मैं अभी दुबिधे में हूँ। अगर मौक़ा मिले तो आप प्रोप्राइटर से ज़िक्र कीजियेगा। उस वक़्त तक शायद इरादा किसी तरफ़ जम जाये।

क़िस्सा लिखा हुआ तैयार है। सिर्फ़ नक़ल करना बाक़ी है। कल तक ग़ालिबन हो जायगा। आपने मेरी तनख़्वाह बढ़वा दी, इसका मशकूर हूँ। क्योंकि यह प्राइवेट ट्यूशन है। अब मुझे ८) माहवार मिलेंगे।

---

१ खर्च २ दिल बहलाव के लिए ३ जीविका

मेरे क़िस्सों के मजमूए का ख़याल रखिएगा। और जब आप अवध अख़बार में पहुँच जायं उस वक़्त इसे निकालने की फ़िक्र करना मुनासिब होगा। मुमकिन है आपका अवध अख़बार में पहुँचना मेरे लिये कोई बेहतरी की सूरत पैदा करे। क्या ज़रूरत है कि मैं अपना ख़ूने जिगर या उँगलियों से निकलनेवाले क़तरए ख़ून को किसी ग़ैर जगह फेंकूँ, अगर अपने पर में क़द्र हो तो दूसरे का दस्त-निगर[1] होऊँ?

हालाँकि मैंने 'हमदर्द' को कोई अच्छा क़िस्सा नहीं दिया, ताहम अगर उनके लिये और कोई गुंजाइश होती तो मैं वहाँ न देता। हाँ, ख़सारा[2] न होना चाहिये। आपके पास ईश्वर ने चाहा तो परसों क़िस्सा पहुँचेगा। 'अदीब' में आज तीर्थ-राम का 'आज़माइश' देखा। मुझे तो तर्जुमा-सा मालूम होता है। है यही बात न?

अब रिसालों और अख़बारों का ज़िक्र। आप मुझे 'माडर्न रिव्यू' 'लीडर' और 'हिन्दुस्तान' न दीजिये। 'माडर्न रिव्यू' मैं मंगवाऊँगा। 'हमदर्द' अब अनकरीब आने ही लगेगा। बस कोई एक उर्दू पर्चा मसलन 'वकील' या 'वतन' मुझे और मिलना चाहिये। 'हिन्दुस्तान' मैं आज मंगाता हूँ। इतना काफ़ी हो जायगा।

'मुसलिम गजट' में शिबली का मज़मून 'मुसलमानों की पोलिटिकल करवट' क़ाबिलेदाद है। मैं दसहरे की तातील में यहीं रहा। कहीं न गया। अब अच्छा हूँ। और तो कोई हाल ताज़ा नहीं है।

आपका
धनपतराय

१३

मझगवाँ
६ फ़रवरी १९१३

भाईजान,

आज आपका अंग्रेज़ी ख़त मिला। झिंग सियाल, भारत और हिन्दोस्तान का पैकेट भी वसूल हुआ। आज़ाद भी आया। आज़ाद के मुताल्लिक़ आपने मेरी राय पूछी है। अगर्चे वह अभी तक मुझ तक नहीं पहुँचा मगर इसमें खुशामद को मुतलक़ दख़ल नहीं है कि वह अब उर्दू के बेहतरीन अख़बारों से हमसरी[3] का दावा कर सकता है। अगर इलतिज़ाम के साथ हर नंबर में किसी साहिबे राय का एक

१ सहारा लूँ २ घाटा ३ बराबरी

ओरिजिनल मज़मून और एक दिलचस्प तर्जुमा दिया जा सके तो इसकी दिलचस्पी और बढ़ जाये। अब की पं० बद्रीदत्त का मज़मून था। इसी तरह हरेक नंबर में कोई न कोई मज़मून हो जाये तो क्या कहना। नामानिगारों[1] की अभी तक कमी है। आप खुद इसकी अहमियत समझते हैं और कसरतंकार[2] ने ग़ालिबन् आपको अभी इस तरफ़ मुख़ातिब नहीं होने दिया। बहरहाल इसकी रफ़्तार रू-ब-तरक़्क़ी है। मालूम नहीं क़द्रदानी का दायरा भी इसी निस्बत के साथ वसीह हो रहा है या नहीं।

बाबू रामभरोसे के पिदरे.बज़ुर्गवार के इंतक़ाल की ख़बर निहायत पुरमलाल है। ईश्वर उन्हें सब्र दे। अब ख़ानादारी का सारा बोझ उनके सर पर आ पड़ा। जिस ख़ूबसूरती से वह अपनी शान को सँभाले हुए थे मालूम नहीं रामभरोसे में वह सलाहियत है या नहीं। मगर इसमें शक नहीं कि मरहूम की ज़िन्दगी कामयाब ज़िन्दगी थी—और हर एक मरनेवाले को उस पर रश्क हो सकता है। आप मेरी जानिब से हमदर्दी का सच्चा पैग़ाम उन्हें दे दें। मैं ताज़ियतनामा[3] भी लिखूँगा।

मुझे यह सुनकर बड़ी खुशी हुई कि आपका मशीन प्रेस अब अनक़रीब जम जायेगा। जिल्दसाज़ी, कुतुबफ़रोशी की शाखें भी क़ायम होंगी। ईश्वर आपकी कोशिशों को सरसब्ज़ करे। मैं मजबूर हूँ कि मुझे to fall back upon का कोई सहारा नहीं है। बस किराये का टट्टू हूँ। प्रेमपचीसी इस प्रेस का पहला काम होगा। अपने तईं मुबारकबाद देता हूँ। बीस क़िस्सों से ज़ायद हो गये हैं, दो अभी हमदर्द के दफ़्तर में पड़े हुए हैं। मालूम नहीं हमदर्द खुलेगा भी या ठण्डा पड़ गया। बहरहाल दो तीन माह में पच्चीस क़िस्से ज़रूर हो जायेंगे। हाँ, किताब किसी क़दर ज़ख़ीम[4] हो जायेगी। चार सौ सुफ़हे से किसी तरह कम न होगी। मिस्तर उन्नीस सतरी रहना चाहिए और साइज़ ज़माना के दो बरस क़ब्ल के साइज़ के बराबर। कातिब खुशख़त हो। मैं मज़ामीन की तरतीब दूँगा और जहाँ कहीं छापे की ग़लतियाँ हो गयी हैं उनकी इसलाह[5] भी कर दूँगा। मगर मेरे पास सब पर्चे मौजूद नहीं हैं। अकसर ग़ायब हो गये। इसलिए ज़रूरत होगी कि मेरे पास सब पर्चे मौजूद हो जायें। बहरहाल जिस वक़्त फ़ैसला हो जाये मैं यहाँ से उन चंद क़िस्सों की कापी भेज दूंगा जो मेरे पास मौजूद हैं। दीबाचा आप लिखेंगे या जिसे आप मुनासिब समझें उससे लिखवाइएगा। ख़र्च और नफ़े में मुझे निस्फ़ का शरीक समझिए। नफ़े का ज़िक्र ही क्या, ख़र्च में आधे का साझीदार हूँ।

---

१ संवाददाताओं २ कार्याधिक्य ३ समवेदना का पत्र ४ मोटी ५ सुधार

अब रह गये हिन्दी रिसाले। आप मुझे अपने हिन्दी डिपार्टमेंएट का एडीटर समझिए। मैं अखबारात और रिसालों से मुनासिब और दिलचस्प तर्जुमे कर दिया करूँगा। कहीं कहीं उन पर नोट और तनक़ीद[१] लिखूंगा। हिन्दी शोअरा क दिलचस्प और मुख्तसर सवाने उमरियों[२] का सिलसिला भी दूँगा। मर्यादा आप लिखते हैं भेज दिया गया, अभी यहाँ नहीं पहुँचा। सरस्वती यहाँ एक जगह आती है। अब बंद हो गयो। आप जो अखबारात और रिसाले यहाँ भेजेंगे उन्हें मैं जब कभी आऊँगा, लेता आऊँगा, ताकि आपके दफ़्तर में मौजूद रहें। आपकी कई किताबें और कई रिसाले मेरे पास पड़े हुए हैं। अबकी आमद में सब बक़ाया बेबाक़ हो जायेगा। अगर किसी अँग्रेज़ी दिलचस्प मज़मून का तर्जुमा कराना चाहें तो मैं वह भी बक़द्रे इमकान[३] करने को तैयार हूँ। आज एक क़िस्सा 'ज़िन्दगी और मौत' ज़माना के लिए भेजता हूँ। पसंद आये तो रख लीजिएगा। यही आखिरी कोशिश है। इधर महीने भर से एक सतर भी नहीं लिखा। रोज़ाना की दवा-दर्विश रहती है। फुर्सत नहीं मिलती।

अदीब आया। हरेक मज़मून के साथ एडीटर का पुछल्ला मौजूद है। देखें आगे यह हज़रत क्या दिखाते हैं। मालूम होता है नक़्क़ाद[४] की हैसियत अखबार कर लेगा।

ज़माना की पाबंदी-ए-औक़ात[५] पर आपको मुबारकबाद देता हूँ। मेरे खयाल में यह मार्च का रिसाला १ मार्च को निकल जाये तो आइन्दा भी इलतिज़ाम[६] क़ायम रखिए। यह उर्दू दुनिया में एक ग़ैर मामूली बात होगी।

अब रहा रूपयों का ज़िक्र। मुझे इस वक़्त चंदाँ ज़रूरत नहीं है। मगर मेरे ज़िम्मे हमीरपुर आर्यसमाज के दस रूपये बाक़ी हैं। बार-बार तक़ाज़ा हुआ है मगर अपनी तिहीदस्ती[७] ने इजाज़त न दी कि अदा कर दूँ। आप अगर afford कर सकें तो बराहे-रास्त मेरे नाम से हमीरपुर आर्यसमाज के सेक्रेटरी के नाम दस रूपये का मनीआर्डर कर दें। ममनून[८] हूँगा। तकलीफ़ तो होगी मगर मेरी ख़ातिर इतना सहना पड़ेगा क्योंकि यहाँ अब जलसा भी अनक़रीब होनेवाला है। मुकर्रर अर्ज़ यह है कि यह दस रुपये ज़रूर भेज देवें। मैंने जनवरी में अदा करने का हतमी[९] वादा किया है। आप अगर इजाज़त दें तो मैं यह समझूँगा कि ज़माना मेरा पंद्रह रूपये का देनदार है। जनवरी के आखिर तक का यह हिसाब रहा। ग़ालिबन् आपको एतराज़ न होगा। फ़रवरी अव्वल से नया हिसाब चलता है।

---

१ आलोचना २ जीवनियों ३ सामर्थ्य भर ४ आलोचक ५ समय की पाबंदी ६ सिलसिला ७ तंगदस्ती, कंगाली ८ कृतज्ञ ९ पक्का

और तो कोई नयी बात नहीं। तेजनारायन लाल ने बांदा में आठ रूपये की नौकरी कर ली है। मुदर्रिस हो गये हैं। बाक़ी काम बदस्तूर चल रहा है। सेहत अलबत्ता बहुत अच्छी नहीं है।

तामीरे देहली पर एक मुख्तसर-सा नोट लिखा है, मुमकिन हो तो दे दीजिएगा।

आपका,

धनपतराय

१४

महोबा

२८ फ़रवरी १६१३

बरादरम,

बहुत से रिसाले आये। आज़ाद भी १३ और २० फ़रवरी का मिला। मगर ५ फ़रवरी का नहीं मिला। खैर। चन्द रिसालों के रिव्यू किये हैं और वह इरसाले ख़िदमत हैं। फ़रवरी के रिसालों का रिव्यू बहुत जल्द भेजूंगा। फुर्सत न मिली। 'अमावस की रात' आधा नक़ल कर चुका हूँ, बाक़ी जल्द नक़ल करके भेजूंगा। ज़माना फ़रवरी का मिला। पढ़ लिया है। सिर्फ़ लिखाई छपाई रू-ब-तनज़्ज़ुल[1] है। ये इसके पुराने खुसूसियात हैं और इनमें हर्गिज़ कमी नहीं होनी चाहिए। आज़ाद के लिए कोई नोट न लिख सका। अदीमुलफ़ुर्सती[2] का रंज है। मगर जल्द ही काम ख़त्म हुआ जाता है। और कोई ताज़ा हाल नहीं। प्रेम-पचीसी के क़िस्सों की तरतीब[3] दी है। मज़मून और रिव्यू और यह तरतीब साथ-साथ एक हफ़्ते में पहुँचेंगे। मुमकिन हुआ तो दो तीन नोट भी मुरत्तब[4] हो जायेंगे। छत्री मैगज़ीन में एक तारीखी मज़मून सैर-ओ-सियाहत के मुताल्लिक़ है। उसका तर्जुमा भी करता जा रहा हूँ। फुर्सत है। आज़ाद की रफ़्तारे तरक़्क़ी कैसी है। रामसरन के अग़राज़[5] से मुझे पूरा इत्तफाक़ है। यही बात मेरे दिल में भी थी।

आपका,

धनपत

---

१ गिर रही २ फ़ुर्सत न मिलना ३ क्रम, सिलसिला ४ तैयार ५ उद्देश्य।

१५

महोबा
६ मार्च १९१३

बरादरम,

तसलीम। २७ का आज़ाद देखा। योमन् फ़योमन्[१] तरक़्क़ी हो रही है। और मुबारकबाद के क़ाबिल। नामानिगारों की कमी भी जल्द पूरी हो जाय। मगर ज़माना न गिरने पाये। कल अख़बारात के रिव्यू और 'अमावस की रात' भेज चुका हूँ। अगर आपने हमीरपूर समाज के नाम दस रूपये न रवाना फ़रमाये हों तो बराहे करम अब कर दीजिए क्योंकि मैं १४ को वहाँ जाऊँगा और तक़ाज़ा नहीं सहा चाहता। प्रेम के क़िस्से २१ आपके यहाँ छप गये हैं, २ हमदर्द के यहाँ हैं। वह दोनों आज मँगवाये लेता हूँ। तब दो की कमी रह जायगी और यह दो किताबत के पूरे होने तक बन जायँगे। तरतीब क्योंकर दूँ। अबवाब[२] की सूरत में नहीं आते वर्ना मैंने चाहा था कि शुजाअत[३], ख़ुददारी[४], ईसार[५] वग़ैरह के उनवान[६] से तरतीब दूँ। मुनासिब यही मालूम होता है कि दिलचस्पी और इख़्तसार[७] के लिहाज़ से उनकी तरतीब दी जाये। २५ क़िस्सों का हजम बहिसाब औसत १२ सफ़े फ़ी क़िस्सा ३०० सफ़े होगा या ज़्यादा से ज़्यादा बीस जुज़[८]। आपके क़यास[९] में इसका कुल सर्फ़ा क्या होगा।

और क्या हालात हैं। दो एक नोट जल्द लिखूंगा। इधर दो हफ़्ते से आपका ख़त नहीं आया, फ़िक्र है। जवाब जल्द अता हो।

आपका,
धनपत राय

यह बहुत अच्छा होगा कि किताब पबलिक में आने से पहले खास-खास अहले क़लम के पास इज़हारे राय के लिए भेजी जाये और यही रायें इश्तहार का काम दें।

१६

महोबा
२२ मार्च १९१३

भाईजान,

आज हमीरपूर से वापस आया। अब तक ताज़ा आज़ाद नहीं मिला। मार्च का ज़माना मिला। अभी अच्छी तरह देख नहीं सका हूँ मगर कुछ कमज़ोर नंबर

---

१ दिनोंदिन २ परिच्छेद ३ बहादुरी ४ स्वाभिमान ५ आत्म-बलिदान, त्याग ६ शीर्षक ७ छोटा करने; संक्षेप ८ फ़र्मे ९ अनुमान

मालूम होता है और लिखाई-छपाई की शिकायत मुआफ़।

इस तरफ़ कोई मज़मून न लिख सका क्योंकि आमद व रफ़्त की तरद्दुद से इत्मीनान न मिला। अलावा इसके कोई मसाला भी पास न था। ज़िन्दगी और मौत बहुत ग़लत छपा। और क़िस्सा भी कुछ यों ही सा है। मगर अमावस की रात की निस्बत आपका क्या ख़याल है। निगाहे नाज़ लिख चुका हूँ, सिर्फ़ साफ़ करना बाक़ी है। रणथम्भौर के क़िले पर एक छोटा-सा मज़मून क्षत्रियमित्र (हिन्दी) से अख़्ज़ करके रवाना करता हूँ।

मिस्टर सरन के घर में बच्चा पैदा हुआ है। ख़ुशी की बात है। ईश्वर उसे ज़िन्दा रखे। मेरी न पूछिए। अहबाब फलें-फूलें। मेरी ख़ुशी के लिए इतना काफ़ी है। ज़्यादा की ज़रूरत नहीं है। उन्हीं के बच्चों को प्यार करके अपनी हवस मिटा लूंगा।

प्रेम पचीसी की तैयारी में तीन सौ लगेंगे। यह रक़म बहुत ज़्यादा है। क्या इससे कम में तैयार नहीं हो सकता। काग़ज़ बहुत अच्छा न सही। आपने छपाई ख़ुश्क का हिसाब लगाया है या तर का। बहरहाल अब मैं जुलाई और अगस्त में दो महीने के लिए कानपूर आऊँगा और उसी ज़माने में यह सब काम हो जायगा। बाक़ी सब ख़ैरियत है।

—धनपत राय

१७

महोबा
२ मई १९१३

भाईजान,

चंद मुख़्तसर नोट इरसाल[१] हैं। उम्मीद है पसंद आयेंगे। आज मैं आप से कुछ मुआमले की बातचीत करने की आज़ादी चाहता हूँ। आज़ाद को शाया हुए तक़रीबन् पाँच महीने हुए। आप छः महीने की मुद्दत को अख़बार की कामयाबी के लिए काफ़ी ख़याल करते थे। वह मुद्दत अब क़रीब है। मुझे यक़ीन है कि आज़ाद अब चल निकला। मैं अव्वल से और अब तक हस्बे औक़ात[२] और फ़ुर्सत आज़ाद के लिए थोड़ा-बहुत लिखता रहा हूँ। मगर आप जानते हैं यह माद्दियात[३] का ज़माना है। हर एक इंसान अपनी मेहनत का कुछ-न-कुछ नतीजा ज़रूर चाहता है। ख़ुसूसन् ऐसी हालत में जब कि मेरी सेहत भी अच्छी नहीं है। कुछ अमली नतीजे की तरग़ीब[४] नफ़्स[५] के लिए बहुत कारगर साबित होती है। मैं किताबी कीड़ा मशहूर हूँ और मेरा तबई मैलान[६] जैसा है उससे उम्मीद नहीं है कि मैं सरकारी मुलाज़िमत में कभी कारगुज़ार कहला सकूँ। मेरा शुमार अब तक

१ प्रेषित २ अवकाश और सामर्थ्य-भर ३ भौतिकता ४ प्रेरणा ५ आत्मा ६ दिली रुझान

दर्जए सोम[१] के आदमियों में रहा है और आइन्दा रहेगा। इसलिए मेरी अश्कशोई[२] होनो लाज़मी है। अगर इधर से न सही तो किसी और तरफ़ से सही कुछ माली फ़ायदा होना चाहिए। इसलिए मेरी आपसे दरखास्त है कि आप अज़ राहे-करम[३] जितने मज़ामीन या नोट शाया करें उनकी उजरत किसी एक शरह[४] से मसलन् आठ आने फ़ी कालम मुक़र्रर फ़रमा दीजिए। मेरा ख़याल है कि यह आज़ाद पर कोई नाक़ाबिले बर्दाश्त बार न होगा क्योंकि मैं किसी हफ़्ते में भी चार कालम से ज़्यादा नहीं लिख सकूँगा और आज़ाद को ज़्यादा से ज़्यादा सिर्फ़ दस रूपये मेरी नज्र करने पड़ेंगे। मुझे उम्मीद है कि आप इसे मेरी जानिब से भी सख्ती न ख़याल फ़रमायेंगे। मैं चाहता था कि यह तहरीक[५] आपकी जानिब से होती मगर एक ही बात है। अगर आप इसे पसंद न फरमायें तो कोई मुज़ायका नहीं मैं हस्बे दस्तूर औक़ात और फ़ुर्सत के लिहाज़ से कुछ-न-कुछ क़लमी ख़िदमत करता रहूँगा मगर शायद दोस्ताना बेगार समझकर। मैं जानता हूँ कि आप तिही-दस्त हैं, माली हालत अच्छी नहीं। मगर ऐसा क्यों हो। और अख़बार नफ़ा कर रहे हैं, आप क्यों नुक़सान उठायें। बेज़रूरत और बेनतीजा ईसार क्यों करें। इस बेतकल्लुफ़ी के लिए मुझे मुआफ़ फ़रमाइएगा। और अगर तजवीज़ पसंद आये तो सिर्फ़ कनाये[६] से इसका ज़िक्र कीजिए वर्ना बा मन ओ तू[७] यह ज़िक्र यहीं ख़त्म हो जाना चाहिए।

आपका,

धनपत राय

१८

महोबा

४ मई १९१३

भाईजान,

आज आपका मुफ़स्सल ख़त मिला। 'निगाहे नाज़' में जहाँ कहीं ज़रूरत हो मिस का लफ़्ज़ उड़ा दीजिए और नेहरू से एतराज़ है तो इसके बजाय 'हक्कू' कर दीजिए। मुझे कोई उज्र नहीं है। मुझे यह सुनकर सख्त मलाल हुआ कि अभी तक आज़ाद अपने पैरों पर खड़े होने के क़ाबिल नहीं हुआ। यही फ़र्ज़ करके मैंने कल आपको एक शिकायतनामा लिखा है जिस पर अब नादिम[८] हूँ। मैं समझा था कि अब हालत कुछ रूबराह[९] होगी। तेज बहादुर बाँदा में बमुशाहिरे[१०] आठ रुपये माहवार नौकर थे मगर बीमार हो गये। अब घर जा रहे हैं। छोटक ने टाइपिंग का इम्तहान दिया है। उनकी शादी की बातचीत मिर्ज़ापूर के ज़िले में हो रही है।

---

१ तीसरे दर्जे २ आँसू पोंछना ३ कृपया ४ दर ५ सुझाव ६ इशारे ७ आपके और मेरे बीच ८ शरमिन्दा ९ अच्छी १० तनख्वाह

बेगम साहिबा यहीं तशरीफ़ रखती हैं और ग़ालिबन दुख़्तरे नेक अख़्तर[1] की आमद है। और सब हालात साबिक़ दस्तूर हैं। पापोश का इंतज़ार है। और क्या अर्ज करूँ। देश रोज़ाना मेरे नाम जारी हो गया है। मैंने उसका नामानिगार[2] बनना मंज़ूर कर लिया है। मुआवज़े की बातचीत हो रही है। आज छोटक के क़द्रदां मिर्ज़ापूर से आनेवाले हैं। और कोई हाल ताज़ा नहीं है। बाबू राम सरन की ख़िदमत में दस्तबस्ता आदाब पेश करता हूँ।

आपका,
धनपत राय

१६

गोरखपूर : लक्ष्मीभवन
२ जून १६१३

भाईजान,

तसलीम। मुझे अफ़सोस है कि मैं अपने वादे के मुताबिक़ ४ को बनारस न जा सकूँगा। अभी यहाँ मुझे तीन दिन और रहना पड़ेगा। ऐसी ही ज़रूरत दरपेश हो गयी है। इसलिए वालिदा साहिबा जिस दिन बनारस आयें उससे बाबू महताब राय, ज्ञानमण्डल, बनारस को मुत्तिला कर दीजिएगा। वह बुलानाला के धर्मशाले में मुनासिब इंतज़ाम कर देंगे। मैंने उन्हें ताकीद कर दी है। बाबू रघुपत सहाय की तबीयत किसी क़दर नासाज़ है।

आपका,
धनपत राय

२०

महोबा
७ जून १६१३

भाईजान,

आज आपका कार्ड आया। अपना मुफ़स्सल ख़त परसों लिख चुका हूँ। बहुत अच्छा हुआ कि मशीन आ गयी। अब जमाना और आज़ाद दोनों वक़्त पर और साफ़ छपेंगे। ग़ालिबन् कानपूर में आपको काम की कमी न रहेगी।

प्रेम पचीसी की कापी मैं खुद देखना चाहता हूँ। मैं अपनी हालत ख़राब होने के बाइस आजकल बिलकुल अपाहिज हो गया हूँ। ओरिजिनल कोई क़िस्सा नहीं। एक है सो वह अधूरा पड़ा हुआ है। हाँ एक क़िस्सा मैंने बंगाली से अख़्ज़[3] किया था। वह अगर आप पसंद करें तो मैं भेज दूँ। हाँ उस पर अपना नाम न दूँगा।

मेदा ज़रा सही हो जाये तो फिर कुछ काम करूँ। कानपूर मेरे प्रोग्राम में

---

१ भाग्यवती कन्या २ संवाददाता ३ लिया

शामिल है। और ग़ालिबन् बनारस जाने से क़ब्ल अगर आप मेरी रिहाइश[१] का कोई इंतज़ाम कर सकें तो मैं कानपूर ही में अपना मुआलिजा[२] कराऊँ। क्यों बनारस जाऊँ। क्योंकि अब शादी तो होनी नहीं, खामखाह की दर्दसरी है।

मैंने अपने परसोंवाले ख़त में कुछ अतियाए[३] 'आज़ाद' का ज़िक्र किया है। मई और जून में कुल चौबीस कालम हुए। अब शायद जून में मैं कुछ न लिखूँगा क्योंकि हाज़मा निहायत कमज़ोर हो गया है और एक घंटे भी बैठना दुश्वार है। अगर भाऊदा[४] शरह रखिए तो आठ मुबल्लिग़ात होते हैं। अगर आप बग़ैर बहुत ज़्यादा तरद्दुद के एक तीन चार रुपये की वाच और चार साढ़े चार रुपये का जूता भिजवा सकें तो आपका बहुत ममनून[५] होऊँगा। एक ही पार्सल में दोनों आ सकते हैं। मेरा जूता छोटक ने ले लिया और मैं बरहना-पा[६] हूँ। मगर यह सब उसी हालत में कि आपको तरद्दुद या परीशानी न हो वर्ना नक़्द हू हुरमत हू[७] सही। और क्या लिखूँ। जूते का नंबर ७ × ४ है। मैं कल क़िस्से को भेजने की कोशिश करूँगा। बाक़ी सब खैरियत है।

नियाज़मन्द

धनपत राय

२१

महोबा

तिथि नहीं है। अनुमानतः

सितम्बर सन् १३ में लिखा गया।

मकर्रम बन्दा,

तसलीम। इताबनामा[८], जिसे आपका इनायतनामा[९] कहना चाहिये, वसूल हुआ। कई दिन हो गये। सोचता रहा किन लफ्ज़ों में जवाब दूँ। कैसे गुस्सा ठंडा करूँ। कुछ अक़ल ने काम न किया। न शेर ओ शायरी से मस है कि दो चार बढ़िया शेर चस्पां कर दूँ। बिल आख़िर दिल ने यही फ़ैसला किया कि तुम ख़तावार हो। मिज़ाजे यार[१०] में जो कुछ आये कहने दो, और ज़बान बंद किये सुने जाओ। यह कहता कि मैं बेख़ता हूँ, ग़ालिबन आपके नजदीक कोई मानी नहीं रखता, क्योंकि आपका ग़ुरूर है कि आपके चंद अज़ीज़ भी मुलाज़िमे सरकार हैं, और आप क़वाइद[११] से वाक़िफ़ हैं। मगर मुआफ़ कीजियेगा अगर मैं अर्ज़ करूँ कि आपने अपनी उम्र का सबसे बेशबहा हिस्सा मेरी तरह सरकारी मुलाज़मत में सर्फ़ किया होता

१ रहने २ इलाज ३ पुरस्कार ४ स्वीकृत ५ कृतज्ञ ६ नंगे पांव ७ नक़्द ज्यादा अच्छा है ८ गुस्से का पत्र ९ कृपापत्र १० यार की तबीयत ११ क़ायदों

तो आप इतनी बेख़ौफ़ी से यह अल्फ़ाज़ न लिखते। मैंने रुख़सत लेने में कोई दक़ीक़ा[१] नहीं छोड़ा। दो दर्ख्वास्तें दीं, तार दिया। दर्ख्वास्तें दोनों बाद अज़ वक़्त[२] दी गयीं और दोनों मेरे पास रखी हुई हैं। बेशक मैंने मेडिकल सर्टिफ़िकेट देने की कोशिश नहीं की, लेकिन मुझे यहाँ इसके मिलने की उम्मीद भी न थी। यह इलज़ाम कि दर्ख्वास्तें क्यों बाद अज़ वक़्त दी गयीं मेरे सर ज़्यादा से ज़्यादा १० से है, क्योंकि मेरे पहले हफ़्तए क़याम कानपुर में तो आपने रोज़ाना वग़ैरह का कोई डाइरेक्ट तज़किरा नहीं किया। ज़िक्र किया तब जब मेरी रुख़सत ख़तम होने को आई, और फ़ैसला उस वक़्त हुआ जब कुल तीन दिन रह गये। ऐसी हालत में मेरे जैसे ज़राये[३] का आदमी बजुज़ इसके और क्या कर सकता था कि रुख़सत लेने की कोशिश बहदे इमकान[४] करे, और न मिल सके तो मजबूरन व लाचारन अपनी नौकरी पर वापस आ जाये। आप ही फ़रमाइये मुझे क्या ग़रज़ पड़ी थी, क्या दबाव था कि मैं पहले काम शुरू कर देता और तब भाग खड़ा होता। आपने मेरा गला नहीं दबाया था, और न दबा सकते थे। आपने मुझे कोई सैक्रिफ़ाइस करने पर मजबूर नहीं किया, न मैंने कोई सैक्रिफ़ाइस की। मेरा माली फ़ायदा था। फिर ऐसा कौन अम्र था जो मेरी बेदिली का बाइस होता। हमीरपुर में मैं ऐसे वक़्त पहुँचा जब मेरी रुख़सत तमाम होने वाली थी। मैं १३ की शाम को चला और इतवार का दिन। डिप्टी इन्सपेक्टर दौरे पर। ग़रज़ हमीरपुर में ऐसा कोई शख़्स न था जिससे मैं सलाह-मशवरा ले सकता क्योंकि हमीरपुर में मेरे जानने वाले गिनती के आदमी भी नहीं हैं। यहाँ भागा, और चार्ज लेने में तब भी एक दिन की देर हो गयी जिसका जवाब मुझको देना पड़ा। यह है मेरा बयान हलफ़ी।

अब दूसरे पहलू पर नज़र कीजिये। आपको मेरे भाग निकलने पर नाराज़ होने की ज़रूरत नहीं है क्योंकि जैसा अख़बार आप चाहते हैं वह कम तनख्वाह और सर्फ़ में निकल सकता है और निकल रहा है। मालूम नहीं इसकी इशाअत क्या है, लेकिन मुझे यक़ीन है कि इसकी वह हैसियत क़ायम है। एक मामूली सेहत और मामूली लियाक़त का आदमी ऐसा अख़बार निकाल सकता है जिसमें बहुत सा ओरीजिनल न लिखना पड़े। मालूम नहीं आपने रोज़ाना आज़ाद का क्या इन्तज़ाम किया। न मुझे पूछने का कोई हक़ हासिल है। लेकिन यक़ीनन हस्ब-दिलख्वाह[५] कोई न कोई इन्तज़ाम ज़रूर हो गया होगा। और १८ अक्तूबर से तो उसकी दिलचस्पी के लिए किसी मज़ीद[६] मसाले की ज़रूरत ही बाक़ी न रहेगी। आप और अगर ज़्यादा नहीं तो यही ख़याल करके मुझे मुआफ़ कीजिये कि रोज़ाना अख़बार की आरज़ू को अमली सूरत में लानेवाला यही शख़्स है। गाड़ो

---

१ कसर २ वक्त के बाद ३ जरियों, साधनों ४ सामर्थ्य भर ५ मनोनुकूल ६ अतिरिक्त

का पहिया पहले मुशकिल से चलता है और एक बार चल निकला तो चल निकला।

प्रेम पचीसी ग़ालिबन् अब हश्र तक न छप सकेगी, क्योंकि रोज़ाना अख़बार की ज़रूरियात कब प्रेस को ख़ामोश बैठने देंगी।

मैं आपसे अर्ज़ कर चुका हूँ कि मेरे 'आज़ाद' और 'ज़माना' के मज़ामीन के मुताल्लिक़ कुल ७२) आते हैं। ५६) पहले थे, इन दो ताज़ा क़िस्सों की उजरत शामिल करके ७२) हो जाते हैं।

आपने फ़रमाया था कि प्रेम पच्चीसी ४½ जुज़्व[1] छप चुकी है और इसके अख़राजात मय किताबत, काग़ज़ वग़ैरह ७२) हुए हैं। गोया हमारा और आपका हिसाब यहाँ तक साफ़ है। अब अगर आप पच्चीसी को निकालना पसंद करें और आप निस्फ़[2] नफ़े-नुक़सान में शरीक हों तो ४½ जुज़्व और छपवाइये, ताकि ६ जुज़्व की एक ख़ासी किताब हो जाये। ग़ालिबन इस ६ जुज़्व में १२ कहानियाँ आ जायंगी। अगर मेरी तरतीब[3] के मुताबिक़ १२ क़िस्से न आ सकते हों तो आप जरा सी तरमीम[4] करके इस ६ जुज़्व में १२ क़िस्से खपा सकते हैं। यह गोया 'पच्चीसी' का पहला हिस्सा होगा। दूसरा हिस्सा हसब ज़रूरत और मसलहत बाद को शाया कर दिया जायगा लेकिन अगर आपका प्रेस इतना वक़्त भी न निकाल सके तो मैं बदर्जा मजबूरी यह इल्तमास[5] करूँगा कि या तो मेरे ७२) मुझे अता फ़रमाये जावें या प्रेम पच्चीसी के ४½ जुज़्व छपे हुए रेल के ज़रिये मेरे पास भेज दिये जावें। ग़ालिबन इन दख़्वास्तों में ग़ैर-माक़ूलियत से काम नहीं ले रहा हूँ। मैं किसी दूसरे पब्लिशर को ढूँढूँगा और न मिल सका तो इसे ४½ जुज़्व की किताब बना लूंगा। सिर्फ़ दीबाचा और टाइटिल की जरूरत होगी। और यह भी न हो सका तो शहद और घी लगाकर औराक़[6] को चाटूंगा और समझूँगा कि :

ज़रे खुद मी खुरम
वा मेवए मेहनते खुद मी खुरम।[7]

बहरहाल आप जो कुछ तसफ़िया करें जल्द करें और मुझे मुत्तला फरमायें। सबसे सहल नुसखा बस छपे हुए जुज़्व को भेज देना है। इसमें आपको सिर्फ़ हुक्म देने की देर है। दफ़्तरी ने गट्ठर बनाया और रेल पर रख आये। आपको कोई तकलीफ़ न हुई।

मैं अब सिर्फ़ ६ जुज़्व की किताब निकालना पसंद करता हूँ, बशर्ते कि आप शरीक हों और जल्द किताब को निकाल सकें। क़यामत के इन्तज़ार में बैठने से तो यही

१ फर्में २ आधे ३ क्रम ४ संशोधन ५ प्रार्थना ६ पन्ने ७ अपना पैसा या अपनी मेहनत का फल खुद खा रहा हूँ।

बेहतर है कि जो कुछ सवाब इस वक़्त मिलता है मिल जाये। ज़्यादा क्या अर्ज़ करूँ।

नियाज़मंद
धनपतराय

२२

महोबा
१० दिसम्बर १९१३

भाईसाहब,

तसलीम। प्रेम पचीसी के साढ़े चार जुज़्व मिले। मशकूर हूँ। सफ़ा ३३ पर विक्रमादित्य के तेग़े वाला हिस्सा ख़त्म हो गया है। मगर यह पहली बार इतना ही छपा था। मैंने दुबारा उसमें निहायत ज़रूरी इज़ाफ़ा कर दिया था। वह ज़माना के किसी नंबर में छपा भी था, लेकिन इस किताब में वह इज़ाफ़ा किया हुआ हिस्सा नहीं है, जिससे क़िस्सा बिल्कुल बे-सर-ओ-पा मालूम होता है। बराहे करम इसी ज़माने के रिसालों में इस टुकड़े को तलाश करवाके इसमें बढ़ा दीजिए और वह टुकड़ा न मिले तो दो-तीन जुमले जो नफ़्से-मतलब[1] को जाहिर करते हों ज़रूर बढ़ा दिये जावें। क्या मैं यह पूछ सकता हूँ कि यह प्रूफ़ है या मुकम्मल फ़र्मा जिसमें अब तसहीह[2] की गुंजाइश नहीं ?

मैं एक हफ़्ते के अन्दर आपकी ख़िदमत में रुपये काग़ज़ के लिए रवाना करूँगा। क्यों क्या यह रक़म और साढ़े चार जुज़ के लिए काफ़ी न हो जायगी। फ़िलहाल मैं पहला हिस्सा ही शाया करूँगा। आप किताबत करवाने का इंतज़ाम फ़रमाइए। उसका तसफ़िया किताब के पूरे हो जाने पर हो जायेगा, जैसा आप खुद फ़रमाते हैं। और अगर यह मर्ज़ी के खिलाफ़ हो तो जिस वक़्त आप मुझे और साढ़े चार मुकम्मल कर देंगे मैं छपाई का हिसाब भी बेबाक़ कर दूँगा। मगर काग़ज़ के लिए मैं बहुत जल्द रुपया भेजता हूँ। अब जो कुछ ताख़ीर होगी उसका इलज़ाम मेरे ऊपर न रहेगा। ग़ालिबन् काग़ज़ के एकजाई इंतज़ाम न होने के बाइस किताब पँचरंगी हो गयी है। कोई मुज़ायक़ा नहीं। टाइटिल पेज खूबसूरत होना चाहिए। बस। कई जगह लिखा-पढ़ी के बाद मैंने यही तसफ़िया किया है कि खुद ही छपाऊँ और नफ़ा-नुक़सान उठाऊँ। पहला हिस्सा इसका फ़ैसला कर देगा। और सब हालात बदस्तूर हैं।

क़हत[3] पड़ गया है। इमदादी[4] काम खुलने शुरू हो गये हैं। अब जिस क़दर जल्द मुमकिन हो यह काम खतम हो जाये तो अच्छा हो। मुझे बवापसी डाक मुत्तला फ़रमाइए कि विक्रमादित्य का वह आखिरी टुकड़ा मिला या नहीं, ताकि

---

१ अर्थ का सार २ सही करना ३ अकाल ४ सहायता के

वह हिस्सा मिलाने की फ़िक्र करूँ। सैरे दरवेश बहुत तूलानी क़िस्सा है। उसके बजाय नमक का दारोग़ा रख दीजिए तो बहुत खूब हो।

आपका,
धनपत राय

२३

महोबा
१६ जनवरी १९१४

भाईजान,

तसलीम। कुछ अर्सा हुआ आपका ख़त मय रसीद आया था। हालात मालूम हुए। आज की डाक से आपकी ख़िदमत में बीस रुपये और भेजता हूँ। उम्मीद है कि प्रेम पचीसी की किताबत जारी होगी। आपने फ़रमाया था कि छपाई का हिसाब बाद को होगा। चूँकि मैंने यह तसफ़िया किया है कि पहले प्रेम पचीसी के सिर्फ़ नौ जुज़ छपें, बाक़ी किताब दूसरे हिस्से में शाया की जाय इसलिये जब बाक़ी साढ़े चार जुज़ की किताबत ख़त्म हो जाय तो मुझे एक नज़र देखने का मौक़ा दीजिएगा ताकि जो कुछ ग़लतियाँ रह जायें उनकी तरमीम[1] कर दूँ। आप मुझे मुत्तिला फ़रमाइये कि छपाई के अलावा पहले हिस्से को ख़त्म करने के लिये और कितने रुपयों की ज़रूरत होगी। इसमें टाइटिल पेज और दीबाचे का भी ख़याल मद्‌दे नज़र रखिएगा। रनजीत सिंह के क़िस्से के मुताल्लिक़ मुझे भी यही मुनासिब मालूम होता है कि इतना हिस्सा अज़ सरे नौ छपवाकर चिपका दिया जाय। हाँ, मगर आप बराहे करम उस टुकड़े को तलाश करवा लीजिये क्योंकि जो हिस्सा मैंने बाद को मिलाया है वह ज़माना के किसी नम्बर में ज़रूर छप चुका है। अब मैं उसको इतनी खूबसूरती से शायद न लिख सकूँ।

क़िस्सों के मुताल्लिक़ क्या अर्ज़ करूँ। तब से एक हर्फ़ नहीं लिखा। तबीयत कुछ ऐसी मुर्दा हो गई है कि इस दर्दे सर का बार नहीं उठाया जाता। ताहम जो कुछ हो सकेगा लिखूँगा। एक क़िस्सा शुरू किया है—अभी नहीं अक्तूबर में शुरू किया था—वह जब ख़त्म हो जायगा रवानए ख़िदमत करूँगा।

ज़माना और आज़ाद वसूल हुए। आज़ाद अच्छा है। सेहत का वही हाल है। जब तक चलता है काम करता जाता हूँ। उम्मीद है कि आपका मिज़ाज बहुत अच्छी तरह होगा। यह इल्तमास करने की ज़रूरत नहीं है कि प्रेम पचीसी महज़ आपकी क़द्रदानी की बदौलत छप रही है और अब आप ही उसे अंजाम को पहुँचायें।

---

१ संशोधन

जिस क़दर जल्द मुमकिन हो, काम हो जाना ज़रूरी है। ज़्यादा क्या अर्ज़ करूं।

धनपत राय

२४

सुरीला (बाँदा)

२० फ़रवरी १६१४

भाई साहब,

तसलीम। मैंने दो ख़त आपकी ख़िदमत में रवाना किये मगर आपने एक का भी जवाब देना मुनासिब न समझा। ख़ैर, इसे मैं अपनी बदक़िस्मती के सिवा और क्या समझूँ। आपने फ़रमाया था कि मैंने तुम्हारी ख़ता मुआफ़ की लेकिन शायद अभी उसका गुबार मौजूद है। वर्ना आप तो इतने सुस्तक़लम न थे। मालूम नहीं मेरी किताब की किताबत हो रही है या नहीं। बराहे करम उसमें लग्गा लगाइए और धन्ना देने की जरूरत हो तो मुत्तला फ़रमाइये ताकि किताब के शाया होने की उम्मीद को दिल से निकाल दूँ। क्योंकि मुझे उसे भले-मानस की तरह जो आपके दफ़्तर से अपनी किताब छपवाकर उठा था, इतनी फ़ुर्सत कहाँ है। दिन गुज़रते जाते हैं। अगर किताब उस वक़्त निकली जब लोगों को ख़याल भी न रहेगा कि प्रेमचन्द कौन है तो उसके निकलने से क्या फ़ायदा। मैंने इधर अपना क़िस्सा पूरा कर लिया है लेकिन आपकी सर्दमेहरी[१] के बाइस उसे भेजने की जुरअत नहीं होती। अब आपसे यह इल्तिजा[२] है कि किताबत का काम शुरू कर दीजिये और मुझे मुत्तला कीजिये कि पहले हिस्से में कौन-कौन से क़िस्से हैं और वो कितने सफ़ों पर हैं। मैं पहले हिस्से को दस जुज़ से ज़्यादा नहीं करना चाहता। ज़माना और आज़ाद दोनों बराबर आते हैं और उनके लिए आपका मशकूर हूँ। आपके ख़त का इश्तियाक़[३] और इंतज़ार है।

नयाज़मन्द

धनपत राय

२५

चिरैया

४ मार्च १६१४

भाईजान,

तसलीम। आप अन्देशा न कीजिये क्योंकि मेरे अन्देशा करने की बारी है। मुझे कापियाँ २४ तारीख को मिलीं और मैंने उन्हें देखकर २५ को रवाना कर दिया। मालूम नहीं पहुँचीं या नहीं। मुझसे भी वही ग़लती हुई कि रजिस्टरी नहीं

१ उदासीनता २ विनती ३ शौक़

करायी। बवापसी इत्तला दीजिए। रहा मज़मून। उसे दो एक दिन में ज़रूर भेज दूँगा क्योंकि कहीं-कहीं साफ़ करने की ज़रूरत है। मुझे अभी तक यह इत्मीनान नहीं हुआ कि कौन सा तर्ज़ तहरीर अख्तियार करूँ। कभी तो बंकिम की नक़ल करता हूँ, कभी आज़ाद के पीछे चलता हूँ। आजकल काउण्ट टाल्सटाय के क़िस्से पढ़ चुका हूँ। तब से कुछ उसी रंग की तरफ़ तबीयत माइल है। यह अपनी कमज़ोरी है और क्या। यह क़िस्सा जो मैं रवाना करूँगा इसमें लुत्फ़े तहरीर की मुतलक़ कोशिश नहीं की गयी। सीधी-सीधी बातें लिखी हैं। मालूम नहीं आप पसंद करेंगे या नहीं। अल अस्त्र निकला या बैठ गया। मैंने आपसे 'एक शायर का अंजाम' और बेगम साहिबा भोपाल की नयी तसनीफ़[१] माँगी है। इन दोनों किताबों को ज़रूर भेजिये। इश्तियाक़ है। किताब ग़ालिबन् मार्च में पूरी होगी। आपने वादा फ़रमाया है।

नियाज़मन्द
धनपत राय

२६

गोरखपुर
३० अप्रैल १९१४

बरादरम,

तसलीम। ज़माना में क्या देर है। इस अपील का ख़रीदारों पर कुछ असर पड़ा?

प्रेम पचीसी की तरह इसे मई महीने में ख़त्म कर दीजिये। ११२ सफ़े छप गये हैं। २४ की किताबत ख़त्म हो चुकी है। अब सिर्फ़ १६ सफ़े या १२ या २० जितना दरकार हो और ले सकते हैं। इस तरह पहला हिस्सा तो तैयार हो ही जाये, दूसरे हिस्से का अल्लाह मालिक है। टाइटिल, मुड़ाई, सिलाई वग़ैरह का तख़मीना होगा। तहरीर[२] फ़रमाइए। दीबाचा आपने लिखने का वादा फ़रमाया है। तूल न हो मुख्तसर ही सही, मेरी ख़ातिर चन्द सतरें लिखने की मुहलत निकाल लीजियेगा। और क्या अर्ज़ करूँ। लेकिन किताब मई में ज़रूर तैयार हो जाय। मैं आपको दस रुपये और नज़्र[३] कर सकता हूँ। बाक़ी हिसाब ख़ात्मे पर। अभी ग़लतनामे की फ़िक्र भी है। बहरहाल जिस क़दर जल्द हो सके मेरे पास १४४ से १६० सफ़ों तक का पहला हिस्सा ख़त्म करके इरसाल फ़रमावें। अब बहुत देर हो गयी।

नियाज़मन्द
धनपत राय

---

१ रचना २ लिखिए ३ भेंट

२७

महोबा
३ मई १९१४

भाईजान,

तसलीम। लीजिए राना जंगबहादुर हाज़िर है। मैंने साफ़ नहीं किया। कई दिन और लग जाते।

'हँसी' का बक़िया जल्द लिखूँगा। नागरी प्रचारिणी पत्रिका में वह सिलसिला अभी ख़त्म नहीं हुआ। मगर अब हरेक नम्बर में दो तीन सफ़ों से ज़्यादा नहीं निकलते। पूरा निकल आये तो ज़माना के पाँच छ सफ़ों का मसाला हो जाये। मैंने तर्जुमा नहीं किया है, सिर्फ़ नफ़स ले लिया है।

'सरे पुरगुरूर' नाम का एक क़िस्सा लिखा हुआ है। सिर्फ़ कुछ तरमीम बाक़ी है। उसे साफ़ करना पड़ेगा। दो तीन दिन में उसे भी हाज़िर करूँगा।

भरत पर एक हिन्दी मज़मून का तर्जुमा किया था। वह अल नाज़िर में पहले ही भेज दिया था, हालांकि वह ज़माना में ज़्यादा मौज़ूँ होता। भरत के कैरेक्टर पर बहुत अच्छा, पुरमानी और दर्दनाक रिव्यू किया गया है। आपकी ख़मोशी ने मुझे उधर रुजू होने[१] पर मजबूर किया था।

बाक़ी सब ख़ैरियत है। प्रेम पचीसी का इश्तहार ज़रूर दिलवा दीजिएगा।

आपका,
धनपत राय

२८

महोबा
२२ मई १९१४

भाई साहब,

तसलीम। ख़त मिला। आजकल गर्मी के बाइस बैठना मुशकिल है लेकिन काम कर रहा हूँ। सरे पुरगुरूर जाता है। एक और क़िस्सा भी भेजता हूँ। यह कुछ अर्सा हुआ बंगला से तर्जुमा होकर मर्यादा में निकला था। क़िस्सा निहायत दिलचस्प है वर्ना मैं तर्जुमा क्यों करता। यह ज़ख़ीरे के लिए लिखा था। आप ज़रा इसे सरसरी तौर पर देख लीजिएगा। जी चाहे तो रख लीजिए वर्ना जहाँ का तहाँ भेज दूँगा।

मुझे यह सुनकर खुशी हुई कि अब आपकी तरद्दुदात का हुजूम कुछ हटा। अब आप ज्यादा यकसू[२] हो सकेंगे।

---

१ ध्यान देने २ एकाग्र; निश्चिन्त

मेरे आने की बात यों है। मैं तो आज ही रवाना हो जाता मगर २७ मई को फ़ैज़ाबाद से एक लाला साहब छोटक की शादी के मुताल्लिक़ कुछ तज़किरा[१] करने के लिए आयेंगे। फिर मुझे धर्मपत्नी जी के साथ ससुराल जाना है। ग़ालिबन् ४ या ५ जून को जाऊँगा। अगर यह झमेले न होते तो बराहे रास्त कानपूर आता। टट्टी और पंखे तो खैरियत से होंगे। अब रही ज़माना का क़लमदान सँभालने की बात। उर्दू की हवा आजकल बिगड़ी हुई है। अखबारनवीसी बहुत मुशकिल हो गयी है। जितने मौजूदा रिसाले हैं उनमें किसी को फ़रोग़[२] नहीं है। सब कुत्ते की ज़िन्दगी जीते हैं। इन हालात में क्या हौसला हो। इधर १५ साल की मुलाज़मत। कुछ दिन और ज़िन्दा रहूँ तो Invalid पेन्शन का हक़दार हो जाऊँ। मेरे लिए यही इन सबसे अच्छी है। और मुझे यहीं पड़ा रहने दीजिए। यहाँ आफ़ियत[३] है और मैं गोशानशोनी[४] में ज़्यादा क़ाने[५] रहूँगा। इसी हालत में कुछ तसनीफ़ का काम भी कर सकता हूँ। अखबार या रिसाला लेकर मैं तसनीफ़ का काम कुछ न कर सकूँगा। अभी रोज़ घंटा भर लिटररी काम करना अच्छा मालूम होता है। लेकिन दिन भर इसी शग़ल में कैसे रहूँगा। काश मैं किसी तरह कानपूर तबदील होकर आ सकता। तबादले की दरख्वास्त तो दी है मगर मालूम नहीं कहाँ फेंका जाऊँ।

अगर आपको किसी अंग्रेज़ी रिसाले से किसी मज़मून का खुलासा या तर्जुमा कराना हो और जिसकी जुलाई के लिए ज़रूरत हो तो फ़ौरन भेज दीजिए।

वस्सलाम,

धनपत राय

२६

महोबा
३ जून १६१४

भाईजान,

तो अब अर्ज़ का डण्डा पेश करता हूँ। मैंने लिखा था कि रुख़सत की दरख्वास्त दे चुका हूँ। ग़ालिबन् पंद्रह तक मैं यहाँ से रुखसत हो जाऊँगा। सेहत की हालत मुझे मजबूर कर रही है। आप मुझे देखें तो ग़ालिबन् पहचान न सकेंगे। हाज़मे में फ़ितूर[६] आ गया है। ज़ोफ़[७] दिन-दिन बढ़ता जाता है। इसलिए मैंने मुसम्मम[८] इरादा कर लिया है कि कुछ दिनों तक लिटररी काम मुतलक़ न करूँ। हालांकि तबीयत का तक़ाज़ा मजबूर करेगा लेकिन हत्तुल इमकान[९] उसे रोकूँगा। इसलिए मैं निहायत मजबूरी की हालत में आज़ाद की क़लमी मदद न कर सकूँगा।

१ चर्चा २ उन्नति ३ शान्ति ४ एकान्तवास ५ संतुष्ट ६ ख़राबी ७ कमज़ोरी ८ पक्का ९ शक्ति-भर

कम से कम दो तीन माह तक—अब आप मेरे पास अख़बारात न भिजवाया करें। सिर्फ़ आज़ाद हस्बे दस्तूर भिजवाते रहें। आइन्दा कुछ दिनों तक मैं सिर्फ़ एक कहानी माहवार लिखने की कोशिश करूँगा। बस इससे ज़्यादा कुछ नहीं। दो एक और अख़बारों से ताल्लुक़ पैदा किया था। लेकिन जी से जहान है। क्यों मरें।

छोटक की शादी डिसमिस हो गयी। बहुत अच्छा हुआ। अभी दो तीन साल तक यह काम क़ब्ल-अज़-वक़्त[1] था। आइन्दा दीदा ख़्वाहद शुद[2]। ज़्यादा क्या लिखूं। आपके यहाँ आने का इरादा है। देखूं कब तक पूरा होता है। मरीज़ बहुत वेलकम मेहमान नहीं होता। यह ख़याल माने[3] है।

मई के महीने में मैंने आज़ाद के लिए १७ कालम लिखे। और ग़ालिबन् जून के पहले नंबर में भी चार कालम से कम न होगा। कुल २१ कालम होते हैं। अगर आप हिसाबे दोस्तां के तौर पर मुझे एक वाच इनायत कर सकें तो आज़ाद की यादगार रहेगी। मगर वह वाच नहीं जिसके साथ तीन रूपये में सोलह चीज़ें मिलती हैं। मज़बूत घड़ी हो जो ज़्यादा नहीं तो तीन चार साल तक तो साथ दे। उम्मीद कि आप अच्छी तरह होंगे।

प्रेम पचीसी की तसहीह जारी है। अनक़रीब-उल-इख़्तताम[4] है। तब तक हमदर्द में भी दोनों क़िस्से छपे जाते हैं।

आपका,
धनपत राय

३०

महोबा
जून १९१४

भाईजान,

तसलीम। इश्तहार के खो जाने से बड़ा हर्ज हुआ। ख़ैर, यह दूसरा इश्तहार लिख लिया है। इस काम में मैं अनाड़ी हूँ और पहला इश्तहार कई फ़ाक़ों में तैयार हुआ था। उसे आप अगर एक हफ़्ते में छाप सकें तो आज़ाद के साइज़ पर पाँच हज़ार छाप दें। सिर्फ़ एक तरफ़। वर्ना जब बस्ती चला जाऊँगा तो वहाँ भेजना पड़ेगा। मैं अंग्रेज़ी कटिंग का तर्जुमा न कर सका, न कुछ लिखने ही की तरफ़ तबीयत रुजू हुई। क्या करूँ। वाक़ई ज़माना बहुत पिछड़ गया। जून ख़त्म हुआ अभी अप्रैल नंबर लापता है। इश्तहार की क़ीमत मय काग़ज़ वग़ैरह ख़्वाह मुझसे बज़रिये वी० पी० वसूल कर लीजिए या अगर किताब की बिक्री की कुछ अमानत हो तो वह उसके नज़्र कीजिए। छप जाने पर मैं अर्ज़ करूँगा कि फ़िलहाल मुझे कितनी परतों की ज़रूरत है।

---

१ वक्त से पहले २ देखा जायगा ३ बाधक ४ ख़त्म होने के करीब

बराहे करम मुत्तिला कीजिए कि किसी और अखबार ने रिव्यू किया या नहीं। चकबस्त की कमला पर क्या रिव्यू करें। बहुत मामूली है।

आपका,
धनपत राय

३१

बस्ती
१६ जुलाई १९१४

भाईजान,

तसलीम। प्रूफ़ के लिए शुक्रिया। मेरे खयाल में दोनों ही नमूने रखे जायं, सादा और मुरस्सा[१]। निस्फ़ निस्फ़ हो जाये तो अच्छा। रियायतें मैंने काट दीं, बस तुलबा[२] और मुदर्रिसीन[३] की रियायत रखी है। अगर आप मजीद[४] रियायत करना चाहें तो शौक़ से कर दीजिए। मगर जल्द छप जाये। अभी तक उन्नाव वाले एजेण्ट ने कोई खबर नहीं ली। खैर। इश्तहार छप जाने पर शायद कुछ बिक्री हो सके। अगर ज़माना में दो बार तक़सीम[५] कीजिए तो और ज़्यादा छपवा लीजिए। नक़्क़ाद में भी तक़सीम करा दूँगा। और चंद रिसालों के नाम बतलाइए। माडर्न रिव्यू और सरस्वती ने रिव्यू किया नहीं क्या? मैंने हमदर्द को एक क़िस्सा दिया था। कई माह हुए, उसने छापा नहीं। अब मैं दो तीन दिन में उसे ज़माना के पास भेजूँगा। अंग्रेज़ी कटिंग का तर्जुमा आप चाहते हैं या उस पर बेस करके कुछ लिखूँ। आज़ाद नहीं आया। एकाध अखबार अंग्रेज़ी का और भिजवा दिया कीजिए तो आज़ाद के लिए कभी-कभी मुख्तसर नोट लिखा करूँ। ज़माना कब तक आयेगा।

बारिश हो रही है। मकान की सख्त तकलीफ़ है। उम्मीद है आप बखैरियत होंगे।

आपका,
धनपत राय

३२

बस्ती
अनुमानतः ३ सितंबर १९१४

भाईजान,

आपने यह दर्याफ़्त नहीं किया कि अवध कमर्शियल बैंक ने सिर्फ़ दर्याफ़्त किया

१ सुसज्जित २ विद्यार्थी ३ मास्टर ४ अतिरिक्त ५ बाँटिए

था या वही ब्रान्च बंगाल के पास चेक भेजा था। बहरहाल मुहम्मद अली साहब का खत आया है। वो लिखते हैं कि इसमें कमर्शियल बैंक की ग़लती है। उन्हें दुबारा चेक भेजना चाहिए क्योंकि ताकीद सख्त कर दी गयी है और कोई वजह नहीं है कि बैंकवाले रुपया न दें। मैंने अवध कमर्शियल बैंक को यह लिख दिया है और ताकीद कर दी है कि वो दुबारा चेक को भेजें। अगर अबकी भी वह वापस आ जाये तो चेक को मेरे पास भेज दें, मैं रुपया भेज दूँगा। आप ख़ाहमख़ाह परीशान होते हैं। चेक भेजने का सर्फ़ा मैं दे दूँगा। चलिए छुट्टी हुई।

चंद मज़ामीन और नोट भेजता हूँ।

एक सख्त भूल से मेरे पास दस दिन तक डाक बिलकुल न पहुँच सकी। यह सब मज़ामीन आज ही लिखे हैं। आपने मेरा हिसाब माँगा है।

जून में १०)	जुलाई में ५)	अगस्त अभी चल रहा है
२५ कालम	१४ कालम	

क़िस्सों के मुआवज़े के मद में मेरे ज़ैल के रक़ूम[१] हैं :

बेकस लड़की	सफ़ेद खून	शिकारी राजकुमार
८)	८)	५)

मेरे खयाल में मैंने कोई ज़ायद मतालबा नहीं किया है। शिकारी राजकुमार मुख्तसर क़िस्सा है इसलिए उसका मुआवज़ा कम रखा है।

लीडर मेरे पास एक भी नहीं आया। मालूम नहीं क्या हुआ। मैंने 'बंगाली' जारी कराया है। शायद दो तीन दिन बाद जारी हो जाये। अब यहाँ मुझे माडर्न रिव्यू, इण्डियन रिव्यू वग़ैरह मिल जाया करेंगे क्योंकि पण्डित मन्नन द्विवेदी डुमरियागंज के तहसीलदार हैं। ज़ायद क्या अर्ज़ करूँ।

आपका,
धनपत राय

३३

बस्ती
४ सितम्बर १९१४

भाईजान,

कल एक नोट लिख चुका हूँ। आज मुफ़स्सल खत लिखना चाहता हूँ। मुझे यह सुनने का बहुत इश्तियाक़ है कि आज़ाद की इशाअत में भी इस जंग का असर हुआ। गोरखपूर में मैंने प्रताप को स्टेशन पर बिकते देखा। क्या आज़ाद

१ निम्नलिखित रक़में

के लिए कोई ऐसी सूरत नहीं निकल सकती है। ज़माना के दोनों नंबर मिले। देखा। कुछ हल्के हैं।

प्रेम पचीसी का इश्तहार देखकर खुशी हुई। मगर इस वक़्त उसका निकलना ग़ालिबन् बेमौक़ा है। जंग की धुन में शायद ही किसी को क़िस्से-कहानी का शौक़ हो। क्या कुछ दरख्वास्तें आयीं। टाइटिल पेज वग़ैरह तो शायद अभी तैयार न हुआ हो। जल्द फ़िक्र कीजिए। इंतज़ार करते-करते बहुत दिन हो गये। किताब छप जाने पर मुझे उसका पूरा बिल मिलना चाहिए ताकि मैं हिसाब लगा सकूँ कि हमारे और आपके दर्म्यान क्या मुआमला है। रह गया इशाअत के खर्च का सवाल। मैं इस मुआमले में हर तरह आपकी मर्ज़ी पर शाकिर हूँ। आप जैसे मुनासिब समझें करें। पहले तो अखबारों के पास और अहले क़लम की खिदमत में रिव्यू और राय के लिए भेजना जरूरी होगा। यह भी एक काम है। सौ खत लिखने पड़ेंगे। सौ चिप्पियाँ दरकार होंगी। खत का मज़मून आप बना चुके थे। उसे क्यों न छपवा लीजिए। और किताब में एक-एक खत रख दीजिए। क्या पैसे पैसेवाले कार्डों की ज़रूरत होगी या सादा कार्ड काफ़ी होंगे। मेरे खयाल में छपे हुए कार्ड बेहतर होंगे। अखबारों के लिए सादा कार्ड, अहले क़लम के लिए पैड-कार्ड। क्यों? जब इन हज़रात के रिव्यू और रायें कुछ आ जायें तब इश्तहार की फ़िक्र होगी। आज़ाद और ज़माना तो खैर हैं हो, और पर्चे जिन्हें आप मुनासिब समझें उन्हें इश्तहार देने की ज़रूरत होगी। या उन रायों का इक़्तबास[१] एक वरक़ की सूरत में छापकर अखबारों की मार्फ़त शाया करा दिया जाये। बहरहाल यह आपका अपना काम है।

आज स्टेट्समैन के लिए लिख दिया है और अब मैं डाक का बेहतर इंतज़ाम रखूँगा ताकि आज़ाद के लिए बामौक़ा नोटिस लिख सकूँ। हाँ मैंने गुज़श्ता[२] वृहस्पत को एक क़िस्सा मय नोटिस के भेजा था। मालूम नहीं पहुँचा या नहीं। लिखिएगा। सौदाए खाम आपने कहाँ से छापा। क्या हमदर्द से नक़्ल किया या मैंने आपके पास बराहे रास्त भेजा था। लीडर का इंतज़ाम जो आपने किया है एक मामूली अखबारख्वां के लिए तो अच्छा है मगर जिसे अखबारनवीसी भी करनी पड़े उसके लिए ज़्यादा कारआमद नहीं है। इसलिए स्टेट्समैन के जारी हो जाने पर उसे बंद करना पड़ेगा। आप मेरे पास पंद्रह रुपये भेज दें तो ऐन नवाज़िश हो। उसमें मैं स्टेट्समैन मंगा लूंगा। और माह सितंबर की तनख्वाह भी महसूब[३] हो जायगी। नये-नये इंतज़ाम की वजह से मैं यहाँ तंगदस्त हो गया। चारपाइयाँ बनवानी पड़ीं, अभी जानवर नहीं लिया मगर उसके लिए रुपये की दिन-रात फ़िक्र है। खुद

---

१ उद्धरण २ पिछले ३ हिसाब में वसूल होना

सैनाटोजन का इस्तेमाल कर रहा हूँ जो शायद यह शीशी खत्म हो जाने पर मुशकिल से मिल सकेगी। बस्ती में अभी किसी से शनासाई[1] नहीं। बस डिप्टी इन्सपेक्टर को जानता हूँ। और डुमरियागंज में पण्डित मन्नन द्विवेदी तहसीलदार से वाक़फ़ियत हो गयी है, प्रताप की बदौलत। अभी तक यह नहीं तय कर सका कि डुमरियागंज में क़याम करूँ या बस्ती में। चाची बस्ती के लिए वोट देती हैं ताकि छोटक की आमद-रफ़्त में दिक्क़त न हो। हर बार मुझे एक लंबा खुश्की सफ़र करना पड़ता है और कमबख्त दौरा बजाय नफ़े के नुक़सानदेह होता है।

और तो कोई ताजा हाल नहीं है। ज़्यादा क्या अर्ज़ करूँ। प्रताप के इसरार से मजबूर होकर एक मुख्तसर-सा क़िस्सा हिन्दी में उसके विजयदशमी नंबर के लिए लिखा है। हिन्दी लिखनी तो आती नहीं मगर कुछ क़लम तोड़-मोड़ दिया है। बच्चे कैसे हैं। जवाब का मुन्तज़िर,

आपका,

धनपत राय

३४

बस्ती

१० नवंबर १९१४

भाईजान,

आपका ५ नवम्बर का लिफ़ाफ़ा आज १० को मिला। ऐसी हालत में क्या अखबारी काम करूँ, क्या न करूँ। यहाँ शायद बीस मील के नवाह[2] में सिर्फ़ एक डाकखाना है। पंडित विश्वनाथ जी अखबार निकालने वाले हैं। अच्छी खबर है। मैं अपनी मौजूदा हालत के एतबार से रोज़ाना अखबार के लायक़ किसी तरह नहीं हूँ। फिर उर्दू और हिन्दी दोनों का बार मुझसे क्योंकर चलेगा। अगर अखबारी काम करना होता तो आज़ाद क्या बुरा था। उसी को निकालता रहता। मेरे लिये तो अब यही मुनासिब है कि किसी प्राइवेट स्कूल की मास्टरी कर लूं जहां से ५०) माहवार मिले। इसी के साथ-साथ 'ज़माना' और 'आज़ाद' की खिदमत करूँ। इस तरह मुझे साठ सत्तर रुपया माहवार का औसत पड़ता जाये। इससे ज़्यादा की ख्वाहिश नहीं और न इससे ज़्यादा पा सकता हूँ। ख्वामख्वाह तक़दीर से क्यों लड़ूं। कुछ किताबें लिखूंगा, कुछ अपनी किताबें छपवाऊँगा। पाँच छः सौ मेरी कमाई है, उसे इन्हीं कामों में सर्फ़ करूँगा, और बिल आखिर जब लिटररी शोहरत हासिल कर सकूंगा तो कोई

१ जान-पहचान २ घेरे

माहवार रिसाला निकाल कर गुज़र करूँगा। और अगर इसके पहले ही हयात[१] ने जवाब दे दिया तो फिर राम नाम सत्त है।

आप मेरी किताब जल्दी से छपवा दीजिये, ताकि उसकी क़द्रदानी देखकर दूसरे हिस्से में हाथ लगे, और कुछ नफ़ा भी हो। क्या कहूँ आप ने तो मुझे उछालने में कोई कसर नहीं रक्खी। खूब उछाला। मगर मैं ही क़िस्मत का अन्धा हूँ कि उछल कर परवाज़[२] नहीं कर सकता, बल्कि नीचे गिरने के लिये डरता हूँ। वर्ना शिवव्रत लाल बर्मन की तरह चैन से ज़िंदगी बसर करता। हक़ीक़त यह है कि सेहत बड़ी चीज़ है, जिसने उसकी क़द्र न की उसके लिये बजुज़ रोने और सर धुनने के और कोई इलाज नहीं है। और ज़्यादा क्या लिखूं।

आज से आप का क़िस्सा साफ़ करता हूँ। देखूं कितने दिन लगते हैं।

सारी दुनिया को सैनाटोजन फ़ायदा करती है, मुझे इससे भी कुछ न हुआ। आपने चार पाँच मील हवा खाने की सलाह दी है। उसकी तामील कर रहा हूँ। पाँच दिन से लगातार तीन-चार मील घूमता हूँ। उम्मीद कि तबीयत टिचन होगी।

कोई प्राइवेट स्कूल की मुदर्रिसी का चर्चा हो तो मेरा ख़याल रखियेगा क्योंकि मैं अब इससे बेज़ार हो गया हूँ।

आपका,
धनपतराय

३५

स्थान-तिथि नहीं।
अनुमानतः बस्ती, आरंभ १९१५

भाईजान,

कल बस्ती जा रहा हूँ। देखूं डाइरेक्टर साहब कब तक मास्टरी पर वापस भेजते हैं। बहरहाल इस दवा-दविश से अब तंग आ गया हूँ और मास्टरी को इस ज़िंदगी पर तरजीह देता[३] हूँ। सिर्फ़ तनख़्वाह की कमी की शिकायत अलबत्ता है। अगर मुझे पचास रुपये देगा तो बखुशी चला जाऊँगा।

तमहीद[४] देखी। इसके लिये फ़ारूक़ शाहपुरी ज़्यादा मौज़ूं आदमी हो सकते थे। इन हज़रत ने तारीफ़ ज़्यादा की है। अगर फ़ारूक़ न लिख सकें तो इसी को रहने दीजिये। मगर मिसतर[५] ऐसा होना चाहिये कि एक पत्थर से ज़्यादा न हो। आप की तरफ़ से मैंने एक मुख़्तसर-सा दीबाचा[६] लिख दिया है। अगर आप को पसंद आये तो उसे अपनी तरफ़ से दर्ज कर दीजिये। आपकी मेहनत और तरद्दुद रफ़ा हो जायगी।

बस्ती से एक क़िस्सा अनक़रीब भेजूंगा। लिखा हुआ तैयार है, सिर्फ़ साफ़

१ ज़िन्दगी २ उड़ना ३ बेहतर समझता ४ प्राक्कथन ५ सतरों का हिसाब ६ भूमिका

करना बाक़ी है। अब मिज़ाज की क्या कैफ़ियत है। घर में सेहत हो गयी या नहीं। बच्चे कैसे हैं। मैं इस वक़्त यहाँ से तनहा जाता हूँ। दिसम्बर में ग़ालिबन फिर आऊँगा। 'प्रेम पचीसी' कब तक तैयार होगी।

ज़्यादा वस्सलाम

धनपतराय

३६

बस्ती

६ मार्च १६१५

भाईजान,

आज रुख़सत मंजूर होने के लिए कलक्टर साहब की सिफ़ारिश के साथ डाइरेक्टर के पास चली गयी। कल से मैं आज़ाद हो गया मगर असबाब वग़ैरह यहाँ पड़ा हुआ है। उसे लेकर मजबूरन बनारस जाना पड़ता है। बर्तन वग़ैरह गुड्स से भेजूं तो टूटने-फूटने का डर रहता है। ग़ालिबन् दो या तीन दिन बनारस में लगेंगे। इसके बाद कानपुर आ जाऊँगा। मगर इरादा मुस्तक़िल तौर पर बनारस में रहने का है। तावक़्ते कि ज़माना का इंतज़ाम ठीक नहीं हो जाता, कानपूर रहूँगा।

दो मज़ामीन इरसाले ख़िदमत हैं। बाक़ी मज़ामीन जो मैं लाया था वो बेकार हैं। आपके दफ़्तर में अगर कुछ मज़ामीन आये हों तो बवापसी डाक रवाना फ़रमा दीजिए ताकि देख डालूँ। मेरा इरादा है कि 'जर्मन फ़लसफ़े का मुहारिबाना[१] रुझान' पर एक मज़मून लिखूँ। इसलिए नवम्बर और दिसम्बर के इण्डियन रिव्यू भी भेज दीजिए। ये सब इसलिए मंगवाता हूँ कि मुमकिन है मुझे बनारस में कुछ अर्सा लग जाये। इस फुर्सत के वक़्त में कुछ न कुछ काम कर डालूंगा। जनवरी की किताबत ग़ालिबन् शुरू हो गयी होगी। 'फ़लसफ़ए जज़बात' पर रिव्यू भी लिख रहा हूँ। अगर मज़मून आये हों और मेरी ज़रूरत ज़्यादा हो तो इण्डियन रिव्यू न भेजिएगा। सिर्फ़ ख़त डाल दीजिएगा। बाक़ी सब ख़ैरियत है। कल तीन बजे की गाड़ी से बनारस जाऊँगा।

आपका,

धनपत राय

पता :

धनपत राय

मार्फ़त बाबू द्वारका प्रसाद

ब्रांच पोस्टमास्टर, डाकखाना—पांडेपुर, बनारस

---

१ आक्रमणकारी

३७

पांडेपुर, बनारस
२० मार्च १६१५

भाई साहब,

तसलीम। मैं कल यहाँ पहुँच गया और हस्बे दस्तूर जैसे था वैसे हूँ। ग़ालिबन् आपने मार्च का पर्चा कातिब के पास भेज दिया होगा। अगर आप मुझसे नोट लिखाना चाहें तो कामनवील के चारों पर्चे और अमृतबाज़ार पत्रिका के आख़िरी दो पर्चे रवाना फ़रमाइएगा, आठ दस सफ़े लिख दूँगा। और अगर बिला नोट के रखना चाहें तो कोई ज़रूरत नहीं।

फ़रवरी के साथ जनवरी का एक पर्चा भी भिजवा दीजिएगा। मैं जनवरी का कोई पर्चा साथ नहीं लाया।

घर में अब कैसी तबीयत है ?

आपका,
धनपत राय

३८

बनारस
३० अप्रैल १६१५

भाईजान,

तसलीम। आपका कार्ड मिला। क्या ज़माना की मौजूदा हालत इस क़ाबिल है कि कोई शख़्स उसे लेकर ६००) आपके नज़र करने के बाद १२००) दीगर मसारिफ़, मसलन् तनख़्वाह मैनेजर, किराया मकान, गुज़रान एडीटर और तनख़्वाह चपरासी वग़ैरह के निकाल सके। माहवार मसारिफ़ किताबत और छपाई, काग़ज़ टिकट वग़ैरह क़रीबन् १५०) होंगे। हम लोगों ने एक बार जो तख़मीने किये थे उसके हिसाब से मुझे और आपको बमुशकिल तमाम शायद ६०) फ़ी कस पड़ते थे। यह तो तयशुदा अम्र है कि कन्ट्रैक्टर को ज़माना के माली बार[1] से कोई ताल्लुक़ न होगा। लेकिन Debts में क्या ख़रीदारों की वह क़ीमतें नहीं महसूब होंगी जो उनसे वसूल की जा चुकी हैं। आप बराय मेहरबानी तहरीर फ़रमाइये कि कन्ट्रैक्ट जिस तारीख से शुरू होगा उस तारीख से आप अपने कन्ट्रैक्टर पर कौन-कौन सी ज़िम्मेदारियाँ आयद करेंगे। मैंने अभी नौकरी पर जाने का कोई इरादा नहीं किया। दो माह की रुख़सत और ले ली है। अगर कन्ट्रैक्ट की

---

१ आर्थिक बोझ

सूरत निकल आये तो मैं फ़ौरन साल भर की रुख़सत बेतनख़्वाह की दरख़्वास्त भेज कर साल भर तक़दीर आज़माई करना चाहता हूँ। जिस वक़्त मैं वहाँ पर था कन्ट्रैक्ट का ख़याल न आपको आया और न मुझे। ग़ालिबन् इस मुआमले में बाहमी[१] तसफ़िया होना मुमकिन है। बस आपके मुफ़स्सल जवाब का इन्तज़ार है।

प्रेम पचीसी के मुताल्लिक़ अभी ज़िक्र मुल्तवी। अगर यह मुआमला ठीक हो गया तो मैं ख़ुद ही छपवा लूंगा।

आपका,
धनपत राय

३९

पाण्डेपुर, बनारस
अनुमानतः जून १९१५

भाईजान,

तसलीम। मुझे यहाँ आये क़रीबन् दो हफ़्ते हुए।....क्या मेरी तरफ़ से कोई अम्र[२] नागवारे ख़ातिर हुआ या अभी ख़ानगी तरद्दुदात की तरफ़ से निजात नहीं हुई। भावज साहबा की तबीयत तो अब ग़ालिबन् रू-बइसलाह[३] होगी। ज़माना फ़रवरी....अब तक तैयार नहीं हुआ। आज़ाद भी नहीं आया। मार्च की किताबत हो रही है या नहीं।

मालूम नहीं मेरी किताब का रिव्यू और अख़बारों ने किया या नहीं। मैंने कई अख़बारों से ख़त-किताबत की है और इश्तहार देने के लिए रिव्यू का इन्तज़ार कर रहा हूँ। बराहे करम लाला श्यामसुन्दर से कह दीजिएगा कि अगर किसी अख़बार ने रिव्यू किया हो तो उसे काटकर दे दें। जिन हज़रात के पास किताब तोहफ़तन् इज़हारे राय के लिए भेजी गयी थी उन हज़रात में से किसी ने जवाब दिया या नहीं। अगर कुछ ख़ुतूत आये हों तो वह मेरे पास रवाना फ़रमाइएगा। इश्तहार का काम देंगे। आपके यहाँ प्रेम पचीसी की बिक्री कैसी हो रही है। वही रफ़्तार क़ायम है या बिलकुल सुस्त पड़ गयी। फ़रवरी का पर्चा अगर निकल गया तो रिआयती एलान का कुछ असर हुआ या नहीं।

मेरी तबीयत बदस्तूर है। आजकल कोई दवा इस्तेमाल नहीं करता हूँ। सैर और एहतियात पर ही दारोमदार रखा है। लिटररी काम बिलकुल बंद है।

आप मेरे यहाँ चले आने से कुछ तरद्दुद में तो नहीं पड़े। बात यह है कि

१ आपसी २ बात ३ सुधर रही

मैंने जमाना की मौजूदा हालत को देखकर उस पर ज़्यादा बार डालना मुनासिब नहीं समझा। मेरा ख़याल था कि उसकी माली हालत में कुछ एस्तहकाम[१] आया होगा मगर जनवरी नम्बर ने मुझे वहाँ और ज़्यादा नहीं रहने दिया। मेरे चले आने से अगर ज़्यादा नहीं तो तीन सौ रुपये साल की बचत तो हो गयी। इसी तरह तसावीर की मद में आप चार-पांच सौ रुपया बचा लेंगे। दो क्लर्कों से भी पूरा काम निकल जायगा, तीन की कोई ज़रूरत नहीं। अगर कोई हिस्सेदार है तो आप प्रेस में अपना शरीक बना लें। उसे कुछ कमीशन देने का वादा कीजिए तो इस तरह प्रेस की ज़िम्मेदारी से आप अलग हो जायेंगे। इस तरह से आप साल भर में कम से कम एक हज़ार रुपया बचा सकते हैं। हाँ आपको थोड़ी सी मेहनत करनी पड़ेगी।

जवाब से जल्द मशकूर फ़रमाइएगा। बाक़ी सब ख़ैरियत है।

आपका,
धनपत राय

४०

पाँडेपुर, बनारस
१७ जून १९१५

भाई साहब,

तसलीम। इश्तहार मालूम नहीं अभी तक छपा या नहीं। मैं उसका इन्तज़ार कर रहा हूँ। कई दिन हुए मैंने एक लिफ़ाफ़े में डाक्टर इक़बाल के ख़त की नक़ल भेजी थी ताकि वह भी उसमें शामिल कर दी जाये। मालूम नहीं आपने उसे शामिल करने की हिदायत कर दी या नहीं। बराहे करम उसे जल्द छपवाइए ताकि जून में इधर-उधर भेज दूं। और अगर अभी तक काग़ज़ ज्यों का त्यों पड़ा हुआ हो तो उसे वापस ही कर दीजिए ताकि किसी पंजाबी प्रेस में छपवाकर मँगवा लूं। नये इन्तज़ामात क्या हुए, लिखिएगा।

और सब ख़ैरियत है। जवाब बवापसी रवाना फ़रमाइए। मिस्टर राम सरन निगम की ख़िदमत में सलाम।

नियाज़मन्द
धनपत राय

---

१ स्थिरता।

४१

पांडेपुर

२६ जून १९१५

भाई साहब,

तसलीम। कल आपका लिफ़ाफ़ा मिला। डा० सतीशचन्द्र के मर्गेनागहानी[१] पर जिस क़दर मातम हो थोड़ा है। बड़े आदमी जल्द मरते हैं, इस ख़याल की तसदीक़ हो गयी।

इश्तहार कई दिन हुए रवाना-ए-खिदमत कर चुका हूँ। डा० इक़बाल के खत का इक़तबास भी जो आपके पास मौजूद है उसमें शामिल करवा दीजिएगा।

मैंने इमसाल[२] इण्टरमीडिएट का इरादा किया है। मुझे ज़िन्दगी के तजुर्बे से मालूम होता है कि किसी लिटररी लाइन में बग़ैर ग्रेजुएट हुए कोई उम्मीद नहीं। इतने दिन क़िस्सा कहानी मज़ामीन लिखता रहा लेकिन आज बेरज़ोगार हो जाऊँ तो कोई ऐसा रिसाला या अखबार नहीं है जो क़लील[३] मुआवज़े पर भी मेरा निबाह कर सके। दस ग्यारह साल तक मैंने रियाज़त[४] की मगर कभी फ़ैज़[५] न पहुँचा। दो चार आदमियों के वाहवाह से जी खुश होता है। मगर महज़ इतना ही काफ़ी नहीं है। अब इसी तरह मौक़े और फ़ुर्सत के लिहाज़ से कुछ थोड़ा बहुत लिटररी काम करता रहूँगा। ज़्यादा सरगर्मी नहीं बाक़ी है। तीन साल की मामूली मेहनत में ग्रेजुएट हो सकता हूँ। बुढ़ापे में आराम मिलने का सहारा हो जायेगा, हालांकि मेरे लिए बुढ़ापे का ज़िक्र ही फ़िज़ूल है। मैं किस बूढ़े से कम हूँ।

मिस्टर रामसरन को मेरी तरफ़ से मुबारकबाद। सच्ची खुशी हुई। निसार-ए-हिन्द जल्द मुमकिन हो तो भिजवा दीजिए।

आपका नियाज़मन्द
धनपत राय

४२

बनारस

६ जुलाई १९१५

भाई साहब,

तसलीम। कल बस्ती जा रहा हूँ। इश्तहार 'दूसरी बार भेज चुका। एक हफ़्ते से ज़्यादा गुज़रा। मेरे ख़याल में क़रीब दो हफ़्ते के हुए। मगर अभी तक

---

१ असमय मृत्यु २ इस साल ३ कम ४ मेहनत ५ फ़ायदा

प्रूफ़ तक का पता नहीं। अगर आपके यहाँ न छप सके तो बराहे करम बस्ती के पते से मुत्तिला फ़रमायें ताकि कहीं और छपवा लूँ। इश्तहार के न छपने से इस एक महीने में मैं बुकसेलरों से खतो किताबत कुछ न कर सका वर्ना मुमकिन था कि कुछ जिल्दें निकल जातीं।

उम्मीद है कि आप बहुत अच्छी तरह होंगे।

खैर अन्देश,
धनपत राय

४३

बस्ती
२६ जुलाई १९१५

भाई साहब,

तसलीम। नवाजिशनामे[१] का शुक्रिया। परमात्मा आपके इरादों में बरकत दे। बस आइडियल ऊँचा रहे। तब और अब में कोई उसूली फ़र्क़ न होने पाये और मुझे यक़ीन है कि आप उसमें कामयाब होंगे। अगर इश्तहार छप गया है और आप उसे ज़माना के साथ तक़सीम करना चाहते हों तो दो माह के लिए दो हज़ार या जितनी ज़रूरत हो अपने पास रख लें, बाक़ी मेरे पास भेज दें। हाँ अगर आपका मुहर्रिर १०० परत उन्नाव के एजेण्ट के पास और ५० परत राय बरेली के एजेण्ट के पास भेज दे तो बहुत अच्छी बात हो। वर्ना ज्यादा तरद्दुद हो तो ज़माना के लिए रखकर बाक़ी बज़रिये रेलवे पार्सल, या वज़न ज्यादा न हो तो डाक पार्सल मेरे पास रवाना कर दें। मशकूर होऊँगा। कोताह क़लम[२] ज़रूर हो गया हूँ। एफ़० ए० का इम्तहान देना चाहता हूँ। इस महकमे में इसके बग़ैर गुज़र नहीं। मकान मदरसे से दो मील। क़िस्सा बहुत जल्द भेजूँगा। क्या बतलाऊँ। शरीकदार तो बनने के लिए मैं बना रहूँ मगर जब तक आप नहीं बनाते नहीं बनता। यह शबोरोज़[३] की गुलामी किसे पसंद है मगर मआश[४] की सूरत भी तो होना ज़रूरी है। अगर आप अपने तजावीज़ पर नज़रसानी करें और ऐसी सहूलतें दे सकें जो मेरे जैसे कमहिम्मत (ज़रूरतन्) शख्स के लिए क़ाबिले तहरीक हों तो अब भी मुमकिन है। अब तो आपको वक़्त और भी कम मिलेगा और एक मआविन की सख्त ज़रूरत होगी। मैं अनक़रीब आपसे गुज़ारिश करूँगा कि मेरी तजावीज़ क्या हैं। शायद आप उन्हें खुदग़रज़ी से खाली न पायेंगे मगर किसी क़दर accomodative स्पिरिट की ज़रूरत है।

आपका,
धनपतराय

---

१ कृपा पत्र २ कम लिखने वाला ३ दिन-रात ४ जीविका

४४

बस्ती
१० अगस्त १९१५

भाई साहब,

तसलीम। मिज़ाज मुबारक। बिल्टी मिली। आज किसी वक़्त इश्तिहार भी आ जायगा। इसके लिये मशकूर हूँ। दायरातुल अदब देहली मुझसे प्रेम पचीसी बेचने के लिए तलब करते हैं। उनकी निस्बत आपका क्या ख़याल है। हिस्सा दोयम की इशाअत के मुताल्लिक़ भी वह आमादा हैं। आपका जवाब आ जाये तो मैं भी उन्हें जवाब दूँ। अब रह गयी हमारी बाहमी शरायत[1] की बातचीत।

'ज़माना' चूंकि इस वक़्त बिलकुल पेयिंग कन्सर्न नहीं है, इस वजह से उसका good name उतना बेशक़ीमत नहीं है जितना दूसरी हालत में होता। मैं उसकी क़ीमत एक हज़ार खयाल करता हूँ क्योंकि गुड नेम के साथ ही इसमें बैड नेम की भी आमेज़िश[2] है। बहरहाल मेरा तख़मीना यह है : मेरा खयाल है कि अगर कोई नया माहवार क़ाबलियत के साथ एडिट किया जाये और उस पर एक हज़ार रुपया सर्फ़ कर दिया जाय तो उसे इतनी मुश्तहरी[3] हासिल हो जायगी।

यह मैं तसलीम करता हूँ कि आप को इस माहवार की बदौलत बहुत ज़ेरबार होना पड़ा जिसकी मिक़दार ग़ालिबन् तीन या चार हज़ार तक हो। मगर ग़ालिबन् खुले बाज़ार में इस जिंस की इतनी क़ीमत हरगिज़ न मिल सकेगी। और फिर इस ख़सारे के और भी असबाब हैं जिनकी तफ़सील की यहाँ ज़रूरत नहीं। अगर एक हज़ार गुड नेम की क़ीमत हो तो उसका निस्फ़ हिस्सा पाँच सौ होता है। मैं इस रक़म को दो या तीन साल में अदा करने का ज़िम्मेदार हो सकता हूँ। सूद बशरहे बाज़ार[4] महसूब[5] करने को भी रज़ामंद हूँ।

मैं इसका एडीटोरियल और बड़ी हद तक मैनेजोरियल चार्ज लेने पर तैयार हूँ। आप सिर्फ़ अपने रुसूख़ और ज़ाती असर से और नीज़ इशतिहारात के मुताल्लिक़ जितना मुनासिब समझें काम करेंगे। मैं कोशिश करूँगा कि जहाँ तक मुमकिन हो उसका ख़र्च कम हो। इसके अलावा फ़ाइनेंशल चार्ज बिल्कुल आपका रहेगा। यानी काग़ज़, किताबत, 'छपाई, कटाई, पोस्टल चार्जेज़। उनका हिसाब आप माहवार अदा करने का बंदोबस्त करेंगे। साबिक़ा[6] बक़ाया का हिसाब इससे अलग रहेगा। तारीख़े शराकत[7] से आप जितना रुपया लगायेंगे वह हर माह के आख़िर

---

१ आपसी शर्तों २ मिलावट ३ प्रचार; प्रसिद्धि ४ बाज़ार की दर से ५ अदा ६ पिछले ७ साझा

में या हस्बे गुंजाइश[१] दिसम्बर या जनवरी में अदा होगा। जितना नफ़ा या नुक़सान होगा, उसमें हम और आप बराबर के शरीक होंगे। मेरा खयाल है कि जनवरी तक हम इन रक़ूम को अदा कर सकेंगे। लेकिन अगर उस वक़्त फिर कमी रहे और दूसरे साल के लिये रुपये की ज़्यादा ज़रूरत हो तो फिर हस्बे ज़रूरत कोई सबील[२] करेंगे। मगर तावक़्ते कि ये ज़िम्मेदारियाँ बेबाक़ न हो जायें आमदनी में से जहाँ तक इमकान में होगा कुछ न लेंगे। एडीटर चाहे आप रहें या मैं। अगर आपके नाम से ज़्यादा फ़ायदा हो तो मुझे कोई शिकायत नहीं। वर्ना मुझे भी जायंट एडीटर रहना होगा। अगर यह शरायत आपकी तरमीमात[३] के साथ तय हो जायें तो हम लोग दिसम्बर तक चार-पाँच नम्बर वक़्त पर निकालकर कुछ वक़ार[४] क़ायम कर लेंगे, और जनवरी से ग़ालिबन ज़्यादा फ़ायदे के साथ आग़ाज़ हो। मैंने माली ज़िम्मेदारियाँ सब आप पर रक्खी हैं। इसके वजूह सुनिये। मेरे पास इन छः माह की रुखसत के बाद इस वक़्त कुल आठ सौ रुपये हैं। तीन सौ रुपये मैंने तीन असामियों को अठारह फ़ी सदी सूद पर क़र्ज़ दे दिये हैं। मेरा नक़दी सरमाया इस वक़्त कुल पाँच सौ रुपया है। इसे मैं उस वक़्त तक के लिये खुरिश का वसीला समझता हूँ जब तक कि 'ज़माना' से मुझे कुछ फ़ायदा न हो। और कौन जानता है उस मुबारक वक़्त के लिये कितने दिनों तक इन्तज़ार करना पड़े।

ग़रज़ मैं माली ज़िम्मेदारियों का बोझ उठाने के बिल्कुल नाक़ाबिल हूँ। इसी असना[५] में अगर छोटक की शादी तय हो गयी तो ग़ालिबन यह रक़म भी मेरे हाथ से निकल जायगी। छोटक इमसाल फ़ेल हो गये। यहीं हैं। स्कूल लीविंग में नाम लिखा दिया है। चाची नहीं आईं। मकान पर हैं। तेज नरायन भी यहाँ नहीं। अपने मकान पर हैं।

मैंने अपनी माली हालत का जो क़िस्सा लिखा है यह हर्फ़ ब हर्फ़ सही है। मैं आप के जवाब का इंतज़ार करूँगा।

आजकल एफ० ए० के धुन में कुछ लिटररी काम नहीं होता। कहीं से तहरीक[६] भी नहीं हुई। और मुफ़्त में क़लम घिसना फ़िज़ूल मालूम होता है।

बाक़ी सब खैरियत है। अगर मेरी तजावीज़ में खुदग़र्ज़ी की बू आये तो मुआफ़ फ़रमाइयेगा।

लार्ड डलहौजी की लाइफ़ देख रहा हूँ। इस पर एक रिव्यू करने का इरादा है जो ग़ालिबन ईद की तातील में पूरा हो सके।

वस्सलाम

नियाज़केश

धनपत राय

---

१ जैसी गुन्जाइश होगी २ उपाय ३ संशोधनों ४ प्रतिष्ठा ५ बीच ६ प्रेरणा

४५

बस्ती

१ सितम्बर १६१५

भाईजान,

तसलीम। आपका एक लिफ़ाफ़ा पहले आया था, दूसरा अलीगढ़ गज़ट के रिव्यू के साथ फिर मिला। पहले ख़त का जवाब मैंने लिखा था मगर ग़लती से लिफ़ाफ़ा मेरी जेब में पड़ा रह गया। टिकट लगा कर छोड़ने की नौबत नहीं आयी।

मैं जो आजिज़ हूँ वह मातहती से। काम ऐसा करना चाहता हूँ जिसमें बजुज़ मेरी तबीयत के और किसी का तक़ाज़ा न हो। अगर जी में आवे तो रात-दिन करता रहूँ, जी चाहे तो थोड़ा ही करूँ, और यह सिर्फ़ मालिकाना हैसियत में हो सकता है। साल भर तक ठेके पर काम करना और वह भी जब शरायत[1] और फ़राइज़[2] का बोझ गले पड़ा हो—मुशकिल है। इसलिए फ़िलहाल इसी हालत पर क़नाअत करता हूँ।

एफ़० ए० के लिए मेहनत करना ज़रूरी है और वही कर रहा हूँ।

प्रेम पचीसी हिस्सा दोम के मुताल्लिक़ दायरतुल अदब देहली से ख़त-किताबत की। वह राज़ी है मगर क़िस्से सब नहीं हैं। तीन-चार क़िस्से मियाँ इश्तियाक़ हसन ने लिये थे। आज उनसे तक़ाज़ा करता हूँ। साठ रुपये पर मुआमला तय हो जायगा। हिन्दी तर्जुमे के लिए कई जगह से इसरार हुआ है और मैं खुद ही इस काम को हाथ में लूंगा। अब हिन्दी लिखने की मश्क़ भी कर रहा हूँ। उर्दू में अब गुज़र नहीं है। यह मालूम होता है कि बालमुकुन्द गुप्त मरहूम की तरह मैं भी हिन्दी लिखने में ज़िन्दगी सर्फ़ कर दूंगा। उर्दूनवीसी में किस हिन्दू को फ़ैज़ हुआ जो मुझे हो जायेगा।

क़िस्सा जो आपके पास भेजता हूँ....

आपने एक ख़त में लिखा था कि ज़माना सब निकल गया। मेरे पास एक पर्चा भी नहीं आया। मार्च अप्रैल मई जून जुलाई—यह सब पर्चे बराहे करम भिजवा दीजिये।

मजिस्ट्रेटी का कुछ हाल लिखिएगा। कानपूर में तो खूब हलचल हुई होगी।

प्रेम पचीसी हिस्सा अव्वल कुछ बिक रही है या ज्यों की त्यों रखी है। इश्तहारों का बिल क्या हुआ? दो हज़ार परतें तक़सीम करवा दीं। उनका कुछ असर बिक्री पर भी हुआ? मैं तो अभी तिहीदस्ती के बाइस किसी अख़बार में

---

१ शर्तों २ कर्तव्यों, फ़र्ज़ों

नहीं भेज सका । इससे रुपया मिले तो इसी में लगाऊँ । तनख्वाह में बजुज़ मामूली मसारिफ़[१] के और गुंजाइश नहीं ।

उन्नाव में जिन साहब को पच्चीस जिल्दें दी गयी थीं बराहे नवाज़िश उनका नाम लिखिएगा । मालूम नहीं उनके यहाँ कोई किताब निकली या नहीं ।

मैंने बाबू राधिका कुमार के पास एक खत लिखा था । उन्होंने जवाब न दिया । शायद खत नहीं पहुँचा । उनका भी पता लिखिएगा । ताकि कुछ इश्तहार दोनों जगह भेज दूँ । इस तकलीफ़दिही के लिये मुआफ़ी का ख्वास्तगार[२] हूँ ।

बारिश खूब हो रही है । हफ़्तों से आफ़ताब नज़र नहीं आया । तबीयत मुज़महिल[३] हो रही है । हालाते मिज़ाज से मुत्तला फ़रमाइएगा । बाक़ी सब खैरियत है ।

आपका,
धनपत राय

४६

बस्ती
१४ सितम्बर १९१५

भाई साहब,

तसलीम । खत नैनीताल वाला मिला । बाबू रामसरन को अलहदा मुबारकबाद दूँगा । अज़हद[४] खुशी हुई । अब कभी-कभी गर्मियों में बंगले की हवा खाने का मौक़ा मिलेगा और शायद बंदूक़ से शिकार भी खेल सकूँ । बशर्ते वह याराने क़दीम[५] को भूल न जाएँ ।

आपने मेरी निस्बत जो कुछ फ़र्माया है वह बावजूद सही होने के हमदर्दी से खाली है । हर एक काम जो आप छेड़ना चाहते हैं उसमें रुपये की ज़रूरत पहले ही पड़ती है । रुपया न आपके पास है न मेरे पास । बताइये, काम क्योंकर चले । एंटरप्राइज़ खाली जेब से या महज़ हवाई बातों पर तो नहीं हो सकती । आप यह तसलीम करेंगे कि इंसान को इत्तफ़ाक़ी[६] ज़रूरियात के लिये आप पसमाँदा[७] रखना चाहिये । मेरे पास बस इतना ही है । इतना सरमाया नहीं जिससे कोई तिजारती मंसूबा बाँधा जाये । आप मुझसे ईसार[८] का तक़ाज़ा करते हैं । मैं अपने को इस क़ाबिल पाता नहीं । मेरे पास ६०) माहवार का खर्च लगा हुआ है, वह किसी तरह गला नहीं छोड़ सकता । आप कोई ऐसी सूरत बताइये जिसमें मैं अपनी रोटी हासिल करते हुए एंटरप्राइज़ खर्च कर सकूँ । इसके लिये सबसे पहली बात

१ खर्च २ इच्छुक ३ गिरी गिरी-सी ४ बेहद ५ पुराने दोस्त ६ आकस्मिक ७ बचत ८ त्याग

यह होगी कि आप सरमाया पैदा करें। मैं तो अब को ही रुखसत लेकर आपके यहाँ गया था, मगर रंग अच्छा न देखा, माली मुशकिलात नज़र आईं। इस वजह से ख़्वामख़्वाह उलझना फ़िज़ूल समझा। अगर आपकी माली हालत बमुक़ाबिलए साबिक़ बेहतर हो गयी है तो आप मुझे बुलाइये, मैं हाज़िर हूँगा और बाहमी[१] मशवरे से कोई सूरत निकालेंगे।

'प्रेम पचीसी' के लिए आपने क्या कोशिश की? इनामी कुतुब के सिलसिले में मंजूर हो जायगी? हिस्सा दोम आप ही छपवाइये। अगर आप का प्रेस जल्द छाप सके तो इससे और क्या बेहतर होगा। अगर आप छपवाएँ तो फिर समझौता हो जाना चाहिये। मैं आप ही के फ़ैसले पर राज़ी हो जाऊँगा। आजकल कोर्स की कुतुब के लिये इनामात का एलान हुआ है। अगर आप इस मैदान में आना चाहें तो मैं इसमें भी आपका साथ देने को तैयार हूँ। रूलर्स आफ़ इंडिया सीरीज़ की तरह ६४ सफ़हात पर गवर्नरों के सवानेह[२] लिखने का इरादा है। एफ़० ए० भी होता रहेगा। इसके लिए मैं घंटे भर से ज़ाइद वक़्त नहीं सर्फ़ करता। मैं करना तो बहुत कुछ चाहता हूँ मगर मुझमें न एंटरप्राइज़ है और न रुपया। आपमें एंटरप्राइज़ है मगर रुपया नदारद। जब तक कोई सरमायेवाला शरीक न हो कैसे काम चले।

प्रेम पचीसी हिस्सा अव्वल, दायरतुल अदब देहली के पास कुछ जिल्दें भेज दी हैं और कुछ 'हिन्दुस्तानी' में तक़सीम कराईं, मगर अभी तक कुछ नतीजा नहीं निकला। मैं कोशिश करूँगा कि दसहरे की तातील में कानपुर आऊँ, बशर्ते कि आप कोई मुफ़ीदे मतलब मशवरा दे सकें।

नैनीताल का कुछ और हाल सुनने के लिए मुश्ताक़ हूँ। ज्यादा नियाज़।

खादिम
धनपत राय

४७

बस्ती
२ अक्तूबर १९१५

भाई साहब,

तसलीम। कल लिफ़ाफ़ा मिला। इसके क़ब्लवाला[३] ख़त भी मिला था। मगर मलेरिया ने कई दिन सख़्त परीशान किया। अब अच्छा हूँ। सोचता हूँ क्या जवाब दूँ। इमसाल तो किताबें मँगवा ली हैं। छोटक साथ हैं। इन्हें छोड़ भी नहीं सकता। यही फ़ैसला होता है कि एक बार फिर तालिबइल्मी के

---

१ आपसी २ जीवन-चरित ३ पहले वाला

उम्मीद-ओ-बीम का मजा ले लूं। फिर आइन्दा साल से नया प्रोग्राम शुरू करूँगा। प्रेम पचीसी हिस्सा दोम के मुताल्लिक़ आपने मुझसे शरायत[१] तलब किये हैं। किताब आपकी है, जैसे चाहे। किसी तरह इसे इलहाक़ी[२] कुतुब में लाने की फ़िक्र करें। अगर इसमें कामयाबी हो जाये तो मैं डिप्टी इंस्पेक्टरों से तहरीक करके इसकी खरीदारी करवा सकता हूँ। हर दो हिस्सों में हम और आप निस्फ़ा-निस्फ़[३] के शरीकदार हैं। चाहे हिस्सा अव्वल में भी यही मुआमला रखिये। हिस्सा दोम में मैं लागत का निस्फ़ देने पर तैयार हूँ। मेरी मेहनत आपका रसूख। लागत मुसावी[४]। अगर आपको यह भी मंजूर न हो तो मुझे एक एडीशन के पचास रुपये नक़द अता फ़रमाइये। दायरतुल अदब से मेरा मतालबा[५] साठ का था। मगर फ़ैसला जल्द फ़रमाइए।

ज़माना के लिये एक और क़िस्सा लिखा है। मैं हिन्दी में भी लिख रहा हूँ। सरस्वती को एक मज़मून दिया। प्रताप के लिये लिखा। इसलिये ज़्यादा काम करने से माज़ूर[६] हूँ। क़िस्सा खिदमत में बाद दसहरा पहुँचेगा। जो कुछ अता फ़रमाइएगा शुक्रिये के साथ कुबूल करूँगा। बाबू राम चरन यहाँ क़ानूनगो हुए। ऐन मसर्रत है। उन्हें आप तहरीर करें जिस तारीख को वह यहाँ सादिर हों उसकी मुझे इत्तला दे दें ताकि मुसाफ़िरत की तकलीफ़ न उठानी पड़े। अगर यह न हो सके तो स्टेशन पर इक्केवाले से कहें पुरानी बस्ती डाकखाना ले चलो। डाकखाने के बाबू मेरे साढ़ू हैं। मेरे मकान पर आदमी साथ कर देंगे। मुझसे अगर उनकी कोई खिदमत हो सकी तो इसे अपनी खुशक़िस्मती समझूँगा। नौकर एक पहले ही से तय कर रखा है। इसकी तकलीफ़ न होगी। दसहरे की तातील में ज़माना के लिये ईश्वर चाहेगा तो कुछ न कुछ ज़रूर लिखूँगा। प्रेम पचीसी को हिन्दी में भी लिख रहा हूँ। सेहत बदस्तूर। उन्नाव के सरजू परशाद निगम ने खत का जवाब नहीं दिया। बराहे करम एक बार आप भी उन्हें याददिहानी करा दें। बाक़ी सब खैरियत है।

आपका,

धनपत राय

४८

बस्ती

१३ अक्तूबर १९१५

भाईजान,

तसलीम। यह लीजिये एक कहानी इरसाले खिदमत है। इस तातील में एक और मज़मून लिखूँगा, मगर वह क़िस्सा न होगा। आपने पचीसी हिस्सा दोम के

१ शर्तें २ सप्लीमेन्टरी; सहायक ३ आधे-आधे ४ बराबर ५ माँग ६ विवश; असमर्थ

मुताल्लिक़ अभी तक कोई फ़ैसला नहीं किया। हिस्सा अव्वल भेजी डाइरेक्टर साहब के यहाँ ?

बाबू रामचरन यहाँ आने के दूसरे दिन मुझसे मदरसे में मिले और एक चारपाई की फ़रमाइश की। दूसरे दिन सख्त बारिश हुई। तीसरे दिन मेरा आदमी चारपाई लिए उन्हें ढूँढ़ता फिरा। आज तक उनके दर्शन नहीं हुए। वह पक्केपूर हैं और मैं पुरानी बस्ती में हूँ। उनके मकान का पता मुझे मालूम नहीं। अदालत की वजह से इस मुहल्ले में परदेसियों की बड़ी कसरत है। उनका एक मनीआर्डर सदर डाकखाने में पड़ा है। कल एक पोस्टकार्ड मेरे मार्फ़त आया था। वह भी पड़ा हुआ है। मालूम नहीं यहाँ हैं या देहात चले गये।

बारिश रोज़ होती है। नाकों दम है। ज़माना जुलाई का अब तक नहीं आया। कमला और कलामे महरूम पर इस तातील में जरूर लिखकर भेजूँगा। कोई रिसाले या अखबार इल्तिज़ाम[1] के साथ भिजवा दिया कीजिए तो शायद कुछ लिख भी सकूँ। जब तक Current affairs से लगाव न रहे किसी मज़मून पर लिखने की तहरीक नहीं होती और मज़मून भी मुशकिल से सूझता है। आपके लिये कोई रिसाला या अखबार भेज देना चन्दाँ मुशकिल नहीं। वापस कर देने का ज़िम्मेदार मैं हूँ।

ज्यादा वस्सलाम,

नियाज़मन्द

धनपत राय

४६

नार्मल स्कूल, गोरखपुर

२४ नवम्बर १६१५

भाई साहब,

तसलीम। कई दिन हुए लिफ़ाफ़ा मिला। मशकूर हूँ। क़िस्से लिख रहा हूँ। ज्यों ही तैयार हो गए भेजूँगा। अभी तक हिन्दी मजमूआ तैयार नहीं हुआ है। यह क़िस्से पहले पहल हिन्दी में निकलेंगे। इसके बाद उर्दू में भी। अभी इन्हें छाप देने से इनका नयापन जाता रहेगा। कोशिश कर रहा हूँ कि अपनी और कहानियाँ भी तर्जुमा कराके छापूँ। एक साहब रुपया लगाने के लिये तैयार हैं। आपने अभी रुपये इरसाल न फ़रमाये। आप लखनऊ यक़ीनन् आयेंगे। मैं भी जानेवाला हूँ। मगर अभी तक मालूम नहीं ठहरना कहाँ होगा। आप कहाँ ठहरेंगे। वहीं मेरे लिए भी गुंजाइश रखिएगा। बच्चों के रिसाले के मुताल्लिक़ भी वहीं

१ नियम

बातचीत होगी। प्रेम पचीसी हिस्सा दोम को अब छापने की कोशिश की जावे। काग़ज़ की गरानी का ख़याल अब करना फ़िज़ूल है। इसके इंतज़ार में मुमकिन है दस पाँच बरस लग जायें। पतला काग़ज़ लगाइए मगर ताख़ीर फ़िज़ूल है। इस बारे में आपका जो ख़याल हो उससे मुत्तिला फ़रमाइएगा। बाक़ी सब ख़ैरियत है। उम्मीद कि आप मय अयाल[१] बख़ैरियत होंगे।

नियाज़मन्द
धनपत राय

५०

बस्ती
१६ दिसंबर १६१५

भाईजान,

तसलीम। लिफ़ाफ़ा मिले कई दिन हुए। मैं इसका बहुत मशकूर हूँ। इरादा था कि मज़ामीन और जवाब साथ साथ भेजूँ मगर कुछ ऐसा इत्तफ़ाक़ हुआ कि मज़ामीन के साफ़ करने की नौबत न आयी। डलहौजी तो मैं उर्दू और हिन्दी दोनों ख़तों में एजूकेशनल गज़ट में ग़ालिबन् १५ दिन होते हैं, रवाना कर चुका। क़िस्सा तैयार है। कल या परसों तक ज़रूर-बिल-ज़रूर भेज दूँगा। नागरी प्रचारिणी में ज़राफ़त[२] पर एक बहुत आलिमाना मज़मून छपा है। तर्जुमा है। कहिए तो ज़माना के लिए कुछ नये उनवान से इसी पर लिख दूँ। सरक़ा[३] बिल-जब्र[४] हो या बइजाज़त ? जवाब से बहुत जल्द मुत्तिला कीजिए। क्योंकि मज़मून लंबा है।

ज़माना के लिए इंतज़ामात निहायत अच्छे हैं। हज़रत एडिटर ज़माना ग़ालिबन् मुआमलात को राहे रास्त पर लाने में कामयाब होंगे। लाला श्यामलाल आदमी ज़हीन होनहार हैं। वह आते हैं तो बुला लीजिए।

प्रेम पचीसी के मुताल्लिक़ आपने जो कोशिश फ़रमायी है उसका तहेदिल से शुक्रिया। हिस्सा दोम मैं आज ही भेज देता मगर मुसीबत यह है कि कुछ क़िस्से आरियतन्[५] निकल गये हैं, ताहम नौ या दस यहाँ मौजूद हैं। बाक़ी आप बराहे करम या तो इश्तियाक़ हुसैन से मंगवा लीजिए या दफ़्तर से। इश्तियाक़ हुसैन के पास जो मुसव्वदा[६] है वह सहीशुदा है। मेरे ख़याल में तीन क़िस्से उनके पास हैं : १—मंज़िले मक़सूद २—अमावस की रात ३—याद नहीं आता।

---

१ बाल-बच्चों समेत २ हँसी ३ चोरी ४ जबदस्ती ५ योंही ६ मसौदा

अख़बारात में आप मेरे पास ये भेजें तो ऐन इनायत हो :

१—स्टेट्समैन (या बंगाली)

२—माडर्न रिव्यू (या कोई दूसरा रिव्यू)

३—ज़खीरा (उर्दू)

४—आर्य गज़ट और ५—हिन्दोस्तान

६—कामनवील

७—हिन्दी के एक या दो माहवार रिसाले

मैं माडर्न रिव्यू और कामनवील को बहिफ़ाज़त तमाम रखूंगा और हर तीसरे माह रवाना कर दिया करूँगा। लीडर मिल जाता है। तर्जुमान मेरे पास आने लगा मगर क्लब बेढंगा है जहाँ लोग शतरंज और टेनिस खेलते हैं। लीडर के सिवा ग़ालिबन् कोई रोज़ाना अखबार नहीं आता। उस पर चंदा दो रुपये माहवार।

बच्चों के क़ाबिल लिटरेचर होना ज़रूरी है। पहले मैं एक किताब लिखता हूँ जिसमें बच्चों के क़ाबिल छोटी छोटी अख़लाक़ी, तारीखी, जुग़राफ़ी कहानियाँ होंगी। किताब छोटे साइज़ के ६४ सुफ़हात से ज़्यादा न होगी। अगर पसंद आ जाय और टैक्स्ट बुक मंजूर कर ले तो फिर दूसरा काम शुरू किया जाय।

मेरे पास जून तक ज़माना आया है।

जब मेरे पास यह पर्चे आने लगेंगे तो मैं आज़ाद के लिए कुछ नोट्स और एडिटोरियल लिखने की कोशिश करूँगा। और रिसालों से ज़माना के लिए एकाध अच्छे मज़मून तर्जुमा कर दिया करूंगा। क़िस्सानवीसी होती जायगी। हम लोग बखैरियत हैं। चाची बनारस, बाक़ी तीन आदमी यहाँ। बाल-बच्चे न हुए न उम्मीद न आरज़ू। ज़िम्मेदारियों के ख़याल से तबीयत घबराती है। मैं समझ ही नहीं सकता कि अगर आज मेरे दो तीन लड़के होते तो उन्हें क्या खिलाता और कैसे रखता। आपके लल्ला बाबू की सी दुर्गत होती। आपको इसका मुझसे ज़्यादा तजरबा है। बाबू राम सरन फ़र्रुख़ाबाद गये। बहुत अच्छा हुआ। अगर चाहें तो कभी मिलेंगे।

मैं एफ़० ए० का इम्तहान देने मार्च में कहीं न कहीं जाऊँगा। इमसाल तैयार हूँ। और वफ़्द[1] कामयाब होगा। बनारस, इलाहाबाद और कानपूर और लखनऊ—चारों में बनारस तकलीफ़देह है। कानपूर में खाने-पीने की तकलीफ़, लखनऊ में जाये क़याम कालिज से दूर, इलाहाबाद सुभीता है। वर्ना कानपूर में चैन से रहता। बहरहाल गर्मी की तातील में ज़्यादा नहीं तो पंद्रह दिन तक सोहबत रहेगी।

१ डेपुटेशन, शिष्ट मंडल

और क्या अर्ज़ करूँ। बच्चे बख़ैरियत होंगे और आपका मिज़ाज भी अच्छी तरह होगा।

आपका,
धनपत राय

५१

स्थान-तिथि नहीं
अनुमानतः बस्ती, अंत १९१५

भाई साहब,

तसलीम। 'हँसी' पर एक मज़मून हस्ब वायदा रवानये ख़िदमत है। मज़मून नामुकम्मल है। अभी असल मज़मून ही पूरा नहीं शाया हुआ। जब वह पूरा हो जाये तो उसका दूसरा हिस्सा भेज दूँगा। क़िस्सा लिख रहा हूँ। ज़रूर रवाना करूँगा मगर तातील के बाद ख़त्म होगा। अबकी आज़ाद नहीं आया, मालूम नहीं क्या बात है। इसके पहले जो ख़त और मज़मून भेज चुका हूँ वह ग़ालिबन् पहुँचे होंगे। प्रेम पचीसी हिस्सा दोम कातिब के पास गयी या नहीं। और क़िस्से ढुंढ़वाने की तकलीफ़ आपको उठानी पड़ेगी।

बाकी सब ख़ैरियत है। उम्मीद है आप बख़ैरियत होंगे। ज़माना कब तक निकलता है।

नियाज़मन्द
धनपत राय

५२

बस्ती
१० फ़रवरी १९१६

भाई साहब,

तसलीम। लिफ़ाफ़ा मिला। ज़माना भी आया। मशकूर हूँ। मज़ामीन अच्छे हैं। अभी सरसरी तौर पर देखा है। मज़ामीन के मुताल्लिक़ शिकायत का कोई मौक़ा नहीं। परमात्मा आपको ख़ानगी परीशानियों से जल्द निजात दे। ग़ालिबन् इस मख़मसे[1] की पैरवी का बार अब आपके सर होगा। और किसके सर हो ही सकता था। ख़ैर किसी तरह आपने ज़माना को ज़िन्दा तो किया।

१ उलझन

अब मुझे यह जानने की ख्वाहिश है कि खरीदारान का बर्ताव कैसा है और अभी उनकी तादाद इस क़दर कम तो नहीं है कि ख़सारा[1] ही नज़र आये।

प्रेम पचीसी की जिल्दें यहाँ नहीं हैं। मैंने उन्नाव के लाला सरजू परशाद निगम को लिखा है कि वह अपने यहाँ की जिल्दें आपके दफ़्तर में भिजवा दें। ज़माना में पचीसी का इश्तहार न देखकर ताज्जुब हुआ। अगर भूलकर रह गया हो तो बराहे करम फ़रवरी से ज़रूर दर्ज करा दें।

हिस्सा दोम के मुताल्लिक़—अगर इश्तियाक़ हसन वादे करते हैं तो मजबूरी है। मज़ामीन की फ़ेहरिस्त मैंने भेज दी है। कोई तेरह क़िस्से होने चाहिए। छः मौजूद हैं, सात और इन्तखाबे ज़माना लीजिए। सिर्फ़ पुराने पर्चे तलाश करवाने पड़ेंगे।

मज़ामीन के मुताल्लिक़—आजकल मसरूफ़ बतैयारी हूँ। राना जंगबहादुर आफ़ नैपाल की सवाने उमरी[2] लिखने का इरादा है। मसाला जमा कर लिया है। बहुत जल्द लिखकर रवाना करूँगा।

आपका,
धनपत राय

५३

बस्ती
२४ फ़रवरी १९१६

भाई साहब,

तसलीम। मिज़ाज कैसा है ? मुक़दमे के मुताल्लिक़ क्या हुआ ? क्या अभी तक दवा-दविश[3] जारी है ? या नजात हो गयी ? इससे तो आपके काम में बड़ा हर्ज होता होगा। मुझे यह जानने की ख्वाहिश है कि जनवरी नंबर का पबलिक पर क्या असर पड़ा। ख़रीदारों में कुछ तो ज़रूर ही ख़ारिज हो गये होंगे। मगर उनकी तादाद इतनी तो नहीं कि ख़सारा ज़्यादा हो ? गवर्मेंट की सरपरस्ती १५० जिल्दों तक महदूद है या कुछ और ज़्यादा हुई ? मेरे ख़याल में अभी आपको इसमें कामयाबी नहीं हुई।

मालूम नहीं इन दिनों आपकी माली हालत क्या है। मैं तो परीशानहाल हूँ। अख़बारी आमदनी मसदूद[4], सिर्फ़ तनख्वाह पर गुज़ारा। सिर्फ़ मेरी फ़ीस और क़िताब वग़ैरह पर एक तनख्वाह सर्फ़ हो गयी। और अभी पंद्रह दिन की रुख़सत भी पड़ गयी। कोई पचीस रुपये का और सर्फ़ा है। क्या मैं आपको

१ नुकसान २ जीवनी ३ दौड़धूप ४ बन्द

तकलीफ़ देने की कुछ जुरअत करूँ। अगर आप मजामीन के मुताल्लिक़ तसफ़िया कर दें तो इस वक़्त मुझे मदद मिल जाये। प्रेम पचीसी का हिसाब और आपके इश्तहारात का हिसाब फिर होता रहेगा। मैंने मजबूर होकर आपको तकलीफ़ दी है वर्ना मैं आपकी ज़रूरतों की तरफ़ से बेख़बर नहीं हूँ। मुझे यक़ीन है कि मुझे मायूस न होना पड़ेगा।

प्रेम पचीसी का इश्तहार ज़माना में नहीं नज़र आया। बराहे करम उसे दे दीजिए। उन्नाव के सरजू परशाद के पास मेरी पचीस जिल्दें पड़ी हुई हैं। अगर आप उन्हें मँगवा लें तो बहुत अच्छा हो। मैंने तो उन्हें लिख दिया था मगर शायद उन्हें कुछ परवाह न हुई। किताबें बनारस में हैं इस वजह से फ़िलहाल भेजने में तरद्दुद है। पच्चीस जिल्दें दो माह तक हो जायेंगी। उन्नाव से तो आपके दफ़्तर में रोज ही कोई न कोई आता जाता रहता है। हाँ आपको ख़याल आना शर्त है। एक मज़मून मैंने ज़माना के लिए लिख रखा है। मगर साफ़ करने की मुतलक़ फ़ुर्सत नहीं मिलती, मजबूर हूँ। दफ़्तर ज़माना में आजकल कौन साहब हैं ? वही अलिफ़०ज़े० या और कोई। बाबू रामसरन का कुछ हाल कहिए। बाक़ी सब ख़ैरियत है। उम्मीद है कि बच्चे ख़ुश होंगे।

जवाब का मुन्तज़िर,

नियाज़मन्द
धनपत राय

५४

बस्ती
१३ मई १६१६

भाईजान,

कल कार्ड मिला। आज बनारस जाता हूँ। मेरे एक साले साहब की शादी ८ जून को है। इसलिए मैंने यह बेहतर समझा है कि जून ही में बनारस से चलूँ और आपसे मुलाक़ात करता हुआ शादी में शरीक होने के बाद १५ तक बनारस वापस चला आऊँ। मजामीन बनारस पहुँचकर हाज़िर करूँगा। मेरा पता ज़ैल है :

धनपत राय
गाँव—मढ़वाँ
बनारस कैण्ट

नियाज़मन्द
धनपत राय

५५

गोरखपुर

११ दिसंबर १९१६

भाई साहब,

तसलीम। कल कार्ड मिला। मशकूर हूँ। दो चार रोज़ में कुछ इरसाले ख़िदमत करूँगा। एक क़िस्सा और कुछ और।

दिसंबर में लखनऊ जाने का इरादा तो करता हूँ। देखूं, ग़ैब से मदद मिलती है या नहीं। इसी के लिए कई रिसालों में लिखा। एक साहब ने तो ख़बर ली दूसरे साहब आइन्दा लेंगे। हो सकेगा जाऊँगा, नहीं तो न सही। तक़रीर मैं सुनता नहीं और तो कोई काम नहीं। अख़बारों में पढ़ लूंगा। और क्या करूँ। जब शब-ओ-रोज़ की मेहनत पर यह हाल है तो मालूम होता है इफ़लास[1] से कभी निजात न होगी।

ज्यादा नियाज़,

धनपत राय

५६

गोरखपुर

२ जनवरी १९१७

भाईजान,

तसलीम। आपका खत मिला था। उसका जवाब जल्द न दे सका। क्योंकि आप भी तो कांग्रेस में मसरूफ़ रहे होंगे। पहले यह बताइए कि Victor Hugo की मशहूर किताब Les miserables का उर्दू तर्जुमा हुआ है या नहीं। अगर हुआ है तो कहाँ मिल सकता है। अगर नहीं हुआ है तो मैं इस काम में जुटना चाहता हूँ। साल भर का काम है। किसी तरह से पता लगाकर बतलाइए। हिस्सा दोम प्रेम पचीसी को निकालिए। हल्के काग़ज़ पर सही। जिस काग़ज़ पर आज़ाद छपता है उसी पर हो तो क्या नुक़सान। जल्द करना चाहिए क्योंकि प्रेम बत्तीसी भी पूरी हुआ चाहती है। ग़ालिबन् पच्चीस क़िस्से और हो चुके हैं। छः सात की और कमी है। इसके बाद मैं विक्टर ह्यूगो में जुटूंगा। 'पैके अब्र' की तनक़ीद भेजी थी मगर वह आपके यहाँ बेकार हो गयी क्योंकि किसी दूसरे साहब ने लिख दी। खैर जैसा मुनासिब समझें, करें।

---

[1] ग़रीबी

बाक़ी ख़ैरियत है। उम्मीद कि आप और बच्चे बख़ैर-ओ-आफ़ियत होंगे।

नियाज़मन्द

धनपत राय

५७

गोरखपुर

१५ जनवरी १९१७

भाईजान,

तसलीम। मुबारकबादियों के लिए तहे दिल से शुक्रिया। मेरी जानिब से भी वही दुआएँ क़बूल फ़रमाइए।

उम्मीद कि आप शादी की तक़रीब से वापस आ गये होंगे। कुछ इसका ज़िक्र लिखिएगा। आज मुद्दत के बाद यहाँ आज़ाद देखा। फिर ज़िन्दा हुआ। प्रेम पचीसी के लिए जो क़िस्से चाहें ले लें। इसकी फ़ेहरिस्त तो मैंने पहले ही दे दी थी। सहीकर्दा[1] कापियाँ भी भेजी थीं। 'क्या वह कापियाँ ग़ायब हो गयीं। ख़ैर मतलब तो तेरह कहानियों से है। अगर यह हों।

५८

नार्मल स्कूल, गोरखपुर

२४ जनवरी १९१७

भाईजान,

तसलीम। कल कार्ड मिला। मशकूर हूँ। मनीआर्डर अभी नहीं मिला। आता होगा। मेरे इस मनीआर्डर के बाद पैंतीस रुपये और रह जायेंगे। हिसाब से मिला लीजिएगा। मैं आजकल एक क़िस्सा लिखते लिखते नाविल लिख चला। कोई सौ सफ़े तक पहुँच चुका है। इसी वजह से छोटा क़िस्सा न लिख सका। अब इस नाविल में ऐसा जी लग गया है कि दूसरा काम करने को जी ही नहीं चाहता। मगर मार्च के लिए दो तीन दिन में ज़रूर कुछ न कुछ भेजूंगा। फ़रवरी के लिए मजबूरी है। आप अगर इस नाविल को मुसलसल देना चाहें तो कैसा हो? हालांकि मुझे खुद यह सूरत पसंद नहीं। मालूम नहीं कब तक ख़त्म होगा। और रिसाले की मौजूदा ज़ख़ामत[2] भी इस बोझ को नहीं संभाल सकती। क़िस्सा दिलचस्प है और मुझे ऐसा ख़याल होता है कि मैं अबकी बार नाविलनवीसी में भी कामयाब हो सकूंगा। एक मज़मून हमारी बाज़ तालीमी ज़रूरियात पर ख़याल

---

१ सही की हुई २ मोटापन

में है। देखिए बन जाये तो भेजूँ। फ़रवरी में मुझे इलाहाबाद आना है। ख़ुसर साहब सख़्त बीमार हैं। शायद इस सिलसिले में आपसे मुलाक़ात हो सके। बाबू राम भरोसे के घर तो जून में शादी होगी। बन पड़ा तो चलूँगा। अभी बहुत दिन हैं। बच्चों की चेचक का हाल पढ़कर रंज हुआ। क्या टीका नहीं लगा था ? ईश्वर बच्ची को चंगा करे। अब की जो क़िस्सा आपके पास दो तीन दिन में जायेगा उसे अर्सा हुआ लिखा था मगर ख़ौफ़ के मारे नहीं भेजा। इसमें वाइज़[1] बन गया हूँ हालांकि कुजा मैं और कुजा पीरे फ़रतूत[2]। अगर पसंद आये तो छापिएगा वर्ना हिन्दी में छप जायेगा।

नियाज़मन्द

धनपत राय

५९

नार्मल स्कूल, गोरखपुर

६ फ़रवरी १९१७

भाईजान,

तसलीम। दो मज़मून बैरंग भेजे थे। जवाब न मिला। मालूम नहीं पहुँचे या नहीं। तरद्दुद है।

अब तो ज़माना ठीक वक़्त पर निकलने लगा है। मुझे यह जानने की ख़्वाहिश है कि इस पाबन्दी का तादाद ख़रीदारान पर कुछ असर पड़ा या नहीं। मुत्तला फ़रमाइएगा।

पचीसी हिस्सा दोम की किताबत ग़ालिबन् शुरू हो गयी होगी। सेहत का लिहाज़ रखना ज़रूरी है। इस किताब की इशाअत में मेरा क्या समझौता रहेगा। मेरी है या आपकी या मुश्तरक। मुश्तरक रखिए तो अच्छा।

जवाब से सरफ़राज़ फ़रमाइएगा। मैं इसी माह में आऊँगा मगर मालूम नहीं कब।

नियाज़मन्द

धनपत राय

६०

इलाहाबाद

२० फ़रवरी १९१७

भाईजान,

तसलीम। मैं कल इलाहाबाद आ गया। १५ मार्च तक रहना पड़ेगा।

---

१ उपदेशक २ कहाँ मैं और कहाँ जर्जर बुड्ढा

हिफ़्ज़े सेहत[1] और First aid के मुताल्लिक़ लेक्चर होंगे। सरकार ने हर एक नार्मल स्कूल से एक एक आदमी को तैनात किया है। मैंने बस्ती से आपकी खिदमत में दो ख़त भेजे थे। लेकिन जवाब से महरूम रहा। तशवीश[2] है। खुदा न ख्वास्ता तबीयत तो खराब नहीं हो गयी। और आप इलाहाबाद तो नहीं आये। मुलाक़ात हो जाती। मैं ख़ुद आता लेकिन बजुज़ होली के और कोई तातील नहीं पड़ती। ट्रेनिंग कालेज इलाहाबाद के पते से ख़त लिखियेगा। बाक़ी सब ख़ैरियत है।

नियाज़मन्द
धनपत राय

६१

ट्रेनिंग कालिज, इलाहाबाद
२ मार्च १६१७

भाईजान,

तसलीम। आज लिफ़ाफ़ा मिला। मशकूर हुआ। आपकी परेशानियों का हाल पढ़कर अफ़सोस हुआ। क्या बच्चे की आँख इस क़दर खराब हो गयी कि तालीम तर्क करना पड़ी। यही सब अयालदारी[3] की तकलीफें हैं। आपकी ख़ामोशी से मैं समझ गया था कि ख़ैरियत नहीं है और अंदेशा सही निकला। ईश्वर बच्चे के हाल पर रहम करे। लिफ़ाफ़े के अन्दरवाले ख़ुतूत देखे। खुश हुआ। हालांकि मेरे पास बहुत-सी क़िस्सागोई के लिये न दिमाग़ है न वक़्त। आजकल अपना नाविल लिखने में महव हूँ। यह ख़त्म हो जाय तो कुछ और करूँ। हाँ, 'ज़माना' के लिये स्टाक मौजूद है।

'प्रेम पचीसी' हिस्सा दोम में ज़रा ज़्यादा सरगर्मी फ़रमाइये। जल्दी ख़त्म हो जाय। अभी बहुत कुछ छपवाना है। अगर पहली मंज़िल में इतना रुके तो फिर इतनी लम्बी ज़िंदगी कहाँ से आयेगी। तातीले गर्मी के पहले ख़त्म हो जाना जरूरी है। मैं शरीक हूँ।

'प्रेम पचीसी' हिस्सा अव्वल की जिल्दें भेजी जायँगी। मैंने गोरखपुर लिख दिया है। लेकिन अगर किसी वजह से इस वक़्त न गयीं तो मैं वहाँ पहुँचते ही भेज दूँगा। आप से भी 'यादगारे राम' की कुछ जिल्दें लूँगा। गोरखपुर के स्टेशन पर एक दुकान खुली है। वहाँ उर्दू की किताबें भी बिकती हैं। मुमकिन है 'यादगारे राम' कुछ निकले। 'प्रेम पचीसी' तो दस-पाँच निकल जाती है। मैं होली की तातील में आनेवाला हूँ। लेकिन मेरे पिछले हिसाब में कुछ रवाना

१ स्वास्थ्य-रक्षा २ चिन्ता ३ गृहस्थी

फ़रमाइये, वर्ना मुझे गोरखपुर से मंगाना पड़ेगा जो ज़्यादा तरद्दुद-तलब है। पिछला हिसाब मैं आपको लिख चुका हूँ। ग़ालिबन आप ने नोट कर लिया होगा।

'प्रेम पचीसी' का हिन्दी एडीशन छप रहा है। उसका मराठी एडीशन भी छप रहा है।

मुलाक़ात के लिए जी बहुत चाहता है। होली में शायद एक दिन वक़्त निकल सके।

और तो सब ख़ैरियत है।

आपका

धनपत राय

६२

इलाहाबाद

१२ मार्च १९१७

भाईजान,

तसलीम। अफ़सोस है कि इस तातील में मैं कानपूर न आ सका। बहुत कोशिश की कि आऊँ लेकिन एक तरफ़ ससुराल का तक़ाज़ा दूसरी तरफ़ हमजुल्फ़[1] साहब का इसरार। तीन दिन की तातील में बमुशकिल तमाम इन दोनों तक़ाज़ों से नजात मिली। आज आया हूँ और फिर कालेज शुरू हुआ। ज़माना के लिए दो मज़ामीन तैयार हैं मगर गोरखपूर जाने पर साफ़ होंगे। नाविल ग़ालिबन् एक माह में पूरा होगा और उम्मीद करता हूँ कि मई में उसे आपके मुआइने के लिए हाज़िर कर सकूंगा। बच्चों की नासाज़ी-ऐ-तबीयत अजब हैजान[2] है। गज़ट से मालूम हुआ कि आजकल कानपूर में प्लेग की भी कमी नहीं है। ईश्वर ख़ैरियत से रखें। ऐसी कोशिश कीजिए कि प्रेम पचीसी हिस्सा दोम जून तक निकल जाये। प्रेम पचीसी की ४४ जिल्दें भेज दी गयी हैं, पहुँची होंगी। और सब ख़ैरियत है।

वस्सलाम,

नियाज़मन्द

धनपत राय

६३

नार्मल स्कूल, गोरखपुर

२० मार्च १९१७

भाईजान,

तसलीम। मैं १६ को यहाँ बख़ैरियत आ गया। कई हिन्दी के बुकसेलर प्रेम-

---

१ साढ़ू २ बेचैनी

पचीसी को शाया करने को इजाज़त माँगते हैं। मैं हिस्सा दोम का इंतज़ार कर रहा हूँ। किताब पूरी हो जाये तो किसी को दे दूँ। आपने होली के बाद उसके मुताल्लिक़ मुफ़स्सल[१] लिखने का वादा किया था। अब उसे पूरा कीजिए। ज़माना के लिए मज़मून साफ़ कर रहा हूँ। तीन दिन लगेंगे। अभी मार्च का ज़माना नहीं आया। क्या देर है?

बाबू महताब राय लखनऊ से टाइप सीखकर आ गये हैं। आप इन्हें वहाँ किसी मिल या फ़र्म में इन्ट्रोड्यूस करा सकते हैं। अगर ऐसा हो सके तो मुझ पर ख़ास इनायत होगी। मुत्तिला फ़रमाइएगा। किताबें पहुँची होंगी। रूपया इलाहाबाद ही में मिल गया था। मशकूर हूँ।

कानपूर में प्लेग की क्या कैफ़ियत है। यहाँ तो निजात है। मगर देहातों में बड़ा ज़ोर-शोर है।

ज़बान से सरफ़राज़[२] फ़रमाइएगा।

नियाज़मन्द
धनपत राय

६४

गोरखपुर
२३ मार्च १९१७

भाईजान,

तसलीम। यह 'मिशअले हिदायत' ख़िदमत में हाज़िर है। कोई प्लाट नहीं है। सिर्फ़ ज़मानए मौजूदा का मुरक़्क़ा[३] दिखाने की कोशिश की गयी है। उम्मीद है पसन्द आयेगी।

मुझे ४३) में से १०) मिले, ३३) और रहे। इसमें इस मज़मून को और इज़ाफ़ा फ़रमाइये तो ३८) होते हैं। अगर हिन्दी शोअरा वाला सिलसिला पसंद हो तो एक शायर को रवाना करूँ। वरना 'तर्जुमान' में भेज दूँ।

यहाँ मेरे एक दोस्त ने स्टेशन पर उर्दू किताबों का स्टाल खोला है। उन्हें कुछ 'ज़माना' प्रेस की किताबें दरकार हैं। आप ज़ैल की किताबें रवाना करा दें। हिसाब, मय कमीशन के, लिख भेजें। चाहे मेरे हिसाब में मुजरा हो जायगी, चाहे क़ीमत रवाना हो जायगी। मेरा ज़िम्मा है। फ़ेहरिस्त हस्ब ज़ैल है :

यादगारे राम	५ जिल्दें
भारत दर्पन	२

१ विस्तारपूर्वक २ सम्मानित कीजिएगा ३ तसवीर

सैरे दरवेश	२०
नसायेह चाणक्य	१०
हयाते हाली	५
तरीक़े दोस्तमंदी	५
महादेव गोविंद रानाडे	५
आर्य समाज और पालिटिक्स अज़ इज़्ज़तराय	१०
मुसद्दसे हाली	५
उर्दू मज़मून नवीसी	२

इन किताबों के भिजवाने में देर न फ़रमायें। 'प्रेम पचीसी' हिस्सा दोम के मुतालिक़ अब तक जो कुछ हो चुका है उससे मुत्तिला कर दें। मेरा नाविल चल रहा है। अब ज़रा इतमीनान हो जाये, तो ख़त्म करूँ। तूल हो रहा है। चाहता हूँ कि जल्द अंजाम की तरफ़ चलूँ।

एक और क़िस्सा तैयार है। अच्छा क़िस्सा है। मगर ज़रा सफाई में देर है। जल्द भेजूँगा। 'शाकिर' का 'अलअस्र' देखा। क्या जिंदा हो गया? आप को मालूम हो तो कुछ उसकी कैफ़ियत लिखियेगा।

बच्चों की तबीयत कैसी है। कानपुर में प्लेग तो नहीं है?

सोज़े वतन की एक जिल्द ज़रूर रवाना करें। यहाँ एक भी नहीं है।

नियाज़मंद

धनपत राय

६५

सलेमपूर

डाकख़ाना कनवार, इलाहाबाद

८ जून १९१७

भाई साहब,

तसलीम। आप परसों लौटेंगे। यह ख़त आज ही जाता है। मैं यहाँ बुरा आ फँसा। वाक़ई सब बीमार हो रहे हैं। अब देखूँ किस तारीख़ तक पिण्ड छूटता है। अगर मेरी कोई चिट्ठी-पत्री आवे तो उसे गोरखपूर भेजिएगा।

(शेष मिट गया है।—अ०)

६६

गोरखपुर
२ जुलाई १९१७

भाईजान,

तसलीम। मैं यहाँ तीस जून को आ पहुँचा लेकिन अभी इत्मीनान से काम नहीं कर सका। आपने वहाँ किसी से इमदाद[१] के मुताल्लिक़ गुफ़्तगू की या नहीं। मैंने वादा तो कर लिया है और उसे पूरा करने का खयाल भी है लेकिन नये प्रास्पेक्टस को देखकर जी ज़रा घबराता है। और इसे आप भी ग़ालिबन् तसलीम करेंगे कि मुझे इन दो हुरूफ़ की ज़्यादा ज़रूरत है। ऐसी हालत में मैं मुस्तक़िल तौर पर इमदाद शायद न कर सकूँ। हाँ वक़्तन् फ़वक़्तन् के लिए हाज़िर हूँ। ज़माना और प्रेम पचीसी की कापियाँ कानपुर में एक लेटर बकस में डाल आया था। मिल गयी होंगी। इस वक़्त अदीम[२] फ़ुर्सती के बाइस मिल न सका। और तो कोई ताजा हाल नहीं है।

बारिश खूब हो रही है। लीडर आजकल खूब धूम से निकलता है और प्रताप में भी ज़ोर है। इस वक़्त मामूली तवज्जो से काम चलता नहीं नज़र आता। अर्क़रेज़ी[३] की ज़रूरत है। और क्या लिखूँ। उम्मीद है कि बच्चे अच्छी तरह होंगे।

नियाज़मंद
धनपत राय

६७

गोरखपुर
९ जुलाई १९१७

भाईजान,

तसलीम। लाटरियान की फ़ेहरिस्त छप गयी। क्या खबरें हैं। अव्वल दोम सोम न सही, हज़ार दो हज़ार कुछ हाथ लगा, दोस्तों में कोई सुर्खरू[४] हुआ।

चार दिन से बच्चे को ब्रान्काइटिस की शिकायत हो गयी है। डाक्टर की दवा कर रहा हूँ। आज़ाद के मुताल्लिक़ आपने कुछ तहरीर नहीं फ़रमाया। देखने में ही नहीं आया। मैं तो अभी तक अपनी झंझट से नहीं छूटा।

आपका,
धनपत राय

---

१ सहायता २ समयाभाव ३ पसीना गिराना; मेहनत ४ कामयाब

६८

गोरखपुर
२५ जुलाई १९१७

भाईजान,

तसलीम । आज एक काम से फ़ुर्सत मिली। शेख़ सादी के हालात एक साहब की फ़र्माइश से हिन्दी में लिखे हैं । अब 'ज़माना' के लिये कुछ लिखने की फ़िक्र में हूँ । लॉटरी ने फिर धोखा दिया । इसका अफ़सोस रहा । ठाकुर जी की भक्ति किस उम्मीद पर की जाय। 'प्रेम पचीसी' प्रेस में चली गयी, बहुत अच्छा हुआ । प्रूफ़ अगर बहुत ख़राब हों तो यहाँ भिजवा दीजिये और अगर ग़लतियाँ कम नज़र आयें तो वहीं दिखवा लीजिये। आने जाने में देर होगी । मेरे हिसाबे साबक़ा में बाद मिनहाई[1] क़ीमत पार्चा[2] ३३) निकलते हैं । इसे महसूब करके मेरे ज़िम्मे जो कुछ सर्फ़ हो उससे मुत्तिला कीजियेगा । हिस्सा अव्वल की अगर ज़िल्दें दरकार हों तो भेज दूँ । हर दो जिल्दें १।।) में मुशतहिर हो जाना चाहिये । आपकी बुक एजेंसी कुछ और चली या नहीं । अख़बार 'आज़ाद' साबिक़ दस्तूर चला जाता है, मुझे तो कोई तग़य्युर[3] नहीं नज़र आता । अब मुझे स्टेटसमैन मिलने लगा है । चाहता हूँ कि लिखा करूँ, लेकिन मुश्किल यह है कि मेरा कुछ न कुछ वक़्त अब हिन्दी-नवीसी में चला जाता है । बच्चे अब दोनों अच्छी त रह हैं । और तो कोई ताज़ा हाल नहीं । उम्मीद कि आपके यहाँ लाटरी की मायूसी के अलावा और सब ख़ैरियत होगी ।

नियाज़मंद
धनपतराय

६९

गोरखपुर
८ अगस्त १९१७

भाईजान,

तसलीम । अभी तक प्रेम पचीसी के प्रूफ़ नहीं आये । प्रेस में क्या देर हो रही है । आपका इधर कोई ख़त नहीं आया । शायद आप बहुत मसरूफ़ हैं । मेरी भी यही हालत है । एक क़िस्सा ज़माना के लिए कल परसों तक रवाना होगा । आपकी किताबों की एजेन्सी की क्या हश्र हुआ । कुछ काम चला या ठण्डा पड़ गया ।

---

१ कटौती २ कपड़ा ३ अन्तर

अपना नाविल ख़त्म कर रहा हूँ। उसे पहले हिन्दी में तबा[१] कराने का क़स्द[२] है। उर्दू में तो पबलिशर अनक़ा[३] हैं।

अपने हालात से मुत्तला फ़रमाइए। उम्मीद है आप बख़ैरियत होंगे। हम लोग अच्छी तरह हैं।

नियाज़मंद

धनपतराय

७०

गोरखपुर
११ सितम्बर १९१७

भाईजान,

तसलीम। आपकी ख़मोशी ग़ज़ब ढाती है। मज़मून भेजा, 'सप्त-सरोज' भेजा। लेकिन आपने एक रसीद की तकलीफ़ भी गवारा न की। आप ज़रूर अदीमुलफ़ुर्सत हैं, लेकिन मेरे लिये एक कार्ड लिखना चन्दां मुशकिल न था। 'प्रेम-पचीसी' के मुताल्लिक़ आपने क्या कार्रवाई की। लखनऊ आ गयी या कानपुर ही में कोई दूसरा इन्तज़ाम हुआ, या उसकी इशाअत का ख़याल ही तर्क कर दिया। अगर ऐसा हो तो किताबत की कापियाँ मेरे पास रवाना फ़रमा दें, मैं उन्हें छपवा लूं, वर्ना फिर कापियाँ ख़राब हो जायंगी। जवाब से जल्द मुमताज़ फ़रमायें।

उम्मीद है कि अयाल, बच्चे अच्छी तरह होंगे।

आपका

धनपतराय

७१

हिन्दी पुस्तक एजेंसी, गोरखपुर
१६ सितंबर १९१७

भाईजान,

तसलीम। कल आपका कार्ड मिला। बहुत खुश हुआ। ईश्वर करे जल्द निकले। आपने काउण्ट टाल्सटाय का सवानही[४] मज़मून जो फ़ाइल से निकालकर अलग रख दिया है उसकी मुझे सख़्त ज़रूरत है। अगर बराहे इनायत उसे भेज दीजिए तो मशकूर होऊँगा। एक मज़मून लाला लाजपत राय का है और दूसरा किसी और साहब का। दोनों मज़ामीन इरसाल फ़रमायें। एक हफ़्ते में वापस हो जायेंगे। इसी के साथ प्रूफ़ भी आ जायें तो बेहतर है।

---

१ छपाने २ इरादा ३ अप्राप्य ४ जीवनी-वाला

७२

गोरखपुर

१७ सितम्बर १६१७

भाईजान,

तसलीम। प्रेम पचीसी आज भेजी जायगी। मिस्टर मूंगिया के खत का जवाब दे दिया है। एक क़िस्सा आपके लिए लिखा था। वही वहाँ भेज दूँगा। आपके यहाँ भी वही शाया हो जायेगा। ग़ालिबन् इसमें आप कोई हर्ज न समझेंगे। कल मैंने काउण्ट टाल्सटाय पर सवानही मज़ामीन जो आपके यहाँ निकले हैं माँगे हैं। उनका एक हिन्दी एडीशन शाया करने की नीयत है। बैरंग भेजिएगा। एक हफ्ते में वापस कर दूँगा।

बाक़ी सब ख़ैरियत है। अभी तक प्रूफ़ नहीं आया।

नियाज़मंद

धनपतराय

७३

गोरखपुर

२ अक्तूबर १६१७

भाईजान,

तसलीम। मिज़ाज शरीफ़। फिर कोई प्रूफ़ नहीं आया। क्या एक एक फ़र्मे में दो हफ़्ते का वक़्फ़ा होगा? इस तरह तो कई महीने लग जायेंगे। हमारा स्कूल बदक़िस्मती से १८ अक्तूबर से बंद होगा। इन्सपेक्टर से दरख्वास्त की गयी थी कि इसके क़ब्ल[1] ही से बंद करने की इजाज़त दें लेकिन मंजूर नहीं की। इस वजह से मेरा सीतापूर जाना मंसूख़। अब बशर्ते ज़िन्दगी कलकत्ते की सैर होगी। उम्मीद कि आप बहुत अच्छी तरह होंगे।

नियाज़मन्द

धनपतराय

७४

गोरखपुर

२६ जनवरी १६१८

भाईजान,

तसलीम। किताबें लाहौर पहुँच गयीं। वहाँ से भी किताबें ग़ालिबन् कानपूर

---

१ पहले

आ गयी होंगी। मैंने ताकीद तो कर दी थी। सरे वर्क़[१] की तबदीली करने का ख़याल ज़रूर रखिएगा। लाहौर वाले और तो सब पसंद करते हैं सिर्फ़ यही शिकायत उन्हें भी है।

मज़मून अभी साफ़ नहीं हो सका। अपना नाविल हिन्दी में लिख रहा हूँ। फ़ुर्सत नहीं मिलती। न कोई तातील ही पड़ती है। मगर आज इरादा करता हूँ कि साफ़ करने में हाथ लगा दूँ।

हिसाब अभी तक जनाब ख्वाजा साहब ने नहीं भेजा।

प्रेम पचीसी का दूसरा एडीशन लाहौर जा रहा है। आप पबलिशर बनना पसन्द ही नहीं करते, इस वजह से मजबूरी है। मैं खुद पबलिशर बनने का दर्द सर नहीं चाहता। मुझे दूसरे एडीशन के दो सौ रूपये मिल जायेंगे। × में मिल जायेंगी, जो शायद लागत से ज्यादा नहीं। उम्मीद है कि आपकी तबीयत अब अच्छी होगी।

अज़ीज़ बाबू बिशन नारायन जी को आशीर्वाद। ज्यादा वस्सलाम।

आपका,
धनपत राय

७५

तिथि नहीं
अनुमानतः मार्च १९१८

भाई साहब,

तसलीम। एक कार्ड भेज चुका हूँ। आज यह क़िस्सा इरसाले ख़िदमत है।

आप के ख़त को पढ़कर निहायत अफ़सोस हुआ। मुझे आप से कमाल हमदर्दी है। काश मुझसे कुछ मदद हो सकती।

राणा जंग बहादुर की सवानेहउम्री लिखी है। कल परसों तक पूरी हो जायगी। साफ़ न करूँगा क्योंकि कई दिन की देर हो जायगी। फ़रवरी के 'ज़माना' में तसहीह की बहुत ज़रूरत है।

मेरे मज़मून के आजकल बहुत चोर हो रहे हैं। मुमकिन है आप को ज्यादा नज़र आते हों। मुझे शिवशम्भू देखने का मौक़ा मिला। उसे गौरीशंकर लाल अख्तर निकालते हैं। हज़रत ने मेरी इबारत के पूरे पूरे पैरेग्राफ़ नक़ल कर लिये हैं। जनवरी, फ़रवरी, मार्च, तीनों नम्बरों में यही हाल है। ऊटपटांग क़िस्सा

१ आवरण-पृष्ठ

लिखकर उसे सर्क़े[१] के लिबास से सजाने की कोशिश की है। फ़र्वरी के ज़खीरा, में 'ज़रीफ़ुत्तबा' एक किस्सा है। लखनऊ के एक साहब ने लिखा है। इसे पढ़िये और मेरा क़िस्सा 'मनावन' पढ़िये, साफ़ चर्बा मालूम होगा। सिर्फ़ जुज़्ज़ियात[२] में रद्दोबदल कर दिया गया है। दिमाग़ पर ज़ोर न डाला चाहें और मज़मूननिगार बनने का खब्त या जुनून सवार।

छोटक की शादी के दो एक जगह से तज़किरे हो रहे हैं। शायद तातील में हो जाये।

गर्मी सख्त पड़ रही है।

'प्रेम पचीसी' का इश्तहार फ़र्वरी के 'ज़माना' में भी नहीं है। क्यों? क्या ज़रूरत से ज्यादा जिल्दें फ़रोख्त हो गयीं?

कहिये तो इन चोरियों पर एक छोटा सा शिगूफ़ा छोड़ूं? यह हज़रात जिज़-बिज़[३] होंगे। हुआ करें।

शाकिर का पता नहीं है। मालूम नहीं इस दुनिया में हैं या उस दुनिया में।

मैं कानपुर २० मई तक शायद आ जाऊँ। और दो-एक रोज़ लुत्फ़े सोहबत उठाऊँगा।

बाकी सब खैरियत है।

आपका

धनपतराय

७६

गोरखपुर

अप्रैल १६१८

भाईजान,

कल आपका लिफ़ाफ़ा मिला। मिस्टर अबदुल्ला की राय पर अमल करूंगा हालांकि Supernatural element इन्सान की ज़िन्दगी में दाखिल है।

प्रेमबत्तीसी की इशाअत[४] के लिए आपने जो सूरत सोची है उससे जल्द मुत्तिला कीजिए। ऐसा न हो कि मैं पाबन्द[५] हो जाऊँ। मैं हर तरह से राज़ी हूँ।

नाविल के लिए मेरी राय में लाहौर ही बेहतर रहेगा। वहाँ से मुझे कुछ नक़्द मिल जायेगा जिसकी मुझे ज़रूरत है। आप क्या कहते हैं, ज़िन्दगी को उम्मीद यहाँ भी कम है। मगर यह चाहता हूँ कि या तो साथ चलें या खफ़ीफ़[६]

१ चोरी २ छोटी-छोटी बातें ३ सिटपिटा जायेंगे ४ प्रकाशन ५ बँध जाऊँ ६ थोड़ी-सी

सी तक़दीम[१] व ताखीर[२] हो। मैं आपका पेशरौ बनना चाहता हूँ। मौत की फ़िक्र मारे डालती है। कितना चाहता हूँ कि परमात्मा पर भरोसा रखूँ मगर दिल मूज़ी है, समझता नहीं। किसी महात्मा की सोहबत मिले तो शायद रास्ते पर आये। यही फ़िक्र है कि मैं आज मर जाऊँ तो इन बाल-बच्चों का पुरसानेहाल कौन होगा। घर में कोई ऐसा नहीं। छोटक से कोई उम्मीद नहीं रही। दोस्तों में अगर हैं तो आप और नहीं हैं तो आप। और न होगा तो मेरे बाद साल दो साल इन बेकसों की खबर तो ले सकते हैं। इसी फ़िक्र में डूबा जाता हूँ। कुछ सरमाया जमा करने की कोशिश करता हूँ मगर कामयाबी नहीं होती। कभी किसी दूकान की कभी किसी दूसरे कारोबार की नीयत बाँधता हूँ।

ज़माना का सिलसिला मैं भी क़ायम रखना चाहता हूँ मगर यह भी चाहता हूँ कि मेरे और आपके दरमियान क़तई बरादराना बर्ताव हो। इसे मैं अदना[३] और आला[४] की हिमाक़त से बेलौस[५] चाहता हूँ। और जब आपकी तरफ़ से ढील देखता हूँ तो मायूस हो जाता हूँ और हैरान होता हूँ कि अब कौन-सा दरवाज़ा खटखटाऊँ।

यह मज़मून जा रहा है। पसंद हो तो लिखिएगा। महज़ यही नहीं चाहता कि ज़माना में छपे बल्कि आपको पसंद भी हो।

प्रेम बत्तीसी के मुसव्वदे आप मुझसे क्या माँगते हैं। वह तो आपके फ़ाइल में हैं। हाँ, दस-पाँच क़िस्से जो मेरे दूसरी जगह छपे हैं वह बरवक़्त ज़रूरत मैं मुहय्या कर लूँगा। मगर मैं आपकी तजवीज़े इशाअत का मुन्तज़िर हूँ। मुफ़स्सल लिखिएगा।

हाँ, प्रेम पचीसी हिस्सा दोम की पाँच जिल्दें बवापसी डाक ज़रूर बिल ज़रूर भिजवा दीजिएगा। कई दोस्तों को देना है।

वस्सलाम,

धनपत राय

७७

बनारस

२ जून १९१८

भाईजान,

तसलीम। आपके दो कार्ड मिले। आपको शिफ़ा[६] हुई, इस खबर से निहायत तसकीन हुई। मैं २९ मई को शादी से फ़राग़त पा गया। अभी दो एक रोज़ की

१-२ देर-सबेर, आगा-पीछा ३ छोटा ४ बड़ा ५ पाक; मुक्त ६ रोग से मुक्ति

झंझट और बाक़ी है। इसके बाद कलकत्ते जाने का क़स्द है। अपने हिन्दी नाविल को प्रेस में देना है। आपने रफ़्तार लिखने की फ़रमाइश की है। मगर इधर मई में मुझे अखबारों के देखने का बहुत कम मौक़ा मिला। जून में भी सफ़र से निजात न होगी और जुलाई से सिलसिला ख्वान्दगी[1] शुरू करूँगा वर्ना बी० ए० न पास कर सकूँगा। अभी तक सारी किताबें देखने को पड़ी हैं। क़िस्सों का सिलसिला जारी है। यही ग़नीमत है। इससे ज़्यादा फ़िलहाल इमकान से बाहर है। मुझे बहुत नदामत[2] के साथ यह सतरें लिखना पड़ती हैं। लेकिन क्या करूँ, मजबूर हूँ। ताहम बहद्दे इमकान जुलाई से रफ़्तार लिखने की कोशिश करूँगा।

इंशा अल्ला कल प्रेम पचीसी की १०४ जिल्दें रवाना होंगी। उम्मीद कि आप मय अयाल बख़ैर-ओ-आफ़ियत होंगे।

नियाज़मन्द

धनपत राय

७८

गोरखपुर

६ जुलाई १९१८

भाईजान,

तसलीम। आपका कार्ड मिला। क्या करूँ, ऐसी परीशानियों में था कि कानपूर आने का मौक़ा ही न मिला। ११ मई को यहाँ से चला, २७ को बारात के साथ गया, ३० को वापस आया, ११ को कलकत्ते गया। २० को वहाँ से आया। फिर मकान की मरम्मत में फंसा। खपरैल का घिसा, पुराना, बोसीदा मकान, गिर पड़ने का अन्देशा था। ऐसी हालत में क्या लिखता। अभी जब से आया हूँ आँखें उठी हुई हैं। किसी तरह मदरसे जाता हूँ; मगर ज्योंही ज़रा फ़राग़त[3] हुई कुछ न कुछ लिखने की कोशिश ज़रूर करूँगा। अब मैं सरकारी अख़बारनवीस क्या बनूँगा। अगर अख़बारनवीस बनना तक़दीर में है तो ग़ैर सरकारी, आज़ाद अख़बारनवीस होऊँगा। जंग के मुताल्लिक़ मज़ामीन लिखने की भी इस वक़्त मुझे फ़ुर्सत नहीं है। बस इसी अपनी रफ़्तारे क़दीम[4] पर चलूँगा। बी० ए० करके किसी प्राइवेट स्कूल की हेडमास्टरी और एक अच्छे अख़बार की एडिटरी और कुछ और पबलिक काम। यही मेराजे[5] ज़िन्दगी है। अख़बार मज़दूरों-किसानों का हामी और मुआविन[6] होगा।

मैं आपको एक खास अम्र में तकलीफ़ देना चाहता हूँ। छोटक हफ़्ते अशरे

१पढ़ाई २ लज्जा-संकोच ३ अवकाश मिला ४ पुरानी रफ़्तार ५ जीवन का शिखर ६ सहयोगी

या ज़्यादा-से-ज़्यादा एक माह में तख़फ़ीफ़[१] में आ जायेंगे। बन्दोबस्त का काम फ़िलहाल बंद किया जा रहा है। मुझे उनकी फ़िक्र लगी हुई है। अगर आप उनके लिए कोई काम दिलाने में मेरी मदद कर सकें तो ऐन एहसान हो। मेरे और कौन से दोस्त हैं जिनसे इनकी सिफ़ारिश करूँ। बस्ती में टाइपिस्ट थे, पैंतीस रुपये पाते थे। कानपूर के किसी कारख़ाने में अगर आपकी सिफ़ारिश कारगर हो सके तो इन्हें बाद तख़फ़ीफ़ वहाँ भेज दूँ या वार के मुताल्लिक़ कोई ऐसा काम हो जिसमें हिन्दोस्तान से बाहर न जाना पड़े तो भी कोई उज़्र नहीं है। जवाब से जल्द सरफ़राज़ कीजिए, इंतज़ार रहेगा।

प्रेम बत्तीसी हिस्सा दोम एक जिल्द ज़खीरा के पास आपने भिजवा दी होगी।

वस्सलाम,

धनपत राय

७६

गोरखपुर
२७ जुलाई १९१८

भाईजान,

तसलीम। अर्से से कोई ख़त नहीं। मैंने एक ख़त लिखा भी लेकिन चूँकि उसमें आपको थोड़ी सी तकलीफ़ दी थी इस वजह से आपने उसका जवाब न देना ही मुनासिब समझा। उम्मीद है कि अब आप बख़ैरियत होंगे।

नियाज़ फ़तेहपुरी ने हाल में एक क़िस्सा लिखा है। अगर वह आपके दफ़्तर में आया हो और आप उसे देख चुके हों तो एक हफ़्ते के लिए मेरे पास भेज दीजिएगा। देखने का इश्तियाक़ है।

गर्मी शिद्दत की है। उम्मीद कि बच्चे अच्छी तरह होंगे।

ज़रा मैनेजर साहब से फ़रमाइएगा कि मुझे प्रेम पचीसी हिस्सा दोम की तादाद फ़रोख़्तशुदा[२] की इत्तला दे दें। कुछ बिक रही है या आलमारी में दीमकों की ख़ूराक बन रही है। और तो कोई हाल ताज़ा नहीं।

वस्सलाम,

धनपत राय

---

१ छँटनी २ बिकी हुई

८०

गोरखपुर

२६ जुलाई १६१८

बरादरम,

तसलीम। कार्ड के लिए शुक्रिया। कलकत्ते से पोद्दार महाशय का ख़त आया है। वह कहते हैं काग़ज़ रोज़ कुछ न कुछ गिर रहा है। इसी वजह से वह ख़रीदने में तअम्मुल[1] कर रहे हैं। इसी वजह से मैंने भी उजलत नहीं की कि शायद दस पाँच रुपये की बचत हो जाये। मगर आज मैं लिख देता हूँ कि जिस भाव मिले फ़ौरन भेज दो। क़िस्से तलाश करके कल परसों तक भेजूँगा। जब तक खुदाई इंसाफ़ नक़्ल करायें।

ज़माना के लिए मैंने माटरलिंक का एक ड्रामा जो तक़रीबन् ज़माना के तीस सुफ़हात होगा तर्जुमा किया है। अनक़रीब इरसाल करूँगा। आजकल माटरलिंक पर एक मुख्तसर-सा दीबाचा लिख रहा हूँ। काम मुशकिल है। मुहलत नहीं। मुंशी नौबत राय पर आपके यहाँ जो मसाला है उसे रवाना कर दीजिए तो हफ़्ते अशरे में उससे भी छुट्टी पा जाऊं। उम्मीद कि आप मय अयाल ओ अतफ़ाल[2] बख़ैरियत होंगे। मेरे बाल-बच्चे भी यहाँ आ गये।

वस्सलाम,

नियाज़मन्द

धनपत राय

८१

गोरखपुर

२२ अगस्त १६१८

भाईजान,

तसलीम। क़िस्सा इरसाले ख़िदमत[3] है। उम्मीद कि आप अच्छी तरह होंगे। यहाँ आजकल फ़सली बुखार की शिकायत है। घर के दो आदमी बीमार हैं।

बहुत अरसा हुआ मैंने हिसाबों की तफ़सील लिखी थी और आप से इलतिजा की कि उसे नोट फ़र्मा लीजियेगा। ग़ालिबन आप ने नोट नहीं किया। उस वक़्त ६३) होते थे। इसके बाद मुझे ३०) वसूल हुए। लेकिन ५) का और इज़ाफ़ा हुआ। इस तरह ३८) रह गये। ५) मुझे गर्मियों की तातील में बमद पार्चेजात मिले।

---

१ ढील देर २ बाल-बच्चों समेत ३ सेवा में प्रेषित

इसे वज़ा[१] करने के बाद ३३) रह गये। अब यह मज़मून जाता है। ५) इसके भी महसूब फ़रमाइये। तो फिर ३८) के ३८) रह जायेंगे।

'प्रेम पचीसी' बेहतर है लखनऊ ही में छपवा लीजिये। शायद वहाँ छपाई का निर्ख़ भी कुछ कम हो। महसूल का ज़ायद ख़र्च शायद इस तरह निकल आये।

यह मज़मून मैंने साफ़ नहीं किया। बहुत तूल है। अगर ग़लतियों का ज़्यादा एहतमाल[२] हो तो मुझे कापी भेज दीजियेगा। देख लूंगा। उम्मीद है कि बच्चे अच्छी तरह होंगे।

नियाज़मंद

धनपत राय

(अंग्रेज़ी में) क्या आप के पास शेक्सपियर का Twelfth Night है?

८२

गोरखपुर

४ सितंबर १९१८

भाईजान,

तसलीम। हज़ार-हज़ार शुक्रिया। भला मुझ ग़रीब मुदर्रिस की याद अभी तक हुज़ूर के दिल में बाक़ी तो है। यह आपकी ख़ता नहीं, ज़माने की हवा से आप भी नहीं बच सकते। और न मुझे इसका दावा है। मन्सब[३] और सरवत[४] का हक़ अव्वल है और जो महज़ दोस्त हैं और कुछ नहीं उनका सानी[५]! शिकायत करे वह गंवार। बुरा न मानिएगा।

वार जर्नल के मुताल्लिक़। मुझे यहाँ मय मकान के सौ रुपये मिलते हैं। इलाहाबाद में एक सौ बीस पर जाना मेरे लिए बेसूद है। और मैं बदक़िस्मती से इसे क़ौमी काम नहीं समझता। मुतर्जमी[६] उम्मीदवारों का काम है जो अख़बारनवीसी से बिलकुल अलग है। मुझे इस काम से मुआफ़ रखिए। हाँ मैंने उसमानिया यूनिवर्सिटी में दरख़्वास्त दी है। अगर आप मिस्टर हैदरी पर मेरी बाबत कोई असर डाल सकें तो यह आपकी दोस्तनवाज़ी[७] होगी। हालांकि मुझे उम्मीद नहीं है कि हैदराबाद में मेरा कोई पुरसां होगा।

प्रेम बत्तीसी की किताबत ज़रूर होनी चाहिए। मुसन्निफ़[८] और पबलिशर दोनों जुदा-जुदा होते हैं लेकिन मैं इस कुल्लिये[९] से मुस्तसना[१०] हूँ। ख़ौफ़ सिर्फ़ यही है कि दफ़्तर ज़माना जिस काम में हाथ लगाता है उसका अंजाम उस वक़्त होता है

---

१ वसूल २ हद ३ पद; ओहदा ४ धन-दौलत ५ दूसरा ६ तर्जमा; अनुवाद ७ दोस्त को अपनाना ८ लेखक ९ क़ायदे १० मुक्त

जब उससे कोई मसर्रत[1] नहीं होती। आज हाथ लगा और किताब निकली सन् २२ में ! बल्कि शायद इससे भी परे। अगर आप एक जनवरी को किताब मेरे हाथ में दे दें यानी इसका हिस्सा अव्वल तो मैं इसे छपवाने पर तैयार हूँ। इसका तख़मीना मेरे पास भिजवा दीजिए। मिस्तर २१ सतरों का रखिएगा और सोलह क़िस्से रहेंगे। रुपया मैं इन्दुत्तलब[2] भेज दूँगा। फ़िलहाल ज़माना पर मेरा जो कुछ आता है वह पाँच जुज़ की किताबत के लिए काफ़ी होना चाहिए।

ज़माना के लिए बेशक इधर कुछ नहीं लिख सका। कोर्स का मुतालआ[3] सौहाने रूह[4] है और कुछ यह अम्र भी माने होता है कि ज़माना में अब ज़िन्दा-दिली नहीं बाक़ी रही। वह किसी नये रक़ीब[5] के लिए जगह ख़ाली करता हुआ मालूम होता है। ज़माना में अब दिल नहीं है, सिर्फ़ क़ालिब[6] है।

ज़्यादा वस्सलाम,

नियाज़मन्द

धनपत राय

८३

गोरखपुर

२३ सितम्बर १९१८

भाईजान,

तसलीम। एक हफ़्ते में हुक्म की तामील होगी। लिख रहा हूँ। प्रेम बत्तीसी के मुताल्लिक़ भी एक दो हफ़्ते बाद तसफ़िया करूँगा। अभी लाहौर के एक मतबे से ख़त-किताबत कर रहा हूँ। अगर उससे मुआमला तय हो गया तो मुझे दर्द सर से निजात हो जायेगी। बाज़ारे हुस्न के मुताल्लिक़ भी गुफ़्तगू हो रही है। इसका हिन्दी एडीशन दस फ़ार्म छप चुका है।

दसहरे में कैसे आऊँ। अब तो ज़िन्दगी बाक़ी है तो मई में दर्शन करूँगा। यहाँ हम लोग बख़ैरियत हैं। उम्मीद है कि आपके यहाँ सब ख़ैर-ओ-आफ़ियत होगी। बुख़ार का ज़ोर है। बारिश ग़ायब। क़हत[7] मौजूद। सर्दी शुरू हो गयी। काम करने का मौसम आ गया।

वस्सलाम,

आपका,

धनपत राय

यह टिकटिक कौन साहब हैं। मेरी घड़ी। ख़ूब है। कहीं मिस्टर सरन तो नहीं।

---

१ ख़ुशी २ तलब करने पर ३ अध्ययन ४ आत्मा को कष्ट पहुँचाने वाला, ५ प्रतिद्वंदी ६ ढाँचा ७ अकाल

८४

गोरखपुर
२७ सितम्बर १६१८

बरादरम,

तसलीम। दोनों कार्ड मिले। मगर क्या करूँ। मजबूर हूँ। कोई मज़मून तैयार नहीं है, वर्ना बवापसी डाक भेज देता। मगर वायदा करता हूँ कि यह मज़मून जो लिख रहा हूँ, 'ज़माना' ही को दूँगा। मेरे नाविल के छपने का लाहौर में इंतज़ाम हुआ जाता है। अब जो देर है, वह मेरी जानिब से। ग़ालिबन 'प्रेम बत्तीसी' भी वहीं छपेगी। मेरे दो क़िस्से 'ज़माना' में निकल चुके हैं, तीसरा भेजने वाला हूँ। १०) उन दोनों के और १०) इसके मेरे हिसाब में दर्ज करा दीजियेगा, और अगर कोई अम्र माने न हो तो अक्तूबर में रवाना फ़रमाइयेगा। क्योंकि मुझे कई ज़रूरतें दरपेश हैं। बाक़ी सब ख़ैरियत है, उम्मीद है कि आप भी मय अयाल खुश होंगे।

नियाज़मंद
धनपतराय

८५

गोरखपुर
२७ अक्तूबर १६१८

भाईजान,

तसलीम। कई दिन हुए आपका खत आया। दिल को तसकीन हुई। बाबू रामसरन की बीमारी का हाल मालूम करके अफ़सोस हुआ। ग़ालिबन् अब अच्छे हो गये होंगे। अखबारों में तो कानपूर की कैफ़ियत देख देखकर जी काँप उठता है। परमात्मा आप लोगों की रक्षा करें। मैं भी यहाँ बहुत परीशान रहा। मेरे सिवा सारा घर पड़ा हुआ था। खाना तक अपने हाथों से बनाना पड़ता था। अभी तक कुछ-कुछ कसर बाक़ी है। सबको खाँसी आ रही है। अगर मैं कानपूर गया होता तो यहाँ लोग बिन मारे मर जाते। आपने प्रेम बत्तीसी की इशाअत के मुताल्लिक़ क्या तजवीज़ सोची थी वह न मालूम हुई। हिस्सा अव्वल के लिए मैंने क़िस्सों का इंतखाब[1] कर लिया है। लेकिन इशाअत की क्या सूरत होगी। मुफ़स्सल लिखिएगा तो मैं यहाँ से वह मुसव्वदे भेज दूँ जो ज़माना में नहीं छपे हैं। ज़माना

[1] चुनाव; चयन

के लिए हर महीने में तो क़िस्सा लिखना मुशकिल है लेकिन कोशिश करूँगा कि हर दूसरे माह ज़रूर लिखूँ। सुबह के डेढ़ दो घण्टे लिटररी काम करता हूँ। बाक़ी वक़्त ग़पशप, अख़बार और कुतुब में सर्फ़ होता है। अब सुबह का वक़्त भी आधा कोर्स की किताबों की नज़्र[1] होता है। एक घंटा रोज़ में क्या-क्या करूँ। हिन्दीवाले अलग तक़ाज़ा करते हैं। नाविल शुरू कर रखा है जो शायद महीने में चार-पाँच सुफ़हात से ज़्यादा नहीं चलता। कहानियाँ भी लिखता जाता हूँ। और एक कहानी दस दिन से कम में तैयार नहीं होती। यही वुजूहात हैं कि ज़्यादा नहीं लिख सकता। इम्तहान से निबटकर शायद ज़्यादा काम कर सकूँ। क़िस्सों के मुताल्लिक़ अपनी-अपनी पसन्द है। यहाँ एक साहब ने जो मेरे दोस्त और दूर के अज़ीज़ होते हैं और जो डिप्टी कलक्टरी पर मुक़र्रर हो गये हैं 'मरहम' इतना पसन्द किया है कि उसका अंग्रेज़ी तर्जुमा कर रहे हैं।

और क्या अर्ज़ करूँ। ज़माना वक़्त पर निकल रहा है इसके लिए आपको मुबारकबाद देता हूँ। उम्मीद है कि बच्चे बख़ैरियत होंगे। बाबू रामसरन से मेरा सलाम कहिएगा।

आपका

धनपत राय

८६

गोरखपुर

१३ नवम्बर १९१८

भाईजान,

तसलीम। ग़ालिबन् दो हफ़्ते से आपका कोई ख़त नहीं आया। कानपूर में बुख़ार का ज़ोर है। मुझे अन्देशा हो रहा है कि नसीबे दुश्मनां कहीं तबीयत तो नासाज़ नहीं हो गयी। बराहे करम मिज़ाज से मुत्तिला कीजिए। ज़माना के लिए मज़मून लिख रखा है, मौक़ा मिले तो साफ़ कर दूँ। जनवरी नम्बर में निकल सकेगा।

बाक़ी सब ख़ैरियत है। प्रेम बत्तीसी के मुताल्लिक़ आपने न जाने क्या तजवीज़ की थी। उससे भी इत्तला न दी। उम्मीद कि साहिबज़ादे ख़ुश व ख़ुर्रम होंगे।

वस्सलाम,

धनपत राय

---

[1] भेंट

८७

गोरखपुर
२० दिसंबर १६१८

भाईजान,

तसलीम । इधर कोई चिट्ठी नहीं आयी । उम्मीद कि आप बख़ैर-ओ-आफ़ियत होंगे । मज़मून लिख चुका हूँ । बड़े दिन की तातील में साफ़ कर डालूंगा । सुर्ख़ी[१] है 'दौरे क़दीम और जदीद' ।

प्रेम बत्तीसी की किताबत शुरू हुई या नहीं । कहकशांवाले उसे शाया करने पर मुस्तैद हैं । अगर आपके यहाँ इस वक़्त सुभीता न हो तो कहिए उन्हीं के गले मढ़ूं । मगर मुसव्वदे सब के सब आप ही को देने पड़ेंगे । जवाबे ख़त का इंतज़ार करूँगा ।

मैं आपके शायरीवाले मज़मून की दाद देना भूल गया । इक़बाल पर आपने जितनी जामियत[२] से बहस की है उतनी अब तक और कहीं नज़र न आयी थी ।

आपका,
धनपत राय

८८

गोरखपुर
३० दिसम्बर १६१८

भाईजान,

तसलीम । आप ग़ालिबन् दिल्ली से आ गये होंगे । आपका लिफ़ाफ़ा मिला था । मालवीयजी से मेरे मुताल्लिक़ आपने जो कुछ सिफ़ारिश की है उसका मशकूर हूँ । ज़माना की हालत में सरीह[३] तरक़्क़ी नज़र आ रही है । और इसकी मौजूदा पालिसी बिलकुल रफ़्तारे ज़माना के मुताबिक़ है । मज़ामीन का पाया भी ऊँचा हो गया है । ज़ाहिरी खामियाँ अलबत्ता कुछ बाक़ी हैं जो ग़ालिबन् बाज़ार की हालत के साथ सुधर जायेंगी । बेहतर है प्रेम बत्तीसी आप ही शाया करें ।

आज की डाक से एक मज़मून भेजता हूँ । एक नज़्म भी है जो मेरे क़ाबिल दोस्त बाबू रघुपति सहाय ने भगवत् गीता की दसवीं मंज़िल से तर्जुमा की है । यह इमसाल डिप्टी कलक्टरी में नामज़द हो गये हैं । इल्म-दोस्त आदमी हैं । शेर-ओ-सुख़न का चर्चा पसन्द है । इनका एक मज़मून ग़ालिब पर ईस्ट-वेस्ट जून में

---

१ शीर्षक २ योग्यता; विद्वत्ता ३ साफ़

छपा था। और वह बहुत क़ाबलियत से लिखा गया था। यह मेरी प्रेम पचीसी के मुन्तखब[१] हिस्सों को अंग्रेज़ी में करने का इरादा कर रहे हैं और 'मरहम' का तर्जुमा शुरू भी किया है। हाँ इस नज़्म में कुछ नौमश्क़ी[२] की फ़रोगुज़ाश्तें[३] रह गयी हैं। क्या अच्छा हो कि आप मुशी नौबत राय या किसी दूसरे उस्ताद से इसकी तसहीह[४] करा लें। मेरा मज़मून फ़रवरी में दें चाहे मार्च में। अब मुझे इम्तहान की फ़िक्र हो रही है। हालाँकि कामयाबी का यक़ीन करता हूँ। और तो कोई ताज़ा हाल नहीं है। उम्मीद है कि बाल-बच्चे अच्छी तरह होंगे। यहाँ भी सब ख़ैरियत है।

मेरी आमद की कोई सूरत नहीं है और न तमन्ना है। आप से बतीबे ख़ातिर[५] कहता हूँ। ख़त का जवाब दीजिएगा।

वस्सलाम,

आपका,

धनपत राय

८९

गोरखपुर

१० जनवरी १९१९

भाईजान,

तसलीम। उम्मीद है कि आप बख़ैरियत होंगे। मज़मून और नज़्म भेजी थी। रसीद नहीं आयी। ग़ालिबन् पहुँच गयी होंगी। प्रेम बत्तीसी में भी काम लग गया होगा।

हम लोग बफ़ज़्ले ख़ैरियत से हैं।

एक ख़त भेज दीजिए। रफ़ए तरद्दुद हो। फ़िलहाल कोई मज़मून तैयार नहीं है वर्ना ज़रूर भेजता।

आपके इक़बाल और अकबर के तनक़ीदी[६] मज़ामीन की बड़ी तारीफ़ हो रही है। यहाँ कई साहब चाहते हैं कि यह सिलसिला जारी रहे। ए० ज़० के मज़ामीन से लोगों की तसकीन नहीं होती। वस्सलाम।

नियाज़मन्द

धनपत राय

---

१ चुने हुए २ नौसिखिएपन ३ खामियाँ; भूल-चूक ४ संशोधन ५ सच ६ आलोचनात्मक

६०

गोरखपुर
२० जनवरी १९१९

भाईजान,

तसलीम। खत मिला। मशकूर हूँ। मज़मून तो अब मैं अप्रैल तक शायद ही लिख सकूँ। बाबू रघुपति सहाय अलबत्ता लिख रहे हैं और लिखने का वादा करते हैं। इनकी नज़्म ज़रूर नज़र साहब के पास भिजवा दीजिएगा और शाया करने की भी कोशिश फ़रमाइएगा।

जनवरी नम्बर के मुताल्लिक़—यह नम्बर बहमासूरत[१] क़ाबिले इत्मीनान है, मजामीन बहुत अच्छे पाये के हैं। ज़ाहिरी औसाफ़[२] भी मौजूद। अर्से के बाद इसको यह सूरत देखने में आयी है। 'सुबहे उम्मीद' यक़ीनन् दबा। आपने अकबर और इक़बाल पर ऐसे मज़ामीन लिखे। अगर यह सिलसिला क़ायम रह सके तो पर्चा ख़ास तौर पर मक़बूल[३] हो। मेरा इरादा खुद इस क़िस्म के मज़ामीन लिखने का है लेकिन अभी नहीं। अप्रैल के बाद।

और क्या लिखूँ। बच्चे अच्छी तरह हैं।

आप बददुआएं देते हैं। डरता हूँ कि कहीं उनका असर न हो। उम्मीद है कि आप भी मय अयाल बख़ैर-ओ-आफ़ियत होंगे। आपके ख़याल में १०० सुफ़हात का माहवार रिसाला आइवरीफ़ेस काग़ज़ और उम्दा किताबत के साथ कितने सरमाये में एक साल तक चल सकेगा। एक दोस्त के इसरार से यह बात दरियाफ़्त करता हूँ।

अप्रैल में मेरा इम्तहान होगा। वापसी शायद कानपूर से हो तो मुलाक़ात होगी। और क्या अर्ज़ करूँ।

नियाज़मन्द
धनपत राय

६१

गोरखपुर
२८ जनवरी १९१९

भाईजान,

तसलीम। कार्ड का शुक्रिया। ताज्जुब है कि रघुपति सहाय का मज़मून अब तक आपके पास नहीं पहुँचा। मैंने उसे यहाँ से २३ या २४ को भेज दिया है।

---

१ हर तरह २ गुण ३ पसंद

रसीद से मुत्तिला कीजिएगा। वर्ना तरद्दुद रहेगा। इंशा अल्ला अप्रैल में वापसी बराहे कानपूर होगी। हाँ, सुरूर और नज़र पर ज़रूर लिखिए। बाबू रघुपति सहाय का दूसरा मज़मून मीर पर जल्द जावेगा। आजकल वह कानवोकेशन के जल्से में गये हुए हैं। बच्चे अच्छी तरह हैं। उम्मीद है कि आप मय अयाल खुश होंगे। आज कई दिन से अब्र है।

आपका,

धनपत राय

९२

गोरखपुर

३१ जनवरी १९१९

भाईजान,

तसलीम। बाबू रघुपति सहाय के मज़मून की रसीद अब तक नहीं मिली। तरद्दुद है। बराहे करम जल्द इससे मुत्तिला कीजिए और उसके मुताल्लिक़ अपनी राय भी तहरीर फ़रमाइए। वह इसरार कर रहे हैं। बाक़ी सब खैरियत है।

आपका

धनपत राय

९३

गोरखपुर

७ फ़रवरी १९१९

बरादरम,

तसलीम। खत मिला। मशकूर हूँ। इसके पहले मज़मून की रसीद भी मिली थी। बाबू रघुपति सहाय आजकल कानवोकेशन के जल्से में इलाहाबाद गये हुए हैं। उनका पता है: आनन्द भवन, गोरखपूर। आदमी सुख़नफ़हम[1] हैं। दमाग़ फ़लसफ़ियाना है। मुस्तैद हैं। मगर ज़रा मुतलव्विन[2] हैं। इलाहाबाद से आकर वह मीर का मज़मून खतम कर देंगे। और मैं कोशिश करूँगा कि वह कोई और मज़मून भी लिखें। आज आपके मैनेजर साहब के खत से मालूम हुआ कि प्रेम पचीसी हिस्सा दोम की कुल १२६ जिल्दें निकली हैं। इस हिसाब से तो शायद किताब मेरी जिन्दगी में भी सब न निकल सकेगी। दूसरे अखबारों में इश्तहार देने से कुछ फ़ायदा हो सके तो कहकशां और हिन्दोस्तान को आज़माना चाहिए। आपकी क्या राय है। मैं अप्रैल में इलाहाबाद से लौटते हुए कानपूर आने की कोशिश करूँगा। और गर्मियों में तो बइत्मीनान मुलाक़ात होगी।

आपका,

धनपत राय

---

१ सहृदय; काव्य-ममज्ञ २ झक्की

९४

गोरखपुर
१४ फ़रवरी १९१९

भाईजान,

तसलीम। कल कार्ड मिला। बाबू रघुपति सहाय का पता लिखने में ग़लती हुई। आनन्द भवन के बजाय लक्ष्मी भवन होना चाहिए।

अगर रूठी रानी और हज़रते सहर की शकुन्तला तैयार हों तो एक एक जिल्द मरहमत[1] कीजिए। बाबू रघुपति सहाय शायद रूठी रानी का तर्जुमा अंग्रेज़ी में करना चाहते हैं। मीर पर उनका मज़मून एक हफ़्ते में तैयार हो जायेगा।

बाक़ी ख़ैरियत है।

नियाज़मन्द
धनपत राय

९५

गोरखपुर
२९ मार्च १९१९

भाईजान,

अर्से से आपने खबर नहीं ली। उम्मीद कि आप खुश होंगे। रुपये मिले। बहुत मशकूर हूँ। मैं १ को इलाहाबाद जा रहा हूँ। मेरा पता यह होगा :

बाबू कृपा शंकर, वकील,
कटरा
इलाहाबाद

आपका,
धनपत राय

९६

कटरा, इलाहाबाद
१० अप्रैल १९१९

भाईजान,

तसलीम। मुझे यहाँ से १६ की शाम को फुर्सत मिलेगी और १७ को मुझे गोरखपूर पहुँचना लाज़िमी है, इसलिए मैं अबकी बार कानपूर न आ सकूँगा।

१ इनायत

मुलाक़ात का इश्तियाक़[1] अज़हद[2] है। यह दस दिन की रुख़सत सिर्फ़ इम्तहान की नज़्र हो गयी। अब तो बशर्ते ख़ैरियत मई में इतमीनान से मुलाक़ात होगी। उम्मीद कि आप मय अयाल खुश-ओ-खुर्रम होंगे।

आपका,
धनपत राय

६७

गोरखपुर
१६ अप्रैल १६१६

भाईजान,

तसलीम। कल गोरखपूर पहुँच गया। पंद्रह दिन की रुख़सत ली थी। पूरे पंद्रह दिन इम्तहान में लग गये। अब लिटररी काम करूँगा। ज़रा दो एक रोज़ दिमाग़ को आराम दे लूँ।

अख़बार में आपकी सरगर्मियों की ख़बरें पढ़कर बेइन्तहा महज़ूज़[3] होता हूँ और रश्क करता हूँ।

उम्मीद कि आप मय बाल-बच्चों के बख़ैर-ओ-आफ़ियत होंगे। प्रेम बत्तीसी कुछ और आगे चली या नहीं।

मेरे लड़के-बाले तो आजकल नाना साहब के यहाँ हैं। बाबू रघुपति सहाय का मज़मून रिसाले में दर्ज ही नहीं। वह कई बार पूछ चुके है। यह निकल जाये तो उनसे कुछ और लिखने को कहूँ।

आपका,
धनपत राय

६८

नार्मल स्कूल
गोरखपुर
२४ अप्रैल १६१६

भाईजान,

तसलीम। आज कार्ड मिला। ज़रा नाना साहब के पास चला गया था।

आप फ़रमाते हैं तुम्हारी लाइन यह नहीं है। मैं तसलीम करता हूँ। मगर चारा क्या है। मैं कुर्बानी को अपनी ज़ात तक रखना चाहता हूँ। अयाल को इस

---
१ शौक़ २ बेहद ३ खुश

चक्की में पीसना नहीं चाहता। फ़िलहाल मेरी रोटियाँ मिली जाती हैं। कुछ लिटररी काम कर लेता हूँ। यह कुर्बानी है। ख़ुदा और दुनियाए दूँ, क़ौम और ज़ात, दोनों को साथ लिये हुए हूँ। मैं लिटररी काम को थोड़ी कुर्बानी नहीं समझता। जो शख्स अपनी फ़ालतू आमदनी का एक हिस्सा किसी मदरसे के लिये ख़ैरात कर देता है वह हमारी कुर्बानी का सही अंदाज़ा नहीं कर सकता जो अपने ऊपर सोना तक हराम कर लेता है। आपने मेरे लिये कोई ऐसी तजवीज़ नहीं निकाली जिसमें फ़िक्रे मुआश से आज़ाद हो कर मैं ज़िंदगी काटता। मैं अर्ज़ कर चुका हूँ कि इससे ज्यादा नफ़सकुशी मेरे इमकान से बाहर है और आप ने जब कभी कोई तजवीज़ की तो वही हवाई। आकाशी मुआश से मुझे इतमीनान नहीं होता। ज़रूरियात के लिये मुसतक़िल सूरत चाहिये। तकल्लुफ़ात के लिये आकाशी सूरत हो तो मुज़ायक़ा नहीं। मुझे फिलहाल सौ रुपये मिल जाते हैं। अगर साल में एक नाविल लिखूं तो शायद चार-पांच सौ रूपये और मिल जायँ। इस तरह से मैं अपने पसमांदगान के लिये दस साल में शायद ४-५ हज़ार रुपये छोड़ मरूँ। अखबारी ज़िन्दगी में किस क़दर तो फ़िक्र और झंझट, उस पर पचास-साठ रुपये से ज़्यादा कोई देनेवाला नहीं। अभी हमारे यहाँ वह ज़माना नहीं आया कि जर्नलिज़्म को Career बनाया जा सके। आप 'लीडर' की तरह कोई कम्पनी क़ायम करें। वह माहवार रिसाला, रोज़ाना अखबार निकाले, कारकुनों को माकूल तनख्वाह दे, तब देखिये मैं कितनी खुशी से दौड़ता हूँ। मगर यहाँ तो यह हाल है कि 'अवध अख़बार' भी ग्रैजुएट मुतरज्जिम तलाश करता है तो उसकी तनख्वाह सौ रुपया बतलाता है।

मैं अगर इम्तहान में पास हो गया तो किसी aided स्कूल में १२५) का हेडमास्टर हो जाऊँगा। वहाँ गोशए आफ़ियत में बैठा हुआ अपना क़लम घिसता रहूँगा। साल में एक क़िस्सा ज़रूर लिख डालूँगा। यही क़ौमी खिदमत होगी। मज़ामीन जो क़लम से निकलेंगे वह भी खिदमत ही के मद में डालिये।

अगर आप इससे बेहतर कोई सूरत निकाल सकते हैं तो मैं हाज़िर हूँ। वर्ना मुझे अपने ढर्रे पर चलने दीजिये। 'शाकिर' और 'साबिर' बनना मेरे लिये मुमकिन नहीं।

क्या हौसला अखबार और लिटररी काम का हो। 'प्रेम पचीसी' हिस्सा अव्वल को छपे हुए चार साल हुए मगर अभी तक निस्फ़ पड़ी हुई है। हिस्सा दोयम की मुश्किल से १५० जिल्दें बिकीं। मैं इससे बेहतर नहीं लिख सकता, और बेहतर कामयाबी की उम्मीद नहीं रखता।

आप यह सुन कर खुश होंगे कि मेरे हिन्दी नाविल ने खूब शोहरत हासिल की

और अक्सर नक़्क़ादों ने उसे हिन्दी ज़बान का बेहतरीन नाविल कहा है। यह 'बाज़ारे हुस्न' का तर्जुमा है। 'बाज़ारे हुस्न' अब साफ़ कर रहा हूँ।

उम्मीद है कि आप बख़ैरो आफ़ियत होंगे। मई में ज़रूर हाज़िर हूँगा।

आपका

धनपत राय

९९

रामपूर

१५ मई १९१९

भाईजान,

तसलीम। मैंने गोरखपूर से एक ख़त लिखा था। ३ मई को लाला तेजनरायन लाल की शादी में यहाँ चला आया। १८ को यहाँ से चलने का क़स्द है। इस दरमियान में मुझ पर कई सानिहे[1] गुज़रे। मेरी हमशीरा[2] साहबा का ४ मई को इंतक़ाल हो गया। मेरे एक नौजवान साले का ५ मई को। इसलिए मिर्ज़ापूर में दो चार दिन रहकर इलाहाबाद होता हुआ आख़िर मई तक कानपूर पहुँचूंगा। दो माह की तातील में पंद्रह दिन बेकार गये और शायद दस दिन और भी जायें। बजुज़ ख़त लिखने के और कोई काम नहीं हो सका। अगर आपको इस ख़त का जवाब देने की ख़ास ज़रूरत हो तो इस पते से दीजिएगा।

ज़्यादा वस्सलाम,

धनपत राय

मार्फ़त मुंशी शंभू प्रसाद साहब, मुख़्तार

कलक्टरी

बनारस कैण्ट

१००

गोरखपुर

१६ जुलाई १९१९

भाईजान,

तसलीम। जब से आया हूँ आप ख़ामोश हैं। उम्मीद है कि आप खुश होंगे।

मालूम नहीं कलकत्ते से महावीर प्रसाद पोद्दार ने काग़ज़ का नमूना भेजा या नहीं। मुझे भी उन्हें याद दिलाने का ख़याल न रहा। आज याददिहानी कर रहा हूँ। किताबत तब तक जारी रहे।

---

१ मुसीबतें २ बहन

मज़मून भी लिख रहा हूँ। ज़रा परीशान था। अभी तक अयाल इलाहाबाद से नहीं आये। वह आ जायें तो मुझे फ़ुर्सत हो।

ज़्यादा वस्सलाम,

नियाज़मन्द

धनपत राय

१०१

गोरखपुर
५ अगस्त १९१९

भाईजान,

तसलीम। आज महाबीर प्रसाद पोद्दार का ख़त आया है कि उन्होंने एक गांठ काग़ज़ कानपुर भिजवा दिया। काग़ज़ चिकना है। शायद १०) रीम पड़ेगा। १५०० जिल्दों का ख़याल मैंने तर्क कर दिया। उतनी ही जिल्दें छपें जितना काग़ज़ पहुँचे। शायद २० या २२ रीम होगा।

माटरलिंक का ड्रामा तैयार है। तमहीद भी मुख्तसर-सी लिखी। ज़्यादा मसाला न मिल सका। साफ़ करते ही भेजूँगा।

कहकशाँ 'प्रेम पचीसी' हिस्सा दोयम की सौ जिल्दें तलब कर रहे हैं। बराहे इनायत १०० जिल्दों का बंडल वहाँ बनवा कर भिजवा दें। क़ीमत का हिसाब मैं खुद उनसे कर लूंगा। महसूल लाहौर में दिया जायगा। आपके दफ़्तर का जो सर्फ़ा टाट वग़ैरह का हो वह मेरे नाम लिखवा दें। मगर हाँ यह ख़याल रखने की ताकीद कर दें कि वज़न बेकार कम या बेश न हो। पैकेट या बीस सेर का हो या तीस सेर का, मगर इक्कीस सेर का नहीं, वर्ना महसूल का नुक़सान होता है।

और सब ख़ैरियत है। बारिश के मारे नाक में दम है। उम्मीद है कि आप मय बाल-बच्चों के खुश होंगे।

हां जरा मैनेजर साहब से दर्याफ़्त करके मुझे मुत्तला कर दें कि 'बत्तीसी' की छपाई फी जुज़्व कितनी पड़ेगी। इस मुआमले में मुझे उम्मीद है कि आपके इमकान में जितनी रिआयत हो सकती होगी उससे दरेग़ न फ़रमायेंगे। ऐसा न हो कि आपकी अदम-तवज्जही[१] से मेरा नुक़सान हो जाय। मैंने महज़ आपकी निगरानी के बाइस कानपुर में छपाई का फ़ैसला किया है। मैं चाहता हूँ कि किताब की कीमत १) से ज़्यादा न हो क्योंकि लागत ४००) से कम शायद न हो। टाइ-

१ ध्यान न देना

टिल कलकत्ते में छपवाने का क़स्‌द है।

जवाब से जल्द सरफ़राज़ कीजियेगा।

क़िस्सों का पैकेट भेज चुका हूँ। पहुँचा होगा।

नियाज़मंद

धनपतराय

१०२

गोरखपुर

५ सितम्बर १९१९

भाईजान,

तसलीम। शबे तार का बक़िया हिस्सा रवाना करता हूँ। माटरलिंक का एक ड्रामा Sightless नाम का है। Scott Library के सिलसिले में मिलेगा। इसमें एक ड्रामा और भी है। उसका नाम Pelleas and Melisanda है। मैं उसे हिन्दी में तर्जुमा कर रहा हूँ। यह किताबें मुझे बहुत पसंद हैं। यह ड्रामा ख़त्म हो जाये तो आपके पास भेजूँ। मैंने हर चंद कोशिश की कि इस allegory को सुलझाऊँ लेकिन पूरी कामयाबी नहीं हुई। शबे तार का हिन्दी एडीशन मय दीबाचे[1] के शाया हो रहा है। लेकिन वह दीबाचा कुछ गोलमोल है। बाज़ारे हुस्न निस्फ़ से ज़्यादा साफ़ कर चुका। नया नाविल खूब तवील[2] हो रहा है। इसका नाम अभी 'नेकनाम' रखा है। ग़ालिबन् दिसंबर तक ख़त्म हो जायगा। अफ़सोस यही है कि मुझे अपनी किताबें दूसरों को देना पड़ती हैं। आप भी फ़ाक़ामस्त और मैं भी फ़क़ीर। नेकनाम तैयार हो जाये तो उसे उर्दू में खुद शाया करने का क़स्द है। बाज़ारे हुस्न का गुजराती एडीशन भी शाया होने वाला है। मुझे हक़्क़े तसनीफ़ के सौ रूपये मिले हैं। या यों कहिए कि मिलनेवाले हैं। ज्ञानमण्डल काशीवाले मुझे तसनीफ़ के सिलसिले में अपने यहाँ खींचना चाहते हैं। अभी तक कोई मुस्तक़िल राय नहीं क़ायम कर सका। 'खूने वहदत' आपने सुबहे उम्मीद में देखा होगा। ज़माना के लिए एक क़िस्सा लिखने का इरादा है लेकिन अभी तो कम से कम दो नंबरों तक आपको शबे तार ही काफ़ी होगा।

कई दिन से अब्र है मगर बारिश बहुत कम। नौआमद के इंतज़ार में तीन औरतें यहाँ मुक़ीम हैं और वह हज़रत हैं कि आने का नाम ही नहीं लेते। उम्मीद है कि आप और बाल-बच्चे सब अच्छी तरह होंगे।

अगर तकलीफ़ न हो तो शबे तार की मज़दूरी इसी माह में भिजवा दीजिएगा क्योंकि आजकल दोनों मीज़ान बराबर है।

---

१ भूमिका २ लम्बा

बाबू रघुपति सहाय अजीब सुस्त आदमी हैं। 'तअ़श्शुक़' पर एक मज़मून लिखा। वह अँग्रेजी में। मीर का आधा लिखकर रख छोड़ा है। अवनीन्द्रनाथ का मजमून Message of the Forest जुलाई के मार्डन रिव्यू में है। शायद उसे तर्जुमा करें।

ज्यादा वस्सलाम,

धनपत राय

१०३

गोरखपुर
२० सितम्बर १९१९

भाईजान,

तसलीम। शबे तार का बक़िया हिस्सा अर्सा हुआ रवाना ख़िदमत कर चुका मगर अभी तक उसकी रसीद से महरूम हूँ।

मेरा इरादा है कि प्रेम पचीसी और बत्तीसी का दायमी हक़्क़े इशाअत[१] 'कहकशां' के नाम मुंतक़िल[२] कर दूँ। वह इसके लिए राज़ी हैं। बराहे करम मुत्तला फ़रमाएँ कि प्रेम बत्तीसी हिस्सा अव्वल कब तक छपकर तैयार हो जायेगी। या अगर इसके निकलने में देर हो तो काग़ज़ के रूपये कहकशां से वसूल कर लिये जायँ और किताबत की उजरत भी ले ली जाये और काग़ज़ और कापी भेज दी जाये। और अगर छपना शुरू हो गया हो तो पूरी किताब की लागत उनसे ले ली जाये। हक़्क़े तसनीफ़[३] दोनों किताबों का आपके ख़याल में कितना लेना चाहिए। अगर आप चाहें तो काग़ज़ अपने सर्फ़ के लिए रख लें और कापी सब की सब लाहौर भेज दें। हाँ पहले हक़्क़े तसनीफ़ की रक़म के मुताल्लिक़ मुझे मशविरा दें और जहाँ तक मुमकिन हो बहुत जल्द। क़िस्सा आपकी ख़िदमत में दो तीन दिन में भेज दूँगा। मगर उम्मीद करूँगा कि दो तीन दिन में आप इस मुआमले में मुझे माकूल सलाह देंगे ताकि किसी फ़रीक़ का नुक़सान न हो।

ज्यादा वस्सलाम,

धनपत राय

१०४

गोरखपुर,
२० सितम्बर १९१९

भाईजान,

तसलीम। खत मिला। मेरा ख़याल यह है कि जब तक वाज़े[४] तौर पर मुआहिदा[५]

---

१. सदा के लिए प्रकाशन का अधिकार २ हस्तांतरित ३ कापीराइट ४ स्पष्ट ५ इकरार

न हो जाये उस वक़्त तक अख़बारात का पेड मज़ामीन पर महज इशाअ़ते अव्वल का हक़ रहता है। माडर्न रिव्यू में रवीन्द्र बाबू के कितने मज़ामीन और तसानीफ़ निकले हैं। पर बाद को मैकमिलन ने इन सभों को किताबी सूरत में शाया किया है। और यह मुसल्लम है कि जब अख़बार किसी मज़मून पर दायमी इसतहक़ाक़[1] चाहेगा तो उसे इसी हिसाब से मुआवज़ा भी देना पड़ेगा।

'कहकशां' और 'सुबहे उम्मीद' मुझे हर एक क़िस्से के १५) देते हैं। बाज़ बहुत छोटे क़िस्सों के १०) ही ले लेता हूँ। 'सौतेली माँ' के १०) मिले मगर 'खूने हुरमत' के १५)।

मुझे 'कहकशां' ने कोई आफ़र नहीं किया। खुद ही मुझसे शरायत पूछे। मैंने आपसे इसतसवाब[2] किया। आप १२ फ़ीसदी रायल्टी कहते हैं। यह बहुत कम है। १५ फ़ीसदी मेरे ख़याल में ज़्यादा क़रीने इन्साफ़ है। अगर आपको इस में ख़सारा न हो तो आप 'प्रेम पचीसी' का दूसरा एडीशन शाया फ़रमायें। किताब की क़ीमत १॥) रक्खें। एक ही जिल्द में निकले। १००० जिल्दों की कुल मतबूआ क़ीमत १५००) होगी। उस पर १५ फ़ीसदी के हिसाब से मुझे २२५) मिलना चाहिये। मैं २००) पर क़नाअ़त कर लूंगा। मगर नक़्द होना चाहिये। इसलिए कि मैं एक हिन्दी प्रेस खोलना चाहता हूँ ताकि अपने पसमांदों[3] को बिल्कुल बे-आड़ न छोडूँ। इसलिये मुझे नक़्द की ज़रूरत है।

'प्रेम बत्तीसी' हिस्सा अव्वल छप जाने के बाद जब सर्फ़े का हिसाब हो जाये तो उसकी निसबत भी आप १५ फ़ीसदी पर तय फ़रमा सकते हैं।

'आत्मा राम' हस्बे वायदा इरसाल है।

तिफ़्ले नौज़ादा[4] की ख़बर शायद आपको दे चुका हूँ।

बाबू रघुपति सहाय की तहरीक से उनके वालिद के कलाम का एक हिस्सा इरसाल है। एक नोट भी उसके साथ है। मुनासिब समझें तो दर्ज कर दें। रघुपति सहाय की नज़्म क्या हुई। अगर दर्ज न करें तो उसे वापिस कर दें। वह बार-बार तक़ाज़ा करते हैं।

उम्मीद कि बच्चे बख़ैरियत होंगे। आपको परमात्मा सेहत दें। इधर भी वही हाल है। पर जिन्दा हूँ।

'अदीब' मेरे यहाँ एक भी नहीं है, सब लोग उठा ले गये। 'जलवए ईसार' की एक जिल्द मौजूद है। एक महीना हुआ इंडियन प्रेस से वी. पी. मंगवाया है। कहिये तो भेज दूँ।

आपका

धनपतराय

---

१ स्थायी अधिकार २ जिज्ञासा ३ बाल बच्चों ४ नवजात शिशु

१०५

गोरखपुर
८ अक्तूबर १९१९

भाईजान,

तसलीम। मज़मून की रसीद से तो मुत्तिला फ़रमाइए। पहुँचा या नहीं। उसके साथ एक ख़त भी था। अगर ज़रूरत समझिए तो उसका भी कुछ जवाब। बाक़ी सब ख़ैरियत है। उम्मीद है कि आप मय अयाल बख़ैर-ओ-आफ़ियत होंगे।

आपका,
धनपत राय

१०६

गोरखपुर
२५ अक्तूबर १९१९

भाईजान,

तसलीम। लिफ़ाफ़ा, मनीआर्डर, मुबारकबाद, तहनियत[१] सबों का पंजगाना शुक्रिया। सरस्वती ज़बान पर नहीं खोपड़ी पर सवार हैं। लक्ष्मी दरवाज़े पर नहीं बालाये बाम बैठी हुई हैं। दाना दिखाता हूँ, बुलाता हूँ, पर उतरने का नाम नहीं लेतीं। क़िस्से मैं शायद लिखूँ या न लिखूँ, आजकल बाज़ारे हुस्न की सफ़ाई और नये नाविल की तसनीफ़ में बेहद मसरूफ़ हूँ। बाज़ारे हुस्न का गुजराती तर्जुमा शाया हो रहा है। अब तक मर्यादा, अभ्युदय, प्रताप, स्वदेश, प्रतिभा, भारतमित्र, सरस्वती वग़ैरह ने निहायत उम्दा रिव्यू किये और हिन्दी में लोग इसे बेहतरीन नाविल ख़याल करते हैं। कहानियों का तर्जुमा बँगला ज़बान में हो रहा है। हिन्दी में पबलिशर खूब हैं। किताब की इशाअत में कोई रुकावट नहीं होती। बाज़ारे हुस्न मुकम्मल हो जाये तो आपके पास मुलाहिज़े के लिए भेजूं।

प्रेम बत्तीसी कितनी छप गयी? कब तक किताबत तमाम हो जायेगी? मैंने अबकी कलकत्ते में भी किताबों की बिक्री का इंतज़ाम किया है। आपने कहा था अक्तूबर तक ख़त्म हो जायेगी। क्या अभी ज़्यादा कसर है। मैं हिस्सा दोम खुद ही शाया करूँगा। जब क़ीमते माल नहीं तो डिस्काउण्ट क्यों कहूँ। ज्योंही हिस्सा अव्वल ख़त्म हो जाये और उसका हिसाब मुरत्तब[२] हो जाये हिस्सा दोम शुरू कर दिया जाये। काग़ज़ मैं भेज दूँगा। अगर मतबे[३] में कुछ तसाहुली[४] हो तो आप ज़रा खटखटा दीजिए।

---

१ बधाई २ तैयार ३ प्रकाशन गृह ४ देर

मैं क़िस्से का वादा नहीं करता लेकिन कोशिश करूँगा कि नवंबर में कम से कम दो क़िस्से लिखूँ, एक आपके लिए, एक सुबहे उम्मीद के लिए।

उम्मीद कि बाल-बच्चे खूब खुश होंगे। छोटा बच्चा मज़े में है। दोनों बड़े बच्चे आजकल नाना साहब के यहाँ मेहमान हैं। महताब राय कलकत्ते में नौकर हैं।

और क्या अर्ज़ करूँ।

आपका,

धनपत राय

१०७

गोरखपुर

६ नवम्बर १९१९

भाईजान,

तसलीम। ख़त का जवाब नहीं मिला। आज मैंने लीडर में देखा, आपके यहाँ डी० ए० वी० हाई स्कूल की हेडमास्टरी ख़ाली है। अगर आप समझें कि मैं इस पोस्ट के क़ाबिल हूँ और उसके फ़राइज़[१] अदा कर सकता हूँ उसके साथ ही मुझे वहाँ मुख़ालिफ़ और नागवार हालात में न रहना पड़ेगा तो आप उसके कारकुन से मेरे मुताल्लिक़ तज़किरा[२] करने की तकलीफ़ उठायें। ममनून होऊँगा। कम-से-कम जवाब से जल्द सरफ़राज़ कीजिए। अगर आपको कामयाबी की उम्मीद हो तो ऐसी हालत में मैं अपनी तरफ़ से दरख्वास्त भेजना मुनासिब समझूँगा।

आपका,

धनपत राय

१०८

गोरखपुर

२८ नवम्बर १९१९

भाईजान,

तसलीम। कार्ड मिला। रूपये मिले। मशकूर हूँ। बाबू रामसरन ने शिफ़ा[३] पायी। परमात्मा का शुक्र है। मगर डाक्टर लोग कहते हैं कि दिसम्बर में इसका हमला फिर होगा। देखूँ उस वक़्त सर पर क्या गुज़रती है। मिस्टर अबदुल माजिद ने मेरी निस्बत क्या लिखा। मैंने नहीं देखा। ज़माना जिस दिन यहाँ आया उसी दिन एक साहिब ले गये और तब से देखने को नहीं मिला। ख़ैर, अगर उसमें है तो देख लूंगा। कहीं और है तो मजबूरी है। तावक़्ते कि आपकी इनायत न हो।

---

१ कर्तव्य २ चर्चा ३ रोग से मुक्ति

क़िस्सा भेज रहा हूँ। इसकी साफ़ कापी ज़ख़ीरे को दी थी मगर ज़ख़ीरा ग़ालिबन् मर गया। ख़त भेजे थे, वह वापस आ गये। इस मज़मून को आप शाया कर दें। अब दुबारा लिखना गरां गुज़र रहा है। अगर कातिब से ग़लतियाँ रह जायें तो मैं प्रूफ़ देख लूंगा।

प्रेम बत्तीसी के मज़ामीन की तरतीब भेजता हूँ। किताब शुरू करवा दीजिए। अगर मौलाना अबदुल माजिद का तर्जुमा किया हुआ फ़लसफ़ए अख़लाक़े यूरप आपके दफ़्तर या एजेन्सी में आया हो तो उसकी एक जिल्द क़ीमती तीन रुपये मेरे पास भिजवा दीजिएगा। मैं उसे देखने का बहुत शाइक़ हूँ। और तो कोई ताज़ा हाल नहीं है। बाज़ारे हुस्न का हिन्दी एडीशन ५५० सुफ़हात पर ख़त्म हुआ। छपकर तैयार हो गया। ज्योंही यहाँ आया उसकी एक कापी नज़्र करूँगा। बाज़ारे हुस्न अदीमुल फ़ुर्सती[1] का शिकार हो रहा है। इसी असना में बाँगे सहर शुरू हो गया और सौ सुफ़हात हो भी चुके। अब कुछ दिनों के लिए छोटे क़िस्से लिखना बन्द करके इल्मी मज़ामीन[2] लिखने की कोशिश करूँगा। दिमाग़ एक साथ दो मुख़्तलिफ़ प्लाट नहीं संभाल सकता। तजरबा कर चुका हूँ कि एक ही काम एक वक़्त हो सकता है। या तो नाविल लिखूँ या कहानियाँ। नाविल के लिए एक ही प्लाट काफ़ी है, और उसका लिखना इतना मुशकिल नहीं है जितना हर माह में दो तीन कहानियों का। इस क़िस्से के बाद कोई मज़मून भेजूँगा। और बन पड़ा तो कोई क़िस्सा ही लिख डालूंगा।

ज़्यादा वस्सलाम,

आपका,
धनपत राय

१०६

गोरखपुर
२० नवम्बर १९१९

भाईजान,

तसलीम। कार्ड मिला। मशकूर हूँ। आपकी इनायात का ममनून हूँ। मैंने एक प्राइवेट ख़त मुंशी ज्वाला परशाद साहब की ख़िदमत में रवाना कर दिया है। मगर अभी तक उन्होंने कोई जवाब नहीं दिया।

बाबू रघुपति सहाय आजकल सिविल सरविस की फ़िक्र में परीशान हैं। उनका नम्बर इंतख़ाब में आठवाँ आया है। कभी इलाहाबाद कभी लखनऊ का चक्कर लगा रहे हैं।

---

१ अवकाश का अभाव २ गंभीर लेख

रहा मैं सो आजकल अपना नाविल लिखने में मसरूफ़ हूँ। और ज्ञानमण्डल काशी का भी कुछ काम ले रखा है। फ़ुर्सत पाते ही मुंशी नौबत राय के हालात लिखने का इरादा कर रहा हूँ।

बाबू रामसरन ने बत्तीसी का नाम पसन्द नहीं किया। लेकिन मुझे इससे बेहतर कोई नाम नहीं सूझता। उन्होंने ख़ुद कोई नाम बतलाया हो तो फ़रमाइए, उस पर मैं ग़ौर करूँ।

प्रेम बत्तीसी के अभी कुल चार फ़र्मे आये। अब मालूम होता है किताब फ़रवरी तक तैयार होगी।

वस्सलाम,

अहक़र

धनपत राय

११०

गोरखपुर

७ दिसम्बर १९१९

भाईजान,

तसलीम। पण्डित मनोहर लाल जुत्शी को भी ख़त लिख दिया और सेक्रेटरी साहब को भी। कल एक दरख़्वास्त बज़रिये इंस्पेक्टर रवाना कर दूँगा। बेहतर होता कि वहाँ से मेरे पास आफ़र आ जाता और मैं उसे अपनी दरख़्वास्त के साथ मुनसलिक[1] करके अपना डेपुटेशन करवा लेता। यों अभी मेरी दरख़्वास्त जायगी तब वहाँ से कुछ हाँ नहीं का फ़ैसला होगा। तब फिर मैं डेपुटेशन की दरख़्वास्त करूँगा। महीनों बेकार हो गये। मिस्टर हैदर कुरेशी यहाँ नार्मल स्कूल में मुदर्रिस हैं। क़िस्सा जो उन्होंने भेजा है एक हिन्दी कहानी का तर्जुमा है। इसलिए आप सरस्वती का हवाला जरूर दे दें। वह आइन्दा भी तर्जुमे करके भेजते रहेंगे। मैं भी दो चार दिन में अपने एक ग्रेजुएट दोस्त की तर्जुमा की हुई एक कहानी भेजूँगा जो डिकेन्स से ली गयी है। प्रभा ने मज़मून का तक़ाज़ा किया है। अख़बार निकलते ही आते हैं। प्रभा की फ़रमाइश की तामील कर रहा हूँ। बाक़ियों को जवाब है।

करेण्ट पालिटिक्स पर २० दिसम्बर तक मज़मून लिखता मगर उसमें कांग्रेस का हाल सितम्बर तक शामिल होगा। या कहिए वह हिन्दोस्तानी पालिटिक्स से कोई ताल्लुक़ न रखे।

आपका

धनपत राय

---

१ जोड़ कर

१११

गोरखपुर
२१ दिसम्बर १९१९

भाईजान,

तसलीम। लिफ़ाफ़ा मिला। मशकूर हुआ। मैं डी० ए० वी० कमेटी के फ़ैसले का मुन्तज़िर हूँ। मायूसी की कोई बात नहीं है। मुझे वहाँ कोई ज़्यादा माली फ़ायदा न था। यहाँ ग़ालिबन् अप्रैल से सौ रुपये मिलने लगेंगे। इसलिए कानपूर में १३० तक आना मेरे लिए फ़ायदे की सूरत नहीं है। मैं १५० से कम पर जाना मंजूर न करूँगा। इससे बहस नहीं कि कौन स्कूल है। अगर मारवाड़ी स्कूल में इसकी गुंजाइश हो तो आप वहाँ भी मेरी तजवीज़ करने की तकलीफ़ उठाइए। ज़माना आब-ओ-ताब से निकल रहा है। ज़हे नसीब। मेरे ख़याल में चार रुपये का एडीशन ज्यों का त्यों रहने दीजिए। वर्ना इशाअत में कमी हो जाने का अन्देशा है। सुपीरियर एडीशन छ: रुपये का निकाल सकते हैं। एक ख़त छपवा-कर दिसम्बर में दर्ज करा दीजिए कि जो लोग छ: रुपये की ज़ैल[1] में ख़रीदार होंगे उन्हें क्या फ़ायदे होंगे। क्या यह मुमकिन है कि रंगीन तसवीरें सिर्फ़ आला एडीशन में लगायी जायें और क़िस्म दोम बिला तसवीर रहे। इसके सिवा मुझे तो और कोई सूरत नहीं नज़र आती।

मैंने अभी तक करेण्ट पालिटिक्स पर कुछ नहीं लिखा। मुझे ज़माना की पालिसी पर नज़र डालते हुए कुछ लिखना मुनासिब नहीं मालूम होता। मैं पीस डिक्लेरेशन का तो अमदन्[2] ज़िक्र न करूँगा लेकिन रिफ़ार्म स्कीम का ज़िक्र न करना ग़ैरमुमकिन है। और स्कीम या ऐक्ट के मुताल्लिक़ मैं मिस्टर चिन्तामणि वग़ैरहुम से मुत्तफ़िक़[3] नहीं हूँ। मेरे ख़याल में मोतदिल[4] पार्टी इस वक़्त ज़रूरत से ज़्यादा मग़रूर और नाज़ां[5] है हालाँकि इसलाहों[6] में अगर कोई ख़ूबी है तो सिर्फ़ यह कि तालीमयाफ़्ता जमाअत को कुछ आसानियाँ ज़्यादा मिल जायेंगी और जिस तरह यह जमाअत वकील बनकर रिआया का ख़ून पी रही है उसी तरह आइन्दा यह हाकिम होकर रिआया का गला काटेगी। इसके सिवा और कोई जदीद[7] अख़्तियार नहीं दिया गया। जो अख़्तिया-रात दिये गये हैं उनमें भी इतनी शर्तें लगा दी गयी हैं कि उनका देना न देना बराबर हो गया है। ऐसी हालत में मैं ज़माना में क्या लिखूंगा। मैं अब क़रीब क़रीब बाल्शेविस्ट उसूलों का क़ायल हो गया हूँ। आपकी क्या राय है? लिखूं या अपने लिए कोई दूसरी मद ले लूं। वह मद यह हो सकती है—हिन्दी अख़बारात और रसायल[8]। इन पर चन्द सफ़ों में रायज़नी कर दिया करूं।

---

१ कोटि; श्रेणी २ जान-बूझ कर ३ सहमत ४ मॉडरेट; उदार पंथी ५ घमंड से फूली हुई, इतरायी हुई ६ सुधारों ७ नया ८ पत्रिकाएं

'हुस्ने फ़ितरत' मसनवी रवानए ख़िदमत करता हूँ । यह इबरत मरहूम की बेहतरीन मसनवी है । इसे आप तीन चार नम्बरों में शाया कर दें तो अच्छा हो। ग़ालिबन् मक़बूल होगी ।

प्रेम बत्तीसी मालूम नहीं किस हालत में है । छप रही है या काम बन्द कर दिया गया । आपने फ़रमाया था नवम्बर में निकलेगी । दिसम्बर ख़त्म हो गया । हिस्सा दोम के कई फ़र्मे छप चुके हैं । हालांकि उनका काग़ज़ घटिया है ।

मैंने अमृतसर का इरादा तर्क कर दिया । तातील में बैठकर छुट्टी मनाऊंगा और अपना नया नाविल लिखूंगा ।

बाक़ी सब ख़ैरियत है । उम्मीद है कि आपकी तरफ़ सब चैन-चान होगी ।

नियाज़मन्द

धनपत राय

११२

गोरखपुर

३० दिसम्बर १९१९

भाईजान,

तसलीम । मुझे याद नहीं आता कि हिस्सा अव्वल के कौन से दो क़िस्से आपको दरकार हैं । या तो उनके नाम से मुत्तिला कीजिए ताकि यहाँ तलाश करूँ, शायद निकल आवें । वर्ना दो नये क़िस्से जो इस माह के कहकशां और ज़माना में निकलनेवाले हैं ('दफ़्तरी' कहकशां 'आत्माराम' ज़माना) शामिल कर दीजिए । नाम मुझे बत्तीसी ही अच्छा मालूम होता है । भोज बत्तीसी और बैताल पचीसी मौजूद हैं । हमारे यहाँ अददी नामों का पुराना रिवाज है । सतसई, हनुमान चालीसा, शुक बहत्तरी, अलिफ़ लैला वग़ैरह । एक क़िस्से का नाम लिख देने से पता नहीं चलता कि मजमूए में कुल कितने क़िस्से हैं । मैं कोशिश करूँगा कि लाहौर में भी काग़ज़ बीस ही पौण्ड का लगे । मैंने लाहौरवालों से पंद्रह फ़ीसदी रायल्टी नक़्द तय की है । उन्होंने तीन कहानियाँ छाप भी ली हैं । ज़माना फ़िर पुरानी शान को ज़िन्दा कर सके तो क्या कहना । मैं Current Politics अपने ज़िम्मे लेने को तैयार हूँ । आइन्दा से अख़बारों को ज़्यादा ग़ौर से देखूंगा । अमृतसर चलने का तो जी चाहता है । शायद रूपया भी मिल जाये । प्रेम बत्तीसी के गुजराती एडीशन से सौ रूपये का आफ़र आकर रखा हुआ है । लेकिन तकलीफ़ का ख़याल करके रुक जाता हूँ । पेचिश ने मुझे बिलकुल निकम्मा कर दिया । जहाँ रहूँ मेरे लिए एक बैतुलख़ला अलग चाहिए जिस पर मैं बिला मदाख़िलते[1] ग़ैर

---

१ हस्तक्षेप

तसर्रुफ़[१] रखूँ। कोई साहब मज़ाहिम[२] न हों। अमृतसर या कहीं परदेस में यह बात मुमकिन नहीं। जब तबीयत ही कुसलमन्द[३] रही तो लुत्फ़ क्या आयेगा। किसी तरह भागने के लिए तबीयत बेताब रहेगी। ऐसी हालत में पड़ा रहना ही बेहतर है। मैं डी० ए० वी० स्कूल कमेटी के फ़ैसले का इंतज़ार कर रहा हूँ। और इंतज़ार की हालत आप जानते ही हैं कितनी परोशानकुन होती है। आपने इस अम्र में जो कोशिश की है या करेंगे उसके लिए ममनून हूँ। १२५ पर आने में मुझे कोई ख़ास नफ़ा नहीं है। हाँ यहाँ की आबहवा और मातहती से निकलना मक़सूद[४] है। इस लाइन में रहकर मैं अभी दस साल से कम में हेडमास्टर नहीं हो सकता।

और क्या अर्ज़ करूँ। वस्सलाम।

धनपत राय

११३

गोरखपुर
९ जनवरी १९२०

भाईजान,

तसलीम। कार्ड मिला था। आप बख़ैरियत वापस आ गये। परमात्मा करे आपको मुक़दमे से जल्द फ़ुर्सत हो जाये। मेरी सेहत इन दिनों बेहद ख़राब हो रही है। मुस्तक़िल तौर पर कुछ लिख नहीं सकता। मैंने सोचा है ज़माना के लिए मौजूदा वाक़याते आलम के बजाय मैं हिन्दी रसायल का माहवार रिव्यू कर दिया करूँ। प्रभा, संसार, सरस्वती, शारदा, स्वार्थ वग़ैरह रिसाले यहाँ मुझे मिल जाते हैं। उन पर पाँच छः सुफ़हात का रिव्यू हो जाया करे तो कैसा हो। इससे हिन्दू समाज में ज़माना ज्यादा मक़बूल हो सकेगा। फ़रमाइएगा।

मुझे अब प्रेम बत्तीसी के लिए आप कब तक मतज़िर रखेंगे? नवंबर गुज़रा, दिसंबर गुज़रा, जनवरी भी गुज़री जाती है। कोई तारीख़ मुअय्यन[५] कर दीजिए और उस तारीख़ तक किसी न किसी तरह किताब निकल जाये। ग़ैर मुअय्यन इंतज़ार से तकलीफ़ होती है। रुपया फँसा हुआ है वह अलग। कुछ रुपया मिले तो और कुछ छपवाने का इरादा करूँ। बाज़ारे हुस्न मैंने अभी तक किसी को नहीं दिया। ख़ुद ही छपवाना चाहता हूँ। बराहे करम फ़रवरी तक प्रेम बत्तीसी का हिस्सा अव्वल निकाल दीजिए। मर जाऊँगा तो आप Posthumous एडीशन क्या निकालेंगे जब ज़िन्दगी में ज़िन्दा एडीशन नहीं निकालते। आख़िर तरद्दुद क्या है। क्या मतबे ही की जानिब से देर हो रही है या और कोई बात

१ क़ब्ज़ा २ बाधक ३ गिरी-पड़ी; उदास ४ अभीष्ट ५ निश्चित

है। अब तो क़िस्से भी सब पूरे हो गये। इसका हतमी[1] जवाब मुझे दीजिए। हिस्सा दोम ग़ालिबन् अव्वल से पहले निकल जायेगा। यह तुरफ़ा[2] बात होगी। उम्मीद है बच्चे बख़ैर-ओ-आफ़ियत होंगे।

वस्सलाम

धनपत राय

११४

गोरखपुर

३ फरवरी १९२०

भाईजान,

तसलीम। कार्ड मिला। जनवरी का पर्चा मिला, लेकिन मुफ़स्सिल ख़त न मिला। ख़ैर। आप अदीमुलफ़ुर्सत होंगे।

मैंने आस्कर वाइल्ड की एक दिलचस्प कहानी तर्जुमा कर ली है, शायद कल तक ख़त्म हो जाये। सय्यद मुनीर हैदर कुरैशी इसे साफ़ कर रहे हैं। मज़मून तूलानी है, 'ज़माना' के ३० सफ़हात से कम न होगा। आपके पास भेजूं? जवाब से जल्द सरफ़राज़ कीजियेगा।

'प्रेम बत्तीसी' हिस्सा अव्वल ग़ालिबन छप रही होगी। मैं उम्मीद करता हूँ कि १ मार्च को मेरी आँखें उसके दर्शन करेंगी। कल पानी बरसा, आज ख़ूब सर्दी है।

और तो कोई ताज़ा हाल नहीं है।

नियाज़मन्द

धनपत राय

११५

गोरखपुर

३ फ़रवरी १९२०

भाईजान,

तसलीम। कल एक अरीज़ा[3] इरसाल कर चुका हूँ। इस वक़्त ज़रूरते तहरीर यह है कि प्रेम बत्तीसी हिस्सा दोम के लिए ज़ैल[4] के क़िस्सों की अशद ज़रूरत है। बराहे करम दफ़्तर से निकलवाकर दफ़्तरे कहकशां को भिजवा दीजिए और

१ पक्का २ निराली ३ अर्ज़ी; ख़त ४ निम्नांकित

मुझे इस तकलीफ़दिही के लिए मुआफ़ कीजिए। मेरे फ़ाइल से कोई साहब उड़ा ले गये।

१—ईमान का फ़ैसला

२—फ़तेह

३—दुर्गा का मन्दिर

बक़िया सब ख़ैरियत है। पहले कार्ड का जवाब दीजिएगा।

आपका,

धनपत राय

११६

गोरखपुर

१८ फ़रवरी १९२०

भाई जान,

तसलीम। काग़ज़ के मुताल्लिक़ कल ख़्वाजा साहब को कार्ड लिख चुका हूँ। १४ पौंड टीटागढ़ लगवा दें, और क़ीमत से मुझे मुत्तला फ़रमायें।

मारवाड़ी स्कूल में असिस्टेंट टीचरी मुझे मंजूर नहीं है, ख़्वाह कितनी ही तनख़्वाह मिले। वही हालत तो यहाँ भी है। यहाँ फ़ुर्सत बहुत ज़्यादा है। हेडमास्टर निहायत माक़ूल। करूँगा तो हेडमास्टरी। और असिस्टैंट रहना हो तो यहाँ बड़े मज़े में हूँ। मुझे यहाँ मय मकान के १२०) मिलते हैं। इस लिहाज़ से भी कोई फ़ायदा नहीं है। इसलिये ख़्वामख़्वाह डांवांडोल क्यों हूँ। जुलाई से ग़ालिबन मेमोरियल का कुछ नतीजा हुआ तो मुझे कुछ और मिल रहेगा। वहाँ से बेहतर हालत रहेगी। आप को मेरी फ़िक्र है इससे अलबत्ता क़ल्ब को सुरूर होता है। इसके लिये मेरा एक-एक रोआँ आपका मशकूर है। परमात्मा करे आपको जल्द मौजूदा कशमकश से नजात हो। मेरा दूसरा नाविल 'नाकाम' अनक़रीब-इख़्तताम[१] है। वह पूरा हो जावे तो नौबत राय की तरफ़ मुतवज्जो हूँ, और क़िस्से भी लिखूँ। हिन्दी का आजकल बहुत काम करना पड़ता है। यह नाविल भी हिन्दी में छपेगा। उर्दू में इसका हश्र क्या होगा, मालूम नहीं। 'बाज़ारे हुस्न' अलबत्ता छप जायगा।

नियाज़मंद

धनपत राय

---

१ समाप्त य

११७

गोरखपुर
२ मार्च १९२०

भाईजान,

तसलीम। होली मुबारक हो। परमात्मा अहल-ओ-अयाल को खुश व खुर्रम रखें।

आपकी शफ़क़त[१] का तालिब,[२]
धनपत राय

११८

गोरखपुर
११ मार्च १९२०

भाईजान,

तसलीम। खत मिला। बेशक इमदादी स्कूलों में कारगुज़ारी की ज़रूरत होती है। लेकिन चूंकि यह सीग़ा[३] अनक़रीब मुन्तक़िल[४] होनेवाला है इसलिये उम्मीद है कि शायद आइंदा इस क़िस्म की कारगुज़ारी के मुक़ाबले में खालिस तालीमी काम की ज़्यादा क़द्र की जाये। आपके सदमात और परेशानियों पर बहुत रंज होता है। क्या करूँ। मैं इसीलिए तो कानपुर आना चाहता था कि मिलकर कुछ काम कर सकते। यहाँ चाहूँ तो प्रेस भी खोलूं, अखबार भी निकालूं। हमदर्दों के तक़ाज़े हो रहे हैं लेकिन मैं टालता आता हूँ। अखबारनवीसी की तरद्दुदात की बर्दाश्त का खयाल मारे डालता है। मास्टरी में वह गर्मीए शोहरत न सही, रोज़ी तो चलती है। अगर कानपुर आ गया तो हम और आप मिलकर कुछ काम कर सकेंगे। वर्ना इसकी और क्या सूरत है। महताब राय कलकत्ते के उस छापेखाने में, जिस के मालिक मेरे दोस्त मिस्टर पोद्दार हैं, मैनेजर हैं। ६०) माहवार पाते हैं और पोद्दार का इरादा है कि उन्हें नफ़े में कुछ हिस्सा भी दे दें। बजुज़ फ़ासले के और उन्हें वहाँ हर तरह आराम है। हम लोगों का छापाखाना क़ायम होगा तो उन्हें यहाँ बुला लूंगा। वह काम से खूब वाक़िफ़ हो गये हैं।

मज़मूननवीसी तर्क नहीं की है और न करूंगा लेकिन आज कल 'बाज़ारे हुस्न' की तरतीब में मसरूफ़ हूँ। अभी तक 'नाकाम' में मसरूफ़ था। 'बाज़ारे हुस्न' अब

---

१ कृपा २ इच्छुक ३ विभाग ४ परिवर्तित

प्रेस जा रहा है। इसके बाद 'नाकाम' में हाथ लगेगा। पहले हिन्दी एडीशन निकलेगा।

सेहत ऐसी खराब है कि ज्यादा काम करने को मोहलत नहीं देती। ताहम जल्द ही कुछ भेजता हूँ। 'रूए स्याह' तैयार कर चुका हूँ। सिर्फ़ साफ़ करना बाक़ी है।

बाबू रघुपति सहाय अपनी माली तरद्दुदात में परेशान हैं। उनसे भी कह रहा हूँ। मगर मेरा 'रूए स्याह' जल्द हो जायगा।

उम्मीद है कि बच्चे खुश होंगे। यहाँ भी खैरियत है।

आपका
धनपत राय

११९

गोरखपुर
४ अप्रैल १९२०

भाईजान,

तसलीम। मैंने यहाँ से इबरत मरहूम की मसनवी 'हुस्ने फ़ितरत' रवाना की थी। वह ज़माना में अभी तक नहीं निकली। बाबू रघुपति सहाय दर्याफ़्त करते हैं कि आप उसे कब तक शाया करने का क़स्द[१] रखते हैं। अगर आप किसी सबब से ज़माना में जगह न दे सकें तो उसे वापस फ़रमा दें क्योंकि यहाँ उनके पास उसकी कोई नक़्ल नहीं है।

मुझे अफ़सोस है कि मैं मज़ामीन के मुताल्लिक़ अभी तक अपना वादा पूरा न कर सका। हिन्दी रसायल के तक़ाज़ों के मारे नाक में दम हो रहा है। लेकिन मज़मून तैयार रखा है। सिर्फ़ साफ़ करने की देर है। इसकी भी मुहलत नहीं मिलती। मसनवी के मुताल्लिक़ ख़याल से मुत्तला फ़रमाइएगा।

वस्सलाम,

आपका
धनपत राय

१२०

गोरखपुर
१४ अप्रैल १९२०

भाईजान,

तसलीम। एक कार्ड लिखा था। उसके बाद एक मुख्तसर सा मज़मून भेजा मगर जवाब से सरफ़राज़ नहीं हुआ। इधर बाबू रघुपति सहाय के तक़ाज़ों के

---

१ इरादा

मारे नाक में दम है। मुंशी गोरखप्रसाद साहब मरहूम की मसनवी 'हुस्ने फ़ितरत' के मुताल्लिक़ आपने क्या फ़ैसला फ़रमाया है। जल्द मुत्तिला फ़रमाइए। उम्मीद है कि मय अयाल खुश-ओ-खुर्रम होंगे। यहाँ सब परमात्मा का फ़ज़्ल-ओ-करम[1] है।

नियाज़मन्द

धनपत राय

१२१

गोरखपुर

२० अप्रैल १९२०

भाई साहब,

तसलीम। ग़ालिबन् अब आपको डिस्ट्रिक्ट कान्फ्रेंस की मसरूफ़ियत[2] से निजात हो गयी होगी। मैं, आप और मिस्टर नरायन प्रसाद निगम की सलामतरवी[3] का क़ायल हूँ। आपको दाद देता हूँ।

इसके क़ब्ल दो चिट्ठियाँ लिख चुका हूँ। मसनविए 'हुस्ने फ़ितरत' के मुताल्लिक़ आपने क्या फ़ैसला किया है। अगर उसकी इशाअत मंज़ूर न हो तो बराहे करम उसे मिस्टर रघुपति सहाय, लक्ष्मी भवन, गोरखपूर के पते से वापस फ़रमा दें। मेरा मदरसा १ मई को बंद होगा। इरादा करता हूँ कि कानपूर में आकर नियाज़ हासिल करूँ लेकिन इसके क़ब्ल एक माह तक ऋषीकेश रहने का क़स्द है। प्रेम-बत्तीसी की तैयारी में अब कितनी देर है? कितने फ़र्मे छप चुके हैं? बराहे करम जवाबे खत से मुमताज़[4] फ़रमावें। मैं १ को यहाँ से चला जाऊँगा। अगर जवाबे खत में देर हो तो मेरा पता नोट फ़रमा लें:

डाकखाना रामपुर

गाँव रामपुर

ज़िला आज़मगढ़

मैं १० मई तक इस मौज़े में रहूँगा। उम्मीद कि आप मय अयाल खुश होंगे।

अहक़र

धनपत राय

---

१ दया २ व्यस्तता ३ सबसे हेल-मेल रखना ४ सम्मानित

१२२

देहरादून

६ जून १६२०

भाईजान,

तसलीम। आज कई दिन के बाद आपको खत लिखने बैठा हूँ। मुआफ़ कीजिएगा। मैं हरद्वार, कनखल, ऋषीकेश वग़ैरह होता हुआ आज देहरादून आ गया और बहुत जल्द यहाँ से भागने का क़स्द रखता हूँ। मेरी तबीयत दौराने सफ़र में ज्यादा ख़राब हो गयी। बजाय इसके कि आबहवा की तबदील से कुछ फ़ायदा होता, उल्टा और नुक़सान हुआ। मुझे यहाँ यह तजरबा हुआ कि बग़ैर मुलाज़िम के सख़्त तकलीफ़ होती है। हरद्वार और कनखल और ऋषीकेश में बहुत अच्छे-अच्छे धर्मशाले मौजूद हैं। वहाँ आप बहुत आराम से रह सकते हैं लेकिन अपना आदमी साथ रहना ज़रूरी है वर्ना तकलीफ़ होने लगती है। खाना बाज़ार से भी हो सकता है लेकिन बहुत मामूली। रोटी और दाल, कोई एक तरकारी, खर्च ज्यादा नहीं। चार आने में सेर[१] हो सकते हैं। यहाँ देहरादून में भी वही आदमी की ज़रूरत महसूस हो रही है। अगर मस्तूरात[२] के साथ हरद्वार का सफ़र कीजिए तो ख़ास लुत्फ़ आये। हरद्वार निहायत पुरलुत्फ़ और पुरफ़ज़ा जगह है। और तो कोई खास अम्र नहीं। मैं दो तीन दिन में यहाँ से देहली, आगरा होता हुआ जल्द ही वापस आ जाऊँगा। सख़्त तकलीफ़ हो रही है।

वस्सलाम,

धनपत राय

१२३

गोरखपुर

२६ जून १६२०

भाईजान,

तसलीम। मालूम नहीं मैंने आपको कोई खत लिखा या नहीं। यहाँ २४ को आ गया और आते ही आते छोटा बच्चा बीमार हो गया। आजकल इसी परीशानी में हूँ। मज़मून नातमाम पड़ा हुआ है। मेरी तबीयत भी ज्यों की त्यों है। इस नयी मुसीबत से ख़लासी हो तो अपनी फ़िक्र करूँ। उम्मीद है कि आप मय बाल-बच्चों के खुश होंगे।

पानी खूब बरसा है।

वस्सलाम,

धनपत राय

---

१ तृप्त २ औरतों

१२४

गोरखपुर
५ जुलाई १९२०

भाईजान,

तसलीम। कल कार्ड मिला। दोनों कामयाबियों की ख़बर सुनकर बहुत खुशी हुई। शंभू तो मेरा शागिर्द ही था।

आज रात को मुझ पर एक सानिहा[१] गुज़रा। ग़रीब मुन्नू मेरा छोटा बच्चा इलाहाबाद से आकर चेचक में मुबतिला हो गया था। उसने नौ दिन तक ग़रीब को घुला घुलाकर आखिर जान ही लेकर छोड़ा। तक़दीर ने तो अपनी दानिस्त[२] में मुझे सज़ा दी होगी लेकिन मैं खुश हूँ कि फ़िक्रों का आधा बोझ सर से दूर हो गया।

उम्मीद है कि आप खुश होंगे। अब मुझे यहीं मरने दीजिए। इसी गोशे में।

आपका,
धनपत राय

१२५

गोरखपुर
१२ अगस्त १९२०

भाईजान,

तसलीम। क्या ईश्वर के साथ अहबाब भी मुझसे रूठ जायेंगे। दो महीने के क़रीब होने आये हैं और आपने एक ख़त तक न लिखा। इस मसरूफ़ियत[३] की भी कोई इन्तहा है।

अभी तक मेरी सेहत इस क़ाबिल नहीं हुई कि कुछ लिटररी काम कर सकूँ। मगर पहले से कुछ बेहतर ज़रूर हूँ। आपके लिए जो क़िस्सा शुरू किया था वह नातमाम पड़ा हुआ है। ईश्वर ने चाहा तो जल्द ही ख़त्म करके भेजूंगा। बत्तीसी का क्या हाल है ? कुछ और आगे बढ़ी ? ज़रा जनाब मैनेजर साहब को हफ़्ते में दो एक बार खटखटाइएगा तो शायद वह इसी साल के अन्दर निकल सके वर्ना शक है। और तो कोई हाल ताज़ा नहीं है। आजकल मामू साहब का कुनबा भी यहीं आया है और छोटे भाई का भी। घर में चहल-पहल है।

वस्सलाम,

धनपत राय

---

१ विपत्ति; शोक २ समझ ३ व्यस्तता

१२६

नार्मल स्कूल, गोरखपुर
३० अगस्त १९२०

भाईजान,

तसलीम। कई दिन हुए कार्ड मिला था। आपका पहला खत किसी वजह से मुझे नहीं मिला। शिकायत की मुआफ़ी का तालिब।

प्रेम बत्तीसी हिस्सा दोम छप गयी। मेरे पास एक जिल्द आ भी गयी। अब बतलाइए क्या हो। वह हिस्सा अव्वल तलब कर रहे हैं। उसके बग़ैर उन्हें इश्तहार देने में ताम्मुल[१] है। बराहे करम मुत्तिला फ़रमाइए कि अभी हिस्सा अव्वल के कुल कितने फ़ार्म बाक़ी हैं। मैं लाहौर वालों से सख्त नादिम[२] हूँ। मैं बराबर उनसे ताकीद करता रहा, इस उम्मीद में कि हिस्सा अव्वल पहले तैयार हो जायेगा। मगर अब ख़िफ़्फ़त[३] उठानी पड़ रही है। क्या अभी मुमकिन है कि किताब सितंबर के महीने में मुकम्मल हो जाये। बवापसी जवाब से सरफ़राज़ फ़रमाइए। उम्मीद है कि आप मय बाल-बच्चों के खुश होंगे।

वस्सलाम,

धनपत राय

१२७

गोरखपुर
२१ सितम्बर १९२०

भाईजान,

तसलीम। खत मिला। हालात मालूम हुए। मैं आजकल एम० ए० के लिये तैयार हो रहा हूँ। सेहत भी अच्छी नहीं है। इस वजह से काम भी बहुत कम हो गया है। प्रेम बत्तीसी के लिए चश्म बराह[४] हूँ। प्रेस के मुताल्लिक़ मैं क्या लिखूँ। महताब राय कलकत्ते ही में एक प्रेस में साझा कर रहे हैं। जिस प्रेस में वह हैं वह बिक रहा है। उनका इरादा है कि नये खरीदारों के साथ शरीक हो जायें। मैंने उन्हें आपकी तजवीज़ लिख भेजी है। वह कानपुर आने पर आमादा हो जायें तो आपको इत्तला दूँ। प्रेस की क्या क़ीमत है? कितने रुपये की जरूरत है? यह सब आपने कुछ न लिखा। टाटा शुगर के हिस्सों ने आपको कुछ दिया या नहीं? रौशन मिल्ज़ के हिस्सों का क्या हश्र हुआ?

---

१ संकोच; आपत्ति २ लज्जित ३ ज़िल्लत; झेंप ४ आँख बिछाये

और सब खैरियत है। उम्मीद है कि आप बाल-बच्चों के साथ ख़ैरियत से होंगे। मेरे लिये बराये खुदा अब कोई दुआ न करें। बिल्ली बख़्शे मुर्ग़ा लँडूरा ही जियेगा।

आपके यहाँ 1. Deighton's Antony and Cleopatra
2. ,, Much Ado About Nothing

तो नहीं हैं। अगर हों तो मेरे पास भेज दीजिये, पढ़कर वापस कर दूँगा।

जवाब से जल्द सरफ़राज़ फ़रमाएँ। कहकशाँ ग़ालिबन् बन्द हो रहा है। ख़सारा[१] बहुत हुआ।

आपका,
धनपत राय

१२८

गोरखपुर
२ अक्तूबर १९२०

भाईजान,

तसलीम। कार्ड मिला। मशकूर हूँ। किताबें मैंने मंगवा लीं। अब आप तरद्दुद न फ़रमायें। 'बत्तीसी' आप के यहाँ पहुँची या नहीं? मुत्तला कीजिये तो यहाँ से भेज दूँ। आप के ख्वाजा साहब ऊटपटाँग जवाब देते हैं। कैसी मज़ामीन की फ़ेहरिस्त? और कहाँ दफ़्तरी चिपकायेगा? मेरी समझ में नहीं आता। 'बत्तीसी' २३२ सफ़हात पर खत्म हुई है। काग़ज़ अच्छा है। किताबत अलबत्ता ज़रा ख़फ़ी[२] है। मगर और जली[३] होती तो दाम ज़्यादा होता। हिस्सा अव्वल की भी यही क़ीमत रक्खी जायगी। हाँ, घटिया काग़ज़ वाली किताबों के १।) रक्खे जायें। अब कितने फ़र्मे बाक़ी हैं, इसका मुफ़स्सल जवाब चाहता हूँ। इस माह में किताब तैयार होगी?

'ज़माना' के लिये मज़ामीन लिखूँगा, और ज़रूर लिखूँगा। अक्तूबर ही में इंशाअल्लाह एक क़िस्सा हाज़िरे ख़िदमत होगा। अब 'कहकशाँ' तो रहा नहीं, 'ज़माना' है और 'सुबहे उम्मीद'।

मैंने कलकत्ते के प्रेस में १।२ का साझा कर लिया। ५०००) देने पड़ेंगे। इस वक़्त अगर आप की माली हालत खराब न हो तो आप कुछ मेरी एआनत फ़र्माइये। मुझे इस वक़्त २००) की अशद ज़रूरत है। यह रक़म मुझे बतौर क़र्ज़ दे सकें तो ऐन एहसान् समझूँगा। 'बत्तीसी' हिस्सा अव्वल छप जाने के बाद जब हिसाब-किताब हो जायेगा तो मुझे मालूम हो जायेगा कि मैं कितने का देन-

---

१ घाटा २ महीन अक्षरों वाली ३ मोटे अक्षरों वाली

दार हूँ। किताब की बिक्री में आप २००) वसूल करके तब मुझे दीजियेगा। मगर अब की कमीशन मैं ३० फ़ीसदी से ज़्यादा न दे सकूँगा। हाँ अगर आप १०० जिल्दें दोनों हिस्सों की खरीद लें तो ४० फ़ीसदी कमीशन ले लीजिए। इस तरह आपको २२०) में ३००) की किताबें मिल जायेंगी। बहरहाल किसी तरीक़े से मुझे २००) या इससे कुछ ज़्यादा ज़रूर भेजिये क्योंकि दसहरे तक मुझे ४०००) की फ़िक्र ज़रूर करना है। तंगदस्ती के हीलों की यहाँ समाअत[1] न होगी। और न आप को अपने रुपयों के मुताल्लिक़ कोई खदशा है। ज़्यादा से ज़्यादा सूद का नुक़सान। जवाब से जल्दी सरफ़राज़ फ़रमाइये कि किस तारीख़ तक रजिस्ट्री बीमा का इन्तज़ार करूँ।

वस्सलाम

धनपत राय

१२६

गोरखपुर

२० अक्तूबर १९२०

भाईजान,

तसलीम। कार्ड मिला। बवापसी जवाब लिख रहा हूँ। अब आप चेक न भेजें, क्योंकि कलकत्ते में साझा करने का इरादा फ़िस्क़ हो गया है। १५००) भेज चुका था लेकिन चंद ऐसी बातें हुईं जिनसे वह तजवीज़ तर्क करनी पड़ी। बरवक़्ते मुलाक़ात मुफ़स्सल बयान करूंगा। अब आप ही की सलाह पक्की रही यानी बनारस, इलाहाबाद या कानपुर में प्रेस। छोटक यहाँ आ गए हैं और अब ग़ालिबन कलकत्ते न जायें। बनारस में उन्हें ७०) की पोस्ट ज्ञानमंडलवालों ने आफ़र की है। वहीं गये हुए हैं। लेकिन कल मैंने 'प्रताप' में लाइट प्रेस, कानपुर, के फ़रोख़्त होने का इश्तिहार देखा। क्यों न हम और आप मिल कर इस प्रेस को ले लें। मेरे पास ४०००) हैं। मुमकिन है फ़िक्र करने से कुछ और बहम[2] पहुँच जाये। अगर आप को यह प्रेस काम का और चलता हुआ मालूम हो तो उससे गुफ़्तगू कीजिये और क़ीमत वग़ैरह तय फ़रमाइये। तब मुझे नोटिस दीजिये ताकि मैं भी आ जाऊं और मुआमला अपना हो जाय। तब छोटक को कानपुर छोड़ दूँ। वह मैनेजर रहें और आप सुपरवाइज़र, मगर आनरेरी। बाँदा से आते ही यह कार्ड आपको मिलेगा। मैं तीन-चार दिन में जवाब का इन्तज़ार करूँगा।

वस्सलाम

धनपत राय

---

१ सुनवाई २ मिल जाये

१३०

गोरखपुर

३० अक्तूबर १९२०

भाईजान,

तसलीम। ख़त का अभी तक इंतज़ार कर रहा हूँ। प्रेम बत्तीसी अब और कितनी बाक़ी है। हिस्सा दोम की कुछ जिल्दें निकल भी गयीं और हिस्सा अव्वल अभी तक पड़ा हुआ है। अक्तूबर भी ख़त्म हुआ। अब ऐसी हालत में आप मुझे प्रेम पचीसी के दूसरे एडीशन को ग़ालिबन् कानपूर में छपवाने की हरगिज़ सलाह न देंगे। मैं इसे भी लाहौर से निकलवाऊँगा।

'रूहे हयात' इरसाले ख़िदमत है। हरचन्द कोशिश की कि क़िस्सा बन जाय लेकिन न बन सका। इसके बाद जो क़िस्सा आपके पास पहुँचेगा वह सच्चे मानों में क़िस्सा होगा। यह तो एक ख़याल ही है।

बरादरे अज़ीज़ छोटक ने ज्ञानमण्डल में सत्तर रुपये की नौकरी कर ली। कलकत्ते से इस्तीफ़ा दिया। परसों यहाँ से जायेंगे। हाँ अगर हम लोगों का मुआमला कानपूर में कुछ तै हो जायगा तो बुला लिये जायेंगे। बशर्ते कि हम उन्हें इतनी ही तनख्वाह दे सकें। आपको अभी तक शायद लाइट प्रेस की तरफ़ जाने की मुहलत न मिली। कहीं से थोड़ा सा वक़्त निकाल लीजिए।

और तो कोई ताज़ा हाल नहीं है। प्रेम बत्तीसी का शबो रोज़ इन्तज़ार है।

आपका,

धनपत राय

१३१

गोरखपुर

१२ नवम्बर १९२०

भाईजान,

तसलीम। ख़त मिला। प्रेम बत्तीसी छप गयी, बड़ी खुशी की बात है। अब टाइटिल छप जाये और किताब मेरे सामने आ जाये तो दूनी खुशी हो। प्रेम पचीसी का फ़ैसला फिर होगा। अगर अपना प्रेस हो गया तो कोई बात ही नहीं। वहीं छपेगी। लाइट प्रेस के मुताल्लिक़ आपने कोई फ़ैसला नहीं किया। जब मालिके प्रेस से मुलाक़ात ही नहीं हो सकी तो आप बजुज़[1] प्रेस देख आने के और कर ही क्या सकते थे। इसकी क़ीमत वग़ैरह का फ़ैसला हो जाये तब मैनेजर का

---

१ सिवाय

मसला तै हो। इसका कोई मैनेजर तो होगा ही। मालूम नहीं क्या तनख्वाह पाता है। छोटक को ज्ञानमण्डल से हटा लेना मुनासिब नहीं है। कुछ दिनों तक हमें दूसरों के सहारे काम करना पड़ेगा। हमारे शरीक क्या बाबू रामभरोसे भी रहेंगे। प्रेस की मालियत और आनेवाले मसारिफ़[१] का अंदाज़ा करके मुझे मुत्तिला फ़रमाइएगा। तब मैं भी आने की कोशिश करूँगा।

मज़मून आज की डाक से रवाना करता हूँ। हिन्दी में छप चुका है। शबाब वालों का सख्त तक़ाज़ा था। मगर अब वहाँ जवाब लिख दूँगा। आप उसे शाया कर दें।

बक़िया सब ख़ैरियत है। मेरी सेहत बदस्तूर चली जाती है। बहुत कम काम करता हूँ। एम० ए० का इरादा तर्क कर दिया। चालीस-पचास रुपये किताबों में सर्फ़ हुए। कुछ स्पेन्सर पर देख लिया, तस्कीन हो गयी। वस्सलाम,

धनपत राय

आपके छोटे भांजे का सानिहा सुनकर सख्त रंज हुआ। कितनी मुद्दत के बाद यह दिन देखना नसीब हुआ था। वह भी आसमान से न देखा गया। ग़रीब माँ के दिल से कोई इस दर्द को पूछे, परमात्मा उसे सब्र दे।

१३२

गोरखपुर
१ दिसम्बर १९२०

भाईजान,

तसलीम। अर्से से कोई खत नहीं आया। लाइट प्रेस का मुआमला इल्तिवा[२] में पड़ गया। ख़ैर जाने दीजिए। प्रेम बत्तीसी का टाइटिल अभी लगाया नहीं। अब तो लिल्लाह[३] देर न कीजिए। जैसा काग़ज़ दस्तयाब[४] हो लेकर किताब निकाल दीजिए। लाहौर से तबादला हो जाये तो दो चार जिल्दें इधर-उधर रिव्यू के लिये भेजी जायें। मेरा क़स्द है कि लीडर में एक छोटा सा नोटिस दे दिया जाय। शायद कुछ फ़ायदा हो जाये। मुकम्मल हिसाब से मुझे जल्द मुत्तिला कीजिए। मज़मून पहुँचा होगा।

वस्सलाम,

धनपत राय

---

१ खर्चों २ मुल्तवी हो गया ३ खुदा के वास्ते ४ मिले

गोरखपुर
११ दिसम्बर १९२०

भाईजान,

तसलीम। आपका इनायतनामा मिला। जहे नसीब। दीगर उमूर[1] का जवाब फ़ौरन सोचकर दूँगा। मेरी सेहत ऐसी नहीं है कि अखबारी काम का बार[2] ले सकूं। इस खयाल से मैंने एम० ए० का इरादा तर्क कर दिया है। रहा टाइटिल। आपको बाज़ार में जैसा कागज़ मिले, अच्छा बुरा बढ़िया घटिया ब्राउन काला पीला नीला सब्ज़ सुर्ख नारंजी लेकिन टाइटिल पेज छपवा दीजिए और किताब की छः सौ जिल्दें (क़िस्म अव्वल ५०० क़िस्म दोम १००) लाहौर भिजवा दीजिए। चीड़ के बक्स में भिजवाने से किताबें बहिफ़ाज़त पहुँच जायेंगी। लाहौर वालों के तक़ाज़ों ने मेरा नाक में दम कर रखा है। बोरे में न भिजवायें वर्ना बहुत सी किताबें खराब हो जायेंगी।

और सब खैरियत है। मुफ़स्सल खत कल लिखूँगा। इतवार है। इत्मीनान रहेगा। प्रेस का खयाल अब शायद गया। मैंने गवर्नमेण्ट के काग़ज़ात में रूपये लगा दिये। अब बीस रुपये माहवार घर बैठे मिल जायेंगे। रुपयों का अन्देशा नहीं।

वस्सलाम,

धनपत राय

१३३

गोरखपुर
२६ दिसम्बर १९२०

भाईजान,

तसलीम। नौरोज़ मुबारक। कई दिन से वाक़ई बीमार हूँ। दस्तों ने दिक़ कर रखा है। प्रेम बत्तीसी निकल गयी। निहायत खुश हुआ। लाहौर जिल्दें भिजवाने के लिये मालगाड़ी खुलने का इंतज़ार करना ही मुनासिब होगा। पार्सल से महसूल और दीगर मसारिफ़[3] बहुत पड़ेंगे। वहाँ से हिस्सा दोम की ४०० जिल्दें भेजने के लिए लिखता हूँ। अनक़रीब आ जायेंगी। बाबू रघुपति सहाय आजकल नागपूर गये हुए हैं। उन्हें मज़ामीन लिखने की अब फ़ुर्सत कहाँ। शायद इसे भी नान-कोआपरेशन समझें। बहरहाल कहूँगा। मिस्टर इक़बाल वर्मा सेहर

---

१ बातों २ बोझ ३ खर्चे

ने अपनी मौसमों वाली नज़्में दीबाचा लिखने के लिए यहाँ भेजी हैं। इरादा था इस तातील में लिख डालता लेकिन दस्तों ने मजबूर कर दिया। आज़ाद मेरे पास बरसों से नहीं आता। अब भिजवायें तो देखूं। उम्मीद कि आप कुशल से होंगे।

जनाब मैनेजर साहब से कहिए मुझे प्रेम बत्तीसी वग़ैरह कुल हिसाबात से मुत्तिला करें। मुफ़स्सल हिसाब चाहता हूँ। आमदनी और खर्च का, ताकि मुझे अपनी पोज़ीशन मालूम हो सके।

आपका,
धनपत राय

१३४

गोरखपुर
३ जनवरी १६२१

जनाब भाई साहब,

तसलीम। उम्मीद है आप ने मेरे हस्बे-इसतदआ[१] १०० जिल्दों का पार्सल लाहौर भिजवा दिया होगा। इसका लिहाज़ भी ग़ालिबन रख लिया होगा कि वज़न का महसूल बेकार न देना पड़े, ख्वाह जिल्दों की तादाद में कमी-बेशी कर ली जाये। २० सेर के पार्सल में शायद १०० या इस से कुछ कम जिल्दें आ जायें। ५ जिल्दें यहाँ भिजवा दें। इनायत होगी। मैंने लाहौर वालों को भी लिख दिया है। वहाँ से जिल्दें आती होंगी। हिसाब से भी मुत्तला किया जाना चाहता हूँ। एक मज़मून 'ज़माना' के लिए लिख रहा हूँ। ग़ालिबन् आप को पसन्द आए। क़तरए खून टपका रहा हूँ, मगर आख़िरी नहीं। नवम्बर में सय्यद अब्दुलहामिद का मज़मून खूब था। गो रवीन्द्र बाबू के मज़मून से माखूज़ है, मगर ओरिजिनल रंग आ गया है। ज़िन्दा हूँ। नाविल की हिन्दी कर रहा हूँ। और 'प्रेम बत्तीसी' की फ़िक्र खाए जा रही है। उम्मीद है आप मय अयाल खुश व खुर्रम होंगे। क्या इस ग़रीबकदे[२] को आपके क़दमों की ज़ियारत कभी नसीब न होगी। ग़रीबों से इतनी बे-नियाज़ी। मौक़ा मिले तो दो दिन के लिए चले आइये। रात ही भर का तो सफ़र है। मैं तो अपनी सेहत से लाचार हूँ।

आपका,
धनपत राय

---

१ प्रार्थनानुसार २ झोंपड़ी

१३५

गोरखपुर

१८ जनवरी १९२१

भाईजान,

तसलीम। कार्ड मिला। शुक्रिया। बत्तीसी का पैकेट मिला। टाइटिल देखकर रो दिया। बस और क्या लिखूँ। किताब की मिट्टी ख़राब हो गयी। आपने बेहतर काग़ज़ न पाकर यह काग़ज़ इस्तेमाल कराया होगा। ग़ालिबन् किताब की तक़दीर में इस तरह बिगड़ना लिखा था। खैर, फ़िलहाल चलने दीजिए। लाहौरवालों से कह दूँगा कि वह टाइटिल बदल डालें। आपके यहाँ भी अच्छा काग़ज़ मिलते ही टाइटिल बदलना पड़ेगा। कुछ नुक़सान होगा मगर ग़म नहीं। आप मार्च में तशरीफ़ लायेंगे। अभी से दिन गिन रहा हूँ। ज़रूर आइए। क़िस्सा तमाम हो गया। साफ़ करके भेजूंगा।

नियाज़मन्द

धनपत राय

१३६

स्थान-तिथि नहीं

अनुमानतः गोरखपुर, जनवरी १९२१

........नसीबे दुश्मनां कुछ तबीयत तो ख़राब नहीं हो गयी।

प्रेम बत्तीसी अभी तक तैयार होकर नहीं आयी। टाइटिल पेज में अगर बहुत ज्यादा तरद्दुद हो और जल्द उसके तैयार होने की उम्मीद न हो तो आप उस की सात सौ जिल्दें बग़ैर टाइटिल ही के लाहौर दफ़्तर कहकशां को रवाना फ़रमा दें। वह अपना टाइटिल छपवाकर लगवा लेंगे। उजरत[१] मुझसे वज़ा[२] कर लेंगे। मगर लाहौर भेजिएगा क्योंकर—देवदार के बक्स में या मामूली बोरों में। सात सौ जिल्दों के भेजने के लिए पाँच बोरे लगेंगे। किताबों के साथ रद्दी काग़ज़ अन्दर भर देना ज़रूरी होगा ताकि किताबें ख़राब न हों। अगर चीड़ के बक्स आसानी से दस्तयाब हो जायें और रूपये दो रूपये से ज़्यादा फ़र्क़ न हो तो आप बक्स ही में भिजवायें। इसमें किताबों के ख़राब हो जाने का अन्देशा कम है।.... वहाँ से तीन सौ जिल्दें ही मिलेंगी। मैंने लाहौरवालों को चालीस रूपये कमीशन

---

१ दाम २ वसूल

देने का फ़ैसला कर लिया है और वह राज़ी हैं। मई तक सब क़ीमत अदा कर देंगे। बाज़ारे हुस्न और हिस्सा दोम बत्तीसी के बाबत उन्होंने मेरा मतालबा[१] बिलकुल बेबाक़ कर दिया है। अब हिस्सा अव्वल के लिए जल्दी कर रहे हैं। पच्चीसी का हक़े तालीफ़[२] और मेरे नये नाविल का हक़े तालीफ़ भी लेने पर आमादा है। मैं खुद अपनी ज़िम्मेदारी पर छपवाने की बनिस्बत यह मुआमला बेहतर समझता हूँ। और ग़ालिबन् आप भी मुझसे मुत्तफ़िक़ होंगे।

इस खत का जवाब बवापसी तहरीर फ़रमाइए। और मुझ पर रहम करके एक रोज़ अपने आदमियों को थोड़ी सी तकलीफ़ देकर किताबें वहाँ भिजवा दीजिए। अगर आपको इसमें ज्यादा तरद्दुद हो तो मैं खुद आकर इस काम को अंजाम दूँ। हालांकि मुझे तकलीफ़ बेहद होगी और बेजान हो रहा हूँ। बहरहाल जवाब का सख्त इंतज़ार है।

ज़ियादा वस्सलाम,

नियाज़मन्द
धनपत राय

१३७

गोरखपुर
१५ फ़रवरी १९२१

भाईजान,

तसलीम। कई दिन हुए जनाब ख्वाजा साहब ने हिसाब भेजा था। देखा। इत्मीनान हो गया। मैं कुछ ज्यादा मक़रूज़[३] नहीं हूँ। कुल दस रूपये का मुआमला है। इंशा अल्ला माह दो माह में साफ़ हो जायगा।

मैं कल सरकारी मुलाज़मत से सुबुकदोश हो गया। आज इस्तीफ़ा भी मंजूर हो गया। यहाँ से एक हफ़्तेवार उर्दू अखबार निकालने का क़स्द है। प्रेस की भी तलाश है। ग़ालिबन् यहाँ रूपये का भी इंतज़ाम हो जायगा। अर्से से यह खयाल था। अब इसके पूरा होने के दिन आये। फ़िलहाल खुतूत सी पते से लिखिएगा। दो चार रोज़ में अपने नये हालात से आपको मुत्तिला करूँगा। क्या कानपूर में कोई लीथो मशीन मिल सकेगी। अगर मुमकिन हो तो मुत्तिला फ़रमाइए। इसी हीले से ज़रा मुलाक़ात हो जाये। उम्मीद है आप खुश होंगे।

आपका दुआगो
धनपत राय

१ माँग २ कापी राइट ३ क़र्ज़ में

१३८

गोरखपुर
२३ फ़रवरी १९२१

भाईजान,

तसलीम। आज़ाद के कई पर्चों का पैकेट मिला। बेशक इस अख़बार ने तरक़्क़ी की है और इस पर मैं आपको और नीज़[१] असिस्टैण्ट एडीटर साहब को मुबारकबाद देता हूँ। इसका दर्जा अब मुल्क के बेहतरीन उर्दू अख़बारात में है। ग़ालिबन् इशाअत[२] पर भी कुछ असर ज़रूर पड़ेगा।

प्रेम बत्तीसी हिस्सा दोम की जिल्दें ग़ालिबन् आपके यहाँ पहुँच गयी होंगी। कुछ मालूम नहीं आपके यहाँ से भी बक़िया ५०० जिल्दें गयीं या नहीं।

मैंने तर्के मुलाज़िमत कर ही ली। आप मुझे बहुत अर्से से इसकी तहरीक[३] कर रहे थे। हालांकि यह आपकी तहरीक का असर नहीं है बल्कि रफ़्तारे ज़माना का। मगर किसी तरह अब मैं आज़ाद हो गया। अब बतलाइए क्या करूँ। प्रेस और अख़बारनवीसी और कुतुबनवीसी के सिवा मैं कोई दूसरा काम करने के क़ाबिल नहीं। कपड़े बुनने के लिए तैयार नहीं। काश्तकारी मेरे किये हो नहीं सकती। क्या आपका इरादा अब भी प्रेस की तरफ़ है। मैं चार पाँच हज़ार का सरमाया और अपना सारा वक़्त आपके नज़्र करने को तैयार हूँ बशर्ते कि आप भी मेरे मुआविन[४] और शरीक हों। मैं अब ज्यादा तज़बज़ब[५] में नहीं रहना चाहता। जल्द कोई न कोई फ़ैसला करना चाहता हूँ। मेरे लिए गोरखपूर बनारस और कानपूर तीन मुक़ामात हैं; और भी जगह थोड़ी बहुत आसानियाँ हैं लेकिन कानपूर में जितनी आसानी नज़र आती है उतनी और कहीं मिलती नहीं। मैं एक अच्छा प्रेस उर्दू हिन्दी और अंग्रेज़ी का खोलना चाहता हूँ जो फ़िलहाल महज़ जाब वर्क पर चले। अख़बार से उसे कोई ताल्लुक़ न रहे। मैं ज़ाती तौर पर अख़बार का काम भी कर सकता हूँ मगर ज़्यादा नहीं। अगर आप चाहें तो दो एक दिन के लिए कानपूर आ जाऊँ और बिल मुसाफ़[६] उमूर[७] तै हो जायें। लाइट प्रेस अभी ग़ालिबन् फ़रोख़्त न हुआ होगा। अगर वह बिक भी गया हो तो कलकत्ते से मशीन और ट्रेडिल मंगाया जा सकता है। लीथो प्रेस का इंतज़ाम भी ज़रूरी है ताकि अपने घर के काम के लिए दूसरों का दस्तनिगर न होना पड़े। मैनेजरी का काम हम और आप दोनों मिलकर ख़ूब कर सकते हैं। एडिटरी के काम में भी हत्तुल इमकान आपकी थोड़ी मदद कर सकता हूँ। इस ख़त के जवाब का मुन्तज़िर हूँ। अगर आपने कुछ उम्मीद न दिलायी तो और कोई

---

१ साथ ही २ प्रचार; संस्करण ३ प्रेरणा ४ सहयोगी ५ दुविधे ६ आमने-सामने ७ बातें

सबील सोचूंगा। यहाँ मैंने फ़िलहाल एक कपड़े का कारखाना खोल रखा है जिसमें आठ करघे चल रहे हैं। कुछ चर्खे वग़ैरह भी बनवाये जा रहे हैं। एक मैनेजर पचीस रुपये माहवार पर रख लिया है। गो उससे मुझे माहवार कुछ न कुछ नफ़ा ज़रूर होगा लेकिन इतना नहीं कि मैं उस पर तकिया कर सकूं। बावजूद नान-कोआपरेशन करने के अभी तक मैं दौलत की तरफ़ से बिलकुल मुस्तग़नी[१] नहीं हूँ। और मैं ज़ाती तौर पर हो भी जाऊँ लेकिन मेरी बीवी को यक़ीन हो जाये कि अब इसी तरह उसकी ज़िन्दगी बसर होगी तो वह मुझे हरगिज़ मुआफ़ न करेगी।

और क्या अर्ज़ करूँ। आजकल एक देहात में मुक़ीम हूँ। खूब आराम से दिन कट रहे हैं। आज़ादी का लुत्फ़ उठा रहा हूँ। आप ख़त इस पते पर रवाना फ़रमायें :

धनपत राय
मार्फ़त महादेव प्रसाद पोद्दार
उर्दू बाज़ार
गोरखपुर

तालीमी नान-कोआपरेशन के मुताल्लिक़ आपका मालूम नहीं क्या ख़याल है। मैंने इस पर एक मज़मून लिख रखा है। मैं इसकी असली अहमियत दिखलानी चाहता हूँ। दस्ते ग़ैब एक क़िस्सा भी तैयार है। वह भी जल्द ज़माना के नज़्र होगा।

ज़ियादा वस्सलाम,

आपका,
धनपत राय

१३९

गोरखपुर
७ मार्च १९२१

भाईजान,

तसलीम। कल कार्ड मिला। दो मज़ामीन भेजे थे। ग़ालिबन् पहुँचे होंगे। मैं कानपूर नहीं आ सका। कई दिन से बुख़ार की तकलीफ़ हो रही है। कानपूर में आपने यह नहीं लिखा कि मैं क्या काम करूँगा। महज़ प्रेस खोलकर बैठे रहना तो मेरे लिए फ़िज़ूल-सा मालूम होता है। मैनेजरी करने की मुझमें लियाक़त नहीं।

---

१ विरक्त

अख़बार का काम कर सकता हूँ लेकिन उसकी सूरत क्या है ? इसके मुक़ाबले में तो मुझे यही ज़्यादा मुनासिब मालूम होता है कि यहाँ से एक अच्छा उर्दू अख़बार निकालूं। मैं दो चार दिन में प्रेस वग़ैरह की फ़िक्र में कानपूर आऊँगा। लखनऊ दो एक दिन ठहरूँगा और प्रेस मिलते ही अख़बार का डिक्लेरेशन दिया जायगा। काम ही तो करना चाहिए, क्या कानपूर और क्या गोरखपूर। रोज़ी यहाँ भी है और वहाँ भी है। दौलत की हवस नहीं।

और ज़्यादा क्या लिखूँ। बवक़्ते मुलाक़ात खूब बातें होंगी।

आपका,

धनपत राय

१४०

ज्ञान मण्डल, बनारस सिटी

२३ मार्च १९२१

बरादरम,

तसलीम। मैं यहाँ १९ तारीख़ को आ गया और घर पर मुक़ीम[१] हूँ। होली के एक दो दिन बाद कानपूर आने का क़स्द करता हूँ। ज़माना के लिए 'लाल फ़ीता' नाम का एक क़िस्सा लिखा है। उसे भी साथ लेता आऊँगा।

गोरखपूर से उर्दू अख़बार निकालने का इरादा ख़त्म हो गया। वहाँ एक हफ़्तेवार अत्तहक़ीक़ जो पहले बन्द हो गया था फिर जारी हो गया और इसकी मौजूदगी में किसी दूसरे हफ़्तेवार की खपत नहीं हो सकती। आपके नौजवान दोस्त ग़ालिबन् मेरे तवक़्क़ुफ़[२] से बददिल न हुए होंगे। मैं होली के बाद चलूंगा।

बाक़ी सब ख़ैरियत है।

आपका

धनपत राय

१४१

ज्ञानमण्डल, काशी

५ अप्रैल १९२१

भाईजान,

तसलीम। मैं नादिम[३] हूँ कि अब तक कानपूर नहीं आ सका। मेरा अख़बार निकालने का मुसम्मम[४] इरादा है बशर्ते कि काफ़ी सरमाया फ़राहम हो जाये

१ स्थित २ देरी ३ लज्जित ४ पक्का

और मददगार काफ़ी मिल जायें।

दो एक रोज़ में ज़रूर आऊँगा। और तो कोई ताज़ा हाल नहीं है।

आपका

धनपत राय

१४२

बनारस

१४ मई १९२१

भाईजान,

तसलीम। बख़ैरियत हूँ। उम्मीद है मकतब बख़ैर-ओ-ख़ूबी अंजाम पा गया होगा। अदम-ए-तआवुन वाला मज़मून आपने देख लिया या नहीं। अगर देख लिया हो और उसमें कुछ क़ाबिले-एतराज़ न हो तो बराहे करम कातिब को दे दें। वर्ना बैरंग ज्ञानमण्डल के पते से मेरे पास भेज दें। मैंने सार्टीफ़िकेट वग़ैरह महाशय काशीनाथ के पास भेज दिये हैं। अब उनके जवाब का मुन्तज़िर हूँ। सेन बाबू अगर वापस आये हों तो उनसे कहिएगा 'मंजरी' प्रताप के दफ़्तर में महाशय बालकृष्ण शर्मा के पास भिजवा दें। मैं उन्हीं के पास से लाया था। और तो कोई ताज़ा हाल नहीं है।

एक क़िस्सा 'तालीफ़े-क़ल्ब' लिखा है। ठाकुरद्वारा का मकान बनना शुरू हुआ या नहीं। मेरा आना आप मुक़द्दम[१] समझें, अगर महाशय जी ही की तरफ़ से कोई रुकावट न हुई। ठाकुरद्वारा मिल जाये तो मुझे आपके क़ुर्ब[२] के अलावा किफ़ायत होगी। ज़्यादा वस्सलाम। बच्चों को दुआ।

नियाज़मन्द

धनपत राय

१४३

बनारस

२७ मई १९२१

भाईजान,

तसलीम। आप शायद सीधे गये होंगे। मुझे आज आपके दोनों ख़ुतूत मिले क्योंकि बाबू महताब राय नाना साहब के यहाँ नवेद में चले गये थे और मेरे पास चिट्ठियां न पहुँच सकती थीं। मैं खुद तो अभी कानपूर न आ सकूँगा लेकिन आज़ाद के लिए हत्तुल इमकान[३] लिखने की कोशिश करूँगा। गर्मी इतनी शिद्दत

१ निश्चित २ निकटता ३ यथासंभव

की है कि बैठने की हिम्मत ही नहीं पड़ती। महाशय जी का ख़त आया था। अनक़रीब वह बाक़ायदा ख़त भेजनेवाले हैं। शिमले से वहाँ की कार्रवाइयों की खबर देते रहियेगा बशर्ते कि खिलाफ़ ज़ाब्ता न हो।

वस्सलाम,

धनपत राय

१४४

ज्ञानमण्डल, काशी

११ जून १९२१

भाईजान,

तसलीम। ग़ालिबन् आप शिमले से वापस आ गये होंगे। वहाँ की तरावत ने तो आपको ताज़ा कर दिया होगा। यहाँ तो गर्मी के मारे तबख़ीर[1] हो रही है। न दिन को चैन है न रात को।

तालीमी अदम-ए-तआवुन वाला मज़मून अगर देख सके हों तो उसके मुतअल्लिक़ अपने फ़ैसले से मुत्तला कीजिएगा। 'लाल फ़ीता' साफ़ कर रहा हूँ, जल्द भेजूँगा। अभी तक महाशय काशीनाथ जी ने मेरे पास फ़ार्मल खत नहीं भेजा। आपके खत से मालूम हुआ था कि जून के पहले ही हफ़्ते में भेज देंगे। आज तो ११ जून आ गयी।

उम्मीद है कि आप मय अयाल खुश होंगे।

नियाज़मन्द

धनपत राय

१४५

बनारस

१९ जून १९२१

भाईजान,

तसलीम। आपके मुतवातिर तीन कार्ड आये। एक का जवाब दे चुका हूँ। दूसरे का जवाब दे रहा हूँ और तीसरे के जवाब में बनफ़्से नफ़ीस[2] हाजिर हो जाऊँगा। कल सब तैयारियाँ कर चुका था। इक्का तक मंगवा लिया था (देहात में यह आसान काम नहीं है) लेकिन शाम को छोटक नाना साहब का खत लाये कि मैं सोमवार को तुमसे मिलने आ रहा हूँ। इसलिए तूअन् ओ करहन्[3]

---

१ उबलने की कैफ़ियत २ सशरीर ३ मजबूरन

रुकना पड़ा। और वही पहली मुअय्यन तारीख़ मुक़द्दम रही। मैं २२ को चलूँगा और २३ को पहुँचूँगा। पहले इरादा था कि अयाल को इलाहाबाद छोड़ दूँ और कानपूर में मकान तय करके लिवा लाऊँ। अब आप फ़रमाते हैं कि मकान भी रोक लिया गया है। यह मुशकिल भी आसान हो गयी। अब मय अयाल के कानपूर आऊँगा। मुमकिन हो सका तो आपको ठीक वक़्त से मुत्तला कर दूँगा। मकान मौजूद ही है। कोई तरद्दुद न होगा। मेरी जरूरतों से आप वाक़िफ़ हैं ही लेकिन बग़रज़ मुहाल अगर मकान मुझे पसंद न भी आया तो फिर दूसरा तलाश करूँगा। हाँ अगर आते ही आते मकान न मिला तो फिर मुझे आपके घर को खाना बेतकल्लुफ़ बनाना पड़ेगा। दो एक दिन मस्तूरात[1] को भी एक देहक़ानी औरत की मेहमांनवाज़ी करनी पड़ेगी जिसमें ग़ालिबन् ज्यादा दिक़्क़त न होगी। आप भावज साहिबा को तैयार अलबत्ता कर दें ताकि वह इस आमद को बलाये नाख़ास्ता[2] न खयाल करें।

म्यूनिसिपल सेक्रेटरी का जिक्र आप फ़िज़ूल करते हैं। एक मुआहिदा[3] तय हो जाने के बाद अब मैं किसी दूसरी मुलाज़िमत का ख़याल भी नहीं कर सकता। मैंने म्यूनिसिपल मुलाज़िमत की कोशिश उसी हालत में की थी जब महाशय काशीनाथ जी ने कोई हतमी वादा न किया था। उनके और आपके यक़ीन दिलाने के बाद फिर मैंने इस ख़याल को दिल में जगह ही नहीं दी—वर्ना यहाँ मुझे डेढ़ सौ रूपया माहवार, मकान मुफ़्त और काम हस्बे ख्वाहिश की सूरत पेश हो गयी थी। वह मैंने मंज़ूर न किया। कुछ तो मुआहदे का खयाल था और इससे ज्यादा आपके क़ुर्ब का ख़याल। महाशय जी की हमदर्दी और सलामतरवी[4] भी इस फ़ैसले में मुईन[5] हुई। बस यह आख़िरी फ़ैसला है। अभी बारिश नहीं हुई हालांकि हवा में इतनी हिद्दत[6] नहीं है। दीगर हालात साबिक़ दस्तूर हैं। चर्खें बनवा रहा हूँ। बढ़ई बड़ी मुशकिल से मिलते हैं।

ज़ियादा वस्सलाम,

नियाज़मन्द

धनपत राय

लाल फ़ीता, तालीफ़े क़ल्ब वग़ैरह कानपूर आकर ही साफ़ होंगे। अब तो यहाँ जी नहीं लगता।

---

१ स्त्रियाँ २ अयाचित विपत्ति ३ पक्की बात ४ सद्भावना ५ सहायक ६ गर्मी

१४६

मारवाड़ी विद्यालय, नयागंज, कानपूर
५ नवंबर १६२१

बरादरम,

तसलीम। मुझे चपरासी की ज़बानी मालूम हुआ कि आपको किसी चपरासी की ज़रूरत है। हामिल-ए-रुक़्क़ा शिवप्रसाद इसी विद्यालय में ३-४ साल तक चपरासी रह चुका है। जून में पैरों में चोट लग जाने के बाइस बेकार हो गया था। आदमी तजुर्बेकार मालूम होता है। कम-से-कम शहर के मुहल्लों और गली-कूचों से वाक़िफ़ है। हालांकि बहुत फ़हीम[1] नहीं है। अगर आप मुनासिब समझें इसे रख लें। अभी इम्तहानन् एक महीने के लिए रखें। अगर इत्मीनान हो जाये तो फिर मुस्तक़िल रखें। आज शाम को साढ़े चार बजे आऊँगा। ग़ालिबन् आपसे मुलाक़ात हो जायगी मगर मेरी वजह से आप अपने engagements में कोई हर्ज न होने दीजिएगा।

आपका,
धनपत राय

१४७

कानपूर
२८ दिसम्बर १६२१

भाईजान,

तसलीम। इधर दो तीन दिन से आ न सका। मालूम नहीं अज़ीज़ सेन की तबीयत कैसी है।

जिस दिन आप के यहाँ से आया उसी दिन रात को ज़ीने पर से गिर पड़ा। दोनों अंगूठों में सख़्त चोट आई और एक घुटनी भी फूट गयी। कमर में भी चोट लगी। इस वजह से घर में मुक़ैयद[2] हूँ।

लाहौर से सैयद इम्तियाज़ अली ताज का एक ख़त आया है। वह प्रेम पचीसी हिस्सा दोम १।।।) में फ़रोख़्त कर रहे हैं और कहते हैं इन दामों वहाँ इसके ख़रीदार हैं। ख़्वाजा साहब से ताकीद फ़रमा दें कि वह नवम्बर के 'ज़माना' और अगले 'आज़ाद' में हिस्सा दोयम की कीमत १।।) के बजाय १।।।) बनवा दें वर्ना लाहौर वालों को शिकायत होगी। ईश्वर ने चाहा तो कल परसों तक हाज़िर हो सकूंगा।

नियाज़मंद
धनपत राय

---

१ तीक्ष्ण बुद्धि २ कैद

१४८

मारवाड़ी विद्यालय, कानपूर
२२ फ़रवरी १९२२

भाईजान,

तसलीम। मैंने आज इस्तीफ़ा दे दिया। बहुत तंग आ गया था।

मेरे पाँच क़िस्से 'ज़माना' में निकल चुके हैं—१ 'रूहे हयात' २ मुअम्मा ३ लाल फ़ीता ४ तक़दीर ५ मोठ। इनका जो मुआवज़ा मुनासिब समझें भेज दें।

मेरी किताबों का हिसाब भी अर्से से नहीं हुआ है। बराहे करम जनाब ख्वाजा साहब से कह दीजिये कि वह दिसम्बर के आख़ीर तक का हिसाब कर दें। जनवरी से फिर हिसाब चलता होगा। इसमें यह भी दर्ज कर दें कि अब मेरी कितनी जिल्दें 'बत्तीसी' और 'पचीसी' की दफ़्तर 'ज़माना' में हैं। इस तकलीफ़देही के लिये मुआफ़ कीजियेगा। मैं जुमे के रोज़ हाज़िर हूँगा। आप आने की तकलीफ़ न कीजियेगा।

बाबू रघुपति सहाय का खत आया है। आप ने उनकी ग़ज़ल नहीं शाया की। इसकी शिकायत की है। चन्द और ग़ज़लें और रुबाइयाँ भेजी हैं। जुमे के दिन लेता आऊँगा। बाकी सब ख़ैरियत है।

आपका,
धनपत राय

१४९

ज्ञानमण्डल, काशी
२६ अप्रेल १९२२

भाईसाहब,

तसलीम। कार्ड के लिए मशकूर हूँ। इसके पहले के दोनों खुतूत भी मिले थे। हिन्दी में आजकल नये रिसालों की धूम है। लखनऊ से एक निकल रहा है, दूसरा कलकत्ते से। दोनों बड़ी-बड़ी तैयारियाँ कर रहे हैं। मज़ामीन की फ़रमाइशें रोज़ाना मौसूल[१] होती हैं। इसलिए उर्दू लिखने की तरफ़ खयाल ही नहीं गया। इधर चैत और बैसाख की मर्यादा को बैसाख ही में निकालने का इरादा है। हालांकि आधा बैसाख गुज़र गया और अभी चैत भी नहीं निकाला।

मैंने सैरे दरवेश की एक जिल्द माँगी थी। बराहे करम भिजवा दें। शादी ने ज़रूर आपको मुतरद्दिद[२] कर रखा है। अब तो वक़्त भी क़रीब आ गया। जी

१ प्राप्त २ परीशान

तो चाहता है कि आऊँ लेकिन मौक़ा ऐसा है कि आपको तरद्दुद और मुझे तकलीफ़। खैर परीशानी सही। अखबार में मद नहीं घटाना चाहता। बाबू शिवप्रसाद साहब गुप्त की तजवीज़ है।

हुमायूँ क्या अब तक नहीं निकला।

वस्सलाम,

नियाज़मन्द

धनपतराय

१५०

४६।३० मध्यमेश्वर, बनारस

११ मई १६२२

भाईजान,

तसलीम। कई दिन हुए एक मज़मून और खत इरसाले ख़िदमत कर चुका हूँ। जवाब का इंतज़ार है। अगर मज़मून इस माह में न निकला तो बेकार हो जायेगा। मशीन फ़िट हो रही है। ऊपर मकान का पता है। इसी पते से ख़त का जवाब देने की इनायत कीजिए।

और तो सब खैरियत है। उम्मीद है आप भी बख़ैर-ओ-आफ़ियत होंगे। आजकल देहात में घर पर हूँ।

वस्सलाम,

धनपत राय

१५१

ज्ञानमण्डल काशी

२५ मई १६२२

भाईसाहब,

तसलीम। ७ मई को शादी थी। १८ दिन गुज़र गये। उम्मीद है कि शादी बहुस्न-ओ-खूबी तय हो गयी और अब ग़ालिबन् मेहमानों की यूरिश[१] भी दूर हो गयी होगी। अब तो खैरियत-ए-मिज़ाज से मुत्तिला फ़रमाइए। यहाँ पर खैरियत है।

बच्चों को दुआ।

नियाज़मन्द

धनपतराय

---

१ धावा, चढ़ाई

१५२

ज्ञानमण्डल, बनारस
३१ मई १९२२

भाईजान,

तसलीम। मसर्रतनामा[१] मिला। खूब खुश हुआ। मेरी यह बदनसीबी थी कि इस लुत्फ़ में शरीक न हो सका। एतराज़ सिर्फ़ एक है। आपने अंग्रेज़ हुक्काम की दावत नाहक़ की। क्या फ़ायदा। क्या अभी आपने शोहरत गंज, खलीलाबाद, लखीमपूर वग़ैरह के वाक़ये नहीं देखे? ऐसी हालत में अब हमनवाई[२] बेमौक़ा है ख्वाह[३] इससे अपना कितना ही जाती नफ़ा क्यों न होता हो।

बाज़ारे हुस्न पढ़िएगा। मैं ज़माना में रिव्यू का मुंतज़िर हूँ। मेरा नयनाविल भी शाया हो गया। बड़े अच्छे रिव्यू हो रहे हैं।

मेरे रुपये अगर वार बाण्ड में न देकर उसके ब्रिटिश इण्डिया कारपोरेशन के कुछ Deferred हिस्से खरीद सकें तो अच्छा हो। बराहे करम लिखिएगा कि उनका निर्ख़ आजकल क्या है।

जनाब ख्वाजा साहब मुकर्रम से मेरी किताबों के हिसाब मुरत्तब करने की ताकीद फ़रमा दीजिएगा। मैं जानना चाहता हूँ कि जनवरी सन् २१ में दफ़्तर ज़माना में प्रेम पचीसी अव्वल दोम, प्रेम बत्तीसी अव्वल दोम की कितनी जिल्दें थीं, कितनी लाहौर गयीं, कितनी लाहौर से आयीं, कितनी फ़रोख्त हुईं, अब स्टाक में कितनी हैं और कमीशन की मिनहाई के बाद अब कितनी रक़म मुझे मिलनी चाहिए। इसका इश्तहार बन्द करा दें। ज़माना में और आज़ाद में भी। मैं अनक़रीब दूसरा इश्तहार भेजूंगा। मुझे मालूम हो जाये कि मुझे आपसे कुल क्या मिलेगा तो मैं फ़ैसला करूँ कि कितने हिस्से ले सकूंगा। चालीस हिस्सों के लिए मुझे क्या देना पड़ेगा। इस तफ़सील में ज़रा ज़ोर तो लगेगा मगर मेरी खातिर से इसे क़बूल कीजिएगा।

उम्मीद है बच्चे अच्छी तरह होंगे। मेरा मकान बन रहा है।

वस्सलाम,

धनपत राय

---

१ खुशी का पत्र २ मेल-जोल ३ चाहे

१५३

ज्ञानमण्डल, बनारस
१६ जून १९२२

बरादरम,

तसलीम। अर्सा हुआ कार्ड लिखा था, मालूम नहीं पहुँचा या नहीं। जवाब से महरूम हूँ। मैंने ब्रिटिश इण्डिया कारपोरेशन के डेफ़र्ड हिस्सों के मुताल्लिक़ लिखा था। मालूम होता है कि वह फ़िलहाल न मिल सकेंगे। अख़बारों में उनकी क़ीमत सोलह रुपये फ़ी हिस्सा नज़र आती है। अगर न मिल सकें तो बराहे करम रुपये रजिस्टर्ड और बीमा करके रवाना फ़रमाइए। कानपूर में वार बाण्ड के ख़रीदार आसानी से मिल जायेंगे। यहाँ मैं कहाँ बैंकों में मारा-मारा फिरूँगा। मेरा फिर प्रेस खोलने का इरादा है। और ग़ालिबन् बारवर[1] होगा। प्रेस तय भी हो गया है। सिर्फ़ एक ट्रेडिल की और ज़रूरत है। आइन्दा एक मशीन ले लूंगा।

किताबों के हिसाब के मुताल्लिक़ मैंने तफ़सील से अर्ज़ किया था, लेकिन उसका भी कुछ न मालूम क्या हुआ। जनवरी २१ से हिसाब करना है, मुफ़स्सल। मौजूदात, बिक्री, बाक़ी वग़ैरह। उम्मीद है कि दुबारा इसके लिए तकलीफ़ देने की ज़रूरत न होगी। मैं अगस्त में मिलने का इरादा करता हूँ। ग़ालिबन् उस वक़्त तक अपना प्रेस हो जायगा, और मैं अपने तईं आज़ाद महसूस करूँगा। उम्मीद है आप बख़ैरियत होंगे। आजकल एक ड्रामा लिखने में और अपने घर की तामीर[2] में ऐसा मसरूफ़ हूँ कि कोई क़िस्सा लिखने का मौक़ा न पा सका। मुआफ़ कीजिएगा।

बच्चे बख़ैरियत होंगे। बाज़ारे हुस्न को सेन बाबू ने पसंद किया या नहीं।

ख़ैरअंदेश
धनपत राय

१५४

ज्ञानमण्डल, बनारस
२४ जून १९२२

भाईजान,

तसलीम। अरसे से हालात न मालूम हुए। मुतरद्दिद[3] हूँ। यहाँ बाबू शिवप्रसाद जी ने ज्ञानमण्डल को एक तरह से शिकस्ता[4] कर दिया। ख़सारा हो रहा था। इसलिए सब आदमियों को अलहदा करके अब सिर्फ़ एक एडीटर रह गया है जो एडिटिंग का काम ठेके पर कराने का इंतज़ाम करेगा। मेरे लिए विद्यापीठ में

---

१ सफल २ निर्माण ३ परीशान ४ तोड़ दिया

इंतज़ाम हो रहा है। पर मैं वहाँ जाने पर रज़ामन्द नहीं हूँ। अपना प्रेस खोलने का मुसम्मम इरादा है। यहाँ एक प्रेस—लकड़ी के सामान और टाइप दो हज़ार रूपये में मिले हैं। अभी मिले तो नहीं मगर मिलने की पूरी उम्मीद है। अब एक ट्रेडिल और एक मशीन की ज़रूरत है। सोमवार को इलाहाबाद जाऊँगा। सुनने में आया है कि वहाँ वह दोनों चीज़ें बिकाऊ हैं। अगर मिल गयीं तो मेरा प्रेस तैयार हो जायेगा और अपना काम जारी कर दूँगा।

किताबों के हिसाब में ३१ दिसम्बर तक मेरे दफ़्तर ज़माना पर १०३।।) निकले। इस हिसाब को ३१ मई सन् २२ तक मुकम्मल करा दीजिए। मुझे मज़ामीन के मुताल्लिक़ मिनजुमला[१] पैंतीस रूपये के बीस मिले थे। इसके बाद मैंने एक मज़मून और दिया। इस तरह मज़ामीन की मद में मुझे ५) और मिलने चाहिए। १२३।।) तो यह होते हैं। जनवरी से ३१ मई तक की बिक्री के ग़ालिबन् कुछ और निकल आयेंगे। इस वक्त मैं आपको तकलीफ़ नहीं देना चाहता था पर ज़रूरत सख्त मजबूर कर रही है। मुझे प्रेस के लिए पांच हज़ार दरकार होंगे। प्रेस जमते-जमाते एक हज़ार लग जायेंगे। प्रेस को चलाने के लिए एक हज़ार की फ़िक्र और है। मैंने चार हज़ार का इंतज़ाम कर लिया है। एक हज़ार मेरे इंदौरी भाई साहब दे रहे हैं। अभी कम अज़[२] कम एक हज़ार की और ज़रूरत है। आपके यहाँ से सात सौ मिल जायँ तो गोया एक छोटे से सेकेण्ड हैण्ड ट्रेडिल का दाम निकल आये। अगर मुझे मालूम होता कि इस क़दर जल्द मुझे प्रेस खोलना पड़ेगा तो मैंने तामीरे मकान में हाथ न लगाया होता जिसमें अभी तक तक़रीबन दो हज़ार सर्फ़ हो चुके हैं और प्लास्टरिंग फ़र्श वग़ैरह का काम बाक़ी है। यह समझ लीजिए कि प्रेस खुल जाने के बाद मेरे अकाउण्ट में एक कौड़ी भी न रहेगी। इस दांव पर अपना सब कुछ रखकर क़िस्मत आज़मा रहा हूँ। देखूँ क्या नतीजा होता है।

मैं जानता हूँ कि इस वक़्त आपके हाथ खाली हैं। नादिम हूँ कि आपको तकलीफ़ दे रहा हूँ। पर ज़रूरत मजबूरन् यह सतरें मुझसे लिखवा रही है। मुझे यक़ीन है कि साल के अन्दर मैं इस क़ाबिल हो जाऊँगा कि घर बैठे दो ढाई सौ पैदा कर सकूँ। नाना-वाना से मुतलक़[३] उम्मीद नहीं। बड़े शातिर निकले। छोटक के पास चार पाँच सौ थे वह मकान की नज़र हो गये।

मैं उम्मीद करता हूँ कि इलाहाबाद से आने पर मुझे मशीन और ट्रेडिल का दाम चुकाते वक़्त आपके यहाँ से रूपये मिल जायेंगे। बेचारे रघुपति सहाय जेल में हैं। नहीं तो उनसे भी मेरे सात सौ वसूल हो जाते—ख़ैर।

---

१ कुल मिलाकर २ से ३ तनिक भी

बच्चे अच्छी तरह हैं। मैं आजकल अपना नया नाविल गोशए आफ़ियत साफ़ लिख रहा हूँ। एक हिन्दी ड्रामा भी लिख रहा हूँ। इस वजह से क़सस[१] की तरफ़ तबीयत माइल नहीं होती। मेरा इरादा है कि अपने प्रेस में 'संसार दर्शन' सीरीज़ निकालूं जो Peeps At Many Lands के ढंग की किताबें होंगी। यह मैदान हिन्दी में ख़ाली है और ग़ालिबन् इसकी ज़रूरत भी है। हिन्दी पुस्तक एजेन्सी से तय हो गया है कि वह मेरी किताबों को चालीस फ़ी सदी कमीशन पर यक-मुश्त नक़द ख़रीद लिया करेगी।

उम्मीद है कि मम्रले-खैर[२] होंगे।

नियाज़केश

धनपत राय

१५५

बनारस

७ जुलाई १९२२

भाईजान,

तसलीम। इस तरफ़ बहुत परीशान रहा। यहाँ ज्ञानमण्डल से अलहदा हो गया। बाबू साहब ने स्टाफ़ कम कर दिया है। मुझे विद्यापीठ के स्कूल महकमे की हेडमास्टरी मिल गयी है। आना जाना बहुत दूर पड़ता है। प्रेस जो यहाँ मिलने-वाला था, उसकी तरफ़ से मायूसी हुई। मालिक के एक अज़ीज़ ने ख़रीद लिया। इलाहाबाद में मशीन है मगर बहुत दिनों की चली हुई है। ट्रेडल है। एक साहब को भेजा था। वह देख आये हैं। अब मैं कल मिस्त्री को लेकर खुद जाऊँगा और मिस्त्री ने मुवाफ़िक़ राय दी तो क़ीमत वग़ैरह तय कर लूंगा। कानपूर आना अब मेरे लिए मुशकिल है। मकान तैयार हो जाता है तो घर ही रहूँगा और लौट जाया करूँगा। अब परदेस का क़स्द[३] नहीं है। मुझे यहाँ नफ़ा ज़्यादा न होगा तो नुक़सान का अंदेशा भी नहीं है। कुछ पबलिशिंग का काम खुद करूँगा। इससे बिलकुल बाहर के काम का सहारा न रहेगा। मशीन दो हज़ार के एक फ़ार्म रोज़ छाप लेगी। महीने में तातील वग़ैरह निकालकर ग़ालिबन् २४ फ़ारम निकल सकेंगे। बारह फ़ारम मैं खुद छापूँगा बारह फ़ारम के लिए बाहर का मुन्तज़िर रहूँगा। हाँ जाब बाहर से लाना पड़ेगा। आपने बाण्ड ग़ालिबन् कलकत्ता कैश होने के लिए भेज दिये होंगे। लाहौर ने अभी तक ख़त का जवाब नहीं दिया। बड़े हज़रत हैं। तीन सौ जिल्दें डकारना चाहते हैं। सैरे दरवेश की मुझे सख़्त

---

१ क़िस्सों २ ख़ैरियत से ३ इरादा

ज़रूरत है। अगर एक जिल्द भी मिल जाती तो काम निकल जाता। आपके यहाँ एक जिल्द ज़रूर निकल आयेगी। मुझे आरियतन्[१] दे दें। तर्जुमा करके लौटा दूँगा। उम्मीद है कि अयाल खुश होंगे।

आपके यहाँ सेकण्ड हैण्ड प्रेसों की फ़ेहरिस्त थी। बराहे करम भेज दीजिये।

वस्सलाम,

नियाज़मन्द
धनपतराय

१५६

आशा भवन : कबीर चौरा
बनारस शहर
१४ जुलाई १६२२

भाई साहब,

तसलीम। इनायतनामा मय चेक मिला। मशकूर हूँ। सूद ज़रूरत से ज़्यादा है। ज़माना के लिये जो कुछ लिखा है वह कल भेज दूँगा। किताबों का हिसाब लाहौर से आनेवाला है। शायद दो चार रोज़ में आ जाये। विद्यापीठ में मैं आरज़ी तौर पर हो गया हूँ। बाबू भगवानदास जी ने स्कूल का हिस्सा मेरे सिपुर्द कर दिया है। दख़ल नहीं देते। इस लिये कोई तरद्दुद नहीं। ज्ञानमंडल में भी काफ़ी आराम था। विद्यापीठ में ख़िदमत का मौक़ा है। और आराम भी। मुझे मारवाड़ी स्कूल में जितनी तकलीफ़ हुई उतनी कहीं और हो ही नहीं सकती। मालूम नहीं महाशय से मेरी क्यों अनबन हो गयी।

प्रेस ने बहुत परीशान किया। अब की इतवार को इलाहाबाद गया था। मशीनें दो देखीं। एक अच्छी थी। मगर क़ीमत तीन हज़ार। इस लिये लोगों ने ख़रीदने की सलाह नहीं दी। वहाँ से वापस आने पर मालूम हुआ कि बनारस ही में एक कारख़ाना मुसल्लम बिक रहा है। अब इससे बातचीत हो रही है। मशीन कोई नहीं है मगर प्रेस दो हैं और मुतफ़र्रिक़[२] सामान है। देखूँ क्या नतीजा होता है। काम का मुझे भरोसा है। मैं ।।=) की किताबों का एक सिलसिला निकालने का क़स्द कर रहा हूँ। ग़ालिबन हर दूसरे महीने ऐसी एक किताब निकल जायेगी। मुझे ४००) मिल जायेंगे। प्रेस की छपाई वग़ैरह सब इस में निकल आयेगी।

१ उधार २ फुटकर

यहाँ जाब कम है मगर पब्लिशिंग काफ़ी है। नया नाविल एक हज़ार निकल गया। अब क़िस्सों का मजमूआ[1] निकलनेवाला है। मुझे मालूम होता है कि शायद एक नाविल और अच्छा लिखकर मैं ख़ानानशीन[2] हो सकता हूँ। हस्बे ज़रूरत घर बैठे मिल जायगा।

यहाँ बारिश ने नाक में दम कर दिया। 'बाज़ारे हुस्न' का रिव्यू ज़रूर कराइएगा। लाहौर से 'हज़ार दास्तान' निकल रहा है। एक किस्सा बहुत इसरार के बाद मैंने भी लिखा है। बच्चे अच्छी तरह हैं। उम्मीद है आप भी मय अयाल खुश होंगे। क़िब्ला मुकर्रम[3] व मुअज़्ज़म[4] की कैफ़ियत से आप ने मुत्तला नहीं किया। सेहत हो गयी या नहीं। अज़ीज़ सेन ने 'बाज़ारे हुस्न' को पसन्द किया या नहीं। मैं उनके फ़ैसले का मुन्तज़िर हूँ। और सब ईश्वर की कृपा है। जन्माष्टमी में लखनऊ क़ैदियों से मिलने जाऊँगा। उस वक़्त आप से भी मुलाक़ात होगी।

वस्सलाम

धनपतराय

१५७

बनारस

१६ सितम्बर १६२२

भाईजान,

तसलीम। कार्ड मिला। प्रूफ़ वापस है।

लाला काशीनाथ की हिन्दी किताब तातील से यूँही पड़ी हुई थी। इस पर मैंने रिव्यू कर दिया है। किताब अच्छी है। रफ़े शिकायत हो गयी। मैंने जो हिसाब लिखे हैं उसमें 'प्रेम पचीसी' या 'ज़माना' के दफ़्तर से आई हुई किताबों का हिसाब शामिल नहीं है। दफ़्तर के ज़िम्मे मेरी ६४ जिल्दें 'प्रेम पचीसी' की हैं, मेरे ज़िम्मे दफ़्तर की मुरसला कुतुब।[5]

मैं खुद ऐसी कोशिश में हूँ कि मज़ामीन का सिलसिला न टूटे। आजकल कुछ तो खुद पढ़ता हूँ कुछ वक़्त नाविल की तैयारी में निकल जाता है। 'प्रताप' के खास नम्बर के लिये भी एक मज़मून लिखा। यह कमी क़िस्से से नहीं किसी दूसरे मज़मून से पूरा करूँगा।

कोशिश करूँगा कि १२ को लखनऊ आऊँ। यक़ीनन आऊँगा। लेकिन ठहरने का ठिकाना कहाँ होगा? सब पहले से तय कर दीजियेगा।

आपका

धनपत राय

---

१ संग्रह २ घर बैठ सकता हूँ ३ मेहरबान ४ बुज़ुर्ग ५ भेजी हुई किताबें

१५८

आशा भवन : कबीर चौरा,
बनारस
१ अक्तूबर १९२२

भाईजान,

तसलीम। ज़माना के लिए एक मज़मून लिखा था। उसका हिन्दी तर्जुमा कलकत्ते के एक रिसाले में निकला था। मैंने मज़मून साफ़ किया मगर हिन्दी में निकलने के तीसरे ही दिन उसका तर्जुमा लाहौर के प्रताप में नज़र आया। इसलिए उस क़िस्से को न भेज सका। संदूक़ में साफ़ किया हुआ पड़ा है। हालांकि लाहौरी तर्जुमा बिलकुद भद्दा है मगर क़िस्सा तो वही है। अब कुछ और लिखूंगा।

प्रेस का सामान कुछ कलकत्ते से मँगवाया। टाइप का आर्डर दे दिया है मगर मशीन अभी तक नहीं मिली। Woodroff & Co से ख़त-किताबत कर रहा हूँ। ग़ालिबन् वहीं से मिलेगी। इसमें एक दो माह का अर्सा ज़रूर लगेगा। अगर आपको किसी मशीन का पता हो तो मुझे इत्तिला दीजिएगा। प्रेस खुला और मैं घर बैठा। ज़माना में कौशिक जी का क़िस्सा खूब था। ज़बान का क्या कहना। सरशार मरहूम का अच्छा खाका उतारा। हिन्दी में कौशिक जी इतना अच्छा नहीं लिखते। उन्हें मेरी तरफ़ से मुबारकबाद।

चचा साहब क़िब्ला[१] की सेहतयाबी की खबर बाइसे इत्मीनान हुई। उम्मीद है लड़के अच्छी तरह होंगे। यहाँ भी सब खैरियत है। छोटक अच्छी तरह हैं। नाना साहब तशरीफ़ लाये हुए हैं। उनके खानदान में खानगी जंग शुरू हो गयी। भाई-बन्दों से उनकी तनहाखुरी[२] न बर्दाश्त हो सकी। अब बटवारे का मसला दरपेश है। मेरे मकान में हुल्लड़ हो रहा है। जन्माष्टमी क़रीब आ रही है। मुसम्मम इरादा है कि इस तातील में आपसे मुलाक़ात करूँ। ज़िन्दगी का एतबार नहीं। रस्मे मुलाक़ात क़ायम रहे तो बेहतर। आप तो कुतुब हैं। खैर। प्यासे कुएँ पर जाते हैं, कुआँ नहीं दौड़ा आता। बारिश ने नाक में दम कर दिया। फ़सल को भी नुक़सान पहुँचा। आपको यह सुनकर खुशी होगी कि प्रेमाश्रम की १२०० जिल्दें निकल गयीं। अब दूसरे एडीशन की तैयारी है। और सब खैरियत है।

आपका
धनपत राय

---

१ आदरणीय २ अकेले अकेले खाना

१५६

आशा भवन : कबीर चौरा
बनारस
७ नवंबर १६२२

भाईजान,

तसलीम। मुबारकबाद। इधर अर्से से आपके हालात मालूम नहीं हुए। मैंने खुद कोई खत नहीं लिखा। इसलिए शिकायत की गुंजाइश नहीं। परमात्मा आपको कानपूर का गंगा प्रसाद वर्मा बनाये। उम्मीद है कि बाल-बच्चे अच्छी तरह होंगे। यहाँ भी ख़ैरियत है। अभी प्रेस कलकत्ते से नहीं आया। शायद इस माह के आख़ीर तक आ जाय। मैंने इधर कोई ऐसी चीज़ न लिखी जो ज़माना के क़ाबिल समझता। और रिसालों में तराजिम[1] कहानियाँ दे दिया करता हूँ। आपको कुछ ओरिजिनल देना चाहता हूँ। नाविलनिगारी, स्कूल और घर के झंझट—यह सब परीशान किया करते हैं।

देहली में एक बुकसेलर हैं। उनके पास ज़ैल की किताबें बज़रिये वी॰ पी॰ भिजवाने की इनायत करें। (शायद वह ज़्यादा जिल्दें ख़रीदें। पता यह है)

Messrs Gupta & Co.
Publishers, Booksellers & Stationers
Egerton Road
Delhi

प्रेम बत्तीसी हर दो हिस्सा....

प्रेम पचीसी हर दो हिस्सा, अगर दस्तयाब हो सके। शायद वह इसका दूसरा एडीशन निकालने पर रज़ामन्द हैं वर्ना हिस्सा दोम ही सही।

जवाब और दीगर हालात से मुत्तिला फ़रमायें।

नियाज़मन्द
धनपत राय

१६०

बनारस
२ दिसम्बर १६२२

भाईजान,

तसलीम। फोड़ों ने आपका पीछा पकड़ लिया है। अभी सेन बाबू को निकला, अब वही शिकायत आपको पैदा हुई। खैर यह सुनकर इत्मीनान हुआ

१ अनूदित

हुआ कि अब जख्म मुन्दमिल[१] हो रहा है। परमात्मा करे आपको जल्द सेहत हो। यहाँ तो ईश्वर की कृपा से सब खैरियत है। हाँ छोटे बच्चे को खाँसी आती है। प्रेस इंग्लैण्ड से रवाना हुआ है। शायद दिसंबर के आखीर तक यहाँ आवे। मकान बार हो गया है। मैं साबिक़ दस्तूर विद्यापीठ में हूँ। ज़माना ने हज़रते नियाज़ की खूब क़लई खोली। देखूँ हज़रत क्या जवाब देते हैं। यहाँ ज्ञानमण्डल की तरफ़ से एक अंग्रेज़ी हफ़्तेवार निकालने की तजवीज दरपेश है। मुंशी नौबत राय साहब का ताल्लुक़ तो अब अवध अखबार से नहीं रहा। क्या कर रहे हैं। आप बनारस आते ही आते रह गये। क्या इरादा तर्क कर दिया?

बच्चों को दुआ। सेन बाबू तो अब तैयार हो रहे होंगे।

ज़्यादा वस्सलाम,

नियाज़मन्द

धनपतराय

१६०

काशी विद्यापीठ, बनारस

१७ फरवरी १९२३

भाईजान,

तसलीम। एक मुद्दत के बाद आपने याद फ़रमाया। ममनून हूँ। मैं बखैरियत हूँ और उम्मीद करता हूँ कि आप भी बखैर-ओ-आफ़ियत हैं। मैं अज़हद[२] नादिम हूँ कि ज़माना के लिए अर्से से कुछ न लिख सका। बार बार इरादा करता हूँ लेकिन कभी तो वक़्त नहीं मिलता और कभी मज़मून नहीं सूझता। हिन्दी रिसालों में लिखने के बाइस वक़्त ही नहीं निकलता। फिर अपना नया नाविल भी लिखना चाहता हूँ। ज़माना को फिर नुक़सान का सामना करना पड़ा। अफ़सोस है। उर्दू में शायद अच्छे रिसालों का क़ायम रहना ग़ैरमुमकिन हो गया है। मालूम नहीं इसका क्या बाइस है। उर्दू पढ़नेवालों की तादाद तो कम नहीं है लेकिन ग़ालिबन् सब मुफ़्त के पढ़नेवाले हैं। सबको दावए नामानिगारी[३] है। सभी अहले क़लम हैं पढ़नेवाला कोई नहीं। अब इलाहाबाद से एक नया रिसाला 'आईना' निकलने वाला है। देखूं यह कितने दिनों चलता है।

आपने मुझसे पूछा मैं किस पार्टी में हूँ। मैं किसी पार्टी में भी नहीं हूँ। इसलिए कि दोनों में से कोई पार्टी कुछ अमली काम नहीं कर रही है। मैं तो उस आनेवाली पार्टी का मेम्बर हूँ जो कोतहुन्नास[४] की सियासी तालीम को

---

१ भर रहा है २ बेहद शर्मिन्दा ३ लिखने-लिखाने का दावा ४ छोटे लोगों

अपना दस्तूर-उल-अमल[१] बनाये। स्वराज्य-खिलाफ़त पार्टी की जानिब से जो कान्स्टीच्यूशन निकला है उससे अलबत्ता मुझे कुल्ली[२] इत्तफ़ाक़[३] है। मगर ताज्जुब यही है कि यह एक पार्टी से क्यों निकला। मेरे ख़याल में दोनों ही पार्टियाँ इस मुआमले में मुत्तफ़िक़[४] हैं।

जिस मज़मून का आप ज़िक्र फ़रमाते हैं वह पहले बनारस के मर्यादा में निकला था। उसके बाद हज़ारदास्तां में शाया हुआ। इसके मुताल्लिक़ आपने ताज्जुब का इज़हार क्यों किया।

मिस्टर गोपाल कृष्ण ने जो तजवीज़ लिखी है उसकी कामयाबी में मुझे बहुत शक है। इंगलैण्ड में नामानिगारों को हज़ारों मिले होंगे तब इस क़िस्से की तकमील[५] की होगी। यहाँ ऐसी कोई तरग़ीब[६] नहीं है। महज़ तफ़रीह के लिए शायद कोई लिखने पर तैयार न हो। बहरहाल अगर मुझे लिखिए तो मैं एक बाब[७] लिखने की कोशिश कर सकता हूँ।

अब प्रेस की बात। आज तक प्रेस नहीं आया। सितंबर के महीने में वुडराफ़ के पास रुपये रवाना किये गये थे। ४ अक्तूबर को जवाब और रसीद आ ही गयी थीं। मालूम हुआ था उसने दो मशीनें रवाना की हैं। दोनों इन्श्योर्ड थीं। लेकिन तब से अब तक कोई ख़बर नहीं। १ फ़रवरी को मायूस होकर फिर याददिहानी की गयी है। देखूं कब तक पहुँचती हैं। टाइप वग़ैरह जमा कर लिया है और जमा करता जाता हूँ। लेकिन इस तूलानी[८] इंतज़ार के बाइस हौसला पस्त हुआ जाता है। रुपये की तो कोई कमी नहीं है। साढ़े छः हज़ार की रक़म हाथ में है। हाँ, मेरा मकान तैयार हो गया और होली से उसे आबाद भी कर दिया जायगा।

बाबू महताब राय साबिक़ दस्तूर ज्ञानमण्डल में हैं। बच्चे अच्छी तरह हैं। यहाँ भी कई दिनों अब्र रहा। लेकिन आज मतला[९] साफ़ हो गया है। आख़री बात यह कि जनाब ख़्वाजा साहब से मेरी किताबों का हिसाब तैयार करने की फ़रमाइश कीजिए। फ़रवरी ख़त्म हो रहा है। मार्च में मैं कानपुर आने की उम्मीद करता हूँ लेकिन अगर किसी वजह से न आ सका तो मैं बहुत मशकूर होऊँगा अगर आप वह रक़म मेरे नाम किसी बैंक की मार्फ़त रवाना फ़रमायेंगे। इस तरफ़ मेरा एक हिन्दी ड्रामा भी निकला है। बच्चों को दुआ।

नियाज़मन्द

धनपत राय

---

१ कार्य प्रणाली २ पूरी ३ सहमति ४ सहमत ५ समापन; पूर्णाहुति ६ प्रेरणा; प्रलोभन ७ अध्याय ८ लंबे ९ आसमान

१६२

आशा भवन, कबीर चौरा, बनारस
२२ अप्रैल १९२३

भाईजान,

तसलीम। शायद इस मकान से यह आखरी खत आपके पास भेज रहा हूँ। आज प्रेस के लिए मकान तै हो गया, मशीन आ गयी, टाइप, ब्लाक, लकड़ी के केस वग़ैरह पहुँच गये। उम्मीद है कि इस मई के महीने में प्रेस मुकम्मल तौर पर काम करने के क़ाबिल हो जायगा। अब डिक्लेरेशन दाखिल करना रह गया है। सोमवार को दाखिल कर दूँगा। अभी तक नाम नहीं तजवीज़ कर सका। साहित्य प्रेस, सरस्वती प्रेस, संसार प्रेस वग़ैरह नाम ज़ेहन में हैं। आप भी कोई नाम तजवीज़ कीजिए क्योंकि नामों के इंतखाब[१] में आपको कमाल है। इसके क़ब्ल आपको इसलिए तकलीफ़ नहीं दी कि आप म्युनिसिपल इंतख़ाबात में परीशान थे। अब आपको फुर्सत है। हालांकि अब तक मुझे यह नहीं मालूम हुआ कि आप बोर्ड में आये या नहीं। यहाँ तो पूरा बोर्ड कांग्रेसी है।

मेरा इरादा एक लीथो प्रेस रखने का भी है। क्या कोई कानपूर में लीथो प्रेस है। बराहे करम इसकी मुझे इत्तला दीजिएगा। लोग कहते हैं बनारस में लीथो प्रेस नहीं चल सकता लेकिन मैं एक बार कोशिश करके देखना चाहता हूँ। मेरी कई किताबें निकलने के लिए तैयार हो रही हैं। प्रेम पचोसी खत्म हो गयी, गोशए आफ़ियत महज़ इसलिए नातमाम है कि कोई पबलिशर नहीं है। ताज़ा ड्रामा संग्राम भी उर्दू में निकालना चाहता हूँ। जब तक यह किताबें तैयार होंगी ग़ालिबन् मेरा नया नाविल तैयार हो जायगा। कहानियाँ भी दस-बारह तैयार हो गयी हैं। बहरहाल कोशिश ज़रूर करूँगा। कानपूर में अब हैण्ड प्रेस आउट आफ़ डेट हो गया है। शायद वहाँ सस्ते दामों मिल जाये।

ख्वाजा साहब के हिसाब की परतों से मालूम हुआ है कि ज़माना एजेंसी पर मेरे साबिक़[२] और हाल मिलाकर २६५) आते हैं। यह रक़म अगर आप इस वक़्त दे दें तो मुझ पर बड़ा एहसान हो। मुझे मकान प्रेस के लिए न मिलता था। बड़ी मुश्किलों एक मौक़े का मकान मिला है। इसमें अब तक डी० ए० वी० स्कूल था। अब स्कूल अपनी नयी इमारत में चला गया। मगर पुरानी इमारत में उसने कुछ इज़ाफ़े किये हैं जिसके लिए वह मालिक मकान से १२००) रुपये का तालिब[३] है। मालिक मकान से मेरा समझौता यह हुआ है कि मैं साल भर तक एक

१चुनाव २ पिछले ३ तलबगार

सौ रूपया माहवार के हिसाब से आर्यसमाज को दूँ और पचास रूपये के हिसाब से किराये में मिनहा[१] करूँ। आर्यसमाज ने यह शर्त मंजूर की है। एक और पुराना प्रेस जो बहुत मशहूर है, लक्ष्मीनारायण प्रेस, इस मकान के लिए उधार खाये बैठा है। १२००) यकमुश्त देने के लिए आमादा है मगर समाज के दो एक मेम्बरों की इनायत से अभी तक उसका आफ़र मंजूर नहीं हुआ है। अगर मैं यह शर्त न पूरी कर सका तो वह मकान निकल जायगा और महीनों की दवा-दविश[२] अकारथ हो जायगी। मेरे बजट में इस बार सौ की गुंजायश न थी। आप तीन सौ रूपये दे दें तो तीन महीने तक किराये की फ़िक्र न करनी पड़े। तब तक मुमकिन है प्रेस से कुछ आमदनी होने लगे तो किराया अदा होता जाय। मगर इस वक़्त रूपयों की ज़रूरत शदीद[३] है। अगर आपको यकबार देने में तरद्दुद हो तो तीन महीने तक सौ रूपये माहवार दे दें। मुझे उम्मीद है आप मायूस नहीं करेंगे।

मैंने इधर लिखना बंद सा कर रखा है। फ़ुर्सत ही नहीं मिलती। मलकाना शुद्धि पर एक मुख्तसर मज़मून लिख रहा हूँ। मुझे इस तहरीक से सख्त इख्तिलाफ़ है। तीन चार दिन में भेज सकूँगा। आर्यसमाजवाले भिन्नायेंगे लेकिन मुझे उम्मीद है आप ज़माना में इस मज़मून को जगह देंगे।

मेरा इरादा कानपूर आने का है। मई के पहले या दूसरे हफ़्ते में आने का क़स्द करता हूँ। अगर कोई नया झंझट सर पर सवार न हो गया तो।

आप इस तरफ़ मुझसे कुछ नाराज़ से हो रहे हैं। महीनों तक कोई खत ही नहीं। मैं शिकायत नहीं करता, खुद भी इसी इल्लत में गिरफ़्तार हूँ। ईश्वर ने चाहा तो अब मेरी तरफ़ से यह सिलसिला हस्बे साबिक़ जारी रहेगा।

यहाँ सब खैरियत है। उम्मीद है आप मय अयाल अच्छे होंगे। सेन बाबू ने पर्चे अच्छे किये होंगे। बच्चों को मेरी तरफ़ से दुआए खैर।

और क्या लिखूं। जवाबे खत का बेताबी से इंतज़ार रहेगा।

आपका,
धनपत राय

---

१ कटाऊँ २ दौड़-धूप ३ सख्त

१६३

आशा भवन, बनारस
२३ अप्रैल १९२३

भाईजान,

तसलीम। कल सुबह एक खत लिखा, शाम को आपका कार्ड मिला। पढ़कर निहायत सदमा हुआ। बीमारियाँ और परेशानियाँ तो ज़िन्दगी का खास्सा[१] हैं लेकिन बच्चे की हसरतनाक मौत एक दिलशिकन हादसा है और उसे बर्दाश्त करने का अगर कोई तरीक़ा है तो यही कि दुनिया को एक तमाशागाह या खेल का मैदान समझ लिया जाय। खेल के मैदान में वही शख्स तारीफ़ का मुस्तहक़[२] होता है जो जीत से फूलता नहीं, हार से रोता नहीं, जीते तब भी खेलता है, हारे तब भी खेलता है। जीत के बाद यह कोशिश होती है कि हारें नहीं। हार के बाद जीत की आरज़ू होती है। हम सब के सब खिलाड़ी हैं मगर खेलना नहीं जानते। एक बाज़ी जीती, एक गोल जीता, तो हिप हिप हुर्रे के नारों से आसमान गूँज उठा, टोपियाँ आसमान में उछलने लगीं, भूल गये कि यह जीत दायमी[३] फ़तह की गारण्टी नहीं है। मुमकिन है कि दूसरी बाज़ी में हार हो। अलहाज़ा[४] हारे तो पस्तहिम्मती पर कमर बांध ली, रोये, किसी को धक्के दिये, फ़ाउल खेला और ऐसे पस्त हो गये गोया फिर जीत की सूरत देखनी नसीब न होगी। ऐसे ओछे, तंगज़र्फ़[५] आदमी को खेल के वसीह[६] मैदान में खड़े होने का भी मजाज़[७] नहीं। उसके लिए गोशएतारीक[८] है और फ़िक्रे शिकम[९], बस यही उसकी ज़िन्दगी की कायनात[१०] है! हम क्यों खयाल करें कि हमसे तक़दीर ने बेवफ़ाई की? खुदा का शिकवा क्यों करें? क्यों इस ख़याल से मलूल[११] हों कि दुनिया हमारी नेमतों से भरी थाली को हमारे सामने से खींच लेती है? क्यों इस फ़िक्र से मुतव्वहश[१२] हों कि क़ज़्ज़ाक हमारे ऊपर छापा मारने की ताक में है! ज़िन्दगी को इस नुक़्तये निगाह से देखना अपने इत्मीनाने क़ल्ब[१३] से हाथ धोना है। बात दोनों एक ही है। क़ज़्ज़ाक ने छापा मारा तो क्या? हार में सारे घर की दौलत खो बैठे तो क्या? फ़र्क़ सिर्फ़ यह है कि एक जब्र है दूसरा अख्तियार। यह क़ज़्ज़ाक ज़बर्दस्ती जान और माल पर हाथ बढ़ाता है लेकिन हार ज़बर्दस्ती नहीं आती। खेल में शरीक होकर हम खुद हार और जीत को बुलाते हैं। क़ज़्ज़ाक के हाथों लूटा जाना ज़िन्दगी का मामूली वाक़या नहीं, हादसा है लेकिन खेल में हारना

---

१ सहज गुण २ अधिकारी ३ स्थायी ४ इसी तरह ५ संकीर्ण-हृदय ६ लंबे-चौड़े ७ अधिकार ८ अँधेरा कोना ९ पेट की चिंता १० कुल पूँजी; सर्वस्व ११ दुःखी १२ पागल १३ मानसिक शांति

और जीतना मामूली वाक़ये हैं। जो खेल में शरीक होता है वह खूब जानता है कि हार और जीत दोनों ही सामने आयेंगी, इसलिए उसे हार से मायूसी नहीं होती, जीत से फूला नहीं समाता। हमारा काम तो सिर्फ़ खेलना है, खूब दिल लगाकर खेलना, खूब जी तोड़ कर खेलना, अपने को हार से इस तरह बचाना गोया हम कौनैन[1] की दौलत खो बैठेंगे लेकिन हारने के बाद, पटख़नी खाने के बाद, गर्द झाड़ कर खड़े हो जाना चाहिए और फिर ख़म ठोंककर हरीफ़[2] से कहना चाहिए कि एक बार और !

खिलाड़ी बनकर आपको वाक़ई बड़ा इतमीनान होगा। मैं खुद नहीं कह सकता कि मैं इस मेयार[3] पर पूरा उतरूँगा या नहीं मगर कम से कम अब मुझे किसी नुकसान पर इतना रंज न होगा जितना आज से चन्द साल क़ब्ल हो सकता था। मैं अब शायद न कहूँगा कि हाय ज़िन्दगी अकारथ गयी, कुछ न किया। ज़िन्दगी खेलने के लिए मिली थी खेलने में कोताही नहीं की। आप मुझसे ज्यादा खेले हैं, हार और जीत दोनों देखी हैं, आप जैसे खिलाड़ी के लिए शिकवये तक़दीर की ज़रूरत नहीं। कोई गोल्फ़ और पोलो खेलता है कोई कबड्डी खेलता है, बात एक ही है, हार और जीत दोनों ही मैदानों में हैं। कबड्डी खेलने वाले को जीत की खुशी कुछ कम नहीं होती। इस हार का ग़म न कीजिए। आपने खुद ही न किया होगा। आप यहाँ मुझसे मश्शाक़[4] हैं। मैं ५ या ६ मई तक कानपूर आने वाला हूँ। यहाँ की कोई चीज़ दरकार हो तो बेतकल्लुफ़ लिखिएगा। दीगर हालात मेरे पहले ख़त से मालूम हुए होंगे।

आपका,
धनपत राय

१६४

४६। ३१ मध्यमेश्वर, बनारस
२६ मई १६२३

भाईजान,

तसलीम। आपका २५ मई का कार्ड कल मिला। इसके पहले आपने तीन ख़त भेजे। मुझे सख्त अफ़सोस है कि उन तीनों में से मुझे एक भी न मिला। मुझे इसका सख्त रंज है। किसका सर अपने पैरों पर टेक दूँ। मैं तो देहात में हूँ। खुतूत शहर में आते हैं। वहाँ से यहाँ तक आने में गायब हो जाते हैं। मैं आज रात को गाड़ी से बहुत ज़रूरी काम से गोरखपूर जा रहा हूँ। ३१ को या १ जून को लौटूँगा। वालिदा साहिबा जिस दिन यहाँ आनेवाली हों उससे मुझे १

---

१ इहलोक-परलोक २ दुश्मन ३ कसौटी ४ कुशल; अनुभवी

जून तक ऊपर के पते से मुत्तिला फ़रमाइए। यहाँ मेरा निज का किराये का मकान है जिसमें प्रेस है। जगह वसीह[१] है मगर इसमें शायद खटपट से तकलीफ़ हो। इसलिए यहाँ के एक अच्छे धर्मशाला में इंतज़ाम कर दूँगा। किसी बात की तकलीफ़ न होगी। हाँ मुझे पहले खत मिल जाना चाहिए ताकि मैं स्टेशन पर खुद या विकालतन्[२] मौजूद रहूँ। अगर १ जून या २ जून तक मुझे ख़त न मिला तो मैं कानपूर आऊँगा और जिस दिन वह यहाँ आना चाहेंगी उन्हीं के साथ मैं भी चला आऊँगा। अभी तो मलमास १५ दिन बाक़ी है।

और सब खैर-ओ-आफ़ियत है। प्रेस अभी चला नहीं मगर मशीन फ़िट हो गयी। लकड़ी का सामान तैयार किया जा रहा है।

वस्सलाम,

आपका,

धनपत राय

१६५

४६। ३१ मध्यमेश्वर, बनारस

१८ जून १९२३

भाईजान,

तसलीम। सेन बाबू की नाकामयाबी का मुझे ताज्जुब है। और क्या कहूँ। ग़ालिबन् यह पिछले साल की तवील[३] बीमारी का नतीजा है।

आपकी बीमारी की ख़बर इससे भी ज्यादा अफ़सोसनाक है। इस तपिश में बुखार की तकलीफ़। जरूर यह बनारस की तकलीफ़ का खमियाज़ा[४] है, जिसका ज़िम्मेदार एक हद तक मैं हूँ। अगर एक दिन भी रुक गया होता तो मुतलक़ तकलीफ़ न होती। मेरा प्रेस का मकान इतना वसीह, शहर से मुलहिक़[५] और फिर इतना दूर और ऐसे मौक़े से है कि उससे बेहतर जगह बनारस में नहीं है। बिलकुल टाउन हाल और पार्क के मुत्तसिल[६]। कमरे के दरवाज़े खोल दीजिए और पार्क का लुत्फ़ घर बैठे उठाइए। उसे छोड़कर इन्हें मणिकर्णिका घाट पर रहना पड़ा। मेरा एक आदमी भी प्रेस में रहता है। पर क्या करूँ, मेरी उजलत[७]।

अभी प्रेस नहीं खुला। बाबू महताब राय की ज्ञानमण्डल से गुलूख़लासी[८] का इंतज़ार है।

वस्सलाम,

नियाज़मंद

धनपतराय

---

१ लंबी-चौड़ी २ प्रतिनिधि के ज़रिये ३ लंबी ४ भुगतान ५ मिला हुआ ६ क़रीब ७ जल्दी ८ गला छूटना; मुक्ति

१६६

मध्यमेश्वर, काशी
३ जुलाई १६२३

बरादरम,

तसलीम। कई दिन से कुछ मिज़ाज की खैर-ओ-आफ़ियत और लड़के-बालों का हालचाल नहीं मालूम हुआ। सेन बाबू ग़ालिबन् अब बिलकुल अच्छे होंगे। मैं तो आते आते रह गया। मेरे तीनों लड़कों को चेचक (छोटी) निकल आयी थी। इसके बाद फोड़े फुंसियों का सिलसिला शुरू हुआ जो अभी तक जारी है।

मेरा ताल्लुक़ १ जुलाई से काशी विद्यापीठ से टूट गया। इंतज़ामिया कमेटी ने स्कूल के इब्तदाई[1] दर्जे तोड़कर बाक़ी कालिज से मिला दिये। हेडमास्टर की ज़रूरत नहीं रही। और मैंने किसी दूसरी जगह पर रहना मंजूर नहीं किया। यह तो ज़ाहिर ही है कि चंद महीनों के बाद मुझे इस्तीफ़ा देना पड़ता क्योंकि प्रेस के मुताल्लिक़ कुछ न कुछ काम मुझे भी करना ही पड़ता। लेकिन इस वक़्त कुछ तरद्दुद[2] ज़रूर हुआ। अब जब तक प्रेस से कुछ याफ़्त[3] न हो क़लम ही का भरोसा है।

मैंने इरादा किया था कि आपको तकलीफ़ न दूँगा। आपकी परीशानियाँ बढ़ी हुई हैं लेकिन मेरी मौजूदा हालत मुझे अपने इरादे पर क़ायम नहीं रहने देती। मकान का क़िस्सा तो आपको पहले ही लिख चुका हूँ। साल भर तक एक सौ बीस रुपये माहवार किराया देना पड़ेगा। मज़ीद[4] तरद्दुद का बाइस यह है कि बाबू महताब राय ने दो हज़ार मंजूर किया था। वह नाना साहब से रुपये लेनेवाले थे। नाना साहब ने एक हज़ार तो दिया मगर अब आनाकानी कर रहे हैं। वह एक हज़ार भी अब मुझे ही कहीं से पैदा करना है। इतने रुपयों का बन्दोबस्त होते ही काम शुरू कर दूँगा।

मेरा गोशए-आफ़ियत अभी तक पड़ा हुआ है। क्या करूँ, इसे भी लाहौर भेज दूँ? मेरे लिए खुद छपवाना तो कम अज़ कम दो साल तक मुशकिल है।

प्रेम पचीसी का छपना भी ज़रूरी है। इसी दरमियान में एक नाटक भी हिन्दी में लिख डाला। इसका उर्दू-एडीशन निकलना ज़रूरी है। इस वक़्त एक नाविल लिख ही रहा हूँ जो १००० हिन्दी सुफ़हात या ६०० उर्दू सुफ़हात से कम न होगा। ग़रज़ इस वक़्त मुझे एक अच्छे पबलिशर की ज़रूरत है जो इन किताबों से खुद फ़ायदा उठाये और मुझे भी कुछ दे। एक बार फिर नवलकिशोर का दरवाज़ा

१ आरंभिक २ झंझट ३ प्राप्ति ४ और भी

खटखटाऊँगा । आपसे कुछ मदद माँगते हुए क़लम रुकता है लेकिन अगर इस वक़्त आप किसी तरह मेरे रुपये भेज सकें तो बड़ा काम चल निकले । मैंने अपने हिन्दी पबलिशरों से भी रुपया मांगा है । अगर कुछ उधर से मिल गया तो यह एक हज़ार की फ़िक्र दूर हो जायेगी ।

कल रात को ख़ासी बारिश हुई ।

मुझे उम्मीद है कि आप इस मौक़े पर मुझे मायूस न करेंगे ।

वस्सलाम,

आपका,
धनपत राय

१६७

४६।३१ मध्यमेश्वर,
बनारस,
१८ जुलाई १९२३

भाईजान,

तसलीम । आपका ख़त पढ़कर सख़्त मायूसी हुई । आप उधर परेशान, मैं इधर परेशान । कौन किसको सुने । पर आपके वसाइल[१] वसीह[२] हैं, मेरे निहायत महदूद[३] । इसलिए मुझे फिर भी यही अर्ज करना पड़ता है कि आप ने मेरी तरद्दुदात का काफ़ी अन्दाज़ा शायद नहीं किया । मगर इसकी तौज़ीह[४] महज़ इतने ही से हो सकती है कि मुझे मजबूर हो कर ४००) क़र्ज़ लेने पड़े । और मकान का किराया २००) देने पर फिर २००) बच रहे । अभी आज-कल में Chase आ जायँगे, और फिर बिल्कुल तिहीदस्त[५] हो जाऊँगा ।

२० से प्रेस का काम शुरू होगा । मगर ख़ाली हाथ । मेरे पास अब कुछ नहीं रहा । कुल ८०००) का तख़मीना किया था । मैं ५००) ज़ाइद ख़र्च कर चुका । अब कहाँ से लाऊँ । दोस्तों को तकलीफ़ देने के सिवा और कहाँ जाऊँ । ४००) एक साहब से लिये । अगर आप ३००) दे सकें तो एक महीने के लिये कुछ सर हलका हो जाय । एक महोने में ग़ालिबन कुछ आमदनी हो ही जायगी । शायद उस वक़्त तक बाबू रघुपति सहाय का मौजा फ़रोख़्त हो जाय । इसके बाद ही वह मुझे रुपये अदा करनेवाले हैं । मैंने तो आप पर बार न डालने के लिये लिखा था कि आप माहवार १००) दे दें तो मैं मकान के किराये से सुबुकदोश हो जाऊँ ।

---

१ साधन २ विस्तृत ३ सीमित ४ स्पष्टीकरण

आप की तरद्दुदात का अन्दाज़ा कर रहा हूँ। जानता हूँ कि मकान की तरमीम[1] में काफ़ी रक़म सर्फ़ करनी पड़ेगी। मगर मेरा मकान भी तो अभी पूरा नहीं हुआ। सिर्फ़ गुज़र करने के क़ाबिल हो गया है। अभी एक हज़ार और लगें तो मुकम्मल हो। इसे मैंने ज़्यादा इतमीनान के मौक़े के लिए टाल दिया है। और क्या अर्ज़ करूँ।

मुझे एक जुज़ रक़म के लिये बार बार आप को तकलीफ़ देते हुए शर्म आती है। मैंने उस वक़्त तक लिखने से तअम्मुल[2] किया जब तक किसी नहज[3] से मेरा काम चल सका। पर अब मजबूर हो गया हूँ। अगर आपने इमदाद न की तो फिर क़र्ज़ लेना पड़ेगा। इसके सिवा और कोई चारा नहीं है। मैं बड़ी बेताबी से ....मगर ख्वामख्वाह क्यों आप पर अपनी जरूरत की अहमियत साबित करने की कोशिश करूँ। आप खुद समझ सकते हैं। आप को मेरी माली हालत का इल्म है। मैंने ऐसे मौक़े के लिए आप से ज़्यादा इमदाद की तवक़्क़ो[4] की थी। इतना मायूस न कीजिये। मेरे साले साहब को आप जानते हैं। मेरी मजबूरी का अन्दाज़ा महज़ इससे कर सकते हैं कि मैंने इस बन्दए खुदा से मदद माँगने से भी गुरेज़ न किया। हालांकि वहाँ क्या मिलना था। जवाब तक न आया।

ज़्यादा वस्सलाम

नियाज़मन्द

धनपत राय

१६८

सरस्वती प्रेस, मध्यमेश्वर

बनारस

१४ अगस्त १६२३

बरादरम,

तसलीम। जब से आया हूँ आप ने कोई खत नहीं भेजा। लाहौर से किताबें आ गयीं या नहीं। मेरी तहरीर के मुताबिक़ उनकी तादाद निकली या नहीं। यानी हिस्सा अव्वल की १८ और हिस्सा दोयम की १२०। मैंने अब इरादा कर लिया है कि अपनी उर्दू किताबें खुद ही छाप लूं। एक छोटा सा लीथो प्रेस रख लूं। आपने अपने प्रेस का जिक्र फ़रमाया था। कैसा प्रेस है। क्या साइज़ है। अभी काम दे रहा है? कल-पुर्ज़े दुरुस्त हैं? उसके साथ पत्थर भी है या नहीं? 'ज़माना' के ४ सफ़े एक बार देता है या ८? इन उमूर से मुझे जिस क़दर

---

१ संशोधन २ विलंब ३ तरीक़े ४ आशा

जल्द मुमकिन हो मुत्तला फ़रमाइये। अब ताख़ीर[१] करने से कोई फ़ायदा नहीं। 'कर्बला' के मुताल्लिक़ जनाब ख्वाजा साहब ने मुझे एक किताब दिखाई थी जिसमें मरासी[२] के इन्तखाब थे। बराहे करम उसकी एक जिल्द मेरे पास भिजवा दें, और क़ीमत मेरे नाम दर्ज फ़रमायें। निहायत मशकूर हूँगा। यहाँ और सब ख़ैरियत है। कांग्रेस हो रही है। × × ×

बाबू रघुपति सहाय तशरीफ़ लाये हुए हैं। 'ज़माना' का ताज़ा पर्चा मेरे पास नहीं आया। क्या अभी नहीं निकला। उम्मीद है कि आप मलेरिया की ज़द में न आये होंगे।

आपका,
धनपत राय

१६९

सरस्वती प्रेस
बनारस
२६ सितम्बर १९२३

भाईजान,

तसलीम। मिज़ाज शरीफ। 'तहज़ीबे निसवां' के दफ़्तर से आपके यहाँ 'प्रेम बत्तीसी' हिस्सा अव्वल १८, 'प्रेम बत्तीसी' हिस्सा दोम १२० जिल्दें रवाना की गयी हैं। रसीद से मुत्तला फ़रमायें और अपने यहाँ दर्ज करा दें।

मैं तो जब से यहाँ आया हूँ अपने नये नाविल के लिखने में हमातन[३] मसरूफ़ हूँ। आप ने भी याद नहीं किया।

बाबू बिशन नरायन भार्गव साहब के यहाँ से अम्रे ज़ेरे-बहस[४] के मुताल्लिक़ कोई खत नहीं आया। मैंने खुद दो बार लिखा, पर जवाब नदारद। समझ गया वह भी एक रईसाना उबाल था। यह है हमारे शुर्फ़ा की तलव्वुन-मिज़ाजी[५]। खत का जवाब तक देना मंजूर नहीं और तलब किया बज़रिये तार!

आपका,
धनपत राय

१७०

बनारस
२६ दिसम्बर १९२३

भाईजान,

तसलीम। उम्मीद है अब आपको फोड़े से नजात हो गयी होगी। बहुत

१ देर २ मर्सियों ३ पूरी तरह ४ विचाराधीन बातों ५ झक्कीपन

तकलीफ़ दी। मैं तो अच्छी तरह हूँ यानी बीमार नहीं हूँ।

बाबू रघुपति सहाय ने एक मुशायरा जेल की रिपोर्ट भेजी है। देख लें। कहीं दर्ज करा दें तो अच्छा हो। ग़रीबों की आरज़ू बर आये।

सर्दी तो वहाँ भी खूब पड़ती होगी। कई दिन से अब्र-ओ-बाद ने नाक में दम कर रखा है। बाल-बच्चे मज़े में हैं। उम्मीद है वहाँ भी सब भगवान की कृपा होगी।

प्रेस अभी तक नहीं आया। हाँ, अब उम्मीद है कि अब लीथो का काम भी करने का सुभीता निकल आये। सरमाये[1] में इज़ाफ़ा होने की क़वी[2] उम्मीद है। और क्या अर्ज़ करूँ। बच्चों को दुआ।

आपका,
धनपत राय

१७१

सरस्वती प्रेस, बनारस
६ जनवरी १९२४

भाईजान,

तसलीम। दुआए ख़ैर के लिए मशकूर हूँ। यहाँ हमातन[3] दुआ हो रहा हूँ। मुझे बंगाल के समझौते में बजुज़ इस नुक़्स के कि इसकी इशाअत[4] बेमौक़ा थी और कोई खास नुक़्स नज़र नहीं आता। एक सूबे का समझौता हर एक सूबे के लिए क़ाबिले अमल नहीं हो सकता और हर एक सूबे को अपने अग़राज़[5] के एतबार से उसमें तरमीम करने का अख्तियार है। लाला लाजपत राय जी ने मिस्टर दास के साथ किसी क़दर ज़्यादती की है। खैर मुझे तो इस वक़्त अली बरादरान की सुलहकुल[6] पालिसी फ़रेफ़्ता[7] कर रही है। उनके ख़यालात में जो हैरतअंगेज़ इंक़लाब हो रहे हैं उसको असली शुद्धि समझता हूँ और वही शुद्धि देर-पा हो सकती है। आपने मेरे मज़मून को मुस्तरद[8] कर दिया। ख़ैर, कोई मुज़ायक़ा नहीं। मैंने लिख डाला, दिल की आरज़ू निकल गयी।

काग़ज़ के नमूने देखे। वही रूलदार सफ़ेद २४ पौएड का काग़ज़ मुझे पसंद है। यहाँ वैसा काग़ज़ नहीं है। २४ पौएड का काग़ज़ उसी क़िस्म का मिलता है। दाम साढ़े सात रूपये यानी वही पाँच आने पौएड मगर शायद रेल के किराये के अलावा आने में देर होगी और रूपये नक़्द देना पड़ेंगे। इसलिए मैं २४ पौएड ही का लूंगा। क्योंकि यहाँ क्रेडिट मिल जायेंगे। × × ने मजबूर कर रखा है।

---

१ पूँजी २ सबल ३ समग्र भाव से ४ प्रचार ५ उद्देश्यों ६ शान्तिपूर्ण ७ आकर्षित ८ अस्वीकृत

× × आप तकलीफ़ न करें। हाँ अगर कुछ इमदाद[१] कर सकें तो मशकूर होऊँगा।

और तो कोई ताज़ा हाल नहीं है। बच्चों को दुआ।

आपका,

धनपतराय

१७२

सरस्वती प्रेस, बनारस
१७ फ़रवरी १९२४

भाईजान,

तसलीम। एक हज़ार शुक्रिया मय सूद। बहुत ज़रूरत पर आपने इमदाद फ़रमाई। मज़ामीन लिखने की बार बार कोशिश करता हूँ मगर यक़ीन मानिए हिन्दी रसायल इस क़दर दिक़ करते हैं कि कुछ किये नहीं बन पड़ता। अब मैं कहानियाँ उर्दू में नहीं हिन्दी ही में लिखकर भेज दिया करता हूँ। इसलिए....मेरी एक राय है। मैंने इधर पाँच महीने में अपने नाविल रंगभूमि के साथ एक ड्रामा लिखा है जिसका नाम है कर्बला। इसमें कर्बला के वाक़यात पर तारीख़ी हैसियत को क़ायम रखे हुए एक ड्रामा लिखा गया है। मैंने ख़त तो हिन्दी रखा है मगर ज़बान सरासर उर्दू है। ख़्वाह[२] हिन्दी पबलिक इसकी क़द्र न करे पर मैंने मुसलमान कैरेक्टरों की ज़बान से फ़सीह[३] हिन्दी निकलवाना बेमौक़ा समझा। नाटक इसी हफ़्ते में मतबे में चला जायगा। मेरे ही मतबे में। इस वक़्त नज़र-सानी कर रहा हूँ। मैं इसे सिलसिलेवार ज़माना में दे दूँ तो क्या राय है। क़िस्सा निहायत दिलचस्प है, निहायत दर्दनाक। मैंने माधुरी में कर्बला पर एक मज़मून लिखा था जिसकी क़द्र भी काफ़ी हुई। कोई वजह नहीं कि उर्दू में ड्रामा मक़बूल न हो। इसमें मुझे मज़मून-निगारी[४] न करनी पड़ेगी सिर्फ़ ख़त तबदील कर देना पड़ेगा। बाद को यह सिलसिला किताबी सूरत में निकल जायगा। इसका यक़ीन रखिए कि मैंने एहतराम[५] को कहीं नज़र-अन्दाज़ नहीं होने दिया है। एक एक लफ़्ज़ पर इस बात का ख़याल रखा है कि मुसलमानों के मज़हबी एहसासात[६] को सदमा न पहुँचे। मक़सद है पोलिटिकल, बाहमी एत्तहाद[७] को बढ़ाना, और कुछ नहीं। आपका जवाब आने पर पहला सीन इरसाले ख़िदमत होगा। मैं दावे के साथ कह सकता हूँ कि उर्दू में ऐसा दिलचस्प ड्रामा न होगा। हाँ ज़बान की फ़साहत[८] मेरे इमकान में नहीं। वाक़या खुद ही इतना दिलचस्प और दर्दनाक है कि ड्रामे के लिए निहायत मौज़ूँ है।

---

१ सहायता २ चाहे ३ शुद्ध ४ रचना; लेखन ५ आदर-सम्मान ६ भावनाओं ७ आपसी एकता ८ तत्सम लेखन शैली

और क्या अर्ज़ करूँ। प्रेस चल रहा है। अभी नफ़ा तो नहीं हो रहा है मगर अपना ख़र्च आप सह लेता है। साल आख़िर तक मुमकिन है कि कुछ नफ़ा भी होने लगे। बच्चे अच्छी तरह हैं। नई आमद इमरोज़-फ़र्दा[1] में होनेवाली है। अपनी हिमाक़त पर अफ़सोस करता हूँ और क़ह्रे दरवेश बरजाने दरवेश[2] के मिसदाक़[3] अपने किये पर नादिम और मुतास्सिफ़[4] हूँ।

बच्चों को दुआ। परमात्मा आपको मक़सद में कामयाब करे। ईश्वर ने चाहा तो जल्द कानपूर आऊँगा। ....

१७३

सरस्वती प्रेस
१० मई १९२४

बरादरम,

तसलीम। यादआवरी का मशकूर हूँ। कर्बला साफ़ करने की नौबत नहीं आयी। वादा न पूरा करने का नादिम हूँ। ब्याह की तारीख़ हिफ़्ज़[5] है। इंशा अल्लाह।

जुलाई की याद भी है। इंशा अल्लाह।

यहाँ के दीगर हालात साबिक़ दस्तूर हैं। मकान अब एक क़रीने का बन गया। अब इसकी हैसियत मकान की हो गयी। उम्मीद है बाल-बच्चे अच्छी तरह होंगे।

नियाज़मन्द
धनपत राय

१७४

सरस्वती प्रेस, बनारस सिटी
५ जून १९२४

भाईजान,

तसलीम। मैं ३ जून को न आ सका। इसके लिए मआज़रत[6] करते हुए मुझे निहायत अफ़सोस मालूम होता है। मेरी छोटी लड़की जो ८ मार्च को पैदा हुई थी २८ की शाम से दस्त और बुख़ार में मुबतिला हुई। मैं समझता था ख़ारिजी शिकायत है, रफ़ा हो जायगी मगर शिकायत बढ़ती गयी यहाँ तक कि ३ तारीख़ को उसकी हालत इतनी अबतर हो गयी कि घर में लोगों ने रोना-

---

१ आज-कल २ भिखारी का गुस्सा अपने ऊपर निकलता है ३ अनुसार, समान ४ दुखी ५ यदा ६ क्षमा-याचना

पीटना भी शुरू कर दिया। मगर सुबह को उसे ज़रा सा इफ़ाक़ा[१] हुआ। तब से अब तक न वह मुर्दा है न ज़िन्दा है, आँखें बंद किये पड़ी रहती है और रोया करती है। होमियोपैथिक की दवाएं दे रहा हूँ मगर अभी तक कोई दवा कारगर नहीं हुई। लाग़र[२] और नहीफ़[३] इस क़दर हो गयी है कि अगर बच जाये तो मैं इसे ईश्वर की खास रहमत समझूँ। मुझे बार बार अफ़सोस होता था कि मैं इस तक़रीब[४] में न शरीक हो सका। मगर जब लोग एक बच्चे की चारपाई के पास बार बार उसका मुँह खोल कर देख रहे हों कि अभी नीचे उतारने का वक़्त आया या नहीं ऐसी हालत में सिवाय इसके और क्या कहूँ कि ईश्वर को यह बात मंजूर न थी और इसका क़लक़ मुझे ताज़ीस्त रहेगा। खैर, अब तो जो कुछ होना था हो चुका। शादी बहुस्न-ओ-खूबी अंजाम पा गयी होगी। अहबाब ने खूब दावतें उड़ायी होंगी। इस पर आपको मुबारकबाद देता हूँ। मुझे इस तक़रीब में शरीक न हो सकने का दिली सदमा है। मजबूरी माने हुई। सख़्त मजबूरी जिसका मुतलक़[५] गुमान न था। और क्या लिखूँ। आपसे अपनी दास्ताने ग़म सुनानी इस वक़्त निहायत बेमौक़ा है, बेसुरा राग है। मगर मआज़रत की कोई दूसरी सूरत पैदा ही न हो सकती थी सिवाय इसके कि मैं खुद बीमार हो जाता।

ईश्वर बने और बनी को हयात-ए-तबई अता फ़रमाये और उनकी खाना-आबादी मुबारक हो। शायर नहीं कि क़सीदा[६] या तहनियत-नामा[७] लिखूँ।

ख्वाह मेरी शिरकत किसी वजह से न हो सकी लेकिन मैं इसे हमेशा अपने लिए बाइसे हिजाब[८] समझूँगा।

१७५

बनारस

११ जून १९२४

भाईजान,

तसलीम। उम्मीद है कि आप बखुशी व खुर्रमी[९] शादी करके वापस आ गये होंगे और अहबाब की दावत-तवाज़ो से फ़ारिग़ हो गये होंगे। यहाँ तो सात को लड़की रुख़सत हो गयी। उसकी जां-कन्दनी[१०] तसवीर अभी तक आँखों में फिर रही है। मासूम को परमात्मा सद्गति दें। गर्मी इतनी शिद्दत की है कि कोई काम

---

१ तबीयत सुधरी २ दुबली-पतली ३ कमज़ोर ४ उत्सव ५ एकदम ६-७ स्तुति-काव्य ८ लज्जा ९ खुशी १० जान का निकलना

नहीं होता। कर्बला का मुसव्वदा तैयार कर रहा हूँ। कम से कम तीन ऐक्ट तैयार हो जायें तो भेजूं। ज़्यादा वस्सलाम,

नियाज़मन्द
धनपतराय

१७६

सरस्वती प्रेस, मध्यमेश्वर काशी
२८ जून १९२४

भाईजान,

तसलीम। कई दिन हुए आपका कार्ड मिला था। मैं अपनी क्या कहूँ, हद दर्जा परीशान हुआ। जब से लड़की मरी है घर में ज़ोफ़े[1] हाज़मा की शिकायत होते होते अब संग्रहणी की सूरत में नमूदार[2] हुई है। देहात का क़याम, शहर में हकीम, हर दूसरे रोज़ जाना और आना और यह शिद्दत की गर्मी—दिल ही जानता है। इधर अज़ीज़ धुन्नू भी एक हफ़्ते से बुखार में मुबतिला है।

मेरे प्रेस की हालत अच्छी नहीं। साल भर पूरे हो गये, नफ़ा और सूद तो दरकिनार कोई छः सौ रूपये का घाटा है। नातजुर्बेकारो से ऐसे आदमियों के काम हाथ में लिये गये जिनके पास कुछ न था। अब उनसे रूपया वसूल होना मुशकिल है। मुझे खौफ़ है कि मेरे बड़े भाई साहब जिनके दो हज़ार दो सौ पचास रूपये लगे हुए हैं तर्क शिरकत[3] पर आमादा हो जायेंगे। इधर अज़ीज़ महताब राय ने भी क़र्ज़ लेकर इतने रूपये लगाये थे। उन पर महाजन के सूद का तक़ाज़ा हो रहा है। वह भी अपने रूपये की वापसी की फ़िक्र में हैं। अगर मैं भी अपने रूपये की वापसी पर इसरार करूँ तो नतीजा मालूम है। सारा सामान × ×

१७७

सरस्वती प्रेस, मध्यमेश्वर, काशी
८ जुलाई १९२४

भाईजान,

तसलीम। कार्ड मिला। आप उसके जवाब में यह ख़त देखकर मुताज्जिब होंगे मगर इधर दो माह में यहाँ की हालत बहुत ख़राब हो गयी है। भाई साहब अब अपने रुपये की वापसी पर मुसिर[4] हो रहे हैं। टालमटोल कर रहा हूँ। बात यह

---
१ हाज़मे की कमज़ोरी २ प्रकट ३ साझेदारी से अलग होना ४ आग्रहशील

है कि उन्होंने इधर चार छः सौ रुपये किसानों को क़र्ज़ दिये। उस पर उन्हें दो रुपये सैकड़ा माहवार सूद मिल रहा है। अब उन्हें प्रेस में रुपया फँसाना मुहमिल[१] मालूम होता है। अगर कहता हूँ कि रुपया वापस नहीं हो सकता तो कहते हैं, प्रेस तोड़ दो। हम लोगों ने उन्हें नफ़े की उम्मीद दिलाकर उनसे सवा दो हज़ार रुपये लिये थे। उम्मीद भी नफ़े की थी। खसारा[२] उम्मीद के खिलाफ़ हुआ। चूँकि मेरी ही तहरीक से उन्होंने रुपये दिये थे, इसलिये वह मुझी को ज़िम्मेदार ठहराते हैं। मुझे तो प्रेस को कम अज़ कम दो साल और चलाना है, चाहे खसारा होता रहे। लेकिन इन्हें क्या करूँ। इसलिए मुझे बहुत नदामत[३] के साथ लिखना पड़ता है कि अभी मैं मौजूदा रक़म न इरसाल कर सकूँगा। अक्तूबर तक मुझे काफ़ी रुपये मिलने की मुस्तक़िल उम्मीद है। उस वक़्त मुझे तामीले इरशाद[४] में मुतलक़ उज्र न होगा। ईश्वर जानता है मैं हीलासाजी नहीं कर रहा हूँ। घर का नज़ाअ[५] बचाने के लिए यह वादाखिलाफ़ी करने पर मजबूर हुआ हूँ। मेरे रुपये जो ऊपर थे वह कर्बला, मनमोदक, सुघड़ बेटी, और सुशील कुमारी इन चार किताबों की तबाअत और तैयारी में फँसे हुए हैं। उम्मीद थी कि मई के आखिर तक किताबें तैयार हो जायेंगी मगर चंद दर चंद वुजूह से देर होती गयी और अभी चारों की तैयारी में एक माह की और देर है। एक हज़ार से ज़ाइद इन चारों किताबों में फँसा हुआ है। बस इतनी ही तो कायनात[६] है। हाँ रंगभूमि के रुपये अक्तूबर तक मिलेंगे। इस उम्मीद पर आपसे वादा कर रहा हूँ। आप मुझसे नाराज़ न हों। अगर यह ग़ैर-मुतवक़्क़ो[७] सूरतें पैदा न हो गयी होतीं तो मुझे मुतलक़ तरद्दुद न होता। घर में अभी तक सिलसिलए अलालत[८] जारी है। मट्ठे के इलाज से किसी को इत्मीनान नहीं। दवा का इस्तेमाल ज़्यादा आसान मालूम होता है। इधर मकान की तकमील[९] हो रही है। ग़ालिबन् अगस्त के आखिर तक मुकम्मल हो जायगा। यह सब मुसीबतें तो थीं ही, कुछ मज़ामीन के मुआवज़े कुछ तर्जुमे वग़ैरह से यह काम चलता जाता था मगर भाई साहब के तक़ाज़ों ने सूरत बहुत अन्देशानाक[१०] कर दी है। उनके रुपये अदा करके मैं बिलकुल तिहीदस्त हो जाऊँगा। प्रेस रह जायगा। वह चला तो अच्छा है वर्ना खुदा हाफ़िज़। अज़ीज़ सेन और चुन्नू कामयाब हो गये, निहायत खुशी की बात है। चुन्नू अव्वल डिवीज़न में आये सुबहानअल्लाह। आपके लड़के खान्दान रोशन कर देंगे।

और तो कोई ताज़ा हाल नहीं है। एक और खसारे की सूरत निकल आयी। मार्च में एक काग़ज़ काटने की मशीन मद्रास से मंगायी थी, पाँच सौ रुपये बिल्ट

---

१ निरर्थक २ घाटा ३ शर्मिन्दगी ४ आज्ञा-पालन ५ फूट ६ पूँजी ७ अप्रत्याशित ८ बीमार ९ पूरा होना १० खतरनाक

के दे दिये, माल अभी तक लापता है। हालाँकि कंपनी से लिखा-पढ़ी हो रही है। पाँच महीने से पाँच सौ रुपये फँसे हुए हैं। मशीन आ जाती तो अब तक उससे कुछ आमदनी हो गयी होती। देखिए माल का पता लगता है कि कंपनी से रुपये मिलते हैं।

क्या लड़कों को क़ानून पढ़ाइएगा। और रास्ता ही कौन सा है। या मुलाज़मत या क़ानून। मैंने तो फ़ैसला किया है कि अपने लड़के को थोड़ा सा पढ़ाकर कारोबार में लगा दूँ। अक़्ल होगी तो यहाँ भी दौलत पैदा कर लेगा। और क्या अर्ज़ करूँ।

आपका,
धनपत राय

१७८

सरस्वती प्रेस, काशी
२२ जुलाई १९२४

भाईजान,

तसलीम। बेहतर है कि कबंला न निकालिए। मेरा कोई नुक़सान नहीं है। न मैं मुफ़्त का खिलजान[१] सर पर लेने को तैयार हूँ। मैंने हज़रते हुसैन का हाल पढ़ा। उनसे अक़ीदत[२] हुई। उनके ज़ौक़े शहादत ने मफ़्तूं कर लिया। उसका नतीजा यह ड्रामा था। अगर मुसलमानों को यह भी मंजूर नहीं है कि किसी हिन्दू की ज़बान-ओ-क़लम से उनके किसी मज़हबी पेशवा या इमाम की मद्ह-सराई[३] भी हो तो मैं इसके लिए मुसिर नहीं हूँ। इस कार्ड का जवाब देना तो फ़िज़ूल है, हां हज़रत हसन के मुताल्लिक़ कुछ अर्ज़ करना चाहता हूँ। आप फ़रमाते हैं शिया हज़रात यह नहीं पसंद कर सकते कि उनके किसी मज़हबी पेशवा का ड्रामा तैयार किया जाये। शिया हज़रात अगर मज़हबी पेशवा की मसनवी पढ़ते हैं, अफ़साने पढ़ते हैं, मर्सिये सुनते और पढ़ते हैं तो उन्हें ड्रामा से क्यों एतराज़ हो। क्या इसलिए कि एक हिन्दू ने लिखा है ?

तारीख़ और तारीख़ी ड्रामा में फ़र्क़ है। जैसा आप खुद तसलीम करते हैं। तारीख़ी ड्रामा ख़ास कैरेक्टरों में तो कोई तग़ैयुर[४] नहीं कर सकता मगर सानवी[५] कैरेक्टरों के तबद्दुल[६] और तरमीम[७], यहाँ तक कि तख़लीक़[८] में भी उसे आज़ादी है। हज़रत असग़र की उम्र छः माह की....लेकिन बाज़ रिवायतों में छः साल की भी लिखी हुई है। मैंने वही रिवायत अख़्तियार की जो मेरे मुवाफ़िक़ हाल थी। अगर बिलफ़र्ज़[९] ऐसी रिवायत न भी हो तो हज़रत असग़र इस ड्रामा के कोई ख़ास कैरेक्टर नहीं हैं।

यज़ीद को अख़लाक़ी[१०] हैसियत मुझसे कहीं ज़्यादा बेहतर मुअर्रख़ीन[११] ने

---

१ उलझन २ श्रद्धा ३ स्तुति ४ परिवर्तन ५ गौण ६ परिवर्तन ७ संशोधन ८ सृष्टि ९ मान लीजिए १० नैतिक ११ इतिहासकारों

कर दी है। मैं मजबूर था। मैंने तो सिर्फ़ उसकी शराबख़ोरी और ऐशपसंदी का ज़िक्र किया है। शराबख़्वार था ही।

ख़ुलफ़ाए राशिदीन के बाद और जितने ख़ुलफ़ा हुए सब पीते थे और धड़ल्ले से पीते थे। देखिए यज़ीद के मुताल्लिक़ मौलाना अमीर अली क्या फ़रमाते हैं :

Yezid was both cruel and treacherous; his depraved nature knew no pity or justice. His pleasures were as degrading as his companions were low and vicious. He insulted the ministers of religion by dressing up a monkey as a learned divine and carrying the animal mounted on a beautifully caparisoned Syrian donkey. Drunken riotousness prevailed at court....

अमीर अली को तो आप मुस्तनद मानते ही होंगे। क्या मैंने यज़ीद को इससे भी ज़्यादा पस्त कर दिया है? आप फ़रमाते हैं, हालांकि वह मुसलमान था। ख़ूब दलील है। नबाब रामपूर भी तो मुसलमान था।

तारीख़ी हैसियत से आपने साहब राव के तदाख़ुल[१] पर एतराज़ किया है। बेशक, क़दीम[२] रिवायात में इसका कोई ज़िक्र नहीं। मगर एक रिवायत जो मैंने रिसाला आईना, इलाहाबाद से ली है, मुमकिन है वह रिवायत ग़लत हो। लेकिन अगर मान लीजिए ज़ेब-ए-दास्तां ही के लिए ली गयी है तो? ड्रामा तारीख़ तो नहीं है। इससे किसी तारीख़ी कैरेक्टर पर असर नहीं पड़ता। इन कैरेक्टरों का मंशा है हिन्दुओं का हज़रत हुसैन पर फ़िदा हो जाना। उनका वजूद[३] भी इसीलिए हुआ है। यह ड्रामा तारीख़ी होने के साथ पोलिटिकल है। अदबी हैसियत से मुस्तसना[४]। आपका एतराज़ तो बसरो चश्म तसलीम करता हूँ। मैंने कभी अदीब होने का दावा नहीं किया। मुझे लोग ज़बर्दस्ती इंशापरदाज़[५] और सेह्रनिगार[६] और अल्लम ग़ल्लम लिख दिया करते हैं। मैं बात को सीधी तरह सीधी ज़बान में कह देता हूँ। रंग आफ़रीनी[७] और इंशापरदाज़ी[८] में क़ासिर[९] हूँ। और जब ड्रामा इसलिए तैयार किया गया है कि हर ख़ास व आम उसे पढ़े तो ज़बान-आराई[१०] और भी बेमौक़ा हो जाती। बहरहाल मैं ड्रामा की इशाअत के लिए मुसिर नहीं हूँ। इसलिए यह बहस मुल्तवी और ख़त्म हो गयी।

ख़्वाजा हसन निज़ामी ने कृश्न बीती लिखी। एक हिन्दू नक्काद ने उसकी तारीफ़ की, सिर्फ़ इसलिए कि मौलाना ने कृष्ण से अपनी अक़ीदत का इज़हार किया था। मेरा भी यही मंशा....अगर हसन निज़ामी को वह आज़ादी हासिल है और मुझे नहीं है तो मुझे इसका अफ़सोस नहीं। बराहे करम उस मुसव्वदा को

---

१ दाख़िल होना; प्रवेश २ पुरानी ३ अस्तित्व ४ अलग ५ रचनाकार ६ लेखनी से जादू पैदा कर देनेवाला ७ रंग भरना; सजावट ८ रचना-शिल्प ९ असमर्थ १० भाषा की सजावट

वापस फ़रमा दीजिए। हाँ मैं यह अर्ज़ करना भूल गया। ड्रामे दो क़िस्म के होते हैं। एक क़िरत[१] के लिए एक स्टेज के लिए। यह ड्रामा महज़ पढ़ने के लिए लिखा गया था। खेलने के लिए नहीं।

ज़्यादा वस्सलाम।

आपका,

धनपत राय

१७९

सरस्वती प्रेस, बनारस,

२ अगस्त १९२४

भाईजान,

तसलीम। लिफ़ाफ़ा मिला। मशकूर हूँ। मैं कई दिन से ख़त लिखने का इरादा कर रहा था लेकिन मारे नदामत[२] के क़लम उठाने की हिम्मत न पड़ती थी।

प्रेस ने मुझे इस क़दर परेशान कर रखा है कि मैं तंग आ गया हूँ। वह बुरा वक़्त था जब मेरे सर में यह सौदाए ख़ाम[३] समाया। आपकी ख़िदमत में बक़ाया-दारों की यह फ़ेहरिस्त जो इस वक़्त मेरे सामने रक्खी हुई है इरसाल कर रहा हूँ। देखिये, तब मेरी परेशानियों का सही अन्दाज़ा आप कर सकेंगे। २२७२) बक़ाया पड़े हुए हैं और इसके वसूल होने में अभी न जाने कितनी देर है। इधर मुझ पर ५००) टाइप के और ४००) कागज़ के और २००) किराया मकान के सवार हैं। मैं तो मुतर्फ़रिक़ रकूम न जाने कब पाऊँगा, पर मेरे तक़ाज़ेवाले कब चैन लेने देते हैं। दो किताबें खुद शाया कीं मगर उम्मीद के ख़िलाफ़ अभी तक एक किताब तैयार ही नहीं हुई।

मैंने सोचा था सितम्बर अक्तूबर तक दोनों किताबें तैयार हो जायँगी। बक़ाया वसूल हो जायगा। किताबें बिक जायँगी। रुपयों की क़िल्लत रफ़ा हो जायेगी। मगर वह सारे मंसूबे परेशान हो गये। न किताबें तैयार हुई, न बक़ाया वसूल हुआ। बल्कि हर महीने में कुछ न कुछ बढ़ता गया। अभी कोशिश कर रहा हूँ कि किसी बुकसेलर से मुआमला करके यह सब छपी हुई जिल्दें लागत पर देकर अपने तक़ाज़ेदारों को अदा कर दूँ। बक़ायादारों से रफ़्ता रफ़्ता वसूल होता रहेगा। हालांकि इसमें से कम अज़ कम ५००) Bad debt में चले जायेंगे। ईश्वर जानता है मैं हीलासाजी नहीं कर रहा हूँ। आख़िर हीला करता ही क्यों। आप मुझ से दोस्ताना मरासिम[४] के तौर पर तो नहीं मांग रहे थे। दर असल मैंने यह झंझट मोल लेकर अपनी जान आफ़त में फंसाई। नहीं तो मेरे खाने भर को बहुत काफ़ी

---

१ पढ़ने २ शर्म ३ पागलपन ४ व्यवहार

था। इसी तरद्दुद में लिटरेरी काम भी नहीं होता। अब प्रेस को बक़ाया से आज़ाद करने और बाज़ारी काम से मुस्तग़नी[१] होने के लिये इस फ़िक्र में हूँ कि रोज़ाना 'हमदर्द' की एक हिन्दी हफ़्तावार नक़ल 'हिन्दी हमदर्द' के नाम से शाया करूँ। मगर इसके लिए भी रुपये की ज़रूरत है। देखिये परमात्मा क्या करते हैं।

घर में अभी रोज़े अव्वल है। यहाँ इलाज में सहूलियत न देख कर इलाहाबाद पहुँचा आया कि शायद शहर में बाक़ायदा इलाज से कुछ फ़ायदा हो। लेकिन आज तीसरा दिन है, इलाहाबाद से लौटकर आया हूँ। वहाँ यहाँ से भी बदतर हालत हो गयी है। अब हफ़्ते अशरे[२] में जाकर लिवा लाऊँगा। जानता हूँ कि यह परेशानियाँ रफ़ा हो जायँगी। कम अज़ कम इसकी उम्मीद करता हूँ। मगर कब, यह नहीं कह सकता।

मैं इलाहाबाद गया, हिन्दू होस्टल में भी गया, रात भर वहाँ रहा भी, पर सेन बाबू को न देखा। मुझे याद ही न रहा कि वह यहाँ हैं, वर्ना ज़रूर मिलता।

अब 'कर्बला' को सुनिए। अब आप को मालूम हो गया कि मैंने हिन्दू उन्सुर[३] जो शामिल किया था वह तारीखे वाक़या[४] है। आप इसे निकालना शुरू करें। ग़ज़लें हज़फ़[५] करने की ज़रूरत न होगी। मैंने हज़रत हुसैन की ज़बान से कोई आशिक़ाना ग़ज़ल कहीं नहीं अदा कराई है। यज़ीद की मजलिस में ग़ज़लें गाई गयी हैं और बेमौक़ा नहीं हैं। ग़ज़लों का इन्तखाब अच्छा नहीं हुआ है तो आप को इख़तियार है। अहसन साहब से अच्छी ग़ज़लें चुनवाकर शामिल कर दीजिये। मगर क्या सफ़ी की यह ग़ज़ल अच्छी नहीं है।

सफ़ी थक के बैठे दवा करनेवाले
उठे हाथ उठा कर दुआ करनेवाले।—काफ़ी सूफ़ियाना ग़ज़ल नहीं है !

या

हाँ खुले साक़ी दरे मैखाना आज
खैर हो भर दे मेरा पैमाना आज।—अच्छी नहीं है ?

या

शबे वस्ल वह रूठ जाना किसी का
वह रूठे को अपने मनाना किसी का।

खयालात की नज़ाकत न देखिये। यह देखिये कि ग़ज़ल सलीस,[६] आमफ़हम, सुलझी हुई है या नहीं। गाने के लिये मौज़ूं है या नहीं। ग़ालिब की ग़ज़ल या नासिख़ की या अज़ीज़ की या चकबस्त की गाने के काम की नहीं होतीं। वहाँ इज़ाफ़तें[७], इस्तआरे[८] इस क़दर होते हैं कि वह बईदे फ़हम हो जाती हैं।

---

१ निवृत्त २ पखवारे ३ तत्व ४ ऐतिहासिक सत्य ५ कम ६ सरल ७ फ़ार्सी ढंग पर ज़ोर लगाकर षष्ठी-कारक बनाना ८ उत्प्रेक्षा-रूपक आदि

मिर्ज़ा जाफ़र अली खाँ साहब ने अगर कुछ तरमीमात की हैं तो कोई मुज़ायक़ा नहीं। वाक़या यह है कि मैंने हिन्दी से ख़ुद तर्जुमा नहीं किया है। मेरे एक नार्मल स्कूल के दोस्त मुंशी मुनीर हैदर साहब क़ुरैशी हैं, उन्हीं से करा लिया है। अब बक़िया हिस्सों का तर्जुमा मैं ख़ुद करूँगा। तब जो ख़ामियाँ होंगी वह ज़रूर निकाल दूँगा। ज़बान के लिहाज़ से किसी को हर्फ़गीरी[1] का मौक़ा न दूँगा। मेरे अहबाब ने हिन्दी में यह ड्रामा पढ़ा है और उसकी तारीफ़ की है। रघुपति सहाय तो इस पर एक तबसरा लिखनेवाले हैं। और क्या अर्ज़ करूँ। बारिश नहीं होती। क़हत के आसार है। कोहरा पड़ने लगा। शबनम गिरनी शुरू हो गयी। मुसीबत का सामना है।

आप को डाक्टर इक़बाल का पता मालूम हो तो बराहे करम मुत्तला फ़रमाइये। मैं उनके कलाम का इन्तख़ाब आपके तबसरे[2] को दीबाचा[3] बना कर हिन्दी में शाया करने का इरादा कर रहा हूँ। यह भी तहरीर फ़र्माइयेगा कि उनका कलाम सब का सब कहाँ मिलेगा। काग़ज़ तमाम हो गया।

आपका,

धनपेत राय

१८०

लखनऊ

३० सितंबर १९२४

भाईजान,

तसलीम। आपका नवाज़िशनामा कई दिन हुए मिला। मशकूर हूँ। ख़ूब, आप मेरी शकस्ता-पाई[4] का शिकवा करते हैं हालांकि आप कानपूर से हिलने का नाम नहीं लेते।

कर्बला आप शाया करना शुरू कर दें। यों तो इसका तमाम होना ज़रा मुशकिल है। हां जब निकलना शुरू हो जायेगा तो झक मारकर लिखना पड़ेगा। तब मिज़ाज हीलासाज़ को कोई हीला न होगा।

ज़माना के लिए एक ज़राफ़त-आमेज़[5] क़िस्सा लिखा है। कल या परसों तक भेज दूँगा।

हिन्दू-मुसलिम फ़िसादात का सिलसिला जारी है। मैंने पहले ही पेशीनगोई की थी। वह हर्फ़ ब हर्फ़ सही साबित हो रही है। हिन्दू सभा दिल्ली में भी शायद समझौता न होने दे। लखनऊ में ज़ियादती हिन्दुओं की तरफ़ से हुई मगर

१ आपत्ति करने २ समीक्षा ३ भूमिका ४ पैरों की थकन ५ हास्यपूर्ण

बाद को किसी ने मुँह न दिखाया। Wit, Humour and Fancy of Persia ज़रा एक हफ़्ते के लिए मेरे पास भेजने की इनायत कीजिए। देखने का इश्तियाक़ है। ज़रूर भेजिए। शायद मज़मून के लिए कोई मसाला मिल जाय। मुंतज़िर रहूँगा। और तो सब ख़ैरियत है। तिलिस्मी ख़ुतूत बहुत दिलचस्प हैं। तर्ज़ तहरीर निहायत दिलनशीं[१]।

नियाज़मंद

धनपत राय

१८१

गंगा पुस्तकमाला, लखनऊ

३१ मार्च १९२५

भाईजान,

तसलीम। कार्ड मिला। रूपया अभी नहीं मिला। इनके रुपये किताबों में फंस गये हैं। इस वजह से मेरी उम्मीद के ख़िलाफ़ इन्दुत्तलब[२] न मिल सके। दो हफ़्ते का वादा है। क्या हुक्काम इतने दिनों तक मुंतज़िर न रह सकेंगे? मुझे आपको फिर याददिहानी की ज़रूरत न पड़ेगी, मिलते ही भेज दूँगा।

जी हां किताबत और छपाई के ख़याल से मैंने अपनी दोनों किताबों को छपवा लेने ही का इरादा किया है। सहर की मसनवी भी छपवाये देता हूँ। उनको पबलिशर की तलाश है और पबलिशर मिलता नहीं। छपवाकर उन्हें दे दूँगा चाहे ज़माना एजेंसी को दे दूँगा।

और क्या अर्ज़ करूँ। बच्चों को दुआ।

आपका,

धनपत राय

१८२

गंगा पुस्तकमाला, लखनऊ

२० अप्रैल १९२५

बरादरम,

तसलीम। ब्लाक मिल गया। ख़त भी मिला। मैंने उसी वक़्त जवाब भी लिखा पर भेज न सका। आज भेज रहा हूँ। अफ़सोस है बाबू दुलारे लाल जी अभी तक नहीं आये। मुझे बेहद नदामत हो रही है। मुझे उम्मीद नहीं थी कि

---

१ लुभावनी २ माँगने पर

वह इतने दिन के लिए जा रहे हैं। सिर्फ़ चार दिन में लौट आने का वादा था। पर आज गये हुए सोलह दिन हो गये। शायद दो एक दिन में आ जायें। इधर से कारबरारी[1] होते ही मैं हाज़िर करूँगा। यक़ीन है। मौक़ा मिला तो खुद ही लेकर आऊँगा।

वस्सलाम,

नियाज़मन्द

धनपत राय

१८३

गंगा पुस्तकमाला, लखनऊ

तिथि अनुमानतः मई-जून १९२५

भाईजान,

तसलीम। दोनों मज़ामीन देखे। इनके मुताल्लिक़ क्या अर्ज़ करूँ। पंडित माधोराम साहब को शिकायत है कि मैंने इसलाही[2] कहानियां नहीं लिखीं और अक्सर दीगर अहबाब को शिकायत है कि इसलाही मक़ासिद क़िस्सों को ख़राब करते हैं। मेरे निस्फ़ से ज़ायद क़िस्से किसी न किसी तमद्दुनी[3] मुआमले से मुताल्लिक़ हैं। 'बाज़ारे हुस्न' 'प्रेमाश्रम' 'रंगभूमि' कोई भी इसलाह से ख़ाली नहीं। मगर आप मज़मून शाया कर सकते हैं।

दूसरा मज़मून मालूम नहीं किस का लिखा हुआ है। मगर कोई लखनवी साहब हैं। एतराज़ उनके बिल्कुल ठीक हैं, लेकिन उन्होंने क़िस्से का असली मंशा न समझ कर उन जुज़यात[4] से बहस की है जिन पर रोशनी डालना मेरा इरादा न था। देखने की बात सिर्फ़ इतनी है कि उस वक़्त लखनवी रऊसा की यह Mentality थी या नहीं जिस का मैंने ज़िक्र किया है। बस। इसे भी आप शाया कर सकते हैं।

दुलारे लाल आज दो हफ़्ते से आगरे गया हुआ है। ४ को गया था। उसी दिन शायद मैंने आपको ख़त भी लिख दिया था। लेकिन अब तक, उम्मीद के ख़िलाफ़, वापिस नहीं आया। मुझे कामिल उम्मीद है कि तीन चार रोज़ के अन्दर वह आ जायगा और मैं अपने वायदे को पूरा कर सकूँगा।

सोलन चलने की बाबत। मैं जब कभी इस क़िस्म का इरादा करता हूँ तो मुझे फ़ौरन घरवालों का ख़याल आता है कि मैं तो वहाँ तफ़रीह करूँ और यह

---

१ कामयाबी २ सुधारवादी ३ सांस्कृतिक ४ छोटी-छोटी बातों

बेचारे यहाँ पड़े सड़ा करें। तबदील की ज़रूरत किसको नहीं महसूस होती लेकिन जो खुदमुखतार हैं वह अपना इरादा पूरा कर लेते हैं, जो मोहताज हैं वह दिल में सोच कर रह जाते हैं। इसी खयाल से रुक जाता हूँ। कुनबे भर को ले के जाना मुश्किल। इसलिये यहीं पड़ा रहूँगा। खस का एक पर्दा और दो तीन पैसे का रोज़ाना बर्फ़ मौसम की तकलीफ़ के लिये काफ़ी है।

और क्या अर्ज़ करूँ। सब ख़ैरियत है। बच्चों को दुआ।

आपका,

धनपत राय

१८४

गंगा पुस्तकमाला, लखनऊ

२३ जून १९२५

बरादरम,

तसलीम। ज़रा एक तक़रीब में मिर्ज़ापुर चला गया था। उम्मीद है आप बख़ैरियत होंगे।

बाबू रघुपति सहाय का यह ख़त भेजता हूँ। उन्होंने मौलाना अब्दुल हक़ साहब के पास भेजने के लिए मेरे पास भेजा है। मुझे मम्दूह[1] का पता नहीं मालूम है। इलाहाबाद यूनिवर्सिटी में एक उर्दू प्रोफ़ेसर की जगह है। २५०) माहवार, २५ रुपया सालाना तरक़्क़ी। रघुपति सहाय उसके लिए कोशां[2] हैं। मज़मूने ख़त से मालूम होगा कि वह क्या चाहते हैं। आप बराहे करम इसी डाक से इस ख़त को मुंशी अब्दुल हक़ की खिदमत में भेज दें। मैंने रघुपति सहाय से दर्याफ़्त भी किया था तो उनसे मालूम हुआ कि उन्होंने क़रीब-क़रीब सब मरहले तय कर लिये हैं, सिर्फ़ मोतरिज़ों[3] की ज़बान बन्द करने के लिए दो चार ख़ास मुसलमान असहाब की सिफ़ारिश दरकार है।

आप खुद कोशिश करना चाहें तो ग़ालिबन् कामयाबी हो। आप कानपूर कब तक आते हैं। मैं शायद १ जुलाई तक आऊँ।

१८५

गंगा पुस्तकमाला, लखनऊ

८ जुलाई १९२५

भाईजान,

। ख़त मिला। मशकूर हूँ। मैं इतवार को कानपूर आऊँगा। अगस्त

---

१ महाशय २ प्रयत्नशील ३ आपत्ति करनेवालों

के आग़ाज़ में यहाँ से बनारस जाने का इरादा है। इसलिए एक बार आप लोगों से मुलाक़ात कर लूं। फिर न जाने फिर कब मिलें। इतवार को आऊँगा। और उसी दिन लौट भी आऊँगा। और बातें उसी वक़्त आपसे अर्ज़ करूँगा।

नियाज़मन्द

धनपत राय

१८६

गंगा पुस्तकमाला, लखनऊ

२२ जुलाई १९२५

भाईजान,

तसलीम। आज मतलूबा[१] रक़म रजिस्टरी से रवाना कर दी है। रसीद लिखिएगा। और तो सब खैरियत है।

हाँ ज़रा अपने यहाँ की लीथो छपाई का रेट लिखिएगा। शायद मुझे रंगभूमि कानपूर छपवाना पड़े। लखनऊ से जाने के बाद यहाँ छपाना मुशकिल हो जायेगा।

नियाज़मन्द

धनपत राय

१८७

गंगा पुस्तकमाला, लखनऊ

५ अगस्त १९२५

भाईजान,

तसलीम। मैंने आपके खत का जवाब नहीं दिया। इस खयाल से कि शायद अभी आप हमीरपुर से लौटे न हों। मैं यहाँ से ४ को बनारस जानेवाला था लेकिन कई वजूह से इरादा मुल्तवी कर देना पड़ा। अब १५ को जाऊँगा। मुझे १० को मेरठ में एक जलसे में शरीक होना है। वहाँ से लौटता हुआ एक दिन के लिए कानपूर भी ठहरूँगा। तब बातें होंगी। उस दिन आपकी निगम सभा के बाइस न हो सकीं।

पंजाब का एक पबलिशर मेरी कहानी का मजमूआ शाया करना चाहता है। मुझे याद नहीं आता कि प्रेम बत्तीसी के बाद मेरी कौन-कौन कहानियाँ कहाँ-कहाँ शाया हुईं। चंद कहानियाँ तो लाहौर के हज़ारदास्ताँ में निकली थीं। एक हुमायं

---

१ माँगी हुई

में शाया हुई थी। एक हमदर्द में हाल में निकली जो मुझे याद है। मुमकिन है एकाध और निकली हों जिसकी मुझे इस वक़्त याद नहीं। शायद नौबहारवालों ने दो का तर्जुमा किया था। पंजाबी अख़बारों ने भी मुमकिन है कुछ कहानियों के तर्जुमे कर डाले हों। क्या आप इस मजमूए परीशां के जमा करने में मेरी कुछ मदद कर सकते हैं? हज़ारदास्तां का फ़ाइल मुकम्मल आपके यहाँ है? हुमायूँ है? नौबहार है? हमदर्द भी है या नहीं? आज़ाद में तो कोई कहानी नहीं निकली? बराहे करम इसका जवाब मुझे जल्द दीजिए ताकि वापसी में मैं एक काम यह भी पूरा कर लूँ।

१८८

स्थान-तिथि नहीं है।
अनुमानतः लखनऊ अगस्त १९२५

भाईजान,

तसलीम। कर्बला खत्म है। कल आपके दो कार्ड साथ ही मिले। सीतापूर से वापस आकर फ़ौरन ख़त लिखियेगा। क़िस्सा भी लिख रहा हूँ। फ़ोटो भी खिंचवाऊँगा। ब्लाक बनने में देर लगेगी। १६ की रात की गाड़ी से जाने का इरादा है। अगर आप उस दिन जाते हों तो क्यों न मैं भी कानपूर आ जाऊँ। साथ ही साथ चलें।

आपका,
धनपत राय

१८९

गंगा पुस्तकमाला, लखनऊ
अनुमानतः प्रथम सप्ताह अगस्त १९२५

बरादरम,

तसलीम। कार्ड मिला। मशकूर हूँ। दर्स[१] का हिन्दी तर्जुमा कर लूँ तो भेजूँ। अभी तीन-चार दिन की कसर है।

हज़रत सेहर ने 'रंगभूमि' का उर्दू तर्जुमा कर दिया, मगर मुआवज़ा हिन्दी सफ़हात पर ।।) फ़ी सफ़ा माँगते हैं, यानी कुल ४६५)। मुझे कुल किताब के

१ सबक़

६००) मिल जायेंगे तो मैं समझूंगा मैंने तीर मारा। आप ४६५) खुद माँग रहे हैं। बतलाइये है न सादालौहीं[1] की बात। मैंने लिख दिया है कि आप खुद किताब किसी पबलिशर को दे कर मुझे ३००) दिलवा दें, और आप बाक़ी सब ले जायें। मैं राज़ी हूँ। दूसरी शर्त मैंने छपे हुए उर्दू सफ़हात पर ।) फ़ी सफ़हा रक्खी है। और तीसरी शर्त यह कि पब्लिशर से जो कुछ मिले उसका २/५ आप का और ३/५ मेरा। बतलाइये मैंने ज़्यादती की है? अगर आपको इसमें मेरी तरफ़ से ज़्यादती मालूम होती हो तो साफ़ लिखिये। शायद वह आप से पूछें। उर्दू बाज़ारे क़लम की हालत देख कर १५०) बुरा मुआवज़ा नहीं है। और यह मैं खुशी से देने पर तैयार हूँ। उनके ज़्यादा से ज़्यादा तीन महीने सर्फ़ हुए होंगे। ३-४ घंटा रोज़ काम करके अगर १५०) मिलते हैं तो क्या कम हैं मगर वह न जाने किस खयाल में हैं। मैं अगर ४६५) उन्हें दूँ तो मुझे कुछ न मिलेगा। अगर वह आप से पूछें तो ज़रा समझा दीजिएगा। मैंने मुहर्रम के बाद बनारस जाना तय किया है।

वस्सलाम

धनपत राय

१६०

लखनऊ

प्रथम सप्ताह अगस्त १९२५

हज़रत सेहर को मैंने २००) देना तय कर लिया। वह राज़ी भी हो गए। मसनवी की इशाअत[2] में ११०) खर्च हो चुके। बक़िया ९०) उन्हें और देने हैं। अगर वह राज़ी हों तो गोशए आफ़ियत भी उनसे पूरा करवा लूंगा और कुछ नई कहानियों का तर्जुमा भी। पंजाब में सब खप जाएंगी और कुछ न कुछ दे मरेंगी।

बाबू राम सरन की तबियत अब कैसी है? लड़के तो इलाहाबाद चले गए होंगे।

नियाज़मन्द

धनपत राय

---

१ नासमझी २ छपाई

१६१

गंगा पुस्तकमाला, लखनऊ
१२ अगस्त १६२५

भाईजान,

तसलीम। मैं वापस न भेज सका। सबब यह कि ५ तारीख से पैर में कचक पड़ गयी। चार दिन सख्त दर्द और जलन और टीस थी। पाँचवें दिन डाक्टर से नश्तर लिया। दाहिने पाँव की आधी एड़ी का चमड़ा काट दिया गया। अब दो दिन से तकलीफ़ तो बहुत कम है लेकिन उठने-बैठने काम करने से माजूर हूँ। इसी असना में स्वराज्य पार्टी के लोग वही रद्दी मुसव्वदा उठा ले गये और कातिब से भी लिखवा लिया। अगर मैं समझता कि कातिब पढ़ लेगा तो पहले आप ही के पास भेज देता। मैं तो समझता था शायद मेरे सिवा और कोई पढ़ ही न सकेगा। लेकिन यह कातिब साहब होशियार मालूम होते हैं। मैंने कापी देखी, गलतियाँ कम निकलीं। खैर, अब तो पैम्फ़लेट ही की एक कापी भेजूँगा। ४ को यहाँ से जाने का इरादा था लेकिन अब शायद पंद्रह दिन तक न जा सकूंगा। मसनवी-ए-सेहर छपकर रखी हुई है। ज़रा तबीयत अच्छी हो तो आपके पास भेज दूँ। अब की इस्तदआ है कि कमीशन २५ फ़ी सदी लिया जाय। खुद बेचारे नहीं कह सकते। आप शायद उनकी इतनी बात मान लेंगे। रंगभूमि का तसफ़िया दो सौ पर कर दिया। अब इरादा है गोशए आफ़ियत भी भेज दूँ। खत्म हो जाये। मेरे खत्म किये न होगी। दारुल इशाअत छापने को तैयार है। सौ रुपये इस किताब पर देने का वादा किया है। और तो कोई ताज़ा हाल नहीं। उम्मीद है आप वापस आ गये होंगे। खत लिखिएगा।

नियाज़मन्द
धनपत राय

१६२

गंगा पुस्तकमाला, लखनऊ
२२ अगस्त १६२५

भाईजान,

तसलीम। आपका कार्ड मिला। अब ज़ख्म पुर हो गया मगर अभी तक चलने-फिरने से माजूर हूँ। जी तो मेरा भी चाहता है कि बनारस जाने से क़ब्ल एक रोज़ कानपूर आ जाऊँ। देखा चाहिए। यहाँ प्रेम बत्तीसी हिस्सा दोम रखी

हुई थी। कोई उठा ले गया। अगर आप इतनी इनायत करें कि हिस्सा दोम के मज़ामीन की फ़ेहरिस्त नक़्ल करवाके भेज दें तो ऐन एहसान हो। मैं कुछ हिन्दी कहानियों का तर्जुमा करके पंजाब के एक पबलिशर पिण्डी दास को भेजना चाहता हूँ। डरता हूँ कि कहीं वही मज़ामीन न आ जायें जो हिस्सा दोम में निकल चुके हैं। हिस्सा अव्वल मेरे पास मौजूद है। सिर्फ़ जिल्द दोम के मज़ामीन की फ़ेहरिस्त की ज़रूरत है। परसों तक मुझे फ़ेहरिस्त मिल जायगी तो मैं इक़बाल वर्मा साहब को मज़ामीन की फ़ेहरिस्त लिख भेजूंगा जो उर्दू में हुए हैं। मसनवी भी भेजनी है। ज़रा पैर काम करने लगे तो भेजूँ।

वस्सलाम,

धनपत राय

१६३

लखनऊ

२५ अगस्त १६२५

भाईजान,

तसलीम। सैरे दरवेश का तर्जुमा अनक़रीब खत्म होनेवाला है। तब इसे वापस कर दूँगा। अब सोज़े वतन की जरूरत है। उसमें से दो तीन कहानियाँ ले लूँगा। बराहे करम सोज़े वतन की एक कापी भिज। दीजिए। जितनी जल्द हो जाये उतना ही अच्छा है। दिसंबर के पहले यह मजमूआ अपने प्रेस से निकाल दूँगा। इसका नाम होगा 'प्रेम प्रसून' (प्रेम का फूल) पच्चीस कहानियों का एक अलहदा मजमूआ कलकत्ते से भी निकल रहा है, जो हिन्दी को प्रेम पचोसी होगी।

आजकल Anatole France का एक क़िस्सा हिन्दी में तर्जुमा कर रहा हूँ। और मेरे ही प्रेस में छप भी रहा है।

खैरियते मिज़ाज से मुत्तिला फ़रमाइएगा। और सब खैरियत है।

ग़ालिबन् मुकर्रर याददिहानी की तकलीफ़ आप उठाना पसंद न करेंगे। क्यों कि आज के पाँचवें दिन मैं फिर सोज़े वतन के लिए हाज़िरे खिदमत होऊँगा। उसी के तीन क़िस्सों की कमी है।

नियाज़मन्द

धनपत राय

१६४

गंगा पुस्तकमाला, लखनऊ
३० अगस्त १९२५

भाईजान,

तसलीम। कार्ड मिला। मैं तो अब लंगड़ा-लंगड़ाकर चल रहा हूँ। मगर आप बुखार में मुबतिला हो गए। अब तो मैं कल रवाना हुआ जाता हूँ। ईश्वर ने चाहा तो दिसम्बर में इतमीनान से मुलाक़ात होगी।

हजरत सेहर की किताबें पार्सल से रवाना कर दी हैं। बैरंग पार्सल है। उन्होंने कुछ ग़लतियाँ निकाली हैं। ग़लतनामा लगवाना चाहते हैं। मुझे फ़िजूल मालूम होता है। लेकिन अगर उन्होंने इसरार किया तो एक ग़लतनामा लगवाना ही पड़ेगा। इसकी फ़ेहरिस्त मैं यहीं से आपके पास भिजवाऊँगा। आप इसकी क़ीमत किताब की बिक्री में से वज़ा फ़रमा लीजिएगा।

और सब ख़ैरियत है।

आपका,
धनपत राय

१६५

सरस्वती प्रेस, मध्यमेश्वर, काशी
५ सितम्बर १९२५

बरादरम,

तसलीम। मैं १ को लखनऊ से बख़ैरियत पहुँच गया। आपका खत और मज़ामीन की फ़ेहरिस्त मुझे लखनऊ में मिल गयी थी।

अब एक और तकलीफ़ आपको देना चाहता हूँ। मेरा वह ज़माना जिसमें शतरंज के खिलाड़ी शाया हुआ था गुम हो गया है। बराहे करम वह नंबर मेरे पास फिर से भिजवा दीजिए। ऐन नवाज़िश होगी। मैं अपनी मतबूआ[१] आज़ाद कहानियों का मजमूआ तैयार कर रहा हूँ। उम्मीद है मसनवी-ए-सेहर पहुँच गयी होगी।

और सब ख़ैरियत है।

आपका,
धनपत राय

---

१ प्रकाशित

१६६

सरस्वती प्रेस, बनारस
२ फ़रवरी १९२६

बरादरम,

तसलीम। कार्ड मिला। 'कर्बला' का एक सीन फ़ौरन लिख भेजता हूँ। उजलत[१] के खयाल से और ज़्यादा न लिखा। दो-चार रोज़ में और एक-दो भेज दूँगा।

अभी तो कुछ मालूम नहीं हुआ कि इलाहाबाद में कब तलबी होगी। नाम तो बड़े बड़े हैं। ग़ैर-सरकारी आदमियों में तो शायद चार-पाँच आदमियों से ज़्यादा नहीं। और लोग किसी न किसी तरह सरकार से वाबिस्ता[२] हैं।

और तो सब ख़ैरियत है।

आपका,
धनपत राय

१६७

सरस्वती प्रेस, बनारस
२७ मार्च १९२६

भाईजान,

तसलीम। मुद्दत से आपने न कोई खत लिखा और न मैंने। इसलिए शिकायत का मौक़ा नहीं। उम्मीद है कि आप मय अयाल अच्छी तरह हैं। ज़रा कोई खत भेज कर मुतमइन[३] फ़रमाइए। मेरा इरादा हो रहा है कि अपने सवानही[४] मज़ामीन का हिन्दी तर्जुमा शाया करूँ। क़रीबन् सभी सवानेहउमरियाँ मैंने 'ज़माना' ही में लिखी हैं। मेरे पास 'ज़माना' का कोई फ़ाइल नहीं। क्या यह हो सकता है कि आप मेरे पास एक एक जिल्द भेजते जाएँ और मैं उसका तर्जुमा करा के लौटाता जाऊँ। या एक दूसरी सूरत यह है कि जगमोहन जी दीक्षित से कहूँ कि वह आप के यहाँ से फ़ाइल लेकर मज़ामीन का तर्जुमा करके मेरे पास भेजते जाएँ। अगर वह आमादा न हुए तो फिर आपको फ़ाइलें मुझे आरियतन्[५] देनी पड़ेंगी।

और तो सब ख़ैरियत है।

आपका,
धनपत राय

---

१ जल्दी २ संबद्ध ३ आश्वस्त ४ जीवनी-विषयक ५ उधार

१६८

सरस्वती प्रेस बनारस
३१ मार्च १६२६

भाईजान,

तसलीम। कार्ड मिला। मुंशी शिवनारायण साहब की वफ़ात[1] की ख़बर सुनकर अफ़सोस हुआ। परमात्मा उन्हें जन्नत नसीब करे। कई दिन हुए एक ख़त लिख चुका हूँ। यहाँ के हालात मालूम हुए होंगे। भाभी साहबा की तवील अलालत की ख़बर पढ़कर भी रंज हुआ। शुक्र है कि अब उन्हें सेहत है। मैं तो साबिक़ दस्तूर काम करता चला जा रहा हूँ। प्रेस की हालत ख़राब थी, अब कुछ रूबइसलाह है। अभी तक शहर में मुक़ीम होने की सूरत नहीं निकली। अब जून के बाद ही मकान लूँगा। लड़के की खान्दगी[2] का सवाल न होता तो मैं रोज़ाना आया जाया करता। ज़माना के लिए कुछ नहीं लिख सका। इसकी मुआफ़ी चाहता हूँ। उर्दू में कोई पुरसानेहाल तो है ही नहीं, अपने दो नाविलों के तर्जुमे दारुल इशाअत पंजाब को दिये। अभी कुछ तय नहीं हुआ। और मुंशी इक़बाल वर्मा साहब मारे तक़ाज़ों के नाक में दम किये हुए हैं हालांकि एक सौ पचास दे चुका हूँ लेकिन अभी उन्हें इतना ही और देना है। इन दोनों किताबों की इशाअत पर ही ख़र्चा वसूल होगा। और क्या अर्ज़ करूँ।

आपका,
धनपत राय

१६९

सरस्वती प्रेस, बनारस
१७ जुलाई १६२६

भाईजान,

तसलीम। कार्ड के लिए मशकूर हूँ। मेरे हालात नोट कर लें। तारीख पैदाइश संवत् १६३७। बाप का नाम मुंशी अजायब लाल। सुकूनत मौज़ा मढ़वाँ, लमही। मुत्तसिल[3] पाण्डेपूर। बनारस। इब्तदाअन[4] आठ साल तक फ़ारसी पढ़ी। फ़िर अंग्रेज़ी शुरू की। बनारस के कालेजिएट स्कूल से एन्ट्रेन्स पास किया। वालिद का इन्तक़ाल पंद्रह साल की उम्र में हो गया। वालिदा सातवें साल गुज़र चुकी थीं। फिर तालीम के सीग़े[5] में मुलाज़िमत की। सन् १६०१ ई० से लिट-

---

१ देहान्त २ पढ़ाई ३ पास ४ शुरू में ५ विभाग

रेरी जिन्दगी शुरू की। रिसाला ज़माना में लिखता रहा। कई साल तक मुतर्फ़रिक़ मज़ामीन लिखे। सन् १६०४ में एक हिन्दी नाविल प्रेमा लिखकर इण्डियन प्रेस से शाया कराया। सन् १२ में जल्वए ईसार और सन् १८ में बाज़ारे हुस्न लिखा। हिन्दी में सेवासदन, प्रेमाश्रम, रंगभूमि, कायाकल्प—चारों नाविल दो-दो साल के वक़्फ़े बाद निकले। इनके उर्दू तर्जुमे अनक़रीब शाया होंगे। कहानियों के मजमूए प्रेम पचीसी और प्रेम बत्तोसो उर्दू में निकले। हिन्दी में भी कई मजमूए शाया हुए। सन् २० में मुलाज़िमत से किनाराकश हो गये। अब ख़ानानशीं[१] हैं। बाक़ी उमूर आपको खुद ही मालूम हैं।

कर्बला आप निकाल रहे हैं। मैं इसके आगे के हिस्से जल्द भेज दूँगा। उर्दू की तारीख के तर्जुमे के मुताल्लिक़ क्या अर्ज़ करूँ। उस पर आपका फ़ैसला मेरे फ़ैसले से बेहतर होगा। अगर ज़माना की तक़्तीअ[२] के सुफ़हात हैं तो दो रुपया फ़ी सुफ़ा उजरत क़िसी तरह ज़्यादा नहीं। इससे कम में तर्जुमा करना मेरे हक़ में नुक़सान का बाइस होगा। अगर मंज़ूर फ़रमायें तो मेरे पास मुसव्वदा भेज दें। अपना नाविल जाड़ों में शुरू करूँगा। बरसात में तर्जुमा खत्म कर डालूँ।

और तो सब ख़ैरियत है। एलेक्शन का काम मुझे तो नहीं मिला न मैंने फ़िक्र की। मगर अब देखता हूँ कहाँ मिल सकता है। बारिश मामूली है। गर्मी भी कुछ कम हो गयी।

बच्चे अच्छी तरह हैं। आप बारबार मुझे बुलाते हैं। एक हफ़्ते बनारस की हवा खाइए। मैं बहुत जल्द आऊँगा, मौक़ा मिला तो हफ़्ते-अशरे में आप मुझे कानपूर में देखेंगे।

बच्चों को दुआ। खुदारा कुछ मोहन वग़ैरह का हाल भी लिख दिया कीजिए। आपके बाइस मुझे उन लोगों का हालचाल जानने की भी फ़िक्र रहा करती है। मसलन् बाबू रामसरन का ज़िक्र आप मुतलक़ नहीं करते। सेठ के हालात से मुझे भी कुछ इन्टरेस्ट है। यह हज़रात मुझे भूल गये हैं लेकिन मुझे तो उनकी याद आया करती है।

वस्सलाम,

धनपत राय

---

१ घर बैठे २ साइज़

२००

सरस्वती प्रेस, बनारस
२७ जनवरी १९२७

भाईजान,

तसलीम। आपका कार्ड कई दिन हुए आया। मैं इधर जुकाम और दर्दसर की वजह से तीन दिन से प्रेस नहीं आया। मुझे कार्ड पढ़कर हैरत और अफ़सोस हुआ क्योंकि मैंने दो हफ़्ते से ज़ायद हुए कर्बला का एक २० सुफ़हे का टुकड़ा भेज दिया था। क्यों नहीं पहुँचा, मुझे इसका ताज्जुब है। दो शबाना[१] रोज़ की मेहनत अकारथ गयी। ख़ैर अब फिर मौक़ा निकालकर जल्द ही लिखता हूँ।

एकेडेमी से आप बेनियाज़[२] हुए इसका मुझे और भी ताज्जुब है। तुख़्मरेज़ी[३] आपने की, आबयारी[४] आपने की, फ़स्ल दूसरे खा रहे हैं। आप शायद इस धोखे में थे कि आपको सेक्रेटरीशिप के लिए मदऊ[५] किया जायेगा। इस तनाज़ुल-बक़ा[६] के ज़माने में दावत कहाँ? जिसने सबक़त[७] की वह बाज़ी ले गया। फिर जब आप ही न रहे तो मेरा भला कहाँ गुज़र और किस हैसियत में। देखिए कब जल्सा होता है। मुलाक़ात होगी। मुझे तो सबसे बड़ी यही ख़ुशी है। आप भी तो मेरे एक पुराने रफ़ीक़[८] और ग़मगुसार[९] ठहरे और आपसे बरसों से मुलाक़ात की नौबत नहीं आयी। इत्तफ़ाक़ाते[१०] ज़माना और क्या।

उम्मीद है कि और सब लोग बख़ैरियत होंगे। यहाँ बहमा वुजूह ख़ैरियत है।

आपका,
धनपत राय

२०१

सरस्वती प्रेस, बनारस
९ फ़रवरी १९२७

भाईजान,

तसलीम। कर्बला के दो सीन दो तीन दिन में भेजूंगा।

कल लखनऊ से बाबू विशन नरायन भार्गव ने मुझे माधुरी की एडिटरी के लिए बुलाया है। मुशाहिरा दो सद माहवार होगा। आपने इलाहाबाद जो ख़त लिखा उसका अभी कुछ जवाब आया? कुछ फ़लाह[११] की उम्मीद है? अगर उधर कोई उम्मीद न हो तो यही सही। जवाब बवापसी डाक मुत्तला फ़रमाइए।

नियाज़मन्द
धनपत राय

---

१ रात-दिन २ अलग ३ बीज बोना ४ सींचना ५. आमंत्रित ६ जीवन-संघर्ष ७ पहल ८ दोस्त ९ हमदर्द १० संयोग ११ भलाई

२०२

नवलकिशार बुकडिपो, लखनऊ
२१ फ़रवरी १९२७

भाईजान,

तसलीम। मैं १५ तारीख को यहाँ आ गया हूँ। आप पटना कब जायेंगे? अगर पटना गये हुए हैं तो वहाँ से कब लौटेंगे। आप आ जायें तो एक रोज़ के लिए आऊँ। मुलाक़ात का जी चाहता है।

नियाज़मन्द
धनपत राय

२०३

नवलकिशोर प्रेस, लखनऊ
१४ मार्च १९२७

भाईजान,

तसलीम। अपनी ऐनक भूल आया। बवापसी डाक से भेजिए। अंधा हो रहा हूँ।

१६ को बनारस चला जाऊँगा। इसलिए कल ही भेज दीजिएगा। परसों मुझे मिल जायेगा। आपके मेज़ पर रक्खी थी।

आपका,
धनपत राय

२०४

माधुरी कार्यालय, लखनऊ
२५ अप्रैल १९२७

भाईजान,

तसलीम। खत मिला। कर्बला का एक टुकड़ा परसों तक भेज दूँगा। फ़ोटोग्राफ़र के पास गया था। प्रूफ़ डाक्टर तारा चंद साहब के पास से आ गया है। उसने एक हफ़्ते के अंदर देने का वादा किया है। ज्योंही मिलेगा ब्लाक बनवाकर माधुरी में दूँगा और बाद को ब्लाक आपके पास भेज दूँगा। बच्चे ग़ालिबन् १५ मई तक आयेंगे। दीवान साहब का एक खत आया है। शायद उनका अखबार का मुआमला ठीक हो गया। एक दिन खूब लुत्फ़ रहा। ग़ुरबत[1] में भी एक

---

[1] परदेस

मज़ा है। दोस्तों के साथ दोज़ख़ भी हो तो नागवार न गुज़रे। इक़बाल वर्मा साहब ज़माना के लिए कायाकल्प का रिव्यू लिख रहे हैं।

आपका,
धनपत राय

२०५

माधुरी कार्यालय, लखनऊ
१४ नवंबर । सन् नहीं है । अनुमानतः १९२७

भाईजान,

तसलीम। आप ग़ालिबन् इलाहाबाद से लौट आये होंगे। वहाँ क्या नतीजा हुआ, मुत्तिला फ़रमाइएगा[१]। एक ख़ास बात, मुझे एक मज़मून के लिए बाबू बालमुकुन्द जी गुप्त मरहूम का वह मज़मून दरकार है जो आपने ज़माना में लिखा था। उस माह का रिसाला मौजूद हो तो बराहे नवाज़िश[२] भेज दीजिए वर्ना फ़ाइल। कुछ बातें भी करनी हैं। आप तो इस तरफ़ लखनऊ नहीं आ रहे हैं? या मैं ही हाज़िर होऊँ?

आपका,
धनपत राय

२०६

माधुरी कार्यालय, लखनऊ
२५ नवंबर १९२७

भाईजान,

तसलीम। उम्मीद है आप फ़ैज़ाबाद से आ गये होंगे। मुक़दमे की कैफ़ियत सुनकर मुझे इस वक़्त सख़्त रंज हुआ। मिलने का जी चाहता है। आप किस दिन मौजूद रहेंगे। एक दिन के लिए आऊँगा। फ़ौरन लिखिए।

बुकडिपो के मैनेजर साहब लाइब्रेरी के रुपयों का तक़ाज़ा कर रहे हैं।

आपका,
धनपत राय

---

१ सूचना दीजिएगा २ कृपा करके

२०७

माधुरी कार्यालय, लखनऊ
१८ दिसम्बर १९२७

बरादरम,

तसलीम। कार्ड कई दिन हुए आपका मिला। क़िस्सा लिखने में मसरूफ़ था। दो दिन पीठ में चटक पड़ जाने से कोई काम न कर सका। अब यह क़िस्सा भेजता हूँ। फ़ोटो के लिए मैंने सोचा था, बनारस से मुहइया करूँगा क्योंकि वहाँ कई तसवीरें पड़ी हुई हैं; पर देखता हूँ इधर दो चार दिन बनारस जाने का इत्तफ़ाक़ न होगा। इसलिए इंशा अल्लाह कल तसवीर खिंचवाकर भेजूँगा।

और सब खैरियत है।

आपका,
धनपत राय,

२०८

२५ मारवाड़ी गली, लखनऊ
१९२८

बरादरम,

तसलीम। आज एक कार्ड भेज चुका हूँ। इत्तफ़ाक़ से इस वक़्त मेरे दोस्त पण्डित मातादीन शुक्ल एक ज़रूरत से कानपूर जा रहे हैं। अगर आप जुलाई १९०६ की फ़ाइल और सन् १९०८ की फ़ाइल दे दें तो आपको नक़्ल कराने की ज़हमत भी न उठानी पड़े। राना प्रताप जुलाई सन् १९०६ में है और विवेकानन्द सन् १९०८ में। यह दोनों जिल्दें आपके दफ़्तर में मौजूद हैं। बस सिर्फ़ अकबर नंबर का मुआमला रह जायगा। उसकी एक जिल्द दस्तयाब हो सके तो मुझे और किसी फ़ाइल की जरूरत न होगी। मैं यह दोनों मज़ामीन नक़ल कराके फ़ाइल बहुत जल्द लौटा दूँगा। खुद लेकर आऊँगा। और सब खैरियत है।

आपका,
धनपत राय

२०९

माधुरी कार्यालय, लखनऊ
१२ जनवरी १९२८

भाईजान,

तसलीम। फ़ोटो तो खिंचवा चुका हूँ लेकिन अभी फ़ोटोग्राफर ने दिया नहीं

है। कल शायद मिल जाये। मिलते ही भेजूँगा। आप १७ को आ रहे हैं। इंतज़ार कर रहा हूँ। फ़ोटो का तो ब्लाक कानपूर ही में बनता होगा। २४ घण्टे में बन सकता है। आइए। इस अम्रे खास के मुताल्लिक़ आपसे बहुत-सी बातें करना है। इमसाल अगर कोई लड़का ठीक हो जाये तो अगले साल शादी कर दूँ।

बाकी सब खैरियत है।

हिन्दुस्तानी एकेडमी में इनाम के लिए कब तक किताबें भेज दी जायें, मगर यह सब तो मुलाक़ात होने पर।

आपका,

धनपत राय

२१०

माधुरी कार्यालय, लखनऊ

१० अगस्त १९२८

बरादरम,

तसलीम। आपने मेरे मज़ामीन किसी कातिब को दे दिये या नहीं। अकबर नंबर के मज़ामीन मिल गये होंगे। उन्हें भी शामिल करना है। किताबत की फिर तरतीब दे दी जावेगी लेकिन अगर वहाँ किताबत में कोई दिक़्क़त हो तो आप सारे मज़ामीन मय अकबर नंबर के मज़ामीन मेहरबानी करके भेज दें। यहाँ भी बआसानी[1] किताबत हो सकती है।

और सब खैरियत है।

नियाज़मन्द

धनपत राय

२११

माधुरी कार्यालय, लखनऊ

१५ अगस्त १९२८

भाईजान,

तसलीम। मज़ामीन के लिए शुक्रिया। अभी चार मज़ामीन की सख्त जरूरत है।

१. राना प्रताप—जुलाई सन् १९०६

२. राजा मानसिंह—अकबर नंबर

---

१ आसानी से

३. राजा टोडरमल—अकबर नंबर

४. स्वामी विवेकानन्द—१६०८ सुफ़हा ३८६

इन चार मज़ामीन को जल्द नक़ल कराके रख लीजिए ताकि अबकी जब मैं आऊँ तो तैयार मिलें। इन मज़ामीन के बग़ैर मजमूआ बेकार है। नक़ल करने की उजरत मैं अदा कर दूँगा। ज़रा तकलीफ़ होगी मगर कहूँ किससे?

आपका,

धनपत राय

२१२

नवलकिशोर प्रेस, लखनऊ

२६ अगस्त १६२८

भाईजान,

तसलीम। दोनों हैण्डनोट इरसाले खिदमत हैं। अगर मुनासिब समझें तो उनकी तजदीद कर दें। अभी बहुत अर्से से मेरी किताबों का भी हिसाब नहीं हुआ। दो साल तो हो ही गये होंगे।

अपनी कहानियों का एक मजमूआ मैंने खुद यहाँ छपवाना शुरू कर दिया है। दस फ़ारम छप गये हैं, शायद एक फ़ारम और हो। उसका नाम रखा है ख़ाके परवाना।

× × × ×

आपने मौलाना हसरत के यहाँ से × × न मंगवाया हो तो मंगवा लीजिएगा। उसमें मेरे दो मज़ामीन हैं। राणा प्रताप सन् १६०८ में है। इन तीन मज़ामीन के बग़ैर मजमूआ ग़ैर मुकम्मल रहा जाता है। फ़ाइल मंगवा लीजिए तो मैं एक दिन आकर ले आऊं और यहाँ किसी आदमी को रखकर सारे मज़ामीन नक़ल करा लूँ। ८-१० फ़ारम की एक छोटी-सी चीज़ हो जायगी।

आप इलाहाबाद तो चल ही रहे होंगे। वहीं मुलाक़ात होगी।

घर के लोग आ गये। उम्मीद है आप बख़ैरियत होंगे।

आपका,

धनपत रा।

२१३

लखनऊ
७ अक्तूबर १६२८

भाईजान,

तसलीम। आज कानपूर आने का इरादा था। इसलिए ख़त न लिखा था। लेकिन चंद ऐसे काम आ पड़े कि आना न हुआ। 'ख़ाके परवाना' का इश्तहार मैंने ज़माना में देखा। अगर रीडिंग मैटर के बीच में एक सुफ़हा छपवाकर सिलवा दें तो शायद ज़्यादा मुफ़ीद नतीजा पैदा हो। आइन्दा जैसी आपकी राय। मैंने एक इश्तहार तैयार किया है। आप अगर उसे मआसिराना[१] ताल्लुक़ात की बिना पर दो चार अख़बार में छपवा सकें तो कहिए उसे भेज दूँ। तीन इंच दो इंच में आ जायेगा। 'चौगाने हस्ती' आ गयी है। आऊंगा तो लेता आऊंगा।

कोर्ट में मुन्तख़ब[२] हो जाने पर सच्चे दिल से मुबारकबाद। आपने मुझे इत्तला तक न दी। वाह !

अकबर नंबर और राणा प्रताप, यह दो मज़ामीन अभी तक मुझे नहीं मिले। किताबत हो रही है। मौजूदा मज़ामीन जल्द ख़त्म हो जायेंगे। यह दोनों मज़ामीन आप मौलाना हसरत मोहानी से मंगवा लें तो मेरी किताब मुकम्मल हो जाये। वर्ना अधूरी पड़ी रहेगी। नक़्शे क़दम[३] क्या काम देगा लिखिएगा।

आपका तजवीज़कर्दा[४] काग़ज़ रजिस्टर्ड पहुँच गया था। मशकूर हूँ। अब आप की तबीयत कैसी है। आप तो कान में तेल डालकर बैठ जाते हैं और यहाँ कोई दिन ऐसा नहीं जाता कि एक आध बार आपका ज़िक्र न आ जाता हो।

आपका,
धनपत राय

२१४

२ हिवेट रोड, लखनऊ
१५ दिसंबर १६२८

भाईजान,

तसलीम। अबकी ज़माना में ख़ाके परवाना का इश्तहार न था। यह बेइल्तिफ़ाती[५] क्यों। पूरे सफ़े का न सही, पर एक छोटा सा इश्तहार तो कहीं न कहीं रहना ही चाहिए। वर्ना बिकेंगी कैसे। 'रियासत' में भी आप ही इश्त-

१ समसामयिक २ चुने जाने ३ चरण-चिन्ह ४ प्रस्तावित ५ बेरुखी; अकृपा।

हार दे दें। बस, एक ३ × ३ काफ़ी होगा। और तो सब हालात साबिक़ दस्तूर हैं।

आपका,

धनपत राय

२१५

नवलकिशोर प्रेस, लखनऊ

२१ फ़रवरी १९२६

भाईजान,

तसलीम। आपको यह सुनकर मसर्रत[1] होगी कि बेटी की शादी ज़िला सागर के एक मुतमव्विल[2] खान्दान में तय हो गयी है। वह लोग यहाँ आये थे और कल वापस गये हैं। दो चार रोज़ में मैं बरच्छे की रस्म अदा करने जाऊंगा। लड़का बी० ए० में पढ़ता है। जायदाद माकूल है। मगर सर्फ़ा चार हज़ार का है। मेरी भुगत कुल दो हज़ार की है। आप बतला सकते हैं कि आप मार्च के आख़ीर तक मेरी कितनी मदद कर सकते हैं ताकि मैं बक़िया की और कोई फ़िक्र करूं। मैं आपको इस वक़्त मुतलक़ तकलीफ़ न देता मगर वह लोग इमसाल ही शादी करने पर मुसिर हैं। इस वजह से मजबूर हूँ। शादी बनारस से करूंगा।

आज ज़माना मिला। इस माह मैंने ऊधोवाली तसवीर माधुरी में निकलवायी थी मगर आपने तक़दीम[3] की। अब यह लोग ब्लाक का दाम किस हिसाब से दें, कैसे हिसाब होगा। लिखिएगा उस तरह से तै कर दूँ। अगर इस माह में आपने न लगायी होती तो ये लोग तसवीर, ब्लाक वग़ैरह का दाम देने पर राज़ी थे। मुझे मालूम न था कि आपने छपवा ली हैं वर्ना आपको मना कर देता कि इस माह में न छापियेगा। मगर ख़ैर। जवाब का मुन्तज़िर रहूँगा।

आपका,

धनपत राय

२१६

लखनऊ

२८ फरवरी १९२६

भाईजान,

तसलीम। मैंने कल नवलकिशोर प्रेस से बातचीत की। वह १५०० डिमाई साईज़ सेह-रंगी[4] के कम से कम २८) मांगते हैं। इससे कम करने पर राज़ी

---

१ खुशी २ सम्पन्न ३ पहल ४ तिरंगी

नहीं हैं। आपको इसमें किफ़ायत मालूम होती हो तो मुझे इत्तला दें। कागज़ भी इसमें शामिल है।

हां, 'जस्टिस' मैंने शुरू कर दिया। १६-१७ सफ़हात कर भी डाले। लेकिन अभी उसका हिन्दी का तर्जुमा तो आया नहीं। इसलिए वह सब मुश्किलात जो पहले डिक्शनरियों या मशवरों से हल की थीं फिर आ रही हैं। इसलिए जब तक हिन्दी तर्जुमा न आ जावे उस वक़्त तक के लिए मुलतवी करता हूँ।

दूसरी किताबों के मुताल्लिक़ मैं यही कहूँगा कि आप खुद हो कर लें। मैंने समझा था एक नशिस्त[१] में ७-८ सफ़हात हो जाएंगे। पर अब देखता हूँ तो मुश्किल से चार सफ़हात होते हैं और मेरे पास एक नशिस्त से ज्यादा वक़्त नहीं है। अगर इसे करता हूं तो मेरा 'पर्दए मजाज़' रहा जाता है। सुबह को करता हूं तो 'कर्मभूमि' में हर्ज होता है। और दूसरा कौन सा वक़्त है? 'जस्टिस' तो मैं किसी न किसी तरह कर ही डालूंगा, लेकिन बाक़ी दोनों को मेरा इस्तीफ़ा है। इतने ही वक्त में मैं ज़्यादा फ़ायदे का काम कर सकता हूं।

और तो कोई ताज़ा हाल नहीं है। उम्मीद है आप खुश हैं।

आपका,
धनपत राय

२१७

लखनऊ
१६ मार्च १६२६

भाईजान,

तसलीम। कर्बला आग़ाज़ से दिसंबर सन् २७ तक लाना न भूल जाइएगा। यह याददिहानी कर रहा हूं। अगर फ़ाज़िल[२] पर्चे न होंगे तो नक़ल करा लिये जायेंगे।

हाँ Strife और Golden Wing भी ज़रा लेते आइएगा। दोनों गाल्सवर्दी की हैं।

आपका,
धनपत राय

---

१ बैठक २ अतिरिक्त

२१८

हिवेट रोड, लखनऊ
१६ अप्रैल १९२९

भाईजान,

तसलीम। आप सुनकर खुश होंगे कि बेटी को शादी तय हो गयी। लड़के की बहन यहां अपने शौहर के साथ आयी थी और देख भालकर खुश चली गयी। अब मुझे तिलक भेजना है। शादी छठ में होगी। मैं मई के पहले हफ़्ते में दो माह की रुखसत लेकर आऊंगा। मेरा इरादा इतवार को आने का है। ज़रा मिस्टर बीरालाल खन्ना से मिलना है। अपनी रीडरों के अंग्रेज़ी में रायज[1] करने के लिए उनसे कहना है।

मैंने गाल्सवर्दी का ड्रामा क़रीब निस्फ़ खत्म कर लिया है। बाक़ी इस माह में खत्म कर दूंगा। आपने अपने दोनों ड्रामों को शुरू किया या नहीं। कितना कर चुके?

ऊधोवाली तसवीर के ब्लाक मैंने तीस रुपये पर माधुरी को दे दिये। बीस रुपये अस्ल तसवीर के मुसव्विर[2] साहब की नज़र करने थे, बाक़ी दस रुपये मेरे पास हैं।

आपसे यही गुज़ारिश है कि इस वक़्त आप ज़्यादा से ज़्यादा मेरी जितनी इमदाद कर सकते हों कर दें। हिसाब पुराना पड़ा हुआ है। उसे भी साफ़ करा दीजिए।

और क्या अर्ज़ करूं। इतवार को इंशा अल्लाह मुलाक़ात होगी।

आपका,
धनपत राय

२१९

कानपुर
तिथि नहीं। अनुमानत: अप्रैल सन् १९२९

भाईजान,

तसलीम। बिला इत्तिला आया और क़रीबन् दो घंटे के इंतज़ार के बाद अब जा रहा हूं। यह क़िस्सा ज़माना के लिए लिखा है। पसंद आये तो दे दीजिएगा

१ जारी २ चित्रकार

इसमें कहीं अल्फ़ाज़ underlined नज़र आयेंगे। वह हिन्दी मुतर्जिम[१] ने बनाये हैं। उनके कुछ मानी नहीं हैं।

वस्सलाम,

धनपत राय

२२०

नवलकिशोर प्रेस, लखनऊ
१७ अप्रैल १९२९

भाईजान,

तसलीम। कशमकश का यह तर्जुमा इरसाले ख़िदमत[२] है। 'इन्साफ़' भी निस्फ़[३] से ज़्यादा हो गया है। वस्त[४] मई तक खत्म हो जायेगा। मैंने कोशिश तो यही की है कि तर्जुमा सही हो और उसके साथ ही मुहावरा हाथ से न जाने पाये। आप इसे देखें।

अबको कानपूर गया पर आपसे मुलाक़ात न हो सकी। उजलत[५] थी, ठहर न सका। 'शाहकार' तो अब ग़ालिबन् न निकलेगा। आप उनसे मेरा क़िस्सा ले लें और ज़माना में निकाल दें।

बक़िया ख़ैरियत है।

आपका,
धनपत राय

२२१

सरस्वती प्रेस, बनारस
२३ मई १९२९

बरादरम,

तसलीम। मैं २१ तारीख को यहाँ आ पहुँचा। उम्मीद है आपने घड़ी मंगवाने का इन्तज़ाम फ़रमा लिया होगा।

मैंने अर्ज़ किया था कि 'खाके परवाना' की कुछ जिल्दें लाजपत राय ऐंड संस बुकसेलर्स लाहौर के यहाँ भेज दीजिएगा। अगर अब तक न रवाना की हों तो अब ७० जिल्दें भिजवा दें, ममनून हूंगा। और तो सब ख़ैरियत है। गाल्सवर्दी का 'स्ट्राइफ़' आप ने शुरू कर दिया होगा। मेरा तो 'सिल्वर

---

१ अनुवादक २ सेवा में प्रेषित ३ आधा ४ मध्य ५ जल्दी

बॉक्स' अब थोड़ा रह गया है। 'जस्टिस' साफ़ भी हो गया।

उम्मीद है कि अयाल बखैरियत होंगे।

आपका,

धनपत राय

२२२

दफ़्तर माधुरी, लखनऊ

१६ अगस्त १९२९

भाईजान,

तसलीम। आप इलाहाबाद से न मालूम कब लौट गये कि मुलाक़ात न हुई। एक साहब ने मेरी कुछ किताबें मंगवायी हैं। दो किताबें तो मेरे पास हैं मगर प्रेमबत्तीसी और पचीसी मौजूद नहीं। अगर आप इन दोनों किताबों की एक-एक जिल्द हर दो हिस्सा या पचीसी मौजूद न हो तो सिर्फ़ बत्तीसी हर दो हिस्सा एक एक बवापसी भिजवा दें तो मैं यह फ़रमाइश पूरी कर दूँ। उम्मीद है कि मुन्नू बाबू को Send o f. कहने के लिए मैं भी कानपूर पहुँचूँ। आपने तो शायद अब लखनऊ आने की क़सम खा ली। मिर्ज़ा अस्करी ने आपको शायद खत लिखा हो। इंडियन प्रेस से यहाँ का मुआमला बेहतर है क्योंकि यहाँ हम भी हर तरह की इमदाद करेंगे। चाहे रायल्टी कुछ कम मिले पर आपको मशक्क़त बहुत कम करनी पड़ेगी।

मेरी राम चर्चा तो आप देख ही चुके। रामनरायन लाल ने बाकमालों के दर्शन भी छाप दिया। आऊँगा तो एक जिल्द नज़र करूँगा। राम चर्चा तो पाँचवीं छठवीं जमात के लिए मज़ीद ख़ान्दगी[1] के लिए मौजूं है। बाकमालों के दर्शन नवीं दसवीं के लिए मौजूं होगी। कुछ न हो तो इलहाक़ी कुतुब में तो आ ही जाना चाहिए। कुछ उम्मीद है? किताबें ज़रूर भिजवा दें।

आपका,

धनपत राय

२२३

माधुरी कार्यालय, लखनऊ

२ सितंबर १९२९

भाईजान,

तसलीम। आपके दो कार्ड मिले। अब मैं अमीनुद्दौला पार्क में रहता हूँ।

---

१ अतिरिक्त अध्ययन

मकान का नंबर कहीं नहीं मिलता। हां, यहया की दूकान पर पूछने से पता चल सकता है। बिल्कुल कांग्रेस के दफ़्तर से मुलहिक़[१] मेरा मकान इसी लाइन में है। दरवाज़ा अक़ब[२] से है। मेरे मकान के ठीक नीचे पफ़ सोइंग मशीन की एजेन्सी है। चिरौंजी लाल पारचाफ़रोश भी वहीं रहता है। उससे पूछने से पता चल जायेगा।

मैं सनीचर को आनेवाला था मगर उसके एक रोज़ क़ब्ल ही से घर में तीन मरीज़ होगये। धुन्नू की वालिदा के दांतों में दर्द और बुख़ार, बेटी की उंगली में फुंसी जो बिसहरी कहलाती है और निहायत दर्द पैदा करनेवाली होती है। और धुन्नू की मामी को बुख़ार और पेचिश। कल बेटी की उंगली चिरवा दी। अब दर्द कम है। धुन्नू की मां के दांतों का दर्द अभी बदस्तूर है। हां, बुख़ार बंद हुआ। अब दांत निकलवा देने की सलाह है। और धुन्नू की मामी का बुख़ार भी साबिक़ दस्तूर है। इन वजूह से न आ सका और जिस दिन आपका कार्ड मिला था उसी दिन तक मुझे उम्मीद थी कि आऊँगा। मगर शाम को यहाँ से गया तो मालूम हुआ कि अब नहीं जा सकता। ख़त लिखने का मौक़ा न था।

अज़ीज़ मुन्नू के साथ मेरी दुआएँ हैं। बच्चों को दुआ।

आपका,
धनपत राय

२२४

नवलकिशोर प्रेस, लखनऊ
१४ दिसम्बर १९२९

भाईजान,

तसलीम। मैं इस शब को मजबूरन रह गया। जिस काम के लिए गया था वह न हो सका। दूसरे दिन सुदर्शन जी से मुलाक़ात हुई। ९ बजे। आप इस वक़्त कालेज जाने के लिए तैयार होंगे, इसलिए मैं न हाज़िर हुआ। इसकी तलाफ़ी[३] करूँगा।

जी हां, रिसाला बनारस से निकल रहा है लेकिन मैं बनारस नहीं जा रहा हूँ। कुछ लिखता रहूँगा। मेरे मैनेजर साहब निकालते रहेंगे। ज़माना के लिए कुछ लिखूँगा। हां ख़ूब याद आया, मैंने आपका मुख़्तसर-सा स्केच भारत में भेज दिया है। अब वह मुझसे आपका ब्लाक मांग रहे हैं। कोई फ़ोटो या ब्लाक या तो

१ मिला हुआ २ पीछे ३ क्षति-पूर्ति; मार्जन

भारत को भेजिए या मेरे पास। मैं भेज दूँ। मगर जल्द। और सब ख़ैरियत है। रीडरें तो आपने शुरू कर दी होंगी।

वस्सलाम,

धनपत राय

२२५

लखनऊ

१२ फ़रवरी १६३०

भाईजान,

तसलीम। आपका कार्ड मिल गया था। 'अलहदगी' ग़ालिबन् फ़रवरी में हो जायगी। क्यों? आपने मुझे बुलाया है। मैं भी दावत कुबूल करता हूँ और अबकी इतवार को आऊँगा। आज १२ है। १६ को इतवार है। उसी दिन आऊँगा। और दिन भर गपशप रहेगी।

आपने पिछले महीने इक़बाल वर्मा साहब की मदद की। मेरी जानिब से की थी। अभी उनके क़र्ज़ से मैं सुबुकदोश नहीं हुआ हूँ। मेरी किताबों का पिछला हिसाब तो साफ़ हो गया लेकिन नये साल का हिसाब बाक़ी है। उसे भी ज़रा देख लीजिए। अगर इस माह में पचीस रुपये की दूसरी क़िस्त अदा कर दूँ तो फिर सिर्फ़ बीस रूपये और रह जायं। मैं फागुन यानी नये साल से एक हिन्दी रिसाला 'हंस' निकालने जा रहा हूँ। ६४ सुफ़हात का होगा। और ज़्यादा-तर अफ़सानों से ताल्लुक़ रखेगा। है तो हिमाक़त ही, दर्दे सर बहुत और नफ़ा कुछ नहीं लेकिन हिमाक़त करने को जी चाहता है। ज़िन्दगी हिमाक़तों में गुज़र गयी, एक और सही। न पहले कभी कामयाबी की सूरत देखी और न अब देखने की उम्मीद है। इश्तहार वग़ैरह दे रहा हूँ। पहला पर्चा नये साल के दिन रवाना हो जायगा। सुदर्शन साहब उर्दू में निकाल रहे हैं, मैं हिन्दी में निकालूंगा। १ फ़रवरी के रिसाले में इल्मी जुज़ों[1] में इसका एक नोट लिख दीजिएगा। और तो सब ख़ैरियत है।

आपका,

धनपत राय

२२६

नवलकिशोर प्रेस, लखनऊ

१६ फ़रवरी १६३०

भाईजान,

कल आनेवाला था मगर कल ही मेरी समधिन साहिबा, उनके दामाद और

---

१ हिस्सों

उनके साथ दो और औरतें वारिद[1] हो गयीं। यह लोग ग़ालिबन् तीन चार रोज रहेंगे। इसलिए कल न हाज़िर हो सकूँगा।

मुंशी इक़बाल वर्मा साहब का ख़त आज फिर आया।

अहक़र

धनपत राय

२२७

अमीनाबाद, लखनऊ

७ अप्रैल १६३०

भाईजान,

तसलीम। हामिले हाज़ा[2] हमीरपूर के एक मुदर्रिस हैं और जब मैं वहाँ था तो इनसे मेरे ताल्लुक़ात महज़ अफ़सरी और मातहती के न थे। यह निगम हैं और इस वक़्त इन्हें एक लड़के की तलाश है। इस फ़िक्र में लखनऊ आये थे। मुझसे मुलाक़ात हुई। यहाँ दो एक जगह इन्होंने लड़के देखे हैं मगर अपनी मर्ज़ी के मुताबिक़ कोई लड़का नहीं मिला। मुझसे इन्होंने कहा कानपूर में आप किसी को जानते हों तो मुझे लिख दीजिए वहाँ जाकर तलाश करूँ। मैंने आपके ऊपर भरोसा करके यह ख़त इन्हें लिख दिया है। अगर इनको कारबरारी की कोई सूरत निकल सके तो दरेग़ न कोजिएगा। आप को तो वहाँ की निगम बिरादरी का हाल मालूम होगा। मुझे तो कुछ ख़बर नहीं है।

'हंस' पहुँचा या नहीं। अपनी राय लिखिएगा। ज़माना में इसका ज़िक्र भी। और क्या अर्ज़ करूँ। इस 'नमक' ने खलजान[3] में डाल रखा है। इत्मीनाने-क़ल्ब[4] रुख़सत[5] हो रहा है।

आपका,

धनपत राय

२२८

काशी

२३ अप्रैल, १६३०

भाईजान,

तसलीम। आपका मुहब्बतनामा कई दिन हुए मिला था। 'प्रेम बत्तीसी' की कीमत आप शौक़ से १।।) कर दें। बल्कि मैं तो चाहूँगा कि वह एक ही रुपये में बिके। मगर लाहौरवाले तो कमी करेंगे नहीं, इसलिये १।।) मुनासिब है।

---

१ आ गयीं २ पत्र-वाहक ३ उलझन ४ मानसिक शान्ति ५ विदा

हमारे पास ऐसी कौन सी बहुत जिल्दें हैं।

रीडरों की तैयारी में मुझसे आप क्या मदद चाहते हैं। मैं तो आजकल बुरी तरह काम कर रहा हूँ। 'हंस' ने और कचूमर निकाल दिया है। दो क़िस्से हर माह और क़रीब बीस सफ़े एडिटोरियल और दीगर मज़ामीन। इसके अलावा अपना नाविल। फिर प्रेम चालीसी के लिये कहानियों को उर्दू में लाना। और आखिर में रोज़ाना घंटा दो घंटा कांग्रेस के कामों में मसरूफ़ रहना मेरे लिये काफ़ी से ज़्यादा है। मगर मुझसे जो मदद आप चाहें वह अपने सब काम छोड़ कर करने को हाज़िर हूँ। आप ने तो कुछ कहा ही नहीं। अगर इमसाल किताबें पेश करनी हैं तो अब तवक़्क़ुफ़[१] की गुंजाइश नहीं है। एक नक़्क़ाल रख लीजिये और उससे मज़ामीन नक़ल कराते जाइये। एक किताब मुकम्मल हो जाय तो मुझे बुलाकर मुझ से मशवरा कर लीजिये। बस इस किताब की किताबत शुरू हो जाये, मज़ामीन की नौइयत[२] आप को मालूम ही है।

हाँ, मेरी किताबों का और 'हंस' का इशतिहार 'ज़माना' में एक दो महीने हो जाये तो अच्छा है। यह इशतिहार भेज रहा हूँ। एक सफ़े में आ जायगा।

'नमक' को आप क़ब्ल-अज़-वक़्त[३] खयाल करते हैं। जिस तरह मौत हमेशा क़ब्ल अज़ वक़्त होती है, साहूकार का तक़ाज़ा हमेशा क़ब्ल अज़ वक़्त होता है उसी तरह ऐसे सारे काम जिन में हमें माली या वक़्ती नुक़सान का अन्देशा हो क़ब्ल अज़ वक्त मालूम होते हैं। इस तहरीक की क़बूलियत[४] ही बतला रही है कि वह क़ब्ल अज़ वक़्त नहीं है।

इस मौके पर फिर साफ़ ज़ाहिर हुआ कि अगर दो फ़ीसदी अंग्रेज़ी-ख्वाँ[५] असहाब तहरीक के साथ हैं तो ९८ फ़ीसदी उसके मुख़ालिफ़[६] हैं। क़ौमी एतबार से यूनिवर्सिटियों और स्कूलों पर क़ौम का जितना रुपया सर्फ़ हुआ वह क़रीबन ज़ाया हो गया। यह लोग सरकार के आदमी हुए, क़ौम के नहीं। ग़ैर-अंगरेज़ीदां, कारोबारी और पेशावर तबक़ों ही ने इस तहरीक में जान डाली है। अगर तालीम-याफ़्ता आदमियों के भरोसे मुल्क बैठा रहे तो शायद क़यामत तक उसे आज़ादी नसीब न होगी।

जब मालूम है और इसके लिये सबूत और दलील की ज़रूरत नहीं कि सरकार कोई रिफ़ार्म उस वक़्त तक नहीं करती जब तक उसे यह यक़ीन न हो जाय कि इस तहरीक[७] के पीछे कितनी ताक़त है, तो तालीम-याफ़्ता जमात का इससे किनारे रहना कितना दिलशिकन है। क़ानूनपेशा, तबीबपेशा,[८] प्रोफ़ेसर और सरकारी मुलाज़िमान—इन सब ने जितनी ग़ुलामाना[९] ज़ेहनियत का पता दिया है

१ ढील २ ढंग; प्रकार ३ समय से पहले ४ लोकप्रियता ५ अंग्रेजी पढ़े ६ विरोधी ७ आन्दोलन ८ डाक्टर ९ गुलामों-जैसी

उसकी मुझे उम्मीद न थी। यह तबक़ा अपनी खैरियत गवर्नमेंट का इक़्तदार[१] क़ायम रहने में समझता है। वह एक लमहे के लिये भी अपनी आसाइश[२] और दुनिया-तलबी[३] को फ़रामोश[४] नहीं कर सकता। ज़र[५] उसका दीन और ईमान है। वह या तो आजादी चाहता ही नहीं या उसके लिये क़ीमत न देकर दूसरों पर तकिया करना ही अपनी शान के मुनासिब समझता है। या वह इस खयाल में मगन है कि आप ही आप आज़ादी भी मिल जायेगी। कांग्रेस के दौरे अव्वल में वह इससे खाइफ़[६] रहा, कांग्रेस के दौरे सानी[७] में भी उसकी यही हालत रही। वह सरीह[८] देख रहा है कि जो कुछ उसे मिला और जिसे अब वह अपना हक़ समझता है वह दूसरों के ईसार[९] व क़ुर्बानी का नतीजा है। फिर भी वह इस ईसार और क़ुर्बानी में शरीक नहीं होता। यही bourgeois फ़िज़ा है और यही नादार[१०] फ़िर्क़े को दार[११] फ़िर्क़े का दुश्मन बना देता है।

आप ने क्या हैदराबाद जाने का इरादा कर लिया?

यहाँ तो हम लोग अच्छी तरह हैं। १ मई तक लोग यहाँ से चले ही जायेंगे।

आपका,
धनपत राय

२२६

नवलकिशोर प्रेस, लखनऊ
२७ जून १९३०

भाईजान,

तसलीम। इधर कई दिन परीशान रहा। इस वजह से खत न लिख सका। बेटी की रुखसत मुल्तवी हो गयी। वह लोग यहाँ आये और हफ्ते भर मुक़ीम रहे। मगर बेटी को बुखार आने लगा और अब तक आ रहा है। छोटा लड़का भी मीयादी बुखार में मुबतिला हो गया और अब तक अच्छा नहीं हुआ। दवा कर रहा हूँ। उम्मीद है दोनों को सेहत होगी।

बराहे मेहरबानी ज़माना का वह नंबर भेज दीजिए जिसमें मेरी कहानी 'अलहदगी' शाया हुई थी। मेरा वह नंबर कोई साहब ले गये और मुझे उस कहानी की प्रेम चालीसा के लिए जरूरत है। इसे वापसी डाक से भेजिएगा। और तो सब खैरियत है।

नियाज़मन्द
धनपत राय

---

१ अधिकार २ सुख-सुविधा ३ सांसारिक लाभ ४ भूल नहीं सकता ५ रुपया ६ भयभीत ७ दूसरे दौर ८ साफ़ ९ त्याग १० ग़रीब; वित्तहीन ११ अमीर; वित्तशाली।

२३०

नवलकिशोर प्रेस, लखनऊ
१२ जुलाई १६३०

भाईजान,

तसलीम। तकलीफ़ देने की ज़रूरत यह है कि मेरे सन इन लॉ इमसाल बी० ए० पास हुए हैं। वह क़ानून और एम० ए० दोनों एक साथ लेना चाहते हैं ताकि दो साल में निकल जायें। क्या ऐसा कानपूर मे मुमकिन है। आगरा यूनिर्वसिटी में इसके खिलाफ़ कोई क़ायदा तो नहीं है। वह हिन्दी में एम० ए० करना चाहते हैं।

इलाहाबाद का क्या क़ायदा है, मुझे मालूम नहीं। वहाँ भी दर्याफ़्त करता हूँ। कानपूर में कालिज किस तारीख को खुलेंगे।

आपका,
धनपत राय

२३१

लखनऊ
२५ जुलाई १६३०

भाईजान,

तसलीम। कई दिन हुए खत मिला था। मैं आजकल मुहल्ला गनेशगंज नंबर २० में रहता हूँ। आप तो आते आते रह जाते हैं। हैदराबाद जाने का कब तक इरादा है? दसहरे में न? यक़ीनी तौर पर? ख़ैर इसके क़ब्ल तो मुलाक़ात हो जायेगी। मैं सितंबर के पहले हफ़्ते में ज़रूर आऊँगा। उसी वक़्त मेरे पास जो गोशए आफ़ियत वग़ैरह की जिल्दें हैं वह लेता आऊँगा। और तो सब ख़ैरियत है। उम्मीद है आप बख़ैरियत होंगे।

आपका,
धनपत राय

२३२

लखनऊ
३० जुलाई १६३०

भाईजान,

तसलीम। प्रेस ऐक्ट का वार मुझ पर भी हो ही गया। एक हज़ार की

ज़मानत तलब हुई है। कल बनारस जा रहा हूँ। ज़मानत देकर रिसाला हंस निकालना तो मुझे खतरनाक मालूम होता है। मैं तो सोचता हूँ रिसाला बन्द कर दूँ और इसके साथ ही प्रेस भी। बनारस जाकर हालात का मुतालआ[१] करने के बाद फ़ैसला कर सकूंगा।

आपका मुखलिस
धनपत राय

२३३

लखनऊ
११ अगस्त १९३०

भाईजान,

तसलीम। आप तो लखनऊ आते ही आते रह गये। क्या इरादा मंसूख कर दिया?

नाटकों के मुताल्लिक़ क्या हुआ? ज़रा तवज्जो[२] कर दीजिए। वर्ना तसाहुली[३] में खुदा जाने कब तक मुआमला खटाई में पड़ा रहे।

मुन्नू बाबू कब तक आ रहे हैं। शायद इसी माह, या सितंबर में तो आयेंगे?

मुंशी बिशन नरायन मरहूम की रियासत ग़ालिबन् कोर्ट आफ़ वार्ड्स के इख़्तदार[४] से निकल गयी। दो चार रोज़ में अहकाम[५] आ जायेंगे। मगर आइन्दा इंतज़ाम के मुताल्लिक़ कुछ खबर नहीं क्या होगा।

शाहकार से आपने मेरा क़िस्सा न लिया?

बाक़ी खैरियत है।

आपका,
धनपत राय

२३४

नवलकिशोर प्रेस, लखनऊ
२१ सितंबर १९३०

भाईजान,

तसलीम। मज़मून टाइप कराके भेज रहा हूँ। एक यहाँ स्पेशल मैनेजर को दे दिया है। आपकी मुलाक़ात का कुछ नतीजा हुआ है। मुझसे पंत और

१ अध्ययन २ ध्यान ३ लापरवाही ४ अधिकार ५ आदेश

केसरीदास सेठ दोनों ही पूछ रहे थे। आपसे डिप्टी कमिश्नर साहब ने क्या कहा। मैंने कह दिया मेरी उनसे मुलाक़ात ही नहीं हुई। मैंने इस मज़मून में कहीं-कहीं एकाध लफ़्ज़ रद्दोबदल कर दिया है। आपको जल्द एक बार मेरी ख़ातिर से फिर आना पड़ेगा। बाक़ी हालात बदस्तूर हैं।

आपका,
धनपत राय

२३५

लखनऊ
१२ नवम्बर १९३०

बरादरम,

नमस्ते। आपने शायद अख़बार में देखा हो परसों मिसेज़ धनपत राय पिकेटिंग करने के जुर्म में गिरफ़्तार हो गयीं। मैं चार पाँच रोज़ के लिए बाहर गया हुआ था। उस वक्त घर पर मौजूद न था। वहाँ से आकर यह वाक़या सुना। दूसरे दिन उनसे जेल में मुलाक़ात हुई। अब ३० को उनके मुक़दमे की पेशी है। सज़ा तो हो ही जायेगी मगर देखिए कितने महीनों की होती है। और सब ख़ैरियत है।

नियाज़मंद
धनपत राय

२३६

लखनऊ
२४ नवम्बर १९३०

भाईजान,

तसलीम। आज फ़ैसला हो गया। डेढ़ माह की क़ैदे महज़ हुई।

मैं तो न आ सका। अब देखूं कब तक आता हूँ। मेरे साले और उनकी बीवी यहाँ आ गये हैं।

अहक़र
धनपत राय

२३७

नवलकिशोर प्रेस, लखनऊ
१८ दिसंबर १९३०

भाईजान,

तसलीम। आपने ग़ालिबन् फ़ोटो भारत के दफ़्तर में भेज दिया होगा। मुंशी इक़बाल वर्मा साहब अब कानपूर न जायेंगे। आप उन्हें रूपया भेज दें तो बड़ा एहसान करें। मैं तो माजूर हूँ वर्ना आपको तकलीफ़ न देता।

आपके लिए एक क़िस्सा लिख रहा हूँ। यहाँ से कोर्स की किताबें भेज दी गयी हैं।

नियाज़मन्द
धनपत राय

२३८

नवलकिशोर प्रेस, लखनऊ
२६ जनवरी १९३१

बरादरम,

तसलीम। कार्ड मिला था। मैंने असर साहब का जवाब देखा। वह खुद इतना कमज़ोर है कि उसके जवाब देने की क़तई ज़रूरत नहीं। माकूल-पसंदों[१] ने उनके जवाब को शिकस्त[२] का एतराफ़[३] समझा। हज़रत निगार....शायद कोई दन्दांशिकन जवाब लिख रहे हैं। देखिए क्या लिखते हैं।....ने मेरे जवाब को बहुत पसंद किया था। ज़माना के लिए मुंशी बिशन नरायन पर एक स्केच लिखने की फ़िक्र में हूँ। ब्लाक भी मिल जायगा। क़िस्सा भी एक लिखना चाहता हूँ। देखिए क्या कर सकता हूँ। अभी खाके परवाना की जिल्दें आपके दफ़्तर में होंगी। यहाँ कुछ जिल्दें नवलकिशोर बुकडिपो को दरकार हैं। बराय मेहरबानी आज ही तीस जिल्दें रेलवे पार्सल से रवाना फ़रमायें और रेलवे रसीद मेरे पास भेज दें। बाक़ी हालात हस्बे साबिक़ हैं।

आपका,
धनपत राय

---

१ न्यायप्रेमी लोगों २ हार ३ स्वीकरण

२३६

२४ मार्च १९३१

भाईजान,

तसलीम। दोनों चेक मिल गये। मैं ज़रा हंस के लिए क़िस्सा लिखने में मसरूफ़ था इसलिए जवाब न दे सका। इन इनायात का कहाँ तक शुक्रिया अदा करूँ। मैं ज़रा भी कबीदाख़ातिर[1] नहीं हूँ। सूदे-मुरक्कब[2] और सूदे-सादा[3] में ऐसा फ़र्क़ ही क्या होता है। यक़ीन मानिए मैंने आपको सूद का ज़िक्र करके ज़ेरबार किया। मेरे सर को झुकाने के लिए यही एहसास क्या कम है।

कराची का इरादा था मगर आज भगतसिंह की फाँसी ने हिम्मत तोड़ दी। अब किस उम्मीद पर जाऊँ। वहाँ गांधी का मज़ाक़ उड़ेगा, कांग्रेस ग़ैर-ज़िम्मेदार, शोरिशपसंद[4] तबक़े के हाथ में आ जायेगी और हम लोगों के लिए उसमें जगह नहीं है। आइन्दा क्या तर्ज़े अमल अख़्तियार करना पड़े कह नहीं सकता मगर फ़िलहाल दिल बैठ गया है और मुस्तक़बिल[5] बिलकुल तारीक[6] नज़र आता है। इधर बनारस, मिर्ज़ापुर, आगरे में जो हालात हुए उनसे गवर्मेंट का हौसला बढ़ेगा यही मेरा क़यास है। मगर इससे ज़्यादा हिमाक़त कोई गवर्मेण्ट नहीं कर सकती थी। तीन आदमियों की सज़ा में तबदीली करके गवर्मेण्ट कितना अच्छा असर पैदा कर सकती थी। पर उसके तर्ज़े अमल ने अब साबित कर दिया कि तालीफ़े-क़ल्ब[7] उसने अभी तक नहीं किया और अब भी वह अपनी उसी क़दीम[8] ग़ैर-ज़िम्मेदाराना रविश[9] पर क़ायम है।

शाहकार को मैं आज लिखूँगा कि क़िस्सा आपके पास भेज दें।

एकेडेमीवाले सफ़रख़र्च देंगे या नहीं। ख़ुतूत तो मेरे पास भी आये हैं लेकिन जाऊँगा उसी वक़्त जब ख़र्च मिलेगा। ज़रा लिखिएगा। यहाँ साबिक़ दस्तूर चला जा रहा है। मनरो मेहरबान तो हैं मगर फ़ैसला उसके हाथ में तो नहीं है।

मैं 'इंसाफ़' का तर्जुमा कर रहा हूँ, कोई पचास सुफ़हात हो गये हैं। 'हड़ताल' भी कर दूँगा। 'चाँदी की डिबिया' आप ख़ुद कर लें। जून तक यह सब ख़त्म हो जायेगा।

आपका,
धनपत राय

---

१ अप्रसन्न २ चक्रवृद्धि ब्याज ३ साधारण ब्याज ४ उपद्रवी ५ भविष्य ६ अँधेरा ७ हृदय-परिवर्तन ८ पुरानी ९ पद्धति; ढंग

२४०

लखनऊ

११ मई १९३१

भाईजान,

तसलीम। अर्से से आपका कोई खत नहीं आया। नाटक की रसीद भी नहीं मिली। कानपूर गया था, मुलाक़ात भी नहीं हुई। आज एक माह के लिए बनारस जा रहा हूँ। वहाँ मैं 'इंसाफ़' खत्म करके भेजूंगा। तर्जुमा कैसा रहा ?

बनारस में मेरा पता होगा :

सरस्वती प्रेस, काशी

रिसाला ज़माना का यह नंबर (यानी ताज़ा) मेरे पास से ग़ायब हो गया है। रिसायल की तनक़ीद के लिए इसकी ज़रूरत पड़ेगी। हर माह मैं हिन्दोस्तानी रिसायल की तनक़ीद करता हूँ। उर्दू, हिन्दी, मराठी, गुजराती वग़ैरह। बराहे करम एक कापी ऊपर के पते से बवापसी भिजवा दीजिएगा। उम्मीद है कि आप बख़ैर-ओ-आफ़ियत हैं।

नियाज़मन्द

धनपत राय

२४१

नवलकिशोर प्रेस, लखनऊ

१८ जून १९३१

भाईजान,

तसलीम। आपका ७ जून का नवाज़िशनामा मिला। मैं बनारस से १३ जून को लौटा। आपका कार्ड आज वहाँ से यहाँ आया है। चुन्नू बाबू की शानदार कामयाबी पर आपको और चुन्नू को तहेदिल से मुबारकबाद। क्यों, आप क्राइस्ट चर्च कालिज से अलहदा क्यों हो रहे हैं। मैं सोच रहा हूँ कि मौक़ा मिले तो कानपूर आऊँ। बेटी ससुराल गयी है। धुन्नू उसी के साथ गया है। यहाँ सिर्फ़ बन्नू (छोटा लड़का) और हम दो आदमी हैं। यहाँ के मैनेजर एक मिस्टर जगमोहन नाथ भार्गव हुए हैं। अभी उनसे मेरी मुलाक़ात नहीं हुई है। क्या तरमीम होगी इसकी फ़िलहाल ख़बर नहीं। मेरे नाविल 'ग़बन' की कोई जिल्द आपके पास पहुँची या नहीं।

आपका,

धनपत राय

२४२

सरस्वती प्रेस, काशी
४ जुलाई १६३१

भाईजान,

तसलीम। इस काम से फुर्सत मिली। अब कोई मज़मून भी लिखूँगा। मगर ऐसा न हो आप इन किताबों को साल छः महीने के लिए ड्राज में बंद कर दें। एक बार इनकी नज़रसानी कर जाइए। चार पाँच रोज़ लगेंगे।,फिर किसी से खुशखत लिखवा लीजिए। अपनी दानिस्त[१] में तो तर्जुमा बुरा नहीं किया। लेकिन बेहतरी की गुंजाइश हमेशा रहती है। और जुलाई में इसे चलता कीजिए ताकि एक माह में रुपये मिल जायें।

हमारे यहाँ अभी तो साबिक़ दस्तूर काम चल रहा है। लेकिन ज़्यादा उम्मीद नहीं है। मैं तैयार बैठा हूँ। धुन्नू कल बेटी के ससुराल से आ गया है।

'नातन' और 'फ़रेबे अमल' मैं आऊँगा तो लेता आऊँगा, शाहकार के पास मेरा एक क़िस्सा पड़ा हुआ है। सेन बाबू से कहें अपने दोस्त वहशी के बरादरे खुर्द[२] से ये लतायफुलहील[३] माँग लें। शाहकार का इस हुर्रियत[४] के ज़माने में गुज़र ही कहाँ।

जवाहरलाल आजकल कितना ज़हर उगल रहे हैं। इनक़लाब की तैयारी है।

आपका,
धनपत राय

२४३

नवलकिशोर प्रेस, लखनऊ
२३ जुलाई १६३१

भाईजान,

तसलीम। ईश्वर करे आप जल्द अच्छे हो जायें। तबीयत की नासाज़ी तो एक मुसीबत है।

यहाँ कोर्ट आफ़ वार्ड का इंतज़ाम है, मगर अभी कोई तबदीली नहीं हुई है। स्पेशल मैनेजर आ गये हैं। इंतजाम साबिक़ दस्तूर है। शायद तख़फ़ीफ़[५] होनेवाली है। मगर तहक़ीक़[६] मालूम नहीं। मेरी तो मैनेजर साहब से मुलाक़ात ही नहीं हुई। न उन्होंने बुलाया न मैं गया।

---

१ समझ २ छोटे भाई ३ अच्छे बहाने से ४ जनतंत्र ५ छँटनी ६ ठीक बात

बेटी ससुराल में है। मुन्नू बाबू तो शायद इंगलैण्ड से अगस्त में आने वाले हैं।

तबीयत यकसू हो तो मुसव्वदों पर ज़रा निगाह डालिए।

शाहकार से मेरा अफ़साना आपने शायद नहीं लिया। गोरखपुर से तो इसी नाम के एक रिसाले का इजरा[१] हो गया।

बक़िया हालात साबिक दस्तूर हैं।

आपका,

धनपत राय

२४४

लखनऊ

३० अगस्त १९३१

भाईजान,

तसलीम। आपके ख़त के इंतज़ार मे थक गया। मैंने अर्सा हुआ एक ख़त लिखा था। उसका कोई जवाब न मिला। आप ख़ुद आनेवाले थे मगर ग़ालिबन् फ़ुर्सत न मिली।

उन दोनों किताबों के मुताल्लिक़ क्या कार्रवाई हुई। नज़रसानी हो गयी या नहीं। शुरू भी हुई? अब तो बहुत देर हो रही है।

यहाँ का हाल साबिक़ दस्तूर है। ख़बर है कि रियासत कोर्ट आफ़ वार्ड्‌स से निकल गयी। लेकिन खबर ही खबर है। नफ़ाज़ नहीं[२]। सरकारी कारखाने हैं। मुमकिन है महीनों लग जायें। और तो कोई नयी बात नहीं। मुन्नू बाबू तो इस माह में आयेंगे। या गोलमेज़ के बाद?

आपका,

धनपत राय

२४५

सरस्वती प्रेस, काशी

११ सितंबर १९३१

भाईजान,

तसलीम। आपका कार्ड कई दिन हुए मिला था। मसौदे आपने अभी तक नहीं देखे। इधर एकेडेमी शायद अब ऐसे तराजिम[३] बेकार समझ रही है। बाबू हर-

१ आरंभ २ हुक्म जारी नहीं हुआ ३ अनुवाद

प्रसाद सक्सेना अभी कई रोज हुए डाक्टर ताराचंद से किसी काम की तलाश के सिलसिले में मिले थे। उन्होंने उस वक़्त यह ख़याल ज़ाहिर किया कि इन ड्रामों से कोई मुफ़ीद नतीजा नहीं निकला और वह तज़ीहे-औक़ात[१] है। ऐसा न हो, उर्दू तर्जुमों के मुताल्लिक़ यही ख़याल हो और हम लोगों की मेहनत बरबाद हो जाए।

यहाँ कल एक नई बात हो गई। यहाँ मेरे ख़िलाफ़ मुद्दत से एक जमाअत थी जिसका सरग़ना यहाँ का मैनेजर हरी राम है। साले गुज़िश्ता[२] से उसका एक और मुआविन[३] पैदा हो गया। यह हैं मिस्टर पंत जो यहाँ कनवैसर होकर बुलाए गए थे। मिस्टर पंत यहाँ हावी होना चाहते हैं। इसकी उन्होंने रोज़े अव्वल से कोशिश शुरू की और मुझे अपना रक़ीब[४] समझ कर उन्होंने पहले मुझी ही को रास्ते से हटाना ज़रूरी समझा। किफ़ायत का मसला यहाँ शुरू से था ही। आपने यहाँ किफ़ायत सोची कि एडीटोरियल अमला बर तरफ़[५] कर दिया जाए और किताबें ज़िम्मेदार, बा-असर और कमेटी में रुसूख़ रखने वाले या खुद कमेटी के मेम्बरों से बनवा ली जाएं। इन अहमकों को यह न सूझी कि मुझे जो कुछ देते हैं वह एक किताब में वसूल हो सकता है और बा-असर असहाब से किताबें लिखवाने में रायल्टी की बेश-क़दर रक़म देनी पड़ती है। मेरी ज़ात से इन लोगों ने जितना पैदा किया है उसका निस्फ़ भी मुझे न दिया गया हो। अगर पंत दीदा व दानिस्ता[६] महज़ मुझे ज़क[७] देने के लिए मेरी तैयार की हुई किताबों को 'पुश' करने में तसाहुली[८] न करते तो लाखों रुपया बना लेते। मगर इस शख़्स ने महज़ मुझे नुक़सान पहुँचाने के लिए इन किताबों के मुताल्लिक़ कोई कोशिश नहीं की। जब किताबें कमेटी से नामंज़ूर हो गईं तो ज़ाहिरदारी के लिए महीनों ख़तो-किताबत करता रहा। ख़ैर। मुझे यहाँ से जाना तो था ही। बल्कि मैंने जून में इस्तीफ़ा देने का इरादा किया था। लिखा भी। लेकिन बाज़ दोस्तों के कहने से उसे पेश न किया। मुझे यहाँ से जाने का ग़म नहीं। और ज़्यादा काम करूँगा। लेकिन रक़ीबों को यूँ खुश होते देख कर इन्सानी कमज़ोरियों के बाइस जी जलता है। आपसे मिस्टर मनरो से कुछ राह व रस्म है। नागू यहाँ का स्पेशल मैनेजर है। मालूम नहीं उससे आपकी कुछ मुलाक़ात है या नहीं। मगर मनरो से तो है ही। आप एक दिन के लिए यहाँ आ जाइए और मनरो से मिलकर यहाँ की इस फ़िरक़ेबंदी[९] का हाल उसे समझा दीजिए। इस वक़्त भी कई किताबों की तालीफ़ का मसला पेश है, उर्दू, हिन्दी लिटरेरी रीडरों का। पंत उनके लिए कमेटी के मेम्बरों को तलाश कर रहे हैं। उसे यह मंज़ूर नहीं कि मैं किताबें लिखूँ और वो

---

१ समय की बर्बादी २ पिछले साल ३ सहयोगी ४ प्रतियोगी; शत्रु ५ कर्मचारी अलग कर दिये जायँ ६ देखते-समझते हुए ७ नीचा दिखाने के लिए ८ ढील न डालते ९ गिरोहबन्दी

कमेटी में पेश हों क्योंकि ऐसा करने में उसे दवा-दविश[१] करनी पड़ेगी। मेम्बरों से किताबें लिखा लेने में खुद कुछ करना नहीं होता। किताबें आप ही आप मंजूर हो जाती हैं। बस सिर्फ़ उनसे खतोकिताबत करके मुआमला पटा लेना होता है। यही काम उसने अपने ज़िम्मे लिया है और शायद मनरो को या नागू को समझा दिया है कि एडीटोरियल स्टाफ़ की ज़रूरत नहीं। अगर आप आ जाएंगे तो मनरो को यह तो मालूम हो जायगा कि मेरी ज़ात से रियासत का नुक़सान नहीं है। बस मैं इतना ही चाहता हूँ।

इंडिपेंडेंट आदमी के लिए वाक़ई बड़ी मुश्किलात पेश आती हैं और मैं कई बार इसका तावान दे चुका हूँ। लेकिन अब तो वह रविश नहीं छोड़ी जाती जो आदत हो गई है।

और सब ख़ैरियत है।

आपका मुख़लिस,
धनपत राय

२४६

लखनऊ
२४ सितम्बर १९३१

बरादरम,

तसलीम। लिफ़ाफ़ा मिला। मेरा ख़याल है कि आपको एक बार जल्द यहाँ आना चाहिए। यहाँ की फ़ितना-अंगेज़ियों[२] का कुछ हाल बतला देना ज़रूरी है। मैंने अपनी अर्ज़दाश्त में कुछ इसका इशारा तो कर दिया है। मगर उस पर मुफ़स्सल कहने की ज़रूरत है। इस वक़्त मुमकिन है मनरो आपके मुआमले में कुछ जवाब दें।

मैं मैनेजर साहब से अभी नहीं मिला। सोचता हूँ वह अफ़सरी जताने लगें तो क्या फ़ायदा। जो कुछ करना होगा वह तो करेंगे ही। मेरे ख़याल में मनरो जो कुछ करेगा वही होगा। उनसे कोई उम्मीद नहीं।

आपका,
धनपत राय

---

१ दौड़-धूप २ शरारतों

२४७

गनेशगंज, लखनऊ

१ अक्तूबर १६३१

भाईजान,

तसलीम। आपका २२ का खत आज मिला। आप उस पर ग़लती से लखनऊ की जगह इलाहाबाद लिख गये थे। और वह हफ़्ते भर मारा-मारा फिरने के बाद आज मिला। यहाँ तब से कोई नयी बात नहीं हुई। इन लोगों ने तै कर लिया है और अब किसी की हक़तलफ़ी[1], बेइंसाफ़ी या अपने नुक़सान का ख़याल इन्हें अपने इरादे से बाज नहीं रख सकता। मुझे अफ़सोस यही है कि आपको नाहक़ तकलीफ़ दी। खैर अभी तो यहीं हूँ, ६ को यहाँ से अलहदा होकर ग़ालिबन् अक्तूबर लखनऊ में काटूंगा। उसके बाद दीदा ख़्वाहद शुद[2]। बराय ख़ुदा ड्रामे तो देख डालिए। महज़ एक सरसरी निगाह की ज़रूरत है।

मुखलिस

धनपत राय

२४८

गनेशगंज, लखनऊ

१२ नवम्बर १६३१

भाईजान,

तसलीम। आप तो ग़ालिबन् हैदराबाद और बंबई से वापस आ गये होंगे। मुन्नू बाबू आपके साथ आये होंगे। मैं तो दिल्ली चला गया था। वहां दस-ग्यारह दिन लग गये। दीवाली को लौटा। मुन्नू बाबू को मेरी तरफ़ से दुआ और मुबारकबाद कहिएगा।

ज़माना में अक्तूबर में विष्णु दिगंबर का ब्लाक है। हंस में भी दिसंबर नंबर में विष्णु दिगंबर पर एक मज़मून छपा है। आपसे यह ब्लाक आरियतन्[3] ले लूंगा।

अब तो गाल्सवर्दी पर तवज्जो करने की ज़रूरत है। शायद सात महीने से ज़्यादा हो गये। इस तरह तो कभी काम खत्म न होगा। दस-पांच रोज़ में मुस्तक़िल तौर पर बैठकर काम को निबटा ही डालिए। कहीं ऐसा तो नहीं है कि एकेडमी ने तर्जुमे को अपने प्रोग्राम से खारिज कर दिया हो। अगर यही

१ हक़ मारना २ देखा जायगा ३ उधार

कैफ़ियत है तो भी चन्दां अफ़सोस का मुक़ाम नहीं। मैं तो इन किताबों को खुद छपवा डालने को आमादा हूं। आठ आने क़ीमत में बेचकर दाम वसूल किया जा सकता है। बहरहाल कुछ भी हो अब तो इंतज़ार मुशकिल हो रहा है। उम्मीद है आप खुश हैं।

आपका,
धनपतराय

२४९

गनेशगंज, लखनऊ
१३ जनवरी १९३२

बरादरम,

तसलीम। आपका इनायतनामा और तजरबात मिले। मशकूर हूं। मैंने दूसरा तजरबा[1] ले लिया है और उसका हिन्दी तर्जुमा करके हंस में दे दिया है।

मैं अभी तक उस पटना वाले मज़मून का उर्दू तर्जुमा नहीं कर सका। इसके लिए नादिम हूं। और कई दिन तक एक फोड़े ने तकलीफ़ दी। अब वह अच्छा हो रहा है। ९ मार्च को मेरे बड़े भाई साहब बाबू बलदेव लाल का कुलंज से इंतक़ाल हो गया। घर में दो बच्चे हैं, बेवा, भाई की बेवा, और एक बेवा बहन। अठारह को दसवां है। मैं १६ या १७ को जा रहा हूं। वहां से २१-२२ को वापस आऊँगा। इन अनाथों की परवरिश का कुछ इंतज़ाम भी करना है। भोज भी करना ही पड़ेगा। हाँ अगर एकेडमी से कुछ पेशगी का इंतज़ाम कर सकें तो इस वक़्त मेरा काम निकले।

हैदराबाद में आपको मेरी याद न आयी, कुदरती बात है। याद तो उनकी आती है जो बार-बार याददिहानी करते रहें। मैंने तो भूले से ज़िक्र कर दिया था। जब तक क़लम और दिमाग़ काम करता है तब तक ग़म नहीं। जब बेकार हो जाऊंगा तब देखी जायगी। तीन महीने और यहां हूं। फिर मेरा देहाती मकान है और मैं हूं। अब तक दौलतमन्द न हो सका तो अब क्या होऊंगा। आदमी की कमज़ोरी है कि ज़रा बेफ़िक्री चाहता है वर्ना कुछ छोड़कर मरे तो क्या और खाली हाथ गये तो क्या।

कोशिश करूँगा कि बनारस से लौटते वक़्त कानपूर होता हुआ आऊं।

और तो सब खैरियत है। यहां की कांग्रेस कमेटी तो बंद हो चुकी। इंजानिब मुस्तसनियात में है[2]।

मुखलिस
धनपत राय

---

१ अनुभव २ मैं अलग हूँ

२५०

गनेशगंज, लखनऊ
२५ फ़रवरी १९३२

भाईजान,

तसलीम। इधर मैं भी शिकायत में मुबतिला रहा। चार फोड़े लगातार निकले। इनसे नजात न होने पायी थी कि दांतों में दर्द हुआ। दांत से फुर्सत मिली तो पेट में दर्द शुरू हुआ और तीन दिन के बाद अब मामूली खूराक पर आया हूँ। एक महीना खराब हो गया। पर्दए मजाज़ अभी तक कृश्ना पबलिशर्स ने नहीं भेजा। कई खुतूत लिख चुका। न राय भेजता है न किताबें, न जवाब देता है। मालूम नहीं बीमार है या क्या। इधर 'ग़बन' का तर्जुमा भी शुरू कर दिया है, एक नया नाविल भी शुरू कर दिया है। मगर सर्दबाज़ारी बलाये जान हो रही है। प्रेस में काम नहीं है, रिसाला घाटे पर चलता है, किताबों की काफ़ी बिक्री नहीं। किसी तरह काम चल रहा है। एक प्रेस के लिए रीडरें लिखने का इरादा है। कुछ काम इस तरह चल जायेगा। आपके यहाँ शादियाँ किन तारीखों में हैं? हाँ फ़ाइलों के लिए फुर्सत निकालकर देख ही डालिए। मार्च में ख़त्म हो जायें तो एक महीने की बेफ़िक्री हो। मैं अप्रैल में बनारस चला जाऊंगा। देहात में बैठकर लिटररी काम करता रहूँगा? अगर रीडरें मंजूर हो गयीं तो तीन साल तक परीशानी न होगी। ऐसी उम्मीद है। क्या होगा, ईश्वर जाने। अगर मौलवी अबदुल हक़ साहब से कोई तर्जुमा या तालीफ़[1] का काम माकूल मुआवज़े पर मिल जाये तो मेरे लिए हासिल करने की कोशिश क्यों नहीं करते। साल में पांच सौ का काम भी कर लूं तो फिर मुझे गूना[2] बेफ़िक्री हो जाये। नाविल वग़ैरह का बाज़ार बहुत ठण्डा है। बड़ी हिम्मतशिकन हालत पैदा हो गयी है।

बक़िया सब खैरियत है।

मुख़लिस
धनपत राय

२५१

गनेशगंज, लखनऊ
१० मार्च १९३२

बरादरम,

तसलीम। कार्ड मिल गया था। इस कोशिश में था कि किताबें मिल जायें

---

१ संकलन-संपादन २ थोड़ी-सी

तो भेजूं। मगर हादसा यह हो गया कि नातन का तो कहीं पता नहीं, गाल्सवर्दी के ड्रामे बेदार साहब शाहजहाँपूर उठा ले गये और फ़रेबे अमल मौजूद है। बेदार आजकल पंजाब गये हुए हैं। गाल्सवर्दी तो मिल जायगा लेकिन हाफ़िज़ा मुतलक़ काम नहीं करता कि नातन कौन ले गया। अफ़सर के घर गया, जो साहब यहाँ आते हैं, सबसे पूछ आया, कहीं पता नहीं। इसके लिए मैं अज़हद नादिम हूँ। बेदार साहब पंजाब से लौट आयें तो गाल्सवर्दी और फ़रेबे अमल भेज दूँ, नातन का तो मर्सिया ही पढ़ना पड़ेगा—

इन्ना लिल्लाहे व इन्ना इलहे राजेऊन[१]
और तो सब ख़ैरियत है। मुबल्लिग़ात[२] का क़हत[३]।
हंस का ख़ास नंबर मिल गया होगा।

मुख़लिस
धनपत राय

२५२

लखनऊ
१० अप्रैल १६३२

भाईजान,

तसलीम। २२ अप्रैल को शादी है। मैं ज़रूर आऊँगा। मगर तनहा। बेटी को गये आज एक हफ़्ता हो गया। अपनी मौसी के यहाँ इलाहाबाद गयी है। उसकी माँ और धुन्नू कल वहीं जा रहे हैं। एक शादी है। मैं छोटे बच्चे के साथ यहाँ ४ मई तक रहूँगा। उसे भी लेता आऊँगा।

इस वक़्त तो आप दूसरी मसरूफ़ियात[४] में हैं मगर मुझे उम्मीद है आपने ड्रामे के मुसव्वदे की तकमील[५] कर दी होगी। ख़याल कीजिए, साल भर से ज़ायद हो गया। इस काम में मैं और बाबू हर प्रसाद सक्सेना दोनों ही शरीक थे। वह बेचारे जेल में हैं। उन्होंने अपना नाम पोशीदा[६] रखने की ताकीद कर दी थी। इसलिए मैंने कभी ज़िक्र नहीं किया। मगर मैंने महज़ उनकी ज़रूरियात का ख़याल करके उनकी इमदाद ली थी। आज फ़ैज़ाबाद जेल से उनका दर्दनाक ख़त आया है। इसलिए मैं फिर याददिहानी करने पर मजबूर हुआ हूँ। अगर आप इस वक़्त एक सौ रुपये भी पेशगी वसूल कर सकें तो मैं उनकी बीवी को दे दूँ। वह अभी-अभी यहाँ आयी थीं। मेरी हालत इस वक़्त ऐसी नहीं है कि

१ जो अल्लाह की तरफ़ से आया है उसे उधर ही जाना है। २ रूपयों ३ अकाल ४ व्यस्तता ५ समापन ६ गुप्त

सौ रुपये निकाल कर दे दूँ। मैं अभी बाहर हूँ और मुझे ऐसी शदीद[१] ज़रूरत नहीं। मगर उनकी हालत हमदर्दीतलब है। जो कुछ हो सके जल्द कीजिए। मई में वह रिहा होकर आ जायेंगे। उस वक्त मुझे कितनी नदामत होगी। शायद फिर दो-चार दिन में चले जायेंगे। कम से कम उन्हें यह तशफ़्फ़ी[२] तो हो कि उनके अहबाब ने उनका ख़याल किया। यों तो गवर्मेण्ट की ज़्यादतियाँ अब नाक़ाबिले बर्दाश्त हो रही हैं। पण्डित जवाहर लाल की ज़ईफ़ माँ के साथ कितनी बिदअतें[३] की गयीं। अब बाहर रहना मुझे भी बेहयाई मालूम हो रही है। हाँ पर्दए मजाज़ का रिव्यू अभी तक नहीं हुआ। इसका इंतज़ार करता रहा। अब याद दिलाता हूँ। ख़ाँ साहब से रिव्यू करवायें। या आप और जिससे मुनासिब समझें। मेरे किसी नाविल का ज़माना में रिव्यू नहीं हुआ। हालांकि पर्दए मजाज़ को लेकर छः हो चुके और सातवाँ भी अनक़रीब तैयार है। नैरंगे ख़याल ने बाज़ारे हुस्न का रिव्यू कर दिया था। और किताबें पड़ी हुई हैं। ख़ैर और किताबें तो पुरानी हो गयीं। पर्दए मज़ाज़ तो नयी चीज़ है, और उसका एक-एक लफ़्ज़ मेरा है। और तो सब ख़ैरियत है।

आपका,

धनपत राय

२५३

लखनऊ

१३ मई १६३२

भाईजान,

तसलीम। मैं आज बनारस जा रहा हूँ। अब से मेरे पास ख़ुतूत सरस्वती प्रेस काशी के पते ही से लिखियेगा। मेरा नाविल 'बेवा' तैयार हो गया है। इसके लिए मुझे यहाँ आठ-दस रोज़ ठहरना पड़ा। इसकी दो सौ जिल्दें मालगाड़ी से भेज रहा हूँ। इश्तहार बनारस से भेज दूँगा। आज़ाद और ज़माना दोनों में दिलवा दीजिएगा। शायद साल दो साल में बिक जाये। किताब बहुत ख़राब छपी है, मेरी हिमाक़तों[४] के बाइस[५], लेकिन मैंने क़ीमत बहुत कम रखी है। उम्मीद है आप बख़ैरियत हैं। अगर बनारस आपको इत्तफ़ाक़ हो तो मुझे ज़रूर इत्तला दीजिएगा। ड्रामों के बारे में आपने मुनासिब कार्रवाई कर ही ली होगी।

आपका,

धनपत राय

१ सख़्त २ तसल्ली ३ ज़्यादतियाँ ४ बेवक़ूफ़ियों ५ कारण

२५४

सरस्वती प्रेस, बनारस
७ जून १९३२

भाईजान,

तसलीम। कार्ड मिला। हाँ मैं लखनऊ था। लेकिन कानपुर न आ सका। परेशानियों में था। फिर कभी इसका ज़िक्र करूँगा। मुआफ़ कीजिएगा।

'बेवा' बेशक बहुत खराब छपी। कई प्रेसों में छपी, कई पत्थर टूटे, कई कातिबों ने लिखा। फँस गया था। मजबूरन खत्म करना पड़ा। ग़लती रह गई कि प्रिन्ट लाइन न दी जा सकी। अब इसकी चिटें भेज रहा हूँ। तकलीफ़ तो होगी मगर दफ़्तरी से चिपकवा लें और दोनों किताबों 'पर्दए मजाज़' और 'बेवा' का रिव्यू निकलवा दें। बहुत अर्से से मेरी किसी किताब की तनक़ीद 'ज़माना' में नहीं निकली। 'रामकली' की तनक़ीद मैं लिख दूँगा। बहुत जल्द।

अब नाटकों का ज़िक्र करना ज़रूरी हो गया। बाबू हर प्रसाद सक्सेना जेल से छूट आए और बहुत तंग-हाल हैं। मेरे पास दर्दनाक ख़त लिखा है। क्या जवाब दूँ। मरहला कितना तय हुआ, कितना बाक़ी है, मुझे क्या ख़बर?

आपने नज़रसानी की या नहीं? एकेडेमी में क्या पेशगी का सवाल नहीं पेश हो सकता? और न सही सौ रुपये पेशगी लेकर उनके पास भिजवा दीजिए। बेचारे बड़ी तकलीफ़ में हैं। मैं मजबूर हूँ, हालांकि जानता हूँ यह मजबूरी आरज़ी है। आप ही सोचिए कितनी मुद्दत गुज़र गई। ग़ालिबन डेढ़ साल हो गए। अब तो वायदे भी नहीं करते बनता × × ×

और तो सब ख़ैरियत है। अभी शहर में मकान नहीं ले सका। × × इसलिए मुन्नू से न मिल सका। ज़रा शहर आ जाऊँ तो मिलूँ।

मुख़लिस
धनपत राय

१३४ जिल्दें ही गईं। दफ़्तरी ने लाहौर का 'ज़माना' और 'ज़माना' का लाहौर भेज दिया।

२५५

सरस्वती प्रेस, काशी
१७ जून १९३२

भाईजान,

तसलीम। मैंने तो नज़्म व नस्र[1] के एक सलस[2] वाले तनासुब[3] को सबक़ों[4] का तनासुब समझा है। और उसी पर अमल किया है। मगर इस वक्त जितने मजमूए हिन्दी उर्दू तैयार हो रहे हैं उनके देखते किसी नफ़ की गुंजाइश मुश्किल है। मैं तो अब कान पकड़ रहा हूँ। अबकी फँस गया हूँ और महज़ बराय नाम। मगर आइन्दा से इस लाइन से सोलहों आना किनाराकश हो जाऊँगा।

मेरा नया नाविल कर्मभूमि छप रहा है। अठारह फ़ार्म छप गये हैं। कोई छः सौ सफ़े की किताब होगी।

अभी तक तो देहात में हूँ मगर जल्द शहर में रहूँगा। मकान ठीक कर रहा हूँ। उम्मीद है कि आप खुश हैं। अनारकली की तनक़ीद तो अभी नहीं लिख सका। इसी रीडरवाली कुत्तेखसी में मैं भी मुबतिला हूँ हालाँकि जी बिलकुल नहीं चाहता मगर राय साहब से वादा कर चुका हूँ, उसका ईफ़ा करना ज़रूरी है।

मुखलिस
धनपत राय

२५६

सरस्वती प्रेस, काशी
२७ जून १९३२

भाईजान,

तसलीम। कार्ड मिला। पहले इन दोनों किताबों, 'पर्दए मजाज' और 'बेवा' का रिव्यू तो करा दीजिए। एक इश्तिहार तो वही है, दूसरा यह भेज रहा हूँ। 'ज़माना' में रीडिंग मैटर के नीचे किसी गोशे में रखवा दीजिए। 'पर्दए मजाज' पर तो मैं आपकी राय का मुश्ताक़[5] हूँ। इसे मैंने बहुत मेहनत से लिखा था। आप इसे एक बार सरसरी तौर पर पढ़ तो जाएँ। मगर शायद आपको फ़ुर्सत न मिलेगी।

आप किन जमाअतों के लिए उर्दू रीडरें लिख रहे हैं। पाँचवीं, छठवीं, सातवीं के लिए या आठवीं, नवीं, दसवीं के लिए। मुसन्नफ़ीन[6] के मुताल्लिक़ नोट लिखने में एक दुश्वारी यह पेश आती है कि अकसर सबक़ रिसालों से लिये

---

१ गद्य २ तिहाई ३ आपसी संबंध ४ पाठों ५ इच्छुक ६ लेखकों

जाते हैं और रिसालों में बसा-औक़ात[१] गुमनाम अहले क़लम[२] आ जाते हैं, जिनके तर्ज़ तहरीर[३] या ख़ुसूसियात पर कोई राय क़ायम नहीं की जा सकती। न उनकी तसानीफ़ ही हैं जिन पर कुछ लिखा जाए। अगर यह सोचिए कि मुस्तनद[४] लोगों के मज़ामीन ही लिये जाएँ तो करीकुलम में जो शर्तें इन्तखाब[५] के मुताल्लिक़ आयद की गई हैं उनकी पाबन्दी नहीं हो पाती। अहले क़लम तो ख़ास-ख़ास मौज़ू पर मज़ामीन नहीं लिखते। पाँचवीं, छठवीं और सातवीं में तो मुझे यही दिक़्क़त पेश आई। कोशिश की है कि बड़े-बड़े नामों से ही इन्तखाब किया जाए। फिर भी बे-तसनीफ़ नाम आ ही गए हैं। इन पर भी कुछ न कुछ दो चार लाइन लिख ही दिया जायगा।

अब रह गया सवालात के मुताल्लिक़—हिदायतोंवाली तहरीर में इन पर भी तफ़सील इशारे मौजूद हैं। ज़्यादा इतमीनान के लिए क्राइटीरिया देख लीजिए। मिस्टर फड़के, लक्ष्मीकांत त्रिपाठी और अयोध्यानाथ तिवारी वग़ैरा ने किताबें तालीफ़[६] की हैं। उनमें किसी से मिल कर तै कर लीजिए। इन लोगों की किताबों में सवालात बहुत अच्छे हैं। मतबूआ उर्दू किताबों में आपको अच्छे सवालात न मिलेंगे क्योंकि ज़्यादातर लोगों ने तुलबा[७] से मज़ामीन इन्तखाब कराके नाम डाल दिये हैं। हाँ अफ़सर का नया इन्तखाब अच्छा होगा। हर एक लिहाज़ से। नफ़े-नुक़सान की बात मैंने यूँ लिखी थी कि अगर इन किताबों के लिए आपको यकमुश्त रक़म मिल गई है तो ख़ैर, वर्ना रायल्टी मुक़र्रर है। मगर रायल्टी किताबों की बिक्री ही पर तो मिलेगी। अगर दस किताबें एक साथ मंजूर हुईं तो एक-आदमी के हिस्से में पाँच ही ज़िले तो आए। उनमें उर्दू लड़कों की तादाद कितनी है। मगर पाँच ज़िले मिल जाएं तो फिर भी कुछ आमदनी हो सकती है। एक ही दो ज़िले मिल कर रह गए तो अलबत्ता नुक़सान हो जाता है। मालूम नहीं आप किसके लिए लिख रहे हैं। आपका ज़ाती असर यक़ीनन किताबों की मंज़ूरी और इशाअत[८] में मुआविन होगा, इसमें शक नहीं।

मेरा मुआमला शायद अड़ा जा रहा है। ताल्लुक़ेदार प्रेस फ़ाक़ामस्त प्रेस है। उमानाथ बली साहब नाम के ताल्लुक़ेदार हैं। प्रेस के पास असासा[९] कुछ नहीं। अभी तक किताबों की छपाई शुरू नहीं हुई। मुसन्नफ़ीन में दो साहब इलाहाबाद म्योर कालिज के हैं। एक साहब तो मंसूरी में तशरीफ़ रखते हैं, दूसरे साहब रायपुर में या नरसिंहपुर में, तीसरा मैं हूँ। ख़ैर। चूँकि मैं सब से ज़्यादा ग़रज़मंद हूँ इसलिए मैंने प्रूफ़ वग़ैरा देखने का ज़िम्मा ले लिया था। मगर

१ बहुधा २ लेखक ३ लेखन-शैली ४ प्रामाणिक; जाने-माने ५ चुनाव ६ बनायी हैं ७ विद्यार्थियों ८ प्रचार-प्रसार ९ पूँजी

अभी तक तबाअत[1] शुरू नहीं हुई। जुलाई में तीनों किताबें तैयार हो जाएंगी, मुझे इसमें शुबहा है।

नाटकों के मुताल्लिक़ मुझे कुछ लिखते डर लगता है। कहीं आप यह न समझें कितना बे-सबरा आदमी है। लेकिन जब हर प्रसाद साहब की याददिहानी आ जाती है तो मजबूर हो जाता हूँ। इस वक़्त उन्हें सौ रुपये लाख रुपये के बराबर हैं। मेरे लिए भी सौ तो सौ के बराबर नहीं सही, आपके लिए भी ग़ालिबन् सौ पचास के बराबर न होंगे। खुदा करे आपकी रीडरें ख़त्म हों और आप इधर मुतवज्जे[2] हों। कहाँ तक वायदा करूँ।

'हंस' का ख़ास नम्बर निकालने का इरादा है। लेकिन ज़मानत का मसला है। आर्डीनेंस का इआदा[3] होगा और हमारे हाथ-पाँव फिर बंध जायेंगे। देखिए चे मी शवद[4]।

बाल-बच्चे अच्छी तरह हैं। क्या बाबू बिशन नरायन मुस्तिक़ल तौर पर नैनीताल चले गए हैं?

मुखलिस

धनपत राय

२५७

सरस्वती प्रेस, काशी

२८ जुलाई १९३२

भाईजान,

तसलीम। कार्ड मिला। शुक्र है आपको इस इंतखाब से फुर्सत तो मिली। देखिए कितने सेट होते हैं। मेरा हिन्दी सेट तो अलक़त[5] हो गया। ताल्लुक़दार प्रेस किताबों की छपाई का इंतज़ाम न कर सका। कारकुनों[6] में कुछ ऐसी बदमज़गियाँ पैदा हो गयीं कि राय साहब की कुछ न चली और उनका नुक़सान भी हुआ। कनवैसर वग़ैरह पहले ही से रख लिये गये थे। एक हज़ार का टाइप भी आ गया था। मगर सब धरा रह गया। साझे की खेती थी, मुअल्लिफ़ों[7] में तीन साहब थे, एक बन्दा भी था। और असहाब हवा खाने पहाड़ों पर तशरीफ़ ले गये, मैं रह गया। मैंने भी प्रेस की हालत देखी तो चुपका हो रहा। उर्दू सेट तो मैंने लिया ही नहीं। अपना सेट मुझे देखने को दे दीजिएगा। हाँ और चूँकि अब आपको इस काम के लिए फुर्सत हो गयी है नाटकोंवाला मुआमला तो ख़त्म कर दीजिए। मुझे बार-बार याद दिलाते नागवार मालूम होता है। हंस का नंबर निकल रहा है। अब

---

१ छपाई २ ध्यान दें ३ पुनरावृत्ति ४ क्या होता है ५ कट गया ६ काम करनेवालों ७ संकलनकर्ताओं

एक हफ़्तेवार निकालने भी जा रहा हूँ। ग़ालिबन १५ अगस्त से निकले। और तो कोई नयी बात नहीं।

आपका,
धनपत राय

२५८

इलाहाबाद
२५ अक्तूबर १९३२

भाईजान,

तसलीम। परसों यहाँ आया और मालूम हुआ कि आप भी एक दिन पहले तशरीफ़ लाए थे। क्या कहूँ, मुलाक़ात न हुई। बहुत-सी बातें करनी थीं। यहाँ से बनारस आप तशरीफ़ ले जाते हैं, मगर ग़रीबख़ाने की तरफ़ मुख़ातिब नहीं होते। मैं कानपुर आऊँ और आपसे न मिलूं, यह मुहाल है। आप आते हैं और मुझे ख़बर तक नहीं होती! इसे क्या समझूँ।

'बेवा' का कोई रिव्यू 'ज़माना' में न छपा। 'पर्दए मजाज़' का भी यही हाल हुआ। आपका मुझमें इतना कम इन्ट्रेस्ट क्यों हो गया है? क्या 'पर्दए-मजाज़' आपने पढ़ा? आपके किसी दोस्त ने पढ़ा? या इस क़दर लग़्व[1] है कि आपने पढ़ने की तकलीफ़ गवारा नहीं की? लिटरेरी काम में सिवाय अहबाब की क़द्रदानी के और क्या रखा है। पब्लिशर भी किताब क्यों शाया करे जब कोई उसका पुरसाने हाल न हो। और जब 'ज़माना' जैसा रिसाला इस क़दर बेएत-नाई[2] करे तो दूसरों पर मेरा क्या हक़ है और क्या दावा है?

'बा-कमालों के दर्शन' यहाँ लाला राम नारायण लाल बुकसेलर ने शाया किया है। यह आपको मालूम है। इसमें इतनी सवानेह-उमरियां हैं:— १) राणा प्रताप २) टोडरमल ३) मानसिंह ४) अकबर ५) बदरुद्दीन तैयब जी ६) सर सैयद अहमद ७) वहीदुद्दीन सलीम ८) शरर ९) गैरीबाल्डी १०) रण-जीतसिंह ११) विवेकानन्द।

पहले इस मजमूए में मुसलमान मशाहीर[3] न थे। शायद इसी बिना पर कमेटी ने इस पर इल्तफ़ात[4] न किया था। अब वह कमी पूरी कर दी गई है। अकबर तो मैंने अज़ीज़ मिर्ज़ा से लिया है। वहीदुद्दीन सलीम और शरर भी 'ज़माना' के मज़ामीन से मुक़्तबिस[5] हैं। मेरे ख़याल में अब यह स्कूल के क़ाबिल है। अबकी यह किताब फिर पेश की जायगी। मैं आपसे उम्मीद करूँगा कि इसके

१ बेकार, रद्दी २ उपेक्षा ३ महान् व्यक्ति ४-कृपा ५ उद्धृत

हक़ में एक कलमए ख़ैर[1] कह कर इसे दाख़िले इन्तखाब करा दें। इसके लिए शुक्रिया न अदा करूँगा।

'हंस' की ज़मानत दाखिल कर रहा हूँ। एक सूरत निकल आई है। 'जागरण' हफ़्तेवार में खूब चपत पड़ रही है। मगर हिम्मत किये निकाले जाता हूँ। देखिए ऊँट किस करवट बैठता है।

और तो सब ख़ैरियत है।

आपका

धनपतराय

२५९

सरस्वती प्रेस, बनारस

२६ अक्तूबर १९३२

भाईजान,

तसलीम। उम्मीद है कि आप खुश हैं। लड़कों से वहाँ के हालात मालूम हुए थे। उन्हें आपकी मेहमांनवाज़ी से जो आसाइश[2] पहुँची उसके लिए शुक्रिया।

नाटकों के मुताल्लिक़ कुछ पूछना न चाहता था लेकिन जब बाबू हर प्रसाद साहब की याददिहानी आ जाती है तो मजबूर हो जाता हूँ। अब तो पूरे डेढ़ साल हो गये। कुछ उनके छपने की उम्मीद है या नहीं। मैं चाहता हूँ अब यह क़िस्सा तमाम हो जाये। मुझे हर प्रसाद साहब से जो नदामत हुई है वह बहुत दिन याद रहेगी। मैं समझता हूँ एकेडेमी अब इन ड्रामों को शाया नहीं करना चाहती और आप महज़ शर्मिन्दगी की वजह से उन्हें रखे हुए हैं। मैं आपको यक़ीन दिलाता हूँ कि मैं उन्हें दो माह के अन्दर शाया करा लूंगा। या खुद या किसी पबलिशर से। इसलिए आप बराहे करम मुसव्वदा वापस कर दें। मैं आपका बहुत ममनून होऊँगा।

क्या आप बतला सकते हैं 'बेवा' की कितनी जिल्दें निकल गयी होंगी।

आपका,

धनपत राय

२६०

सरस्वती प्रेस, काशी

७ दिसंबर १९३२

बरादरम,

तसलीम। उस दिन से मैंने दो बजे तक हज़ूर का इंतज़ार किया लेकिन

---

१ अच्छी बात, भलाई की बात २ आराम

समझ गया कि कहीं धर लिये गये। आप मुझे बुला रहे हैं। मैं यही सोच रहा हूँ कि बड़े दिन में आ जाऊँ। क्या वहाँ के मिलों के इश्तहारी महकमे से आपके कुछ ताल्लुक़ात हैं? लाल इमली वग़ैरह से कुछ इश्तहार मिल सकते हैं? जनवरी से तो उनका नया साल शुरू होता होगा।

यहाँ १ तारीख़ को सरस्वती प्रेस और जागरण से दो हज़ार की ज़मानत तलब हो गयी। मिस्टर ममफ़ोर्ड से मिला था। आज लौटा हूँ। ग़ालिबन मंसूख़ हो जाये। और तो सब ख़ैरियत है।

मुखलिस
धनपत राय

२६१

सरस्वती प्रेस, बनारस
१६ दिसम्बर १६३२

भाईजान,

तसलीम। ज़मानत की मंसूख़ी की ख़बर लिख चुका हूँ। अख़बार बदस्तूर जारी है।

आपने फ़रमाया था कि आप जागरण के लिए किसी एजेंट से मुआमला करा सकते हैं। फ़िलहाल कानपूर में महज़ ४५ कापियाँ जाती हैं। हालांकि मेरा ख़याल है कि अगर कोई चलता हुआ आदमी हो तो इसकी दुगनी कापियाँ आसानी से निकल सकें। ऐसा कोई आदमी निगाह में हो तो बराहे करम लिखिए। जागरण के लिए कुछ इश्तहारों की भी जरूरत है। यों कुछ न कुछ इश्तहारात तो मिल ही गये हैं मगर उनसे पर्चा बेनियाज़[1] नहीं हुआ। अब भी उसमें कम से कम ४००) रुपये माहवार का घाटा है। अगर पचीस रुपये के इश्तहार भी और आ जायें तो ख़सारा कम हो और बर्दाश्त के क़ाबिल हो जाय। अभी तो कचूमर निकला जा रहा है। आपका कानपूर के मिलों के अमलों से और मैनेजरों से कुछ न कुछ राह-ओ-रस्म तो है ही। मसलन् वुलेन मिल्स या फ़्लेक्स वग़ैरह। क्या आपके ज़रिये उनसे कुछ इश्तहारात मिल सकते हैं? मैंने सुना है ये लोग जनवरी से साल भर के लिए इंतज़ाम किया करते हैं। दौराने साल में कुछ नहीं करते। जनवरी आ रहा है। अगर आप कुछ उम्मीद दिलायें तो मैं उन कारखानों से ख़त-ओ-किताबत शुरू करूँ और अपने निर्ख़नामे वग़ैरह भेज दूँ। जागरण की तादाद इशाअत दो हज़ार तक पहुँच चुकी है।

१ बेफ़िक्र

मगर जैसा कि आप खुद जानते हैं महज़ कसरते इशाअत से अख़बार नफ़ाबख्श नहीं होता तावक़्ते कि इश्तहारों की माक़ूल आमदनी न हो।

मेरी किताबों का हिसाब दो साल से नहीं हुआ है। अगर किताबों की बिक्री से कुछ रुपये हुए हों तो भिजवाने की इनायत करें। और तो सब ख़ैरियत है। उम्मीद है आप खुश हैं।

मुख़लिस
धनपत राय

२६२

सरस्वती प्रेस, काशी
२२ दिसम्बर १९३२

बरादरम,

तसलीम। कल अखबार में अम्माँ की वफ़ात की ख़बर देखकर दिली सदमा हुआ। उनके लिए तो इससे बेहतर मौत नहीं हो सकती थी, ऐसी खुशनसीब कितनी माँएँ हैं जो अपने पौदों को फलता-फूलता देखकर खुश-खुश रुख़सत हों लेकिन माँ बाप की मौजूदगी में तो लड़के बूढ़े होकर भी लड़के ही रहते हैं। आप को और सारे ख़ान्दान को माताजी की वफ़ात से कितना सदमा होगा इसका अंदाज़ा वही कर सकते हैं जो ऐसे सानिहे भोग चुके हों। परमात्मा उन्हें जन्नत में जगह दे। हमारे लिए सब्र के सिवा और क्या चारा है हालांकि सब्र की तलक़ीन करना जितना आसान है सब्र करना उतना आसान नहीं।

मुख़लिस
धनपत राय

२६३

जागरण कार्यालय, काशी
३१ जनवरी १९३३

बरादरम,

तसलीम। इधर कई हफ़्तों से 'बेवा' का इश्तहार आज़ाद में नहीं निकल रहा है, न ज़माना में। क्या उसकी सब जिल्दें फ़रोख्त हो गयीं? अगर फ़रोख्त हो गयी हों तो और १०० जिल्दें भिजवा दूँ?

३२ आख़िर हो गया। जनवरी ३१ से किताबों का हिसाब नहीं हुआ। क्या आप हिसाब करवा सकते हैं? ३२ के आख़िर तक का हिसाब हो जाना चाहिए।

आप सैनाटोजन, कलज़ाना, पेप्स वग़ैरह के इश्तहारी एजेण्टों का पता दे सकते हैं ? मशकूर हूँगा ।

आपका,
धनपत राय

२६४

जागरण कार्यालय, काशी
१८ फ़रवरी १९३३

बरादरम,

तसलीम । अर्से से आपके हालात न मालूम हुए । मैंने पंद्रह दिन से ज़ायद हुए एक ख़त भी भेजा मगर उसका कोई जवाब न मिला । क्या ख़त पहुँचा ही नहीं । मैंने पूछा था क्या 'बेवा' फ़रोख़्त हो गयी । उसका इश्तहार नहीं है । अगर फ़रोख़्त हो गयी तो क्या और जिल्दें भिजवाऊँ ।

मुख़लिस
धनपत राय

२६५

सरस्वती प्रेस, काशी
२८ फ़रवरी १९३३

भाईजान,

तसलीम । नवाज़िशनामे के लिए शुक्रिया । बेवा तो बदनसीब होती ही है । उसकी इतनी कम जिल्दें फ़रोख़्त हुईं, इसमें उसके सिवा और किसकी ख़ता है । बेवा को जायज़ तौर पर कौन पूछता है । पढ़ना ही चाहे तो आरियतन् मिल सकती है !

आप बराहे करम इसकी १०० जिल्दें मालगाड़ी से

एन० डी० सहगल ऐंड संस
बुकसेलर्स ऐंड पब्लिशर्स
लोहारी गेट
लाहौर

के पास भेज दें । उनकी एक फ़रमाइश मेरे पास आयी थी । लाहौर में भी इस किताब की अच्छी बिक्री नहीं हो रही है । फिर भी इस सूब के देखते हज़ार ग़नीमत है ।

हाँ रोज़ाना 'जागरण' लखनऊ से निकालने का इंतज़ाम हो रहा है। देखिए कब तक पूरा होता है। हफ़्तेवार के नुक़सान ने रोज़ाना पर आमादा किया है। आपने जो पते रवाना किये हैं उनके लिए शुक्रिया।

उम्मीद है आप खुश हैं।

मुख़लिस
धनपत राय

२६६

सरस्वती प्रेस, काशी
२२ जून १९३३

भाईजान,

तसलीम। आप भी ख़ामोश और मैं भी दम बख़ुद। मालूम नहीं मैंने आपको ख़बर दी थी या नहीं। बेटी एक बच्चे की माँ हुई और साथ ही बीमार भी। जच्चाख़ाने में हो बुख़ार दामनगीर हुआ। महीने भर तक ज़नाने अस्पताल में रही। अब घर पर है। यानो अपने घर पर। कुछ न कुछ टेम्परेचर हो जाता है। दोनों बच्चे और उनको माँ उसे देखने गये थे और एक माह से ज़ायद हुआ है, अभी लौटे नहीं हैं। आपकी तरफ़ सब फ़ज़्ल है न ?

किताबों के हिसाब के मुताल्लिक़ आपके मैनेजर साहब ने कुछ न लिखा। मेरा हफ़्तेवार अभी तक ख़सारे पर है और मुझे बहुत परीशान कर रहा है। छपता तो दो हज़ार है और बिक भी जाता है मगर इश्तहार न होने के बाइस माहवार डेढ़ सौ की चपत देता है।

और तो सब ख़ैरियत है।

आपका,
धनपत राय

२६७

सरस्वती प्रेस, बनारस
६ सितम्बर १९३३

भाईजान,

तसलीम। मेरे पास एक मज़मून राजा राममोहन राय पर आया हुआ है। मुझे याद है आपके यहाँ उनका ब्लाक मौजूद है। बराहे करम रवाना कर दें तो दे डालता। इसी माह में ग़ालिबन् उनकी बरसी है। इसलिए ज़्यादा मोहलत नहीं है।

आज़ाद में एक मेरी कहानी और एक अहलिया साहिबा की कहानी निकलीं। मालूम नहीं आपने किस रसाले से लिया। किसी का नाम न था। लाहौरी पर्चे की यह अदना[१] हरकत है।

उम्मीद है आप खुश हैं। किताबों के हिसाब और मुबल्लिग़ात का, अगर कुछ बिक्री हुई हो, मुन्तज़िर हूँ।

अहक़र[२]
धनपत राय

२६८

सरस्वती प्रेस, बनारस
१३ सितम्बर १९३३

भाईजान,

तसलीम। हद दर्जा ममनून।

आपसे मैंने इस्तदआ की थी कि राजा राम मोहन राय का ब्लाक भिजवा दें। आपके ख़त में इसका ज़िक्र नहीं है। शायद वह ख़त नज़रअंदाज़ हो गया। बराहे करम वह ब्लाक बवापसी भिजवा दें। इसी माह में वह मज़मून छपवाना चाहता हूँ। और आज १३ हो गयी।

बड़ा लड़का तो अभी सेकण्ड इयर में है, छोटा आठवीं में। लड़की अच्छी तरह है।

मुख़लिस
धनपत राय

२६९

अमीनउद्दौला पार्क, लखनऊ
३० सितम्बर १९३३

भाईजान,

तसलीम। कार्ड के लिए शुक्रिया। प्रेमबत्तीसी हिस्सा अव्वल मंजूर हुई, मसर्रत की बात है। अब शायद बक़िया जिल्द निकल जायें। जल्वए ईसार के निकल जाने का मुझे अफ़सोस नहीं। मुझे तो उसके दाख़िल होने पर ही ताज्जुब हुआ था। हाँ अगर बाकमालों के दर्शन मंजूर हो जाये तो अपना फ़ायदा है क्योंकि उस पर मेरी रायल्टी है। देखिए कमेटी क्या करती है। मैंने दो ड्रामों के तर्जुमे भेज

१ घटिया; ओछी २ विनीत

दिये थें, सिलवर बाक्स ग्रौर जस्टिस । इन तर्जुमों में मुझे बड़ी जिगरसोज़ी[१] करनी पड़ी । एक तरफ़ यह ख़याल कि संस्कृत ग्रल्फ़ाज़ न ग्राने पायें। इसके साथ फ़ारसी के ग़ैर-मानूस[२] ग्रल्फ़ाज़ से मोतरिज़[३] रहने का ख़याल । एक एक जुमले के लिए घंटों सोचना पड़ा । इस पर भी डाक्टर साहब को पसन्द न ग्राये तो मजबूरी है । ग्रभी स्ट्राइफ़ मेरे पास ही है । ख़त्म कर चुका हूँ, नज़रसानी कर रहा हूँ । ग्रापसे डाक्टर साहब से इस मसले पर कुछ गुफ़्तगू नहीं हुई ? कैसी ज़बान हो ? ग्राप कब तक भेजने का क़सद करते हैं ? या भेज दिया ?

बक़िया सब ख़ैरियत है । बच्चों को दुग्रा ।

नियाज़मन्द,
धनपत राय

२७०

सरस्वती प्रेस, बनारस
६ जनवरी, १६३४

भाईजान,

तसलीम । मुहब्बतनामा मिला । मैं ग्राज ही ग्रापको लिखने जा रहा था । ग्रजीज़ बृजनारायण की कामयाबी पर तहे दिल से मुबारकबाद । मैं गुज़श्ता नवम्बर में जिस वक़्त लखनऊ गया हुग्रा था, तो मुझसे मास्टर कृपाशंकर साहब से मुलाक़ात हुई थी जो डाक्टर साहब के चचेरे भाई हैं । उस वक़्त उन्होंने कहा था कि डाक्टर साहब ग्रपनी साहबज़ादी को बी० ए० तक ले जाना चाहते हैं । तब से न मैं लखनऊ गया न कोई मौक़ा ग्राया । ग्रब मैं किनायतन्[४] मास्टर कृपाशंकर से दरयाफ़्त करके ग्राप से ग्रर्ज़ करूँगा । वाह ! ग्राप भी क्या कहते हैं । मैं इस तरह ज़िक्र करूँगा जिसमें किसी तरह का गुमान न हो ।

मेरी हालत साबिक़ दस्तूर है । 'हंस' का काशी नम्बर तो ग्रापको मिल गया है ? ग्राप ज़रा इसकी तनक़ीद करवा दीजिएगा । इस नम्बर पर मेरे तक़रीबन् १२००) खर्च हो गए । ४००) का तो काग़ज़ लग गया । २००) के ब्लाक ग्रौर साढ़े चार सौ छपाई । महसूल डाक वग़ैरा में २००) खर्च हो गए । ख़याल था कि इस नम्बर से पर्चे की इशाग्रत में माक़ूल इज़ाफ़ा होगा । ग्रन्दाज़ा था कि दो ढाई सौ खरीदार बढ़ जाएँगे । मगर नतीजा बिलकुल बर-ग्रक्स । ५०० वी० पी० गए थे, उनमें ३०० वापस ग्रा गए । दफ़्तर में ख़स्ताहाल रिसालों का ढेर लगा हुग्रा है । ७००) मिले, मगर काग़ज़वालों के २०००) बाक़ी थे । ब-मुश्किल

१ मेहनत २ ग्रपरिचित ३ बचने ४ इशारे से

५००) दे सका। १५००) काग़ज़ का बाक़ी पड़ा हुआ है। बस यूँ समझ लीजिए कि बधिया बैठ गई। बड़ी करारी चपत पड़ी। चुंधिया गया हूँ। लीडर प्रेस वालों से गुफ़्तगू कर रहा हूँ कि वह मेरे सारे कारोबार को अपने में शामिल कर लें। दो दफ़ा राय कृष्ण जी से मिल भी चुका हूँ। हिम्मत पस्त हो गई है। इस चार साल में दोनों रिसालों के पीछे ४०००) से ज़्यादा नुक़सान उठा चुका। मेहनत जो सर्फ़ की वह अलग, प्रेस को जो खसारा हुआ वह अलग।

बात यह है कि मैं इस काम में बिला सोचे-समझे कूद पड़ा। जहां से रुपया मिल सका वह लगा दिया। बाबू रघुपति सहाय से रुपए लिये थे। अभी तक उनके ४००) मुझ पर आ रहे हैं, जिसका वो सख्त तक़ाज़ा कर रहे हैं। अजीब परेशानियों में मुबतिला हूँ। इस लिए जिस तवज्जो से काम करना चाहिए वह न दे सका। घर पर लिटरेरी काम करता ही हूँ। इस काम को तफ़रीह के तौर पर करता रहा और तफ़रीह तो खर्च की चीज है ही। तिजारत तो दिल व जान दोनों चाहती है। कई बार जी में आया कि आप को तकलीफ़ दूँ लेकिन महज़ इस खयाल से कि आप खुद अपनी परेशानियों में मुबतिला हैं, जुरत न हुई। लेकिन अब अपने वसाइल[१] की आख़िरी सीढ़ी पर हूँ और मुझे इन्तहाई मजबूरी की हालत मे लिखना पड़ता है कि मेरी ज़रूरत को इतना ही शदीद[२] समझिए जितना आप खुद अपनी जरूरत को समझते हैं। आइन्दा अक्टूबर में आप रुपए देंगे ही। अगर जनवरी, फरवरी में ५००) ही दे सकें तो मैं शर्मिन्दगी से बच जाऊँ। बाक़ी अक्टूबर में दे दीजिएगा। आप इस हालत में हैं कि आप कुछ इन्तज़ाम कर सकते हैं, कि आप का क्रेडिट अब बदर्जहा ज़्यादा हो गया है। मेरा कहीं क्रेडिट नहीं। मुझ पर तो चिरंजी लाल की डिग्री हो चुकी है, जिसकी इत्तिला मैं दे चुका हूँ। इसी काशी नम्बर पर टालता आता था। मगर वह नम्बर आया और निकल गया, मगर रुपयों की बारिश तो क्या ओस भी न टपकी। कुल मिला कर ग़ालिबन १०००) से ज़ाइद का मामला है। अगर इस वक़्त निस्फ़ भी मिल जाता तो चार-पांच महीने के लिए मोहलत मिल जाती। इस दरमियान में शायद लीडर प्रेस से मुआमला हो जाए। मगर उस हालत में भी तो मुझे अपने मुतालबात[३] अदा करने ही पड़ेंगे। मैं यह नहीं मान सकता कि आप मेरी मदद करना चाहें तो न कर सकें। हां, मेरी ज़रूरत को गहगूरा ही न करें तो दूसरी बात है।

और क्या अर्ज करूँ? बेटी यहीं है। दिसम्बर की छुट्टियों में उसका शौहर आया था, मगर हम लोगों ने उसे रुखसत नहीं किया, ग़ालिबन मार्च में जायगी।

---

१ साधनों २ तीव्र ३ माँगें

बड़े साहबज़ादे अबकी एफ० ए० का इम्तिहान दे रहे हैं । लेकिन औसत दर्जे में हैं । ज़ेहनियत की कोई ख़ास अलामत नज़र नहीं आती । छोटा ज़्यादा ज़हीन है, मगर अभी आठवीं में है ।

आप लड़कियों के एतबार से पिदरीयत के जिस दर्जे में हैं, मैं लड़कों के एतबार से उसी दर्जे में हूँ । इस वक़्त मुझे इन ख़रख़शों[१] से निजात मिल जाना चाहिए था, ताकि किसी गोशे में अ इतमीनान पड़ा हुआ कुछ लिख-पढ़ा करता, मगर यहां अभी बच्चे पाल रह हैं । जो काम चालीस को उम्र में होना चाहिये था, वह अब पचपनसाले में हो रहा है, जब आदमी पेंशनर हो जाता है।

उम्मीद है आप मेरी इस दास्ताने ग़म पर आँसू की दो नन्हीं बूंदें गिरा देंगे।

उम्मीद है आप बख़ैरियत हैं, दाँत-वांत में दर्द नहीं हो रहा और बच्चे खुश हैं ।

अहक़र

धनपत राय

२७१

अजंता सिनेटोन लि०, बंबई

२५ जून १९३४

भाईजान,

तसलीम । दैर-ओ-हरम पढ़ा। मेरा ही अफ़साना है मगर शायद उर्दू में किसी और नाम से छपा था । हां, 'ज़िन्दगी' ने नक़्ल करने में अस्ल का खून किया है । और आज़ाद के कातिब साहब ने मुए पर और दुर्रे[२] लगाये हैं । मगर इस मज़मून में किसी को शिकायत का क्या मौक़ा है । फ़िरक़ापरस्तों की ज़ेहनियत का पर्दा फ़ाश किया गया है । बिला किसी रू-रियायत के । एक तरफ़ हिन्दू पंडितों और पुजारियों की मज़हबपरवरी का नज़्ज़ारा है । दूसरी जानिब मुल्लों की मज़हबपरवरी का । दोनों मज़हब के पर्दे में अपनी-अपनी नफ़्सपरवरी[३] के शिकार हो रहे हैं । अगर कुछ लोगों को बुरा लगता है तो मेरा क्या अख़्तियार है ।

लड़के कायस्थ पाठशाला होस्टल में हैं । वहीं जहां हिन्दोस्तानी एकेडमी है । बीस नंबर के कमरे में रहते हैं । एक का नाम धुन्नू या श्रीपत राय दूसरे का बन्नू या अमृत राय । अभी दोनों आये थे । २२ को गये हैं । आप तो एकेडमी आयेंगे ही, उन्हें भी दर्शन दे दीजिएगा । मैं तो यह लंबा सफ़र करने से रहा । २७ घंटे लगते हैं । मरन हो जाती है ।

---

१ झमेलों २ कोड़े ३ पेट पालना

मैंने मैनेजर हंस को ताकीद कर दी है कि जब मेरा अफ़साना छपे वह उसका प्रूफ़ ज़माना को भेज दिया करें और हंस में लिख दिया करें। उर्दू तर्जुमे का हक़ ज़माना के लिए महफ़ूज़[१]। साल में पांच छः से ज़ाइद नहीं लिखता। हां सहर साहब इस काम के लिए बहुत मौजूं हैं। और सब ख़ैरियत है।

मुख़लिस

धनपत राय

२७२

अजंता सिनेटोन लि०, बंबई
११ अगस्त १९३४

भाईजान,

तसलीम। मैं सच्चे दिल से कहता हूँ कि उस ख़त से मेरा मक़सूद आपकी दिल-आज़ारी[२] न थी। अगर आपको सदमा हुआ तो मुझे इसका मलाल है और मैं आपसे मुआफ़ी का ख्वास्तगार हूँ। आपने सितंबर में कुछ भेजने का वादा किया है। अगर आप बग़ैर किसी ख़ास तरद्दुद के भेज सकते हों तो भेज दें वर्ना क़र्ज़ लेकर न भेजें। मुझे यह गुमान न था कि आप अब भी उसी चपक़लश में हैं जिसमें मैं हूँ। मैंने तो समझा था इसका बाइस मेरी मुशकिलात का एहसास न होना है। अगर आपकी हालत इतनी ही ख़राब है जैसी मेरी तो आप उसे और ख़राब न करें। मैंने आपका चेक बराहे रास्त रघुपतिसहाय को भेज दिया। अब वह ख़ामोश रहेंगे। निरंजन लाल को भी मैं बइक़सात[३] यहाँ से भेजता रहूँगा। बात यह है कि मैं कभी बिज़नेसमैन नहीं रहा। आप भी नहीं रहे। मगर मैंने आपसे कुछ सबक़ न सीखा और न जाने क्योंकर यह हिमाक़त सवार हो गयी कि जहाँ आप नाकाम रहे वहाँ मैं कामयाब हो जाऊँगा। हंस कमबख़्त चार पांच हज़ार का घाटा दे चुका है। इस पर शामत सवार हुई एक हफ़्तेवार भी निकाल बैठा। इस पर भी तीन हज़ार का घाटा दे चुका था। मक़सद यह था कि थोड़ी सी मुस्तक़िल आमदनी होती रहे और मैं अपने गोशए आफ़ियत[४] में बैठकर कुछ थोड़ा सा लिटररी काम कर लिया करूँ। लेकिन पीर आये और घर से भी ले गये। दो में एक पर्चा भी कामयाब न हुआ। प्रेस और कुतुब की सारी आमदनी उनके इजरा[५] में सर्फ़ हो जाती है। उस पर से काग़ज़ के दो हज़ार रुपये सर पर सवार हो गये। आख़िर मुझे यहां भागकर आना पड़ा। यहाँ साल-दो-साल रह गया तो शायद क़र्ज़ से सुबुकदोश हो जाऊँ। मगर क़िस्मत ऐसी नहीं है कि ज़्यादा क़याम

१ सुरक्षित २ दिल दुखाना ३ क़िस्तों में ४ एकान्त ५ जारी करने

क़र सकूँ। जागरण की बाबत उम्मीद है कि सोशलिस्ट पार्टीवाले उसे ले लें। आजकल इसे बाबू सम्पूर्णानन्द निकाल रहे हैं और वह सोशलिस्ट अख़बार है। अगर वह इधर चल गया तो डेढ़ सौ की माहवार चपत पड़ रही है वह बन्द हो जायेगी। फिर अकेला हंस रह जायेगा। उस पर अगर साल में पांच सात सौ का ख़सारा हुआ भी तो मुज़ायक़ा नहीं। किताबों का इश्तहार तो होता ही है। अगर आप स्क्रीन के क़ाबिल कोई सिनेरियो लिख सकें, ओरीजिनल न हो किसी अंग्रेज़ी नाविल से ही माखूज़[1] हो मुज़ायक़ा नहीं मैं यहाँ कम्पनियों में उसकी निस्बत गुफ़्तगू कर सकता हूँ। स्क्रीन की जरूरियात क्या हैं यह आप मुझसे बदर्जहा ज़्यादा जानते हैं क्योंकि आप सिनेमा के शायक़ीन[2] में हैं। मैंने तो यहाँ आकर कुछ सीखना शुरू किया है। ऐसा कोई क़िस्सा न भेजिए जिसमें कापीराइट का क़ज़िया[3] हो। पुरानी किताबों में भी बहुत कुछ मिल सकता है या कोई तारीख़ी अफ़साना हो मगर सोशल हो तो बेहतर क्योंकि आजकल सोशल क़िस्सों की तरफ़ आम रुझान है। आपके क़लम से जो सिनेरियो निकलेगा वह लाजवाब होगा। पहले आप जो क़िस्सा लिखना चाहें उसका एक खुलासा लिखें। उसी पर सारा दारोमदार है। अगर वह कम्पनी ने पसंद कर लिया तो सीक्वेन्स और सिनेरियो लिखना मुशकिल नहीं। एक बार यहाँ आइए। मौसम ख़ुशगवार सिर्फ़ रेल का ख़र्च। दस पांच रोज़ यहाँ घूमघामकर सिनेमा कंपनियों से बातचीत की जाये। मुमकिन है कोई मुस्तक़िल सूरत निकल आये। मगर दो एक सिनाप्सिस के बग़ैर खाली गुफ़्तगू से कुछ न होगा। यह लोग लिटररी शोहरत से मरऊब[4] नहीं होते। गौरी शंकर अख़्तर यहाँ मुक़ीम[5] हैं और चार पांच सौ माहवार फटकार लेते हैं। अगर आप दो अफ़साने भी साल का किसी से कन्ट्रेक्ट कर सकें तो हज़ार डेढ़ हज़ार वहीं बैठे-बैठे आमदनी में इज़ाफ़ा हो सकता है। और दो अफ़साने ज़्यादा से ज़्यादा दो महीने का काम है।

और क्या अर्ज़ करूँ। मैं फिर आपसे मुआफ़ी मांगता हूँ। वह महज़ परीशान और मुज़तरिब[6] दिल का उबाल था। इश्तहारवालों की बदमुआमलिगी[7] का मुझे बहुत तल्ख़[8] तजुर्बा हुआ है। जागरण के तक़रीबन् आठ सौ रुपये दो साल के दौरान में डूब गये। बज़ाहिर मुश्तहिर साहब मोतबर[9] आदमी मालूम होते थे लेकिन जब महीने दो महीने इश्तहार निकलने के बाद बिल गया तो खामोश और खामोशी भीं ऐसी जो टूटना नहीं जानती। दो साहब कलकत्ते के हैं, तीन साहब बंबई के हैं। यहां उनका पता लगाना चाहा मगर मालूम हुआ बोगस थे। एक दिन मिस्टर ज़ियाउद्दीन बरनी साहब तशरीफ़ लाये थे। आपको बहुत याद

---

१ लिया गया २ शौक़ीनों ३ झगड़ा ४ रोब में नहीं आते ५ स्थित ६ बेचैन ७ बेईमानी ८ कड़ुवा ९ विश्वसनीय

करते थे। अब तो मिस्टर सीतलवाद भी दो कंपनियों के मालिक हैं। उनसे तअर्रुफ़[1] हो जाये तो आपके लिए फ़ायदे की बहुत अच्छी सूरत हो सकती है। मैं तो उनसे नहीं मिला क्योंकि मैं इस कंपनी के साल भर के कंट्रेक्ट में हूँ और इस दौरान में और कहीं फ़िल्म के लिए नहीं लिख सकता। मुआविज़ा[2] तो अच्छा नहीं है लेकिन यहां इंतखाब का मौक़ा कहाँ था। डूबते को सहारा मिला। चल खड़ा हुआ।

आप अगर बिला किसी ज़ोर के सितंबर में ईफ़ाये वादा कर सकें तो मैं मशकूर हूँगा लेकिन तरद्दुद हो तो मैं तो आपको परीशान करना न चाहूँगा। ज़िन्दगी में कभी फ़राग़त नसीब न हुई, अब क्या नसीब होगी। जब खानानशीनी का ज़माना है तो यहाँ बंबई में हूँ। नाकाम ज़िन्दगी (माली एतबार से, दीगर एतबारों से तो मैं इसे बुरी नहीं कह सकता) का इससे बढ़कर और क्या फ़ेट हो सकता है। बेफ़िक्री में कुछ अमली क़ौमी ख़िदमत करता मगर वह आरज़ू न पूरी हुई न होगी। आप परीशान हुए तो क्या और मैं परीशान हूँ तो क्या, एक ही बात है।

मुखलिस

धनपत राय

२७३

सागर, सी० पी०

११ अप्रैल १९३५

भाईजान,

तसलीम। मैंने ४ अप्रैल को बम्बई को खैर-बाद कह दिया और सी० पी० के अज़ला की सैर करता हुआ १० को सागर आ गया। यहाँ से निकलकर बनारस चला जाऊँगा और देवी जी को वहाँ पहुँचाकर १७ को इन्दौर साहित्य सम्मेलन के जलसे में शरीक होने के लिए रवाना हो जाऊँगा। मैंने इन्दौर सम्मेलन में पढ़ने और तक़सीम[3] करने के लिए यह मज़मून लिखा है और चाहता था कि अपने खयालात उर्दू दुनिया के सामने भी रख दूँ। हिन्दोस्तानी की तहरीक में जब तक उर्दू और हिन्दी दोनों न शरीक हो जायें, काम में रख्ना[4] पड़ेगा। मैंने अपने कई मुसलिम दोस्तों से इस मुआमले में तबादलए खयालात किया है। वह मुझसे मुत्तफ़िक़[5] मालूम हुए। आप भी अपनी राय से मुझे मुत्तिला कीजिएगा। मैं इन्दौर से लौटकर आपके खत का इन्तज़ार करूँगा। या मुमकिन हुआ तो कानपूर होता हुआ बनारस जाऊँगा। इस मज़मून को आप जल्द से जल्द शाया कराने की

१ परिचय २ तन्ख्वाह ३ वितरण ४ बिघ्न ५ सहमत

इनायत करें। मुमकिन है इसका कोई साहब जवाब दें और मुझे फिर जवाब-उल-जवाब लिखना पड़े। देखिए इन्दौर में मेरी तजवीज़ को लोग मानते हैं या नहीं। हां अगर इस मज़मून की बीस कापियाँ अलहदा निकलवा दें तो दीगर अख़बारात में छपवाऊं।

उम्मीद है आप खुश हैं।

मुखलिस,

धनपत राय

२७४

सरस्वती प्रेस, काशी

४ मई १९३५

भाईजान,

तसलीम। मुझे इस तक़रीबे सईद[1] में शरीक न होने का और लुत्फ़े सोहबत खो देने का अफ़सोस है। मगर यहाँ बड़े लड़के धुन्नू को चेचक निकल आयी है और २७ से हम सब यहाँ इलाहाबाद में हैं। कल ग़ालिबन् उसे यहाँ से बनारस ले जायें, अगर जाने क़ाबिल हो सका। हालांकि चेचक हल्की क़िस्म की थी, मगर अभी तक दाने बिलकुल मुन्दमिल[2] नहीं हुए हैं और अगर डाक्टर की राय न हुई तो दो तीन दिन यहां और रहना पड़ेगा। मैंने फ़ैसला कर लिया है कि जुलाई से इलाहाबाद में ही रहूँ और यहीं प्रेस और कारोबार उठा लाऊँ। देखिए क्या होता है।

मुबारकबाद के साथ रुख़सत,

मुखलिस

धनपत राय

२७५

सरस्वती प्रेस, बनारस।

३० जून १९३५

भाईजान,

तसलीम। आपका ख़त मिला। अज़ीज बिशन नारायण जी अब रू-ब-सेहत हैं और दो-चार रोज़ में चलने-फिरने के काबिल हो जायँगे। शुक्र है, टाइफाइड बड़ा मूज़ी बुख़ार है।

---

१ शुभ उत्सव २ भरे नहीं है

भाई, मैं तो तालीम-याफ़्ता लड़कियों की जानिब से खुदा जाने क्यों बदगुमान हूँ। अभी तक तो लड़कों की लापरवाइयों के बावजूद गृहस्थी चलती रहती थी, क्योंकि लड़कियाँ आम तौर पर गृहस्थी का पालन करती थीं, लेकिन जब दोनों एक ही रंग में रँग गये तो फिर खुदा ही हाफ़िज़ है। लड़कों को देखता हूँ तो जी चाहता है कि यह यूनीवर्सिटी में न पढ़ते तो अच्छा होता। मुदम्मिग़,[१] बदतमीज़, कजखुल्क़[२], मिज़ाज में हद दर्जा रऊनत[३], नाहमदर्द[४], खुदपसंद और खुदसर[५]। यह आम रविश है। मुसतसनियात[६] भी हैं, लेकिन बहुत कम। लड़कियों में भी यह नक़ाइस[७] नुमायाँ हैं। आखिर उन्होंने अपने भाइयों ही से तो सबक़ लिया है। और मैं उन्हें मुत्तहम[८] नहीं करता। वह भी सैलाब में बह रही हैं तो उन ग़रीबों का क्या क़सूर है। एक तरफ़ यह सदा है कि उन्हें शौहरों से इक्तसादी[९] आज़ादी हासिल होनी चाहिए। खैर जी, हम लोग तो चंद दिन के मेहमान हैं। दुनिया अपनी रफ़्तार जायगी। दो-चार पुराने खयाल के लोग सर पीटा करें। मगर क़राईन[१०] बतला रहे हैं कि आनेवाला ज़माना गृहस्थी के लिए क़ातिल होगा।

ज़ुबान के मुताल्लिक़ मेरे खयाल से आप को इत्तफ़ाक़ है, यह बाइसे इतमीनान है। अभी कल लखनऊ गया था। वहाँ ज़फ़रुलमुल्क साहब से मुलाक़ात हुई। उन्हें इस खयाल से इख्तलाफ़[११] है। उनका खयाल है कि अब उर्दू और हिन्दी अपनी अपनी शख्सियतों का इस क़दर इरतक़ा[१२] कर चुकी हैं कि अब उनमें इत्तिहाद[१३] की कोई सूरत पैदा नहीं हो सकती। इस खयाल में सदाक़त[१४] है, इसमें शक नहीं।

डाक्टर निगम की साहबज़ादी की निस्बत मैंने जो सुना है वह तो यह है कि वह बहुत ही मतीन[१५], फ़रखुंदासीरत[१६] लड़की है, मगर दुलारे घर की बेटी है और मुतमव्विल[१७] बाप की नूरे नज़र[१८]। और आप के घर में उसे जो आसाइशें मिल सकेंगी वह मुक़ाबिलतन कम होंगी। अगर उसमें कुछ फ़िरासत[१९] है तो घर बिहिश्त हो जायगा। वर्ना कौन जाने। मैं अपने एक दोस्त को जानता हूँ जिनकी बीवी एम० ए० है। वह खुद बी० ए० भी नहीं हैं, मगर हैं बड़े ही tactful. उनकी इज़दिवाजी[२०] ज़िन्दगी देखकर मुझे रश्क आता है। ऐसी मुनकसिर[२१] मिज़ाज सेवा भाव से भरी हुई पाकीज़ा औरतें पढ़ी-लिखी मैंने बहुत कम देखी हैं। उससे आप free love और इम्तहानी[२२] शादियों पर बे-तकल्लुफ़ बहस कर सकते हैं। वह अपने खयालात का आज़ादाना इज़हार करती है। मगर फ़लसफ़ियाना अल्हदगी के साथ। यह मसाइल उसके लिए महज़ इल्मी मसाइल हैं जिनका

---

१ घमंडी २ दुःशील ३ उद्दण्डता ४ सहानुभूतिशून्य ५ उजड्ड; अक्खड़ ६ अपवाद ७ दोष ८ दोष नहीं देता ९ आर्थिक १० लक्षण ११ विरोध १२ विकास १३ एकता १४ सच्चाई १५ गंभीर १६ सुशील १७ संपन्न १८ दुलारा; आँखों की ज्योति १९ समझदारी २० दांपत्य २१ विनम्र २२ प्रयोगात्मक; एक्सपेरिमेण्टल

ज़िन्दगी से फ़ी ज़माना कोई ताल्लुक़ नहीं है।

धुन्नू तो अब की थर्ड इयर में गया है, छोटा दसवीं में आया है। मैं खुद इलाहाबाद जा रहा हूँ। गो प्रेस वग़ैरा यही रहेंगे। इस जंजाल से किसी तरह रिहाई नहीं होती। इस कमबख्त 'जागरण' ने मुझे कोई छ-सात हज़ार के पंजे में डाल दिया। अब भी मुझे कोई पन्द्रह सौ रुपये देने हैं। प्रेस से मुझे अब तक कोई पन्द्रह हज़ार का नुक़सान हो चुका है। मगर क्या करूँ, गले में जो ढोल पड़ गयी है उसे बजाए जाता हूँ।

और क्या लिखूं। इलाहाबाद आने पर मुलाक़ात की सूरतें आसान हो जायँगी। अब की सितम्बर से 'हंस' को १२० सफ़हात का कर रहा हूँ। देखूं क्या होता है। यह भी एक तजरुबा है। कल बम्बई जा रहा हूँ। एक महीने में लौटूंगा।

आपका,

धनपत राय

२७६

सरस्वती प्रेस, काशी

१४ जुलाई १९३५

भाईजान,

तसलीम। मैंने एक ख़त लिखा था और हंस के लिए आपसे इस्तदआ[1] की थी और कुछ अदीबों के पते दरियाफ़्त किये थे। आपने तवज्जो न फ़रमाई। क्या मेरा ख़त नहीं पहुँचा। हंस १ अक्तूबर से अदबियात का रिसाला हो जायगा और इसमें सभी खास-खास ज़बानों के खास-खास अहले कमाल लिखेंगे। आपसे मैंने इस्तदआ की थी कि उर्दू के माहाना लिटरेचर पर आप हंस के लिए एक सफ़े का नोट लिखना क़बूल करें। मैंने इन असहाब के पते पूछे थे :

डा० इक़बाल

पं० ब्रजमोहन नाथ दत्तात्रय 'कैफ़ी'

मिर्जा सलीम जाफ़र

और चंद और असहाब जिन्हें आप समझते हैं कि उर्दू के मुख्तलिफ़ शोबों[2] पर लिख सकते हैं ताकि मैं उनसे ख़त-किताबत करूँ।

मुख़लिस

धनपत राय

---

१ प्रार्थना २ विभिन्न अंगों

२७७

सरस्वती प्रेस, बनारस
१६ जुलाई १६३५

भाईजान,

तसलीम। मैं अभी बंबई गया था। शायद आपको इत्तला दे चुका हूँ। यह तय किया गया है कि अक्तूबर से 'हंस' को इस मक़सद की तकमील के लिए वक़्फ़ कर दिया जाय जिसका मैं ज़िक्र करूँगा। कुछ अर्से से यह तहरीक हो रही थी कि हिन्दी में, जो अब रफ़्ता रफ़्ता क़ौमी ज़बान का दर्जा हासिल करती जा रही है, एक ऐसा रिसाला शाया हो जाये जो हर एक सूबे की अदबियात से हिन्दी-शनास अशखास[1] को आशना[2] कर दे। अभी तक हिन्दोस्तान का कोई क़ौमी अदब नहीं है। हर एक सूबा फर्दन फ़र्दन[3] अपने अदब की तरक़्क़ी के लिए कोशां[4] है। चुनांचे एक सूबे के लोग दूसरे सूबे के बाकमालों से बिलकुल ग़ैर-मुतअर्रिफ़[5] हैं। उर्दू में बहुत कम असहाब को मालूम है कि बंगला, गुजराती, मराठी, तामिल, कनाड़ी वग़ैरह ज़बानों में क्या है। अला हाज़ा इन सूबेजात में भी उर्दू से इतनी ही लाइल्मी है। हम अंग्रेजी बाकमालों से वाक़िफ़ हैं; जर्मनी, फ्रांस, इंगलैण्ड के अदीबों के असमाये गरां[6] हमारी नोके ज़बान पर हैं लेकिन हिन्दोस्तान में सूबेजाती ज़बानों में कौन से बाकमाल पड़े हुए हैं इसकी हमें बिलकुल खबर नहीं। इसी बेगानगी को दूर करने और हिन्दोस्तान भर के अदीबों में बरादराना रब्त-ज़ब्त पैदा करने और उन्हें एक दूसरे की तसानीफ़[7] से रूशनास[8] कराने के लिए एक अंजुमन की बुनियाद डाली जा रही है जिसका पहला क़दम इस रिसाले को शाया करना है। जिससे पबलिक में क़ौमी अदब का एहसास हो जाये और अदबी खादिमों को कम-से-कम सारे हिन्दोस्तान में कुबूलियत और शोहरत हासिल हो और दूसरे सूबे के लोग भी इनके खयालात और कैफ़ीयात[9] से फ़ैज़याब[10] हों। इस रिसाले की इमदाद के लिए मैं चन्द चोटी के मुसलिम अदीबों के नाम और पते चाहता हूँ। बराहे करम आप भिजवा दें। अगर आपके पास वक़्त हो (हालांकि मैं जानता हूँ आपके पास बिलकुल वक़्त नहीं है) और आप चोटी के उर्दू रसायल में छपनेवाले इल्मी और तनक़ीदी मज़ामीन पर कुछ नोट लिखकर हर माह भेज दें तो वह एक अदबी खिदमत होगी। दो सुफ़हात से ज़ायद की तो गुंजाइश नहीं है। हर एक ज़बान के लिए दो-दो सुफ़-

१ हिन्दी जाननेवाले लोगों २ परिचित ३ अलग-अलग ४ प्रयत्नशील ५ अपरिचित ६ भारी भारी नाम ७ रचनाओं ८ परिचित ९ समाचारों १० लाभान्वित

हात दिये जायेंगे तो भी सोलह-सत्रह सुफ़हात पुरे हो जायेंगे। आपके पास रिसाले तो सभी आते हैं, उनमें से चार पांच रिसालों के चार पांच मज़ामीन के मुक़द्दमे[१] और इक़्तबासात[२] जैसे माडर्न रिव्यू में होते हैं और जैसे हंस में दिये जाते हैं कर दिये जायें तो काम चल जाये। आप मुझे उन हज़रात के पते लिख दें तो मैं उनसे भी इस्तदआ करूँ और आपको सुबुकदोश कर दूँ। हालांकि आप चाहें तो इस उनवान[३] से हर माह सारे हिन्दोस्तान के बाकमालों को अपना ममनून[४] बना सकते हैं।

१. डा० इक़बाल।

२. पं० ब्रजमोहन नाथ दत्तात्रेय कैफ़ी।

३. डा० मुहम्मद हबीब।

४. डा० ज़ाकिर हुसेन।

५. मौलाना सुलेमान नदवी।

६. साहिबे गुले रानां।

७. मि० राम बाबू सक्सेना।

आपका भाई

धनपत राय

२७८

बनारस

१७ सितम्बर १९३५

भाईजान,

तसलीम। उम्मीद है आप खुश होंगे। मेरे इस मज़मून ने तो खासी चहल-पहल पैदा कर दी।

हंस का अक्तूबर नंबर यानी पहला नंबर ज़ेर-ए-तबा[५] है। पहली अक्तूबर को मुकम्मल हो जायगा ऐसा यक़ीन करता हूँ। हिन्दुस्तान के मुख़्तलिफ़ हिस्सों से मज़ामीन आ रहे हैं और उम्मीद है कि कोशिश सरसब्ज़ होगी। उर्दू में अभी डाक्टर ज़ाकिर हुसेन, मुहीउद्दीन ज़ोर और मुहम्मद आक़िल साहब के मज़ामीन आये हैं जिनमें सिर्फ़ दो की गुंजाइश निकल सकी। डाक्टर इक़बाल की एक नज़्म भी आयी है। डाक्टर टैगोर का भी एक मज़मून आया है जो हिन्दी में मुतरजिम[६] होकर निकल रहा है। महात्मा गांधी का मज़मून भी अनक़रीब आनेवाला है। मज़मन क्या होगा, दुआ-गो पैग़ाम होगा। हज़रत जोश मलीहाबादी ने भी याद फ़रमाया है। मैंने सोचा है इस नयी अदबी तहरीक के मुताल्लिक़ उसके लिए कुछ

---

१ भूमिकाएँ २ उद्धरण ३ शीर्षक ४ अनुगृहीत ५ यंत्रस्थ ६ अनूदित

लिख दूँ। हमें तो इस तहरीक को मक़बूल-ए-आम बनाना है। अब आपकी इमदाद की ज़रूरत दरपेश है। बस कुल दो सफ़हात का एक उर्दू रिसालों का तबसरा[१] चाहता हूँ। बिलकुल माडर्न रिव्यू के ढंग का। मेरे पास ज़माना के अलावा और कोई रिसाला बइल्तिज़ाम[२] नहीं आता। तबादला करूँगा। नये हंस से। अभी तो किसी रिसाले की ज़रूरत न महसूस होती थी, इसलिए तबादले की ज़रूरत न समझता था। जो आ गया उसे पढ़ लिया, न आया तो चंदाँ ग़म नहीं। मगर अब मँगवाकर पढ़ना पड़ेगा। आप डेढ़ दो सफ़हात का एक तबसरा, ख़ास रिसालों के ख़ास इल्मी मज़ामीन का, ज़रूर कर दें। हिन्दी में करूँगा। बंगला गुजराती, मराठी, कनाड़ी, तामिल, तेलुगु, मलयालम वग़ैरह का बम्बई में इंतज़ाम हो गया है। आपके सिवा और किसे सताऊँ।

मुख़लिस,
धनपत राय

२७६

सरस्वती प्रेस, बनारस
१ अप्रैल १६३६

भाईजान,

तसलीम। कार्ड मिला। मैंने तो इधर तीन माह से एक अफ़साना भी नहीं लिखा। बस जामिया में 'कफ़न' लिखा था। इसके बाद लिखने की नौबत ही न आयी। हां यार, इन सदारतों के मारे परीशान हूँ। मैंने मिस्टर सज्जाद ज़हीर से बहुतेरा कहा भइ मुआफ़ करो, मुझे अपना काम करने दो। मगर न माने। १० को लखनऊ और लाहौर में आर्य समाज की जुबली के साथ एक आर्य भाषा सम्मेलन हो रहा है। वहां ११ को मुझे सम्मेलन का सदर बनना है और वहां जाऊँगा तो चार पांच दिन लग ही जायेंगे। मैंने अपनी माज़ूरी लिख दी है। अगर मान गये तो ठीक वर्ना वहां भी जाना ही पड़ेगा। अगर मुझे बोलने का शऊर होता तो ऐसे न्योते बड़ी खुशी से मंजूर कर लिया करता मगर यहां तो वह गुन ही नहीं। इसलिए जान बचाता फिरता हूँ। मुफ़्त की परीशानी होती है। और जिस काम से रोज़ी मिलती है उसमें ख़लल पड़ता है। इरादा तो यही था कि लखनऊ से एक दो रोज़ के लिए कानपूर आऊँगा मगर अब तो लखनऊ से १० की शब को लाहौर भागना पड़ेगा। और क्या अर्ज़ करूँ।

हालात बदस्तूर।

आपका,
धनपत राय

---

१ समीक्षा २ नियमपूर्वक

२८०

सरस्वती प्रेस, बनारस
१५ अप्रैल १९३६

भाईजान,

तसलीम। हां मुझे भी आपसे न मिलने का अफ़सोस रहा। भागा इसलिए कि मेरे पास एक रिटर्न टिकट था, आगरे से—मंगल को नौ बजे रात तक बनारस पहुँचना ज़रूरी था। ख़ैर—फिर सही। अभी तो मुझे शायद दिल्ली जाना पड़े।

तकलीफ़ की आपने खूब कही। अपने घर में काहे की तकलीफ़। आप न थे, अज़ीज़ सेन थे। सेन न होते तो बूटी थी और अब तो भाभी साहबा से भी तअर्रुफ़[१] हो गया। अब तो खानए बेतकल्लुफ़ है। अब आने के क़ब्ल आपसे एनगेजमेण्ट कर लूंगा।

आपका,
धनपत राय

२८१

१६ लाटूश रोड, लखनऊ
५ अगस्त १९३६

भाईजान,

तसलीम। आपको ताज्जुब होगा मैं लखनऊ कैसे आ गया। बात यह है कि कोई डेढ़-दो महीने से मुझे वरमे-जिगर[२] की शिकायत हो गई है। दो बार मुंह से सेरों ख़ून निकल गया है। बनारस में इलाज से कोई फ़ायदा न देखकर २ को यहाँ आ गया और डाक्टर हर गोविंद सहाय के ज़ेरे इलाज हूँ। पाखाना, पेशाब, ख़ून वग़ैरा की जांच हो चुकी है। मगर अभी कई दाँत तोड़े जायँगे, तब डाक्टर साहब मर्ज़ की तशख़ीश करेंगे और इलाज शुरू होगा। शायद यहां पंद्रह दिन लगें। या तो इसलाह ही होगी या ख़ात्मा ही होगा। घुलकर आधा रह गया हूँ। ज़र्द। न कुछ खा सकता हूँ, न हज़्म होता है। एक बार मुश्किल से हार्लिक्स खा लेता हूँ। मास्टर कृपा शंकर साहब का मेहमान हूँ। मगर यह मकान बहुत मुख़्तसर है, और आजकल में कोई दूसरा मकान ले लूंगा। घर से जितने रुपए लेकर चला था सब सर्फ़ हो गया। इरादा था एक्स-रे कराने का,

---

१ परिचय २ जिगर, यकृत, की सूजन; सिरोसिस ऑफ़ लिवर

मगर यहां के खर्च तो आप जानते हैं। क़दम-क़दम पर फ़ीस। मैंने घर पर रुपए के लिए लिखा तो है। लेकिन मुमकिन है वहां से रुपए देर में आयें, क्योंकि बैंक का अकाउंट तो मेरे नाम है। अगर आप आसानी से मुझे इस वक़्त एक सौ रुपये ज़रिये तार भेज दें तो बड़ा एहसान करें। मैं यहां से जाते-जाते रवाना कर दूंगा। मुमकिन है घर से रुपये आ जाएं—और इन रुपयों की ज़रूरत न पड़े, मगर एहतियातन कुछ फ़ाज़िल रुपये अपने पास रखना चाहता हूं। तार से ज्यादा खर्च हो तो मनीआर्डर से सही। और क्या लिखूं। यहां बड़ा लड़का धुन्नू मेरे साथ है। देखिए इस बीमारी से निजात मिलती है या यह आख़िरी पैग़ाम है।

आपका,

धनपत राय